唐前传说的衍生与演变
——基于汉魏六朝文献的文化阐释

王兴芬　著

人民出版社

前　言

西北师范大学是甘肃省人民政府和教育部共同建设的重点大学、国家重点支持的西部地区十四所大学之一，也是甘肃省人民政府统筹推进高水平大学和一流学科建设工程重点支持的高校。学校有着悠久的办学历史和深厚的人文底蕴，自20世纪30年代以来，人文社会科学领域荟萃了一批著名学者，如教育学家李蒸、李建勋、李秉德、南国农等，中国语言文学专家赵荫棠、徐褐夫、尤炳圻、郭晋稀、彭铎等，历史学家黄文弼、顾颉刚、阎文儒、金宝祥、金少英等，心理学家胡国钰、章仲子、郭士豪、沈庆华等，法学家萨师炯、吴文瀚等，外国语言文学专家李庭芗、黄席群、刘维周等，著名艺术家吕斯百、常书鸿、洪毅然、黄胄等，著名体育教育理论家袁敦礼、董守义、徐英超等，都曾在西北师范大学任教讲学，辛勤耕耘，为各学科建设和人才培养做出了卓越贡献。他们厚植西部人文传统，传承华夏历史文脉，把人文社科研究的真学问、大文章写在了祖国西北的大地上，也激励时贤后学秉承他们高尚的人格精神，不忘初心，砥砺奋进，践行"知术欲圆，行旨须直"的校训。

甘肃是华夏文明的发祥地之一，同时又是"丝绸之路"的黄金通道和重要节点。作为甘肃历史悠久的大学之一，西北师范大学所处地理位置的特殊性和重要性，决定了其哲学社会科学发展定位与目标的独特性，那就是根植西北，立足传统，站在学科前沿，围绕国家文化发展战略需要，大力提高理论研究水平和实践创新能力，进一步发挥西部哲学社会科学研究高地、人才培养重镇、政策咨询决策智库的重大作用，培育一批特色鲜明、国内一流、国际知名的高水平哲学社会科学学科。

《西北师范大学人文社科文库》的编辑与出版，就是希望在人文社会科学的建设中，以西北师大声音，展西部文化气派！这既是对西北师大百年人文传统的承继与发扬，也是对学校新时期人文社会科学研究成果的集中展示。

作为实施一流学科建设、哲学社会科学创新工程、中华优秀传统文化传承发展工程等国家与省域文化战略的重要举措和标志性成果，本文库的编辑原则主要体现在以下三个方面：

一是立足基础性与前沿性。选题围绕研究中国特色社会主义理论体系、传承弘扬中华优秀传统文化、促进哲学社会科学大发展大繁荣的需要，侧重学科基础研究，引领学术前沿探索。

二是彰显地域性与民族性。选题突出甘肃与西北地区的地域特色，突出多民族融合的民族特色。我们希望通过这套文库的出版，不仅要让世界知道"丝绸之路上的中国西部"，还要让世界知道"学术中的中国西部""理论中的中国西部""哲学社会科学中的中国西部"。

三是秉持创新性与时代性。文库涵盖人文社科多个学术领域与研究方向，不拘泥体例的统一，但均以时代为底色、创新为基准，或能"揭示一条规律"，或能"提出一种学说"，或能"阐明一个道理"，或能"创造一种解决问题的办法"，并在创新过程中，致力国际视野和本土智慧水乳交融，追求学术研究与社会服务紧密结合。

明道尚德，推崇新声；崇尚学术，追求卓越！我们希望本文库能够真正发挥"名片"效应和"引领"作用，在集中展示西北师范大学人文社科研究整体水平的同时，引领助推学校学科建设与学术研究迈向新台阶、产出新成果、形成新影响。

《西北师范大学人文社科文库》编纂委员会
2017 年 9 月 10 日

序

赵逵夫

　　传说是关于历史的叙事。它起于历史人物或历史事件，但又不同于历史文献。历史文献是由历史学家写定之后一直保持着它第一次写定的形态，而传说则是由一个群体分散地不断重述所形成的。由于存留至今的唐前历史文献有限，中国五千多年的漫长历史中，有关这三千多年历史中各个阶段内历史事件、重要历史人物的记载有很多空缺，所以科学地研究这一阶段的传说很有认识的价值。而且，中国古代或将传说直接看作历史，或径视为小说，对它的特质、形成与流传情况都缺乏科学的认识，在对传说的研究中也承担着纠谬和补缺文献两方面的职责。同时，古代传说又对后代之文学创作有很大影响，由传说研究入手，也可以弄清文学史上一些含糊不清的问题。

　　唐前各类文献对传说材料的记录和保存有以下特点：第一，先秦史传中记录保存的传说材料往往与史实相混；第二，历史人物传说大多保存在史传、子书与汉画像砖、画像石中；第三，汉魏六朝笔记杂著是记录这一时期传说材料最重要的载体。纵观中国古代史家对传说文献材料的认识与运用，唐前史家对传说文献材料的认识还不是很明确，不论是司马迁、班固还是裴松之，他们在写作史书的过程中，往往将史实与传说混杂，并将大量的传说材料写进了史书。从唐代开始，人们逐渐对传说材料与史实有了较为明确的认识。宋以后的史家在录入传说材料时，会对其中所具有的史料价值进行考证辨析。大体说来，宋以后正史中录入传说材料的情形较唐以前大大减少，一些原来认为是野史杂传的含有大量民间传说的笔记小说也被正式归入了小说类。这样，对部分传说材料的认识从一个极端走向了另一个极端。

应该说，绝大部分的传说中包含着历史的因素，只是在长期口头流传中，根据人们的理解，不断地进行修改、删除和增补，因而也带有故事的性质。从20世纪20年代起，顾颉刚、容肇祖、钟敬文等先生为中国古代传说的研究奠定了很好的基础。顾颉刚的《孟姜女故事的转变》《孟姜女故事研究》，容肇祖的《传说的分析》《迷信与传说》《西陲木简中所记的田章》《田章故事考补》，钟敬文的《中国的地方传说》《〈楚辞〉中的神话和传说》，黄忠琴的《史籍中的传说》，张冠英的《传说与史实——关于萧何韩信的传说》等为后来的学者打开了一扇扇认识古代传说的窗户，也为搜集、观赏、研究古代传说作出了示范。九十多年来，这方面的研究出现了大量成果。但是，传说真正成为独立的学科，从中国学界崛起，是20世纪80年代以来的事情。三十多年以来，综合性、专题性学术研讨会的召开、民间传说论文集的出版、研究专著与论文的大量出现等都说明中国的传说研究进入了一个全新的历史时期。目前学术界对传说的分类可谓五花八门，其中较通行的是分为人物传说、历史事件传说、地方风物传说等。因为任何历史事件都是由历史人物的行为构成的，而且民间传说叙述历史事件，常常是突出某一历史人物，以一个主要人物为中心来叙述事件。所以，历史事件传说也可以归入人物传说之中。

2007年，王兴芬同志到我处攻读博士学位，学位论文确定为《唐前传说研究——以汉魏六朝文献为考察对象》。毕业答辩中得到校外匿名专家和答辩委员会先生们的好评，并得专家们中肯的修改意见，七年来，她又研读了一些理论著作和相关文献，进行认真的补充修改。在此期间，她先完成了《王嘉与〈拾遗记〉研究》，于2017年由中国社会科学出版社出版。现在，她的博士学位论文也已修改完成，改名为《唐前传说的衍生与演变——基于汉魏六朝文献的文化阐释》，请我作序，今谈一点粗浅的看法。

参照学术界对传说的分类，结合唐前传说的总体特点，王兴芬同志此书将唐前传说分为五大类，即帝王与后妃传说、英雄与杰出人物传说、神话与宗教人物传说、世俗人物传说、地方风物传说。对唐前传说人物的分类，主要是以人物一生的贡献及其社会影响作为标准的。当然，传说人物的归类并不是绝对的，如屈原就既可归到名臣传说一类，也可归到文人传说一类；虽然他的一生主要奔走呼号于对楚国前程的担忧，但他的这一思想在后世主要通过其文学创作反映出来，故此书将他归入了文人传说。又如老子既是文化名人，就汉代以后大量文献中的记述，又可以说是宗教人物，因为在汉魏六朝的传说中，凸显的是他作为道教教祖的一面，故此书把他归到了宗教人物传说一类。

两汉时期的笔记小说以帝王后妃的逸闻轶事为主要内容，如《汉武故事》《汉武帝内传》《洞冥记》《十洲记》《西京杂记》等主要记载汉武帝及其后妃的传说故事。此外，《史记》、裴松之注《三国志》、《十六国春秋》等汉魏六朝时期的史书和杂史著作，也记述了很多帝王后妃的传说故事。帝王传说就是有关帝王的出生和形貌，反映帝王的逸闻逸事，表现帝王求仙巡行等方面的传说；后妃传说主要反映后妃的后宫生活与不幸遭遇。此书设"帝王与后妃传说"一章对秦始皇、汉武帝求仙传说和西施、王昭君等后妃的传说进行了分析，揭示出它们当中所体现的广大民众的看法与情感。

春秋战国时期各诸侯国之间的战乱与纷争，秦末农民起义、楚汉战争以及汉末魏晋时期长期动乱的社会现实，造就了形形色色的英雄和杰出人物，他们活跃在社会的各个阶层：晏子、韩信、张良、诸葛亮等将相名臣；孔子、屈原、司马迁、曹植等文人；鲁班、扁鹊、华佗等巧匠名医；荆轲、专诸、豫让等刺客。此书列"英雄与杰出人物传说"对以上人物传说的分类梳理与探究，可以看出几千年中广大人民群众对于政治、社会的看法和生活愿望。

魏晋南北朝时期道教、佛教的兴盛使得民间产生了很多与佛教、道教相关的传说故事，由当时文人收集整理编撰的笔记小说也就成了这些传说的主要载体。除此之外，中国古代的很多神话故事到这一时期有很多也被历史化和宗教化成了传说故事。有关西王母、刑天、黄帝、伏羲、女娲、舜、禹等神话人物的传说，一方面有历史化的倾向，另一方面也出现了仙化、道教化的现象。王兴芬同志将黄帝、西王母等人物归到了"神话人物传说"之下。而那些反映世俗人物死而复生后，所述在阴间地狱的传说，以及通过世俗人物反映因果报应、生死轮回等佛教思想的传说归到了"佛教人物传说"之下。而仙化的历史人物传说和道士传说则归入"道教人物传说"。我认为这样处理较为妥当。

处在中下层的世俗百姓才是社会的主流，也是民间传说承传的主要载体。汉末魏晋时期常年的战乱使得他们的生活濒临崩溃的边缘，道教、佛教的盛行给人们一种调解心理、自认命运、接受各种悲惨境遇的办法，也给他们一种虚幻的未来。当然，也使人们在各种战乱暴行普遍存在的社会环境中，能保持一种同情心，以互相抚慰度过种种苦难。于是，产生了许多与佛教道教相关的传说故事。曹魏时期"九品中正制"的实施隔断了广大庶民同上层士族的联系，引起了下层寒门士子的强烈不满，因而在民间传说中产生了一些寒门士子与女仙、女鬼、女妖的婚恋传说。这些传说中与凡男相恋的仙女、鬼女、妖女身上体现了一定历史时期广大民众的共同感受，也承载了特定历史时期世俗男女的美好愿望，反映了寒士对平等、自由婚姻生活的向往。魏晋时期统治者提倡以孝治天下，对父母的孝顺与否成了人们走上官场的主要途径，由此又产生了很多与孝有关的传说故事，表现了孝子的自我牺牲精神以及孝行感天的思想。除此之外，还有李冰、李寄等那些聪慧果敢的世俗人物，表现了人们对自身价值的肯定。基于上面所说以人物为中心的传说，本书的"世俗人物传说"一章，对一些不上史书的有关中下层人物的传说也进行了认真的分析与探讨。

地方风物传说反映了华夏各族人民对他们生存之地周围的河流山川、动植物产、自然现象及民间风俗的想象和解释，在这些丰富的想象和解释中寄托了他们的思想愿望、情感倾向，以及对美好生活的向往，对黑暗政治的批判。

王兴芬同志从叙事学的角度对唐前传说进行了探究。传说的叙事模式、叙事立场以及叙事情节类型等是传说叙事研究的新课题，此书将唐前传说的叙事模式归纳为叙事时间、叙事角度、叙事结构三个方面。唐前传说的叙事时间纷繁复杂，呈现出不同的形态，主要有连贯的叙事时间、错乱的叙事时间、虚幻的叙事时间、夸张的叙事时间和淡化的叙事时间。对唐前传说叙事角度的探索，主要从全知叙事、限知叙事和纯客观叙事三方面入手；唐前传说的叙事结构主要分为表层结构和深层结构两方面。此书将唐前传说的叙事立场总结为民间话语立场、官方话语立场以及宗教话语立场；通过对叙事情节的分析，并借鉴学术界的不同观点，将唐前传说的叙事情节类型概括为神话型、宗教型、传奇型和世俗型。

传播学对我们来说，也是一门新兴的学科。将传播学理论运用于传说的研究，已有不少学者取得了突出的成绩。传说的传播经历了一个由口耳相传到文字记载、图画保存的发展历程。而对传说的接受，主要在民间和文人两个层面进行，其途径主要有正史记载、歌谣传唱、文人的搜集载录与题咏等方面；任何传说的传播和接受都使得它不断发展演变。同时，任何传说的流变从地域上说都具有由局部地区到全国范围，从情节内容上说有省略了一些历史细节而突出了一些故事情节的现象，这是传说形成的规律，当中既包含历史真实，也包含后代人叙述中的删减、增润。因为每个人都是以自己的知识积累和理解来接受，又带进自己的情感、愿望去叙述。所以，每个传播环节都要进行两次加工：接受中和叙述中。而每个传播主体又都生活在一个特定的历史环境与自然环境中。传说的演变与分化就是由此造成的。所以说，唐前传说具有重要的史料价值、民俗价值、思想价值以及文学价值。

本书选取了介子推传说、西王母传说、老子传说、泰山传说、虹传说以及"桃花源"传说几个唐前传说个案进行了深入的研究，也大体与该书对于传说的分类相应。书中分析了各个传说在唐前衍生与演变的历史轨迹，探究了隐藏在这些传说内部的深厚的文化意蕴。

本书分为上、中、下三编，上编是对各类传说的综合研究，中编是从叙事、传播、嬗变等角度对唐前传说的进一步解读，下编则是对唐前传说的个案研究。可以说，唐前传说反映了我国从远古至中古漫长的历史时期社会发展的状况和广大民众的生存状况，包含着这一时期人民的思想情感。在五千年的中华文明史上，由于唐前三千多年中留下来的历史文献毕竟有限，所以，不论是对这一段传说的文献梳理还是理论阐释，都会对认识唐前社会具有一定意义。同时，由于它本身所具有的文学性，也对这一时期群体性民间创作的认识具有很大意义。我想，本书的出版一定会引起学者们的关注。

2017 年 7 月 3 日于滋兰斋

目　录

绪　论

一、什么是传说

唐前传说研究顾名思义就是对唐前各种类型传说的综合研究。但众所周知，神话与传说在中国历来界限不是很分明，直到 20 世纪 80 年代，袁珂广义神话的概念还将传说尽收其中。除此之外，传说与历史、民间故事等的界限也不是很分明。因此，笔者以为，要研究唐前传说，首要的问题是要弄明白传说是什么。这就要从探究神话与传说、传说与历史、传说与民间故事等几对与传说密切相关的概念入手。

（一）神话与传说

神话是上古时代的产物，也是民间文学一个非常重要的分支，因而历来备受学人的关注。然而，与希腊等西方国家保存下来的极其丰富而完整的神话资源相比，我国的神话却在流传过程中散失了许多，留存下来的神话大多被零散地记录在古人的典籍里或活在人民的口头上。对于神话的定义，近现代的国内外研究者多有论及，其中以马克思在《〈政治经济学批判〉导言》中的界定最为科学。马克思认为神话是"在人民幻想中经过不自觉的艺术方式加工过的自然界和社会形态"，"任何神话都是用想象和借助想象以征服自然力，支配自然力，把自然力加以形象化"①。除此之外，鲁迅、闻一多、茅盾、周作人等也对神话有明确的界定。他们普遍的看法是：神话是由于古代生产力的水平很低，人们不能科学地解释世界起源、自然现象和社会生活的矛盾、变化，因而借助幼稚的想象和幻想，把自然

①　《马克思恩格斯选集》（第二卷），人民出版社 1995 年版，第 113 页。

力拟人化的产物。神话往往表现了古代人民对自然力的斗争和对理想的追求。

目前学术界对神话的分类，不外两大类，一类是自然性神话，"是关于自然现象和以人类向自然作斗争为内容的神话"[①]，如夸父逐日、精卫填海、后羿射日、盘古开天辟地、女娲造人等，这类神话多反映远古人类征服自然与战胜自然的愿望。另一类是社会性神话或古史神话，"是关于社会生活与文化的构成以及人类集团之间斗争为内容的神话"[②]，如关于氏族的神话、三皇五帝的神话以及人类文化生活起源的神话等。在这两类神话中，很显然，自然性神话是纯粹的神话，无多少疑义，目前学术界关于神话与传说界限不明的说法，主要是指社会性神话而言。

高尔基曾对神话作过简单的解释和说明，他说："神话是自然现象，对自然的斗争，以及社会生活在广大艺术的概括中的反映。"[③] 就"社会生活在广大艺术的概括中的反映"一句，他进一步指出："在原始人的观念中，神并非一种抽象的概念，一种幻想的存在，而是一种执有着某种劳动工具的完全现实的人物。神是某种手艺的能手，人们的教师和同事。神是劳动成绩底艺术的概括……神话的创造在自己的基础上乃是现实主义的"。由此可见，在高尔基看来，"神话中的主人公，大多是远古时代劳动能手或战争勇士的理想化、神圣化的结果"[④]。也就是上古历史人物的英雄化、神话化。如上古三皇五帝的神话，无一不是上古杰出人物的神话化。这些被神话的历史人物，在先民的心目中，其形貌也是异于常人的。王嘉《拾遗记》卷一说："昔者人皇蛇身九首，肇自开辟。"又神话中，黄帝是一副奇异的生有四张脸的大神形象，其子孙也是一些怪神，如黄帝的儿子海神，就是人脸鸟身，耳上挂蛇。

鲁迅先生是近现代学人中对传说与神话作出明确界定的人，他在《中国小说史略》中说："昔者初民，见天地万物，变异不常，其诸现象，又出于人力所能以上，则自造众说以解释之：凡所解释，今谓之神话。……

---

① 乌丙安：《民间文学概论》，春风文艺出版社 1980 年版，第 96 页。
② 乌丙安：《民间文学概论》，第 96 页。
③ 高尔基：《苏联的文学》，新文艺出版社 1953 年版，第 2 页。
④ 乌丙安：《民间文学概论》，第 100 页。

神话大抵以一'神格'为中枢……神话演进，则为中枢者渐近于人性，凡
所叙述，今谓之传说。"鲁迅先生所谓神话，是以"神格为中枢"的；其
所谓传说，是神格"渐近于人性"的，也就是神话人物的历史化。在他看
来，当神话人物的神格占主导时，就是神话，但当其被人性化，神性的一
面减弱时，就演变成了传说。如就女娲而言，在先秦文献中，她是一个人
面蛇身的怪神，《楚辞·天问》："女娲有体，孰制匠之？"句下王逸注云：
"女娲人头蛇身。"《山海经·大荒西经》郭璞注亦曰："女娲，古神女而
帝者，人面蛇身，一日中七十变。"可以看到，这一时期的女娲，其神格
占主导，明显是神话人物。然而，随着人类文明的演进，女娲成了与伏
羲、神农并列的人类上古三皇之一，她创造了瑟、笙簧等，如《帝王世
纪》就说："女娲氏，风姓，承庖羲制度，始作笙簧。"显然，这里其神性
的特征减弱了，人性的一面加强了，成了上古传说中的圣君明王。又，在
上古文献记载中，黄帝也是一个生有四张脸的大神，这是以神格为中枢，
明显是神话，但随着社会的演进，黄帝被描述成了一个人间帝王的形象，
其神性特征减弱了，人性的一面加强了，变成了名副其实的传说人物。黄
帝之外，西王母、伏羲等也都经历了一个由神话人物向神话人物历史化，
也即传说化的转变过程。关于这些人物历史化传说化的过程，将在本书第
三章中"神话人物传说"一节有详细的论述，此处不再作过多地讨论。

　　由此可见，神话与传说既有联系又有区别，区别主要体现在主人公的
属性上，一般认为，神话的主人公是神，即如鲁迅所谓以"神格为中心"，
而传说的主人公是人而不是神；其次，从传说与神话的社会功能来看，神
话与上古时代的信仰、仪式相结合，在原始民族的生活中具有"神圣性"
和"真实性"。人们对于所叙之神、之事，不但信以为真，还抱着信仰与
敬畏的态度，正如茅盾所说"虽然荒唐无稽，但是古代人民互相传述，信
以为真"①。因此，在原始人看来，神话是一种"真实"的存在。而传说则
更多地被当成了一种文学样式，它是讲述者借助一定的历史事件、历史人
物或历史背景创造生发，以表达自己的情感立场和观点态度，内容不一定
真实，但必须以"史影"为依据。然而，神话与传说又有密切的联系。巫

---

① 茅盾：《神话研究》，百花文艺出版社 1981 年版，第 3 页。

瑞书先生说："从渊源上看，民间传说的产生有两股巨大的源头：一是来自神话的演变，另一则是由于历史的敷演。"① 从来源上看，神话的历史化、人性化是传说的重要来源之一，有相当一部分的传说就来源于神话的嬗变。就上古的神话人物而言，当其作为神的一面，即以"神格"为主导时，一般认为是神话；但随着时代的演进，神话被历史化，神的因素减弱，人性的一面被加强了，神话被加入了越来越多的现实社会内容，于是神话就转变成了传说。而且从许多上古神话人物历史化的过程中可以看到，人们在将神话人物历史化的时候，往往带有鲜明的阶级立场，他们把本阶级认为是正面的神话人物，描绘成至善至美的神人。但那些在他们看来是反面的神话人物，往往被描绘成道德败坏、面目狰狞的恶神。关山《神话历史化与中国文学功利主义品格的形成》一文对这一现象作了深刻地剖析，他说："神话历史化实际上不过是将神话中胜利的神祇德化，将失败的神祇恶化的过程。……就是宣扬道德的至善至美，为道德政治涂上耀眼的金粉，而中国文学恰是在这一涂抹过程中发展起来的。"② 乌丙安先生这样解释神话历史化的根源，他说："几千年来儒家思想的深刻影响，使大多数文人学者（尤其是史学家）对古代所谓神怪之说是抱轻视鄙弃态度的。他们往往极力要把神话的内容、情节与现实生活拉到一起，并把那些奇异的幻想形象解释为现实事物的状貌、特征，从而使神话变质。从几千年来（特别是古代）的历史上可以找到许许多多历史事件与神话内容纠缠不清的痕迹。某些历史著作中往往附会了神话的成分，神话往往又人为地被转化成历史，把神给拟人化，于是在史册中便失去了神话固有的面目和色彩。人们逐渐相信了历史而抛开了美丽的神话，即或有时涉及神话，也只余下骨骼或影子了。……神话的历史化，使许多神话中的天帝天神成为历史上的帝王或英雄人物，因而把丰富的神话内容割断了，只剩下一些零星片断的所谓'荒唐之说'了。"③ 也就是说，上古神话越往后发展，神话的色彩就越淡，相反，传说的色彩则越来越浓。如果说神话是以人拟

---

① 巫瑞书：《传说探源》，见中国民间文艺研究会理论部编《中国民间传说论文集》，中国民间文艺出版社 1986 年版，第 10 页。
② 《广西梧州师范高等专科学校学报》2001 年第 3 期。
③ 乌丙安：《民间文学概论》，第 101—102 页。

神；那么，传说就是以神拟人。前者是在万物有灵、图腾崇拜等原始观念的支配下，通过解释自然和社会的方式不自觉地实现的。后者则是有意识地把幻想作为一种艺术手段来运用，用神来比拟人，以便突出个别英雄人物超人的特点。

就本书的研究对象唐前传说而言，笔者将严格遵循神话历史化的原则，由于上古神话人物如伏羲、黄帝、女娲、西王母、嫦娥等都经历了一个神话历史化的过程，因此，把这些神话人物在历史发展过程中，明显神性减弱，人性一面被加强的形象当作传说纳入到本书的研究范畴当中，而将其明显的以"神格为中枢"的形象当作神话，排除在研究范围之外。

（二）传说与历史

历史在没有书面记载以前，也是靠口耳相传的，从这一点来看，这一时期的传说与历史没有什么不同。因此，与传说关系密切而又必须加以严格区分的还有历史。中国的古代史，尤其是上古史，很大一部分就是根据流传下来的古代传说记录的，更有学者将这一时期叫作"中国古史的传说时代"。"古史辨派"的历史学家童书业就说："'三皇''五帝'的名称系统和史迹，大部分是后人有意或无意假造或讹传的。……夏以前的古史十之七八是与神话传说打成一片的。"[1] 不但上古史中杂有许多传说，就是后世的那些正史、野史或杂史，也同样包含了许多的传说材料。《尚书》的《尧典》《舜典》《大禹谟》及《史记》的《五帝本纪》等，传说和古史就是相合的。所有这些都说明，传说与历史关系密切。一般说来，传说的内容往往与历史事件、历史人物以及一定地方上的特定事物相关联，体现广大民众特别是下层民众的思想观念及一定时代的历史生活与时代风貌。也就是说，传说的创作是以特定的历史事件、历史人物或特定的地方事物为依据的，离开了作为历史的依据，传说也就无所谓传说了。徐旭生先生说："无论如何，很古时代的传说总有它历史方面的质素，核心，并不是向壁虚造的。"[2] 由此可见，历史的展演，也是传说的重要来源。但也应该

---

[1] 吕思勉、童书业编著：《古史辨》第七册（上）《自序二》第 2 页，上海古籍出版社 1982年版。

[2] 徐旭生：《中国古史的传说时代》，文物出版社 1985 年版，第 20 页。

明白，传说与历史还是有明显区别的，"传说在根据一定的历史事实反映社会生活的本质时，是经过了取舍、裁剪、虚构、夸张、渲染、幻想等艺术加工的。……传说主要是通过某种历史素材来表现人民群众对历史事件的理解、看法和情感，而不是历史事件本身"①。王树民先生也说："传述的史实原有一定的根据，但其本身有较大的不稳定性，经过几番转述，想象的成分逐渐增加，史实真相逐渐缩减，甚至消失，于是成为传说。"② 这样就把传说与历史真实之间复杂而微妙的关系概括出来了。简言之，我们不能无视传说与历史的区别，将传说与历史混为一谈，但也不能忽视传说所反映的广大民众的思想观念及特定时代的社会文化背景。只有准确地把握传说与历史之间的关系，才能对传说作进一步的综合研究。

（三）传说与民间故事

民间故事是民间文学的一个重要分支，其产生的年代较为久远。根据钟敬文先生的说法，"民间故事在原始社会就产生了，在阶级社会又得到不断的发展。它反映了各个不同时代劳动人民对现实所持的态度，以及他们为幸福而斗争的精神和对未来的憧憬。正像列宁所说的，它反映了广大劳动人民的心理和期待"③。因此，从广义上来看，传说属于民间故事，但从狭义上说，二者又有着明显的区别：传说的创作一般都有相应的附着物。也就是说，它的产生有一定的事物作依托，或历史人物，或山川风物，或名胜古迹，或文化创造，或动物植物，或风俗习惯等，因此总有一点"史影"存在，且围绕一个中心展开。民间故事则不然，"故事讲述者本身，总是强调着'据说，从前有一个'，'说是把舌头剪掉，就放他飞走了……'先将个人置之度外，交代清楚不是当事人，非亲身所历，表示对内容的真实性，不负责任。再不就干脆把'这可是流言啊，您还是甭信好'这层意思也明白提示给了听众"④。可以看出，传说总是与一定的历史事件、历史人物相联系，传说中或多或少包含有可信的因子，但故事则不

---

① 钟敬文：《民间文学概论》，上海文艺出版社 1980 年版，第 183—184 页。
② 王树民：《中国史学史纲要》，中华书局 1997 年版，第 245 页。
③ 钟敬文：《民间文学概论》，第 203 页。
④ ［日］柳田国男著：《传说论》，连湘译，中国民间文艺出版社 1988 年版，第 26 页。

然，它可以是讲故事人的随意编造，这可以说是传说与故事最明显的不同。

综上所述，传说是与神话、民间故事等并列的民间文学的一个重要的分支，它与神话、历史及民间故事等既有联系又有区别。简言之，神话是传说的重要来源之一，神话人物，当其神格占主导时，就是神话，但随着社会的展演，人们所赋予神话形象的人格占主导，其神性特征明显减弱时，就是传说。传说是历史的，历史的敷演也是传说的重要来源，但传说仅仅是以历史为凭依，进行艺术加工而成的，充其量只是有一点"史影"而已，绝不是真实的历史。从广义上来看，传说隶属于民间故事；但从狭义上来看，传说的创作总是依凭于一定的历史人物或历史事件，故事则是讲故事人的随意编造。

弄清了传说与神话、历史、民间故事的区别与联系，笔者将对本书研究的对象——传说作一明确的界定。李剑国先生说："在实际使用中，传说有广狭二义。广义的传说包括各种各样的非真实传闻故事，如历史传说、民间传说以及我们提到的宗教迷信传说、地理博物传说。狭义的传说则单指经常和神话连用的传说，也就是神话式的传说，主人公通常不再是神，而常常是英雄之类的世间人物，只是都被不同程度神化了。"① 本书讨论的唐前传说是指李剑国先生所说广义的传说。

二、唐前传说在历史文献中的记录与保存

唐前是我国古代传说形成发展的重要时期，传说被以各种不同的方式记录、保存了下来。大体而言，与唐前传说有关的历史文献大致有三类，一是唐前的经、史、子各类文献典籍；二是唐前的笔记杂纂；三是唐前的图画、碑刻。

先秦时期记录传说的文献主要有两种，一种是史传，一种是子书。王国维在《古史新证·总论》中说："上古之事，传说与史实混而不分，史实之中固不免有所缘饰，与传说无异，而传说之中往往有事实之素地。"因此，记录上古之事的《尚书》，其中的《尧典》《舜典》《大禹谟》等，

① 李剑国：《唐前志怪小说史》，天津教育出版社 2005 年版，第 25 页。

传说和古史基本上是合二为一的。就《逸周书》而言，鲁迅指出："今本《逸周书》中惟《克殷》《世俘》《王会》《太子晋》四篇，记述颇多夸饰，类于传说，余文不然。"可见，《逸周书》中的传说还是很多的。除此之外，记录传说的先秦史传还有《国语》《战国策》《春秋左氏传》《公羊传》等，其中的传说也大抵与史实有关且混而不分。与先秦史传中传说与史实混而不分的情况不同，先秦子书中记录的传说与史实界限相对较为分明，总的来说，"《老子》纯属哲学论著，其中自无传说可寻，《论语》《孟子》记事写人的分量也很轻，《论语》中的楚狂接舆过孔子，长沮、桀溺耦而耕，子路遇荷蓧丈人等篇，多少有一点传说的意味，但只是片断，不够完整。至于《孟子》中的'齐人有一妻一妾'，更只是民间故事或文人创作的寓言。《庄子》虽然文学性很强，但本质仍是哲学著作，它里边多的是作者为阐明哲理而作的设譬和寓言，即使有时牵出许由、老子、孔子、梁惠王等历史人物，也只是把他们当作对话的伙伴或说理的工具，并未提供有关他们的传说故事"①。据考察，载有传说的先秦诸子主要有《墨子》《韩非子》《晏子春秋》《吕氏春秋》等。除此之外，《诗经》与《楚辞》中也有少量的传说，但以神话传说为主，历史人物的传说则相对较少。

汉魏六朝时期，记录传说的文献主要有史传、历代的画像石画像砖等出土文献以及笔记小说三大类。这一时期记录传说的史传主要包括正史、杂史和一些历史散文。司马迁将大量的传说材料写进《史记》，从而开了正史记录传说材料的先河，《史记》之后，《汉书》《后汉书》《晋书》等唐前的正史都或多或少记录了一些传说材料。正史之外，杂史和历史散文也记录了许多传说材料，如《越绝书》《吴越春秋》记录了大量吴越两国的传说故事，《十六国春秋》则记录了许多东晋十六国时期的传说故事。此外，《山海经》《说苑》《新序》《淮南子》《论衡》《风俗通义》等也都零零散散记录了许多生动有趣的传说故事。史传之外，汉代的画像石、画像砖也记录保存了大量的传说故事，大致来说主要有七类：1. 明王类，如伏羲、黄帝、武王等；2. 诸侯王类，如齐桓公、秦王、韩王等；3. 圣贤

---

① 祁连休、程蔷、吕微主编：《中国民间文学史》，河北教育出版社2008年版，第190页。

名臣类，如孔子、老子、赵盾等；4. 孝子类，如曾参、董永、丁兰等；5. 刺客类，如荆轲、聂政、豫让等；6. 列女类，如秋胡妻、丑女无盐等；7. 义士类，如程婴、灵辄等。由于汉魏六朝笔记小说的内容最早是流传于民间，而后被文人加工整理的，所以这一历史阶段的笔记小说就成了记录民间传说最主要的载体。如《穆天子传》《汉武故事》《汉武帝内传》《蜀王本纪》《赵飞燕外传》等记录了许多帝后传说，《西王母传》《东方朔传》《列女传》《列仙传》《神仙传》等记录了一些神仙、列女等人物的传说，而《十州记》《西京杂记》《神异经》《搜神记》《搜神后记》《幽明录》《拾遗记》《异苑》等则记载了许多地方风物传说。可以看出，这一时期历史人物的传说主要保存在史传和汉画像之中，笔记小说则杂记了各种类型的传说。

总的来看，唐前各类历史文献对传说材料的记录和保存有以下特点：1. 先秦史传中记录保存的传说材料往往与史实相混；2. 历史人物的传说大多保存在史传、子书与汉画像之中；3. 汉魏六朝笔记杂著则是记录这一时期传说材料最重要的载体，其中包括了各种类型的传说材料，可以说是唐前传说材料的集大成之作。

三、"五四"之前历代史官对传说材料的认识和运用

中国史家对传说材料的认识和运用，最早可以追溯到孔子。司马迁说"孔子闵王路废而邪道兴，于是论次《诗》《书》，修起礼乐。……故因史记作《春秋》，以当王法，以辞微而指博，后世学者多录焉"[1]。实际上，孔子只是《春秋》的整理者，虽然他自己说整理《春秋》"述而不作，信而好古"，但《论语》则说："子不语怪、力、乱、神。"这说明孔子对史料的运用还是有所取舍的，也反映了他对传说文献材料的态度。《春秋》一书，从整体来看，详近略远，此书把春秋二百四十二年分为三世，即"所见世""所闻世""所传世"。由于有关"所闻世"和"所传世"的史料中传说材料较多，所以略写。而对于"所见世"，由于是孔子自己亲眼所见，传说的成分较小，所以详写。对一些古代的神话传说，他都力求从

---

[1] （汉）司马迁：《史记》，中华书局 1959 年版，第 3115 页。

史的角度进行解释。据《吕氏春秋·察传》载："鲁哀公问于孔子：'乐正夔一足，信乎？'孔子曰：'昔者舜欲以乐传教于天下，乃令重黎举夔于草莽之中而进之，舜以为乐正。夔于是正六律，和五声，以通八风，而天下大服。重黎又欲益求人，舜曰：'夫乐，天地之精也，得失之节也，故唯圣人为能和。乐之本也。夔能和之，以平天下。若夔者一而足矣。'故曰夔一足，非一足也。'"由此可见，孔子认为这里的"夔一足"就是"有夔一个就足够了"的意思。但实际上，在上古夔则是神话传说中的一足神兽，由于它长一只脚，所以说"夔一足"。虽然孔子整理史书时，坚持不语怪、力、乱、神的史学原则，但对传说中的五帝，孔子却是承认的。因为在当时人看来，五帝就是上古实有的圣君明王。《大戴礼记·五帝德》《帝系姓》以及《五帝本纪》所载孔子对五帝世系的谈论，实际上也是这一时代风气的反映。

孔子之后，司马迁作《史记》，同样是对大量史料的整理和编纂。作为史家，司马迁对孔子非常推崇，且把自己与孔子相提并论，在《太史公自序》中，他说："先人有言：'自周公卒五百岁而有孔子，孔子卒后至于今五百岁，有能绍明世，正《易传》，继《春秋》，本《诗》《书》《礼》《乐》之际？'意在斯乎！意在斯乎！小子何敢让焉。"在对史料的处理上，司马迁也以孔子的言行作为考证史料和著史的标准，他根据《大戴礼记·五帝德》《帝系姓》以及《尚书·尧典》中所载孔子所谈的五帝世系及其言行，写成《五帝本纪》，并作为"本纪"这一体例的首篇。但与孔子不同，司马迁通过实地考察，发现对于五帝等遥远的古史，当时虽已有传说，但各地所传不同。所以他说："百家言黄帝，其文不雅驯，荐绅先生难言之。"由此可见，他对当时流传的古史传说，完全抱着怀疑的态度。司马迁之所以作《五帝本纪》，与他受驺衍"五德终始说"的影响有关，也与汉统治者宣扬君权神授的论调有关。对于历史人物的传记，他坚持求实的精神，深入实地进行认真的调查，他"二十而南游江、淮，上会稽，探禹穴，窥九疑，浮于沅、湘；北涉汶、泗，讲业齐、鲁之都，观孔子之遗风，乡射邹、峄，厄困鄱、薛、彭城，过梁、楚以归"①。这些都不是在

---

① （汉）司马迁：《史记》，第 3293 页。

游山玩水，而是在进行细致的调查工作，从《史记》所引的材料就可以证明。如司马迁在《魏公子列传》中说："吾过大梁之墟，求问其所谓夷门。夷门者，城之东门也。"在《孟尝君列传》中也说："吾尝过薛，其俗闾里率多暴桀子弟，与邹、鲁殊。问其故，曰：'孟尝君招致天下任侠，奸人入薛中盖六万余家矣。'世之传孟尝君好客自喜，名不虚矣。"这样的例子在《史记》中还有很多，兹不具引。班固在《汉书·司马迁传赞》中就说："然自刘向、扬雄博极群书，皆称迁有良史之才，服其善序事理，辨而不华，质而不俚，其文直，其事核，不虚美，不隐恶，故谓之实录。"由于司马迁重视实地考察，因而弥补了旧有史料的许多缺陷，纠正了许多旧记载中的传说故事，如他在《刺客列传》中说："世言荆轲，其称太子丹之命，'天雨粟，马生角'也，太过；又言荆轲伤秦王，皆非也。"又，在《大宛列传》中，他说："故言九州山川，《尚书》近之矣。至《禹本纪》《山海经》所有怪物，余不敢言之也。"在他看来，这些旧的传闻都是地地道道的传说，于是或加批判，或避而不记。但是，《史记》中也记载了很多的传说故事，而且有些地方明显与他一贯尊崇的孔子不语怪、力、乱、神的史学原则相违背。如《高祖本纪》写刘邦出生的神异传说，这显然是刘邦起事后，为了神化自己而编造的谎言，司马迁不会不知道，他之所以将这一神异传说写进《史记》，主要原因在于这一传说在西汉社会广为流传，而且广大民众都信以为真，他生于汉代，便不得不写。除此之外，还有一些传说材料的运用，是由于当时科学水平所限，对一些现象不能作出合理地解释，所以司马迁只好照抄前人的现成资料，如《太史公自序》中说："星气之书，多杂礼祥，不经；推其文，考其应，不殊。比集论其行事，验于轨度以次，作《天官书》第五。"这里说得很清楚，那些星气之书荒诞不经，但前人的资料都是这么写的，自己又作不出更好地解释，所以姑且如此整理。可以看出，司马迁在写作《史记》的过程中，对传说文献材料的处理和运用是极其谨慎的，司马迁不愧是我国古代杰出的史学家。

东汉班固作《汉书》，在传说材料的运用上，大多继承了司马迁对待传说材料的态度，他在帝王本纪及一些王公大臣的传记里，仍然仿照司马迁的做法，对当时流传的一些神异传说，也都一一作了记载。但和司马迁相比，班固对传说材料的运用要谨慎得多。他在《汉书·艺文志》"六艺略""春秋"下赞扬孔子对待史料的谨慎态度，他说："周室既微，载籍残缺，仲尼思存前圣之业，乃称曰：'夏礼吾能言之，杞不足征也；殷礼吾能言之，宋不足征也。文献不足故也，足则吾能征之矣。'"史料不足宁可略写，也不轻易运用传说文献材料，这是孔子的史学观，也是班固本人对待史料的态度。他认为"诸子十家，其可观者九家而已"，原因是"小说家者流，盖出于稗官。街谈巷语，道听途说者之所造也"。在班固看来，《汉书·艺文志》所录小说十五家，都是一些道听途说的传闻，也就是一些民间传说。之所以将其列在诸子之末，班固也有明确的交代，他说："孔子曰：'（小说家者流）虽小道，必有可观者焉，致远恐泥，是以君子弗为也。'然亦弗灭也。闾里小知者之所及，亦使缀而不忘。如或一言可采，此亦刍荛狂夫之议也。"① 在写作《汉书》的过程中，班固摒弃了许多他认为是传说的文献材料，葛洪在《西京杂记跋》中认为刘歆所积累的历史资料，与班固的史学名著《汉书》是同一性质的著作，都属于历史，他说："考校班固所作，殆是全取刘书，有小异同耳。并固所不取，不过二万许言。今抄出为二卷，名曰《西京杂记》，以裨《汉书》之阙。"现在看来，《西京杂记》中的许多材料还是有一定史学价值的，而班固不取，实际上就反映了他对待传说材料的谨慎态度。

值得注意的是，东汉时期，对当时社会上流传的很多荒诞不经传说有着更为明晰认识的是《论衡》的作者王充。王充是一个无神论者，他不相信君权神授之说，对当时盛行的谶纬、符箓等学说进行了尖锐的批判，因此对社会上流传的有关帝王将相的神异传说，也就持批判态度。他在《论衡》中从不谈"五德终始说"，表明他对这种历史循环论的否定态度。他批评司马迁、班固将大量的神异传说写进史书，如王充对《史记》所载舜死于苍梧，大禹死于会稽的传说都提出了质疑；对女娲补天用鳌足来支撑的神话，王充更是大加非议，他说："夫不周，山也；鳌，兽也。夫天本以山为柱，共工折之，代以兽足，骨有腐朽，何能立之久？"② 除此之外，

---

① （东汉）班固：《汉书》，中华书局1962年版，第1745页。
② 黄晖：《论衡校释》（附刘盼遂集解），中华书局1990年版，第471页。

王充还以大量的篇幅批判了修道成仙的神话，批判了人死后有知为鬼害人的谬论，从而彻底否定了世俗所谓的鬼神论调，如在《论衡·论死篇》中，王充就说："人之死，犹火之灭也，火灭而耀不照，人死而知不惠，二者宜同一实。"还说："天地开辟，人皇以来，随寿而死，若中年夭亡，以亿万数。计今人之数，不若死者多。如人死辄为鬼，则道路之上，一步一鬼也。"另外，王充在《论衡》中也交代了他之所以写这本书的原因："是故《论衡》之造也，起众书并失实，虚妄之言胜真美也。……故《论衡》者，所以诠轻重之言，立真伪之平，非苟调文饰辞，为奇伟之观也。"① 由此可见，王充继承和发扬了中国古代史家务实、尚真的优良传统，不愧为东汉杰出的思想家和历史学家。

西晋陈寿作《三国志》，除录入一些帝王的神异传说之外，对传说文献材料的运用也非常谨慎。但刘宋时期裴松之的《三国志注》，则将其能搜集到的传说异闻尽收其中，这一方面反映出裴松之的求全责备，另一方面也与魏晋时人对待传说材料的态度有关。魏晋时期佛道盛行，鬼神之风大起，由此产生了许多奇奇怪怪的传说故事，而在时人看来，这些都是实有之事，这其中也包括嵇康、干宝等一些著名的文人、史学家。如干宝将其《搜神记》与《左传》并论，他一再申辩《搜神记》"无失实者"，"苟有虚错，愿与先贤前儒分其讥谤"。但以后代人的眼光来看，此书大多是对民间流传的各种神异传说的记述。所以裴松之的《三国志注》记载大量的传说异闻，也反映了当时人普遍的观念。唐代房玄龄等作《晋书》，也将大量的鬼神传说纳入其中，这实际上是代表了魏晋乃至初唐时人的史学观念。但这一时期也有反对将传说材料写进史书的，刘勰就是其中最主要的代表，他说："俗皆爱奇，莫顾理实。传闻而欲伟其事，寻远而欲详其迹，于是弃同即异，穿凿旁说，旧史所无，我书则博，此讹滥之本源，而述远之巨蠹也。"②

魏晋南北朝时期这种将神异传说看作史实，以及大量传说被记入史书的传统在唐代刘知幾的《史通》中遭到了大力的批判。刘知幾的思想，颇

① 黄晖：《论衡校释》（附刘盼遂集解），第 1179 页。
② 郭晋稀：《文心雕龙注译》，甘肃人民出版社 1982 年版，第 191 页。

受王充学说的影响。他不迷信圣经贤传，不迷信灾祥福瑞。他批评前代史书对传说文献材料不加选择的运用，认为是那些探穴藏山之士，怀铅握椠之客为求一家之言，传之不朽而征求的异说、采摭的群言。他认为《隋书·经籍志》著录的杂史杂传类作品更是传说多于史实，他说："晋世杂书，谅非一族，若《语林》《世说》《幽明录》《搜神记》之徒，其所载或恢谐小辩，或神鬼怪物。其事非圣，扬雄所不观；其言乱神，宣尼所不语。"对唐人撰《晋书》引入大量传说材料的做法，刘知幾更是做出了严厉的批评，他说："皇朝新撰《晋史》，多采以为书。夫以干、邓之所粪除，王、虞之所糠秕，持为逸史，用补前传，此何异魏朝之撰《皇览》，梁世之修《遍略》，务多为美，聚博为功，虽取说于小人，终见嗤于君子矣。"① 然而，需要指出的是，刘知幾虽然批评了前代史书对传说文献材料不加选择的运用，但同时又指出，史家在写史的过程中，一定要博采众书，才能写出不朽的史作，在他看来，《史记》《汉书》之所以得到后世的认可，是因为《史记》是兼采《世本》《国语》《战国策》《楚汉春秋》等书编纂而成的，而《汉书》则除征引《史记》的记载之外，又广引刘氏《新序》《说苑》《七略》等书。他反对史料选择仅凭正史和儒家经典，他说："学者有博闻旧事，多识其物，若不窥别录，不讨异书，专治周、孔之章句，直守迁、固之纪传，亦何能自致于此乎？"② 在刘知幾看来，传说文献材料也具有一定的史料价值，他说"街谈巷议，时有可观，小说卮言，犹贤于己"，"求其怪物，有广异闻"③。正因为如此，刘知幾明确主张，传说文献材料可以写入正史，但史家在应用这些文献资料的时候，一定要对其中所包含的史料价值作详细的分析，进而慎重选择，他说："且夫子有云：'多闻，择其善者而从之。''知之次也。'苟如是，则书有非

---

① （唐）刘知幾撰，（清）浦起龙通释，吕思勉评，李永圻、张耕华导读整理《史通》，上海世纪出版集团，上海古籍出版社 2008 年版，第 85 页。

② （唐）刘知幾撰，（清）浦起龙通释，吕思勉评，李永圻、张耕华导读整理《史通》，第 195—196 页。

③ （唐）刘知幾撰，（清）浦起龙通释，吕思勉评，李永圻、张耕华导读整理《史通》，第 193—194 页。

圣，言多不经，学者博闻，盖在择之而已。"① 由此可见，从唐代开始，人们对传说材料和史实逐渐有了明确的区分，唐以后史书记载的各种神异传说，较唐前史书就少得多。另外，从《宋史》及后代正史的《艺文志》及很多私家书目也可以看到，史家也都不再把《世说新语》《搜神记》《西京杂记》《拾遗记》等包含大量传说材料在内的野史、杂传著录在史传类，而是把它们归入了小说类，这说明在宋代及后代史家的眼里，这些书中罗列的材料和史实是有本质区别的。因此，有宋以来，史家在采撰史料的过程中，对包含各种传说材料的野史、杂传也表现出了更为谨慎的态度。最有代表性的是宋代司马光编写的《资治通鉴》，在史料的采撰方面，司马光提出了"其实录，正史未必皆可据，杂史、小说未必无凭，在高鉴择之"② 的著名观点。可以看到，司马光在指出了实录、正史不足的同时，也指出了杂史和小说所具有的价值，但更为重要的是他提出了史家的鉴别能力在史料采撰过程中所起的作用。比如就汉高祖刘邦的出生而言，《史记》《汉书》都记载了他出生的神异传说，但司马光在《资治通鉴》中却说："刘邦，字季，为人隆准、龙颜，左股有七十二黑子。"很明显司马光认为《史记》《汉书》所记刘邦出生的神异是传说无疑，没有多少史料价值可言，所以不再录入史书。

司马光之外，宋代对传说文献材料能够明确区分和慎重选择的另一位史家当属高似孙，他的《史略》是现存唯一的一部史籍专目。在《史略》中，高似孙把史料的范围从前代史家所谓的"实录""正史"扩大到了更为广泛的领域，他在采撰史料时也把对历史事实的认定放在首位，"他虽然没有像唐人刘知幾那样对正史以外诸史作详细的区分性分析和评价，从中明辨私撰野史的价值，但他把正史与琐闻、杂记放在一起对比，并且得出了'杂史、琐说、家传，岂可尽废'的结论，其中已经包含了对野史、杂说之史学价值的肯定"③。由此可见，和司马光一样，高似孙也很重视传说文献的史料价值，他对司马光及其《资治通鉴》给予了热情的赞扬，认

---

① （唐）刘知幾撰，（清）浦起龙通释，吕思勉评，李永圻、张耕华导读整理《史通》，第196页。

② （宋）司马光：《司马文正公传家集·答范梦得》，商务印书馆1927年版，第63卷。

③ 宋馥香：《高似孙〈史略〉之史学价值管窥》，《郑州大学学报》2009年第5期。

为"其为功切矣，其所采亦博矣"。在高似孙看来，《资治通鉴》之所以取得成功，最重要的原因在于司马光采撰范围的广泛和他对史料的考订。同时，宋以后的史家对唐前史书中录入的大量传说材料也有了更为清醒地认识。郑樵在其《通志·总序》中，对司马迁将大量传说材料写进《史记》表示了理解，他说："当迁之时，挟书之律初除，得书之路未广，亘三千年之史籍，而踽踽七八种书，所可为迁恨者，博不足也。"纪昀在《四库全书总目提要》中也认为《隋书·经籍志》之所以使"王嘉《拾遗记》《汲冢琐语》得与魏尚书、梁实录并列，不为嫌也"，原因是当时"载籍既繁，难于条析，义取乎兼包众体，宏括殊名"①。他称赞陈振孙《直斋书录题解》创别史一门，认为陈振孙对传说与史实有了较为明确地认识，将"《梁武帝、元帝实录》列诸杂史，义未安也"②。可见在他们看来，《隋书·经籍志》所谓《拾遗记》等杂史实际上是各种传说文献材料的总汇，与史实有着本质的区别。

纵观中国古代史家对传说文献材料的认识与运用，可以看到，唐前史家对传说文献材料的认识还不是很明确，不论是孔子、司马迁、班固还是裴松之，他们在写作史书的过程中，或由于史料所限、或由于观念问题，往往将史实与传说混杂，并将大量的传说材料写进了史书。从唐代开始，人们逐渐对传说材料与史实有了较为明确的认识，所以宋以后的史家在录入传说文献材料的同时，对其中所具有的史料价值都进行了深入的考证。总体上来看，宋以后的正史录入的传说材料较唐以前大大减少了，一些原来认为是野史杂传的含有大量民间传说的笔记小说也被正式归入了小说类。

四、"五四"运动至今的唐前传说研究

我国具有近现代意义的传说学，开始于 20 世纪初③。20 世纪 50 年代以前，在传说研究方面做出贡献的学者主要有顾颉刚、钟敬文、容肇祖、

---

① （清）永瑢等：《四库全书总目》（上），中华书局1965 年版，第460 页。
② （清）永瑢等：《四库全书总目》（上），第445 页。
③ 这一时期研究传说的学人，往往传说、故事混用，因此，下文所说的故事实际上大都指传说而言。

刘万章等。发表的论文主要有顾颉刚的《孟姜女故事的转变》（1924）和
《孟姜女故事研究》（1927），黄忠琴的《史籍中的传说》（1928），张冠英
的《传说与史实——关于萧何、韩信的传说》（1929），钱南扬的《祝英台
故事叙论》（1929），钟敬文的《中国的地方传说》（1931），欧阳飞云的
《牛郎织女故事之演变》（1947）等。至今仍受人称道的《孟姜女故事研
究》，就是那时出现的最具代表性的成果。在上述两篇研究孟姜女传说的
文章中，顾颉刚先生第一次用史学家的眼光与手段来研究传说故事，从而
开创了中国近代传说研究的新思路。钱南扬的《祝英台故事叙论》，则是
现代梁祝研究中最早对梁祝故事的发生、发展及流传进行比较全面论证的
文章。文章认为故事大致发生于晋末至南北朝梁元帝时的 150 年间，故事
情节的不断丰富使人们不满足"简单的情节"，而不断"增饰附会"，以至
"同冢""化蝶"，故事的流传地域十分广泛。此外，欧阳云飞的《牛郎织
女故事之演变》可以说是国人研究牛郎织女故事的先河，他将牛郎织女传
说的演变分成了五个时期，后继者的研究，大致也是以这几个时期划分为
标准。

论文之外，这一时期研究传说的专著主要有顾颉刚的《孟姜女故事研
究集》（第一册），容肇祖的《迷信与传说》，钟敬文的《楚辞中的神话和
传说》等。容先生的《迷信与传说》一书，从整体看分为两部分，前一部
分讲迷信，后一部分讲传说。在传说部分，容先生运用胡适所谓"剥笋或
剥皮"的方法，对传说进行了分析，他认为传说的产生，是由于"事物的
来源，每每是不易追求，懒惰的心理，为满足追求的欲望，而傅会的说明
遂由此而产出。而神奇的起源的说明，使人动听更是易于传播，由此而传
说的影响更多"①。其次，他还对当时所闻见的传说，进行了分类，以容先
生的看法，传说可以分成有依据的和没依据的两大类，前者又可以分为历
史中的传说和地方上的传说，后者则可以分为小说或寓言中的传说以及地
方上的传说，每一个还可以分成更小的类，如历史中的传说又可以分成渲
染多的、传闻误的和凭虚构的三类，地方上的传说又可以分成关于人的、
关于地的和关于物的三类，同样，小说或寓言中的传说以及地方上的传说

---

① 叶春生主编：《典藏民俗学丛书》（上、中、下），黑龙江人民出版社 2004 年版，第 1943 页。

也可以分成若干小类，不一而举。除此之外，容先生在书中也对几个传说个案进行了深入的研究，其中涉及的唐前传说有李冰和王昭君等历史人物的传说。钟敬文在《楚辞中的神话和传说》中，首先将楚辞中的神话和传说分成以下几类：1. 自然力及自然现象的神；2. 神异境地；3. 异常动植物；4. 神仙鬼怪；5. 英雄传说及其他事迹。然后逐类进行了细致地分析和研究。在他们的带动下，曾掀起了一股搜集传说故事、研究传说故事的热潮。据载，从1927年冬到1933年6月短短的几年时间，《民俗周刊》共出123期，发表传说故事近400篇，研究传说的文章则有300多篇，出版丛书及专号60种。这一时期关注的重点，除了对孟姜女、蛇郎、天鹅处女等流行故事进行个案研究之外，还出现了一些具有较强理论性的著作，如钟敬文的《中国民间故事型式》、杨萌深的《中国民间文学概论》、王显恩的《中国民间文艺》等。

中华人民共和国成立后至20世纪70年代末，中国的传说故事研究大都跟政治运动联系在一起，真正有学术价值的论著不多，这一时期值得关注的涉及唐前传说研究的文章主要有张恨水的《关于梁祝故事的来源》（1950）、罗永麟的《试论〈牛郎织女〉》（1957）、娄子匡的《梁祝故事的探索》（1963）等。其中张恨水的《关于梁祝故事的来源》一文，对梁祝故事的起源、发展及各种文艺形式的"梁祝"进行了研究、评论。罗永麟的《试论〈牛郎织女〉》一文，在历述了牛郎织女传说故事的演变之后，对其所包含的历史文化意义及故事的时代背景等方面展开了分析讨论。罗先生认为，这个故事突出地表现了小农经济的"男耕女织""自给自足"的希望得不到实现的一种苦闷感情，同时也比较具体地反映了当时小农生产者和小手工业者的恋爱观。在这篇文章的后半部分，也谈到了牛郎织女故事的人民性及其艺术构思，还对整理牛郎织女故事提出了宝贵的意见。很明显，文章中提到的"小农经济""男耕女织""自给自足"以及"人民性"等都与中华人民共和国成立后50年代轰轰烈烈的政治运动有关，也反映了这一特定历史时期传说研究的特点。总的来说，这一时期对传说的研究仍然以个案研究为主，对唐前传说的研究尤其关注不够。除此之外，这一时期出版的理论性较强的专著有钟敬文主编的《民间文学新论集》、贾芝的《民间文学论集》、张紫晨的《民间文学知识讲话》、刘魁立的《民间文学研究四十年》等，这些理论著作大都将神话传说放在一起进行讨论，没有专门探讨传说的章节，这也反映了 20 世纪 80 年代以前中国传说学的不成熟。

传说学真正成为独立的学科，从中国学界崛起并影响于世，是 20 世纪 80 年代以来的事情。近三十多年以来，《民间文学概论》及有关著作设立"传说"专章或专编，传说综合性学术讨论会及《中国民间传说论文集》出版、传说专题性研讨会以及传说学专著和传说故事研究文章的大量出现，都说明中国的传说学研究进入了一个全新的历史时期。这一时期的理论性著作主要有钟敬文主编的《民间文学概论》，乌丙安的《民间文学概论》，刘守华、巫瑞书主编的《民间文学导论》，万建中的《民间文学引论》，段宝林的《中国民间文学概要》，张紫晨的《中国古代传说》，黄景春的《民间传说》，程蔷的《中国民间传说》，祁连休、程蔷、吕微主编的《中国民间文学史》等；钟敬文、乌丙安、刘守华、万建中等先生从整个民间文学的大环境出发，都在书中设专章，对传说的特点、分类等进行分析探讨。特别值得一提的是祁连休、程蔷、吕微主编的《中国民间文学史》一书，此书专设"传说编"，以六章的篇幅阐述传说的特征、传说史分期以及自先秦至近代传说史略，这对中国的传说研究是一个新的开拓。而张紫晨、黄景春、程蔷等先生，则对传说作了专门的理论研究，他们从传说的定义、传说产生的途径、传说的种类、传说的艺术特征、传说的文化价值等各方面进行专项的分析，取得了前所未有的重大成果。所有这些都反映出传说学在我国的成熟和发展。除国内学者对传说的理论阐释之外，1988 年由连湘翻译、中国民间文艺出版社出版的日本学者柳田国男的《传说论》一书，更是一部从理论角度专门探讨传说的力作。这一时期研究唐前传说或涉及唐前传说研究的专著主要有罗永麟《论中国四大民间故事》，程蔷《中国识宝传说》，巫瑞书《澧州孟姜女传说与湖湘文化》，郎净《董永故事的展演及其文化结构》，陈金文《孔子传说的文化审美研究》，曹书杰《后稷传说与稷祀文化》等。四大传说历来是民间文艺工作者关注的焦点，罗永麟的《论中国四大民间传说》一书反映了罗先生多年来从事民间文学研究的历程。主要有两部分内容：一是论述中国四大民间故事；一是探索民间文学与通俗文学及文人文学的关系。这部专著中的很多文章，抛开传统历史考证的方法，运用历史唯物论和辩证唯物论的研究方法，注重于对作品本身的思想内容和艺术形式的分析，具有一定的开创意义。程蔷的《中国识宝传说》一书，从"识宝传说的形成""西域胡人识宝传说""洋人盗宝传说"以及"民间识宝传说的影响"等几个方面进行了系统深入的研究，其中"识宝传说的形成"部分关注的重点在唐前，其他部分研究的重点则是唐以后识宝传说的发展演变。巫瑞书的《澧州孟姜女传说与湖湘文化》一书，以文化学为视角，从湖湘文化的孕育发展落笔，采取逐层方式，深入揭示澧州孟姜女传说的渊源，其与歌谣、戏曲及风俗的关系，以及在全国孟姜女传说中的地位，并与其他地方的传说进行了比较，这在孟姜女故事的研究上，具有新的开拓意义。除此之外，郎净的《董永故事的展演及其文化结构》、陈金文《孔子传说的文化审美研究》、曹书杰《后稷传说与稷祀文化》等这一历史时期关于唐前传说个案研究的论著，都从各个不同的角度对自己的研究对象进行了全方位的探索。以上所述都是大陆学者的研究成果，实际上，港台及国外很多研究汉学的学者，也都对唐前的传说故事表现出了极大的关注。黄瑞旗《孟姜女故事研究》、杨振良《孟姜女研究》、贺学君《中国四大传说》、谭达先《中国四大传说新论》、〔日〕小南一郎《中国的神话传说与古小说》、〔俄〕李福清《古典小说与传说》等，就是这一时期港台及国外学者传说研究的杰出成果。专著之外，这一时期研究传说故事的论文更是不胜枚举，研究的范围也从中国民间四大传说等历来人们关注的重点传说故事拓展到各种类型的传说，研究的方法也从传统的历史考证法发展到灵活运用各种方法进行传说材料的解读。

总之，这一时期关于唐前传说的研究成果，体现出以下几方面的特点：
1. 这一时期发表的论文几乎涉及了唐前传说的各种类型。20世纪80年代以前，人们关注的重点主要是中国四大民间传说等一些至今仍在民间广泛流传的传说故事；80年代至今，传说的研究范围较前期有所扩大。但综观这一时期的研究，可以看到，绝大多数都是对个案传说的研究。将传说作为一种独立的文学样式，从其发展史的整体角度，进行系统综合研究的学人则很少。
2. 在理论研究方面，人们对传说的认识也逐渐由模糊走向明朗，传说被逐渐看成是与神话、故事等并列的民间文学的一个重要的分支。

五、本书的构思与设想

本书的研究对象主要是指汉魏六朝文献资料中所保存的各类唐前传说。在对记录唐前各类传说的汉魏六朝文献做了比较系统的归纳、梳理之后，笔者将重点放在了对唐前传说类型的文化阐释以及从多角度透视唐前传说两个大的方面。

目前学术界对传说的分类可谓五花八门，其中较通行的方法是根据传说的定义将传说分为人物传说、历史事件传说、地方风物传说等。然而，"因为任何历史事件都是由历史人物的行为构成的，而且民间传说叙述历史事件，很少是为了塑造群像，常常是为了突出某一历史人物（或某个人物的家族、以他为核心的集团等），以一个主要人物为中心来叙述事件。与其将这样的传说划归史事传说，还不如将它们归入人物传说更为合理"①。因此，参照学术界对传说的传统分法，结合唐前传说的总体特点，本书将唐前传说分为五大类，即帝王与后妃传说、英雄与杰出人物传说、神话与宗教人物传说、世俗人物传说以及地方风物传说。在分析论述各类传说的过程中，笔者把文献梳理和个案分析相结合，试图对汉魏六朝文献中记录保存的唐前传说作进一步深入的探究。

帝王与后妃传说着重分析帝王与后妃的传说；英雄与杰出人物传说主要解读将相名臣传说、文人巧匠传说、刺客传说等。神话与宗教人物传说重点讨论神话人物传说、道教人物传说、佛教人物传说几个方面。黄帝、西王母等人物，从唐前流传的有关他们的传说来看，应该归到道教人物传说之下，但由于黄帝、西王母等，最初都是神话人物，后世关于他们的传说很多是由神话演变而来的，因此，把他们归到了神话人物传说之下。而那些反映世俗人物死而复生后，所述在阴间地狱的传说，以及通过世俗人物反映因果报应、生死轮回等佛教思想的传说，显然是佛教徒的创造，且由于这几类传说中的人物最终也大都皈依佛门，因此，把上述几类传说也归到佛教人物传说之下。世俗人物传说重点讨论婚恋类人物传说、孝义类人物传说、其他世俗类人物传说几个方面。之所以在这一章讨论上述几类

---

① 程蔷：《中国民间传说》，浙江教育出版社 1986 年版，第 22 页。

人物传说，原因如下：

第一，纵观历代的传说故事，世俗人物的婚恋传说都占有相当大的比重，唐前传说也不例外。

第二，在鬼神实有观念的影响下，唐前传说中有很大一部分是有关神、鬼、妖的传说故事，而这些传说故事又以神、鬼、妖与凡人的婚恋传说为主，且大都反映了世俗人物在特定历史时期的情感和愿望。

第三，自汉代以来，统治者都非常重视孝对治国安邦的重要作用。因此，这一时期涌现出了大批的孝子，民间更是流传着许多孝子的传说。

第四，唐前流传的许多有关人化异物的传说实际上也反映了特定时代广大民众的思想观念和情感倾向，因此也归入世俗类传说的名下。

唐前地方风物传说重点讨论地方传说、动植物产传说、风俗传说与自然传说等几个方面。

需要说明的是，孟姜女传说、牛郎织女传说、孔子传说、董永传说等一些著名的传说故事，已经作为个案被专门研究，且出版或发表了专著和很多单篇论文，对这些传说，本书将不作为重点研究的对象，而是在理论研究部分作为例证，捎带提及。总的来说，对唐前传说人物的分类，是以人物一生主要的贡献及其对社会的影响作为参考标准的。但也应该清楚，传说人物的归类并不是绝对的，如屈原就既可归到名臣传说一类，也可归到文人传说一类，虽然他的一生主要奔走呼号于对楚国前程的担忧，但他的这一思想在后世主要通过其文学创作反映出来，因此将他归入了文人传说名下。又如老子既是文化名人，又是宗教人物，只是在汉魏六朝的传说中，凸显的是他作为道教教祖的一面，因此，本书把他归到了宗教人物传说的名下。

从叙事学的角度对唐前传说进行探究不能不说是一次大胆的尝试，传说的叙事模式、叙事立场以及叙事情节类型等都是传说叙事研究的新课题，笔者也只是在前人叙事研究的基础上，作了一点尝试。针对唐前传说的总体特征，本书将唐前传说的叙事模式归纳为叙事时间、叙事角度、叙事结构三个方面；将唐前传说的叙事立场总结为民间话语立场、官方话语立场以及宗教话语立场；通过对唐前传说叙事情节的分析，并借鉴学术界的不同观点，将唐前传说的叙事情节类型概括为神话型、宗教型、传奇型和世俗型。

传播学理论对中国本土的学者而言，也是一门新兴的学科，但将传播理论运用于传说的研究，目前已有很多学者做了探索，有关传说传播研究的论文近年来也是层出不穷。然而，纵观目前有关传说传播研究的论文，多集中在对个案传说的传播研究方面。本书则从总体上观照了汉魏六朝文献中各类唐前传说的传播与流变，就这一时期传说传播的方式、接受、嬗变进行了系统的分析。

对传说价值的探究可以说是研究传说的学者所面临的一个不可避免的问题。唐前传说之所以具有重要的史料价值、民俗价值、思想价值以及文学价值，主要是因为"民间文学最真实、最全面地反映了人民的生活状况，最直接、最深刻地表现了人民的思想感情，它记载着人民自己的历史，总结了劳动斗争的丰富经验，是人民自己的'百科全书'，因此它为社会科学乃至自然科学的研究提供了珍贵的资料"①。

对唐前传说个案的研究是本书又一鲜明的特点。为了能够更好地将综合研究与个案分析相结合，本书选取了介子推传说、西王母传说、老子传说、泰山传说、虹传说以及"桃花源"传说等作为传说个案，深入分析了各个传说在唐前衍生与演变的历史轨迹，从而探究隐藏在这些传说内部的深厚的文化意蕴。

总而言之，汉魏六朝文献典籍中记录保存的唐前传说内容极为丰富多彩，本书对这些传说的分类也只是宏观上的把握，还未能全面涵盖这一时期的所有传说。另外，由于本人才力所限，在写作的过程中，很多问题都有力不从心之感，如对唐前传说的叙事研究，有些方面深入不够，显得比较单薄。所有这些不足，还有待来日作进一步的分析研究。

---

① 段宝林：《民间文学的社会价值》，《北京大学学报》1964 年第 2 期。

上　编
异彩纷呈的唐前传说

第一章　帝王与后妃传说

第一节　帝王传说

汉魏六朝文献所记载的唐前的帝王传说，主要是一些在中国历史上有着重大影响的帝王，如周穆王、燕昭王、吴王夫差、秦始皇、汉高祖、汉武帝等，有关他们的传说则主要集中在他们神异的出生、生活逸事、求仙以及反映他们利欲熏心、荒淫、专横、残暴等方面。

一、神异的出生与形貌

早在先秦时期，就有许多关于氏族首领神异的感生传说，这些传说中的一部分与母系社会时期人们对只知其母不知其父这一社会现象的不能理解有关，另有一部分也反映了原始先民对自己氏族的图腾崇拜。但后代的封建帝王仍然不断神化自己的出生，又是什么原因呢？

在汉魏六朝时期的封建帝王中，最先神化自己出身的恐怕要数汉高祖刘邦了，《史记·高祖本纪》这样记述刘邦的出生：

> 高祖，沛丰邑中阳里人，姓刘氏，字季。父曰太公，母曰刘媪。其先刘媪尝息大泽之陂，梦与神遇。是时雷电晦冥，太公往视，则见蛟龙于其上。已而有身，遂产高祖。

就为何神化刘邦出生这一问题，学术界普遍认为这与他低微的出身有关。刘邦的父母均为普通的农民，他的家庭没有任何的显赫之处，但由于当时社会的机遇加之他本人的聪明才智，使他最终统一了天下，登上了帝王的宝座。然而历数刘邦之前历朝历代的天子，他们都有显赫的家世，均来自于上流社会。正是由于这个原因,出身于普通农民的大汉皇帝刘邦,担心上流社会的世族不服自己的统治,于是就编造了这一神异的感生传说,以抬高自己身世,并谎称自己的统治是君权神授。于省吾先生说:"到了父权制和阶级社会时代仍有感生之说,而旧籍由于展转传说和附会,遂以感生为神灵或上帝而生子,但是前者出于愚昧无知,而后者则逐渐加以神化。尤其是阶级社会的统治者,不过想利用感生之说,神化其所自出,以愚惑民众而已。"① 在刘邦感龙而生的传说之外,还有赤帝子斩白帝子的传说:

> 高祖被酒,夜径泽中,令一人行前。行前者还报曰:"前有大蛇当径,愿还。"高祖醉,曰:"壮士行,何畏!"乃前,拔剑击斩蛇。蛇遂分为两,径开。行数里,醉,因卧。后人来至蛇所,有一老妪夜哭。人问何哭,妪曰:"人杀吾子,故哭之。"人曰:"妪子何为见杀?"妪曰:"吾子,白帝子也,化为蛇,当道,今为赤帝子斩之,故哭。"人乃以妪为不诚,欲告之,妪因忽不见。(《史记·高祖本纪》)

古人认为龙由蛇而来,因此,这里的蛇也就是龙。至于刘邦为何取龙而不是其他神异动物的问题,有学者认为,这可能与上古的另外一个传说有关。钟敬文主编的《中国民俗史·汉魏卷》一书就说,这与《史记·夏本纪》中,记载在夏朝孔甲为帝时,一个叫刘累的人与龙的一些缘分有关,该书在征引了《史记·夏本纪》中的这一记载后指出:"龙和上古传说中的刘累有关,把刘邦和龙联系了起来,实际上是为了让刘邦和刘累发生关系,从而使人们联想到刘邦是刘累的后代。刘累所属的陶唐氏相传为尧的氏族,而刘邦也跟着刘累成为尧的子孙,他的血统因此变得非常高贵,他兴起为帝,好像也就成为历史的'必然'了。"② 刘邦感龙而生的传说在汉代的纬书中也有记载,《诗含神雾》就说:"赤龙感女媪,刘季兴。"汉代之后,魏晋时期的一些杂史也载有高祖神异出生的传说,不过这时的传说已与龙没有关系了,如皇甫谧《帝王世纪》说:"昭灵后名含始,游于洛池,有玉鸡衔赤珠出,刻曰:'玉英,吞此者王'。含始吞之,生子邦,字

① 于省吾:《泽螺居诗经新证》,第209页;原刊于《中华文史论丛》第6辑,1965年。
② 钟敬文主编,萧放副主编,郭必恒等著:《中国民俗史·汉魏卷》,人民出版社2008年版,第431页。

季，是为汉高皇帝。"这说明魏晋时人已不迷信刘邦感龙而生的神异，可以看到，皇甫谧关于刘邦出生的记述有着明显的仙化倾向，这与魏晋时期神仙道教的盛行有关，也是传说随时代的发展、社会思潮的变化而不断发展变化的典型范例。

刘邦之后，记述帝王神异出生的传说还有很多，现举几例如下：

孝武皇帝，景帝子也。未生之时，景帝梦一赤彘从云中下，直入崇芳阁。景帝觉而坐阁下，果有赤龙如雾，来蔽户牖。宫内嫔御，望阁上有丹霞蓊蔚而起，霞灭，见赤龙盘回栋间。景帝召占者姚翁以问之。翁曰："吉祥也。此阁必生命世之人，攘夷狄而获嘉瑞，为刘宗盛主也。然亦大妖。"景帝使王夫人移居崇芳阁，欲以顺姚翁之言也。……旬余，景帝梦神女捧日以授王夫人，夫人吞之，十四月而生武帝。（《汉武帝内传》）

孙坚夫人吴氏，孕而梦月入怀，已而生策。及权在孕，又梦日入怀。以告坚曰："妾昔怀策，梦月入怀；今又梦日，何也？"坚曰："日月者，阴阳之精，极贵之象。吾子孙其兴乎！"（《搜神记》卷十）

李雄字仲俊，特第三子也。母罗氏梦双虹自地升天，一虹中断，既而生荡。后罗氏因汲水，忽然如寐，又梦大蛇绕身，遂有孕，十四月而生雄。（《十六国春秋》卷七十七）

其母苟氏尝游漳水，祈子于西门豹祠，其夜梦与神交，因而有孕，十二月而生坚焉。有神光自天烛其庭。背有赤文，隐起成字，曰："草付臣又土王咸阳"。臂垂过膝，目有紫光。（《晋书载纪·苻坚上》）

（刘裕）三月壬寅夜生，神光照室尽明，是夕甘露降于墓树，……尝游京口竹林寺，独卧讲堂前，上有五色龙剑，众僧见之惊。（《通志》卷十一《宋纪》）

有关汉武帝的出生，司马迁在《史记》中没有记述，班固在《汉书·外戚传》中的记载也非常简略，仅"男方在身时，王夫人梦日入怀，以告太子，太子曰：'此贵征也'"几句。然而如前所引，在《汉武帝内传》中，则大大异化了汉武帝的出生，显然是传说而非史实。之所以会出现这样的神异传说，黄景春认为与当时盛行的天人感应说有密切的关系，他说："日被视为帝王的化身，王夫人有妊而梦日入怀，喻示所怀之子是上天所遣,是上天对人间秩序的一种安排,将来必继承皇统。"① 而传说中"有赤龙如雾,来蔽户牖"以及"赤龙盘回栋间"等的记述也向世人喻示,将来所生之子必是真龙天子。汉武帝之外,上文所引孙坚夫人梦日入怀而生孙权、李特妻罗氏梦虹而生李雄等的神异传说也都是在天人感应说的影响之下,统治者神化自己,鼓吹君权神授的伎俩。

除这种神异的出生外,唐前的传说中,许多帝王的相貌也异于常人,如《史记·高祖本纪》载:"高祖为人隆准而龙颜,美须髯,左股有七十二黑子。"《史记·项羽本纪》也说:"舜目盖重瞳子,又闻项羽亦重瞳子,羽岂其苗裔耶?"季羡林先生说:"关于'重瞳子','隆准','龙颜'各家注释,虽多歧异;但无若何神秘之处,则可断言。至左股有七十二黑子,亦非事实上绝不可能者。"② 如果说两汉时期对帝王相貌的记述只是在真实的基础上稍加夸大的话,三国两晋南北朝正史对帝王相貌的记述就明显是传说了。如《三国志·魏书·明帝纪》裴松之注引孙盛《晋阳秋》曰:"闻之长老:魏明帝天姿秀出,立发垂地。"《三国志·蜀书·先主纪》曰:"(先主)身长七尺五寸,垂手下膝,顾自见其耳。"《晋书·武帝纪》曰:"中抚军……有超世之才,发委地,手过膝,此非人臣之相也。"《陈书·高祖纪》曰:"(高祖)身长七尺五寸,日角龙颜,垂手过膝。"《魏书·太祖纪》亦曰:"(太祖)弱而能言,目有光耀,广颡大耳。"魏晋六朝时期的正史对帝王相貌类似的记述还有很多,兹不具述。可以看到,这些民间传说中的帝王相貌有极大的相似点:一是臂长,二是耳大,三是发长,四是身长。季羡林先生探究了其中的缘由,他把佛典中对那些高僧相貌的描写与魏晋南北朝时期正史中描写的帝王相貌进行了对比,发现以上几点对帝王相貌的描述更常见于佛经中对高僧形貌的记述,结合这一时期佛教在中国的盛行,季先生认为"《三国志》《晋书》《陈书》《魏书》《北齐书》《周书》所记诸帝形貌多非事实,而实有佛教传说杂糅附会其间"③。

---

① 黄景春:《汉武帝:从历史人物到小说形象》,《上海大学学报》2009年第4期。
② 季羡林:《比较文学与民间文学》,北京大学出版社1991年版,第93页。
③ 季羡林:《比较文学与民间文学》,第99页。

毋庸置疑，不论是神奇的出生还是超乎寻常的形貌，都是统治阶级愚民政策的反映，正如程蔷所说："这种神奇的传说，使帝王与天神之间建立起了亲密的血缘关系，似乎帝王是赋有特殊使命来到人间的嫡裔，因此登上宝座、统治人民，成为一国之主也就理所当然。"①

二、帝王的逸闻逸事

除感生传说外，帝王传说中最多、最为人称道的是有关他们与兄弟、后妃、大臣等的恩怨情仇。而这方面的传说，以帝王与后宫嫔妃或民间女子之间的情感纠葛为主；其次也有很多传说体现的是皇帝与大臣、兄弟之间的恩恩怨怨。透过这些传说，反映了封建帝王的或荒淫好色、或柔情似水、或冷酷无情。

吴王夫差与西施的传说可以说是汉魏六朝文献中记述的反映君王荒淫好色以致亡国的典型。历史上的吴越之争妇孺皆知，吴国以较强的实力一度使越王勾践丧国，后来勾践卧薪尝胆，灭掉强大吴国的史实更让人扼腕叹息。为什么曾经强大的吴国会变得如此不堪一击？历史学家认为这与夫差刚愎自用，用人不当，听信谗言，以及决策上的重大失误密切相关。但在民间传说中，夫差灭国却主要是因为他的荒淫好色所致。王嘉《拾遗记》卷三就说：

> 越谋灭吴，蓄天下奇宝、美人、异味进于吴。……越又有美女二人，一名夷光，二名修明，以贡于吴。吴处以椒华之房，贯细珠为帘幌，朝下以蔽景，夕卷以待月。二人当轩并坐，理镜靓妆于珠幌之内。窃窥者莫不动心惊魄，谓之神人。吴王妖惑忘政。及越兵入国，乃抱二女以逃吴苑。越军乱入，见二女在树下，皆言神女，望而不敢侵。

齐治平先生在"一名夷光，二名修明"句下注曰："即西施、郑旦之别名。"实际上，吴王与西施之间的传说早在汉人编撰的《越绝书》和《吴越春秋》中已有记述，只是两书中主要突出的是吴王的好色以及越国投其所好处心积虑送美女给吴王等情节，所有这些都可以看出，在民间传说

中，夫差本人的荒淫好色，才是导致吴国灭亡最重要的原因。

夫差之外，商纣王、周幽王也都因为与爱妃花前月下，荒于国政而误国。据《史记·殷本纪》载，纣王"好酒淫乐，嬖于妇人。爱妲己，妲己之言是从。于是使师涓作新淫声，北里之舞，靡靡之乐。……大聚乐戏于沙丘，以酒为池，县肉为林，使男女裸相逐其间，为长夜之饮"。周幽王也是，他得到褒姒后，"爱之，欲废申后，并去太子宜臼，以褒姒为后，以伯服为太子。……褒姒不好笑，幽王欲其笑万方，故不笑。幽王为烽燧，大鼓，有寇至则举烽火。诸侯悉至，至而无寇，褒姒乃大笑。幽王说之，为数举烽火。其后不信，诸侯益亦不至"①。秦汉以后，民间传说中因为荒淫好色误国的还有汉成帝、汉哀帝等，他们或好女色、或宠男妓，虽然没有致使国家灭亡，但西汉的衰落以致最终的灭亡与他们的荒淫好色不无关系。据《拾遗记》卷六载：

> （成）帝常以三秋闲日，与飞燕戏于太液池，以沙棠木为舟，贵其不沉没也。以云母饰于鹢首，一名"云舟"。又刻大桐木为虬龙，雕饰如真，以夹云舟而行。以紫桂为柂枻。及观云棹水，玩撷菱藕，帝每忧轻荡，以惊飞燕，令伙飞之士，以金琐缆云舟于波上。每轻风时至，飞燕殆欲随风入水。帝以翠缨结飞燕之裙，游倦乃返。

事实上，历史上的汉成帝虽然淫女色而荒于国政，但并不至于此，《拾遗记》中的记载明显是传说，之所以这样描写，实际上是广大的民众对汉成帝荒淫好色行为的进一步丑化。

封建帝王的荒淫好色，很多时候也表现在他们因贪色而强抢民女方面，统治者的这一行径不知造成了多少普通家庭妻离子散，家破人亡！因此广大的劳苦大众对此更是深恶痛绝，流传在民间的这方面传说就更多。现举几例如下：

> 宋康王舍人韩凭，娶妻何氏，美，康王夺之。凭怨，王囚之，沦为城旦。妻密遗凭书，缪其辞曰："其雨淫淫，河大水深，日出当心。"既而王得其书，以示左右，左右莫解其意。臣苏贺对曰："其雨

---

① （汉）司马迁：《史记·周本纪》，第147—148页。

淫淫，言愁且思也。河大水深，不得往来也。日出当心，心有死志也。"俄而凭乃自杀。

其妻乃阴腐其衣。王与之登台，妻遂自投台。左右揽之，衣不中手而死。遗书于带曰："王利其生，妾利其死。愿以尸骨，赐凭合葬。"王怒，弗听，使里人埋之，冢相望也。王曰："尔夫妇相爱不已，若能使冢合，则吾弗阻也。"

宿昔之间，便有大梓木生于二冢之端，旬日而大盈抱，屈体相就，根交于下，枝错于上。又有鸳鸯，雌雄各一，恒栖树上，晨夕不去，交颈悲鸣，音声感人。宋人哀之，遂号其木曰"相思树"。相思之名起于此也。南人谓此禽即韩凭夫妇之精魂。

今睢阳有韩凭城，其歌谣至今犹存。（《搜神记》卷十一）

汉武帝尝微行造主人家。家有婢国色，帝悦之，仍留宿。夜与主婢卧，有一书生，亦寄宿，善天文。忽见客星将掩帝座，甚逼，书生大惊惧，连呼咄咄，不觉高声。仍又见一男子，操刀将入户，闻书生声急，谓为己故，遂缩走。客星应时而退，如此者数过。帝闻其声，异而问之，书生具说所见。帝乃悟曰："必此人婿也。将欲肆凶恶于朕。"仍召集期门羽林，语主人曰："朕天子也。"于是擒奴，问而款服，乃诛之。（《太平广记》卷第一百六十一）

在唐前流传的一些帝王传说中，也有很多传说反映了帝王与后妃之间感人的情感故事，在这些故事中，也表现出了封建帝王本性中真的一面。如汉武帝与李夫人之间的恋情人所共知，也产生了很多感人的传说故事。据《搜神记》卷二载：

汉武帝时幸李夫人。夫人卒后，帝思念不已，方士齐人李少翁言能致其神。乃夜施帷帐，明灯烛，而令帝居他帐，遥望之。见美女居帐中，如李夫人之状，还幄坐而步，又不得就视。帝愈益悲感，为作诗曰："是耶？非耶？立而望之，偏。娜娜，何冉冉其来迟！"令乐府诸音家弦歌之。

如果《搜神记》中的记载还有一定历史事实在里面的话，《拾遗记》中的记载传说化的倾向则更加明显。《拾遗记》卷五载：

汉武帝思怀往者李夫人，不可复得。时始穿昆灵之池，泛翔禽之

舟。帝自造歌曲,使女伶歌之。时日已西倾,凉风激水,女伶歌声甚
遒,因赋《落叶哀蝉》之曲曰:"罗袂兮无声,玉墀兮尘生,虚房冷
而寂寞,落叶依于重扃。望彼美之女兮安得,感余心之未宁!"帝闻
唱动心,闷闷不自支持,命龙膏之灯以照舟内,悲不自止。亲侍者觉
帝容色愁怨,乃进洪梁之酒,酌以文螺之卮。……帝息于延凉室,卧
梦李夫人授帝蘅芜之香。帝惊起,而香气犹著衣枕,历月不歇。帝弥
思求,终不复见,涕泣洽席,遂改延凉室为遗芳梦室。初,帝深嬖李
夫人,死后常思梦之,或欲见夫人。帝貌憔悴,嫔御不宁。诏李少君
与之语曰:"朕思李夫人,其可得见乎?"少君曰:"可遥见,不可同
于帷幄。"帝曰:"一见足矣,可致之。"少君曰:"暗海有潜英之石,
其色青,轻如毛羽,寒盛则石温,暑盛则石冷。刻之为人像,神悟不
异真人,使此石像往,则夫人至矣。此石人能传译人言语,有声无
气,故知神异也。"帝曰:"此石像可得否?"少君曰:"愿得楼船百
艘,巨力千人,能浮水登木者,皆使明于道术,赍不死之药。"乃至
暗海,经十年而还。昔之去人,或升云不归,或托形假死,获反者四
五人。得此石,即命工人依先图刻作夫人形。刻成,置于轻沙幙里,
宛若生时。帝大悦……

由此可见武帝对李夫人至死不渝的爱恋。但从"楼船百艘,巨力千人",
"经十年而还","获反者四五人"等句也可以看到,封建帝王对妃子的爱
情都是建立在劳民伤财的基础之上的。武帝之外,传说中魏武帝曹操为二
乔而造铜雀台、魏文帝娶所爱美人薛灵芸时奢侈豪华的阵势等无一不是如
此,所有这些传说也都朴素地表现了广大民众对封建帝王的爱憎好恶
之感。

帝王与大臣之间的传说很多则暴露出封建帝王自私偏执、残暴冷酷的
一面。这类传说以汉武帝与司马迁之间的传说故事最为典型。众所周知,
司马迁遭受宫刑的原因是替降将李陵辩解而惹恼了武帝,这也使得司马迁
忍辱负重,发奋著书,写下了被后人称作是"史家之绝唱,无韵之离骚"
的典范之作《史记》。但对于司马迁遭受宫刑的原因,民间传说并非如上
所说,据《西京杂记》卷六载:

汉承周史官,至武帝置太史公。太史公司马谈,世为太史,子

> 迁，年十三，使乘传行天下，求古诸侯史记，续孔子古文，序世事，作传百三十卷，五十万字。谈死，子迁以世官复为太史公，位在丞相下。天下上计，先上太史公，副上丞相。太史公序事如古《春秋》法，司马氏本古周史佚后也。作《景帝本纪》，极言其短及武帝之过，帝怒而削去之。后坐举李陵，陵降匈奴，下迁蚕室。有怨言，下狱死。宣帝以其官为令，行太史公文书事而已，不复用其子孙。

可以看到，这则民间传说反映了汉武帝、汉宣帝作为最高统治者的自私卑鄙，也是广大劳动人民对封建帝王自私残暴本质的批判。除此之外，臣子由于才能超过主子而招来杀身之祸的也不在少数，杨修就是其中的一个。《世说新语》"捷悟"门共七条故事，其中四条就是讲杨修与魏武帝之间斗智的传说，现举两例如下：

> 魏武征袁本初，治装，余有数十斛竹片，咸长数寸。众云并不堪用，正令烧除。太祖思所以用之，谓可为竹椑楯，而未显其言，驰使问主簿杨德祖，应声答之，与帝心同。众伏其辩悟。

> 魏武尝过曹娥碑下，杨修从。碑背上见题作"黄绢幼妇，外孙齑白"八字，魏武谓修曰："解不？"答曰："解。"魏武曰："卿未可言，待我思之。"行三十里，魏武乃曰："吾已得。"令修别记所知。修曰："黄娟，色丝也，于字为'绝'；幼妇，少女也，于字为'妙'；外孙，女子也，于字为'好'；齑白，受辛也，于字为'辞'：所谓'绝妙好辞'也。"魏武亦记之，与修同，乃叹曰："我才不及卿，乃觉三十里。"

正因为曹操自叹"我才不及卿"，加之杨修与曹植关系密切，从而使得欲将皇位传给次子曹丕的曹操更把杨修当成了一块心病，他担心自己百年之后聪明过人的杨修成为朝廷的隐患，因此以莫须有的罪名杀死了杨修。据《后汉书·杨修传》载："修……为丞相曹操主簿，用事曹氏。及操自平汉中，欲因讨刘备而不得进，欲守之又难为功，护军不知进止何依。操于是出教，唯曰'鸡肋'而已。外曹莫能晓，修独曰：'夫鸡肋，食之则无所得，弃之则如可惜，公归计决矣。'乃令外白稍严，操于此回师。修之几决，多有此类。……如是者三，操怪其速，使廉之，知状，于此忌修。且以袁术之甥，虑为后患，遂因事杀之。"曹操的残暴还表现在为防自身遭人谋害，还常常对身边的侍臣下毒手，以达到杀一儆百的目的。《世说新语》"假谲"门中的两则传说就反映了曹操的狡诈残暴：

> 魏武常言："人欲危己，己辄心动。"因语所亲小人曰："汝怀刀密来我侧，我必说'心动'，执汝使行刑，汝但勿言其使，无他，当厚相报。"执者信焉，不以为惧。遂斩之，此人至死不知也。左右以为实，谋逆者挫气矣。

> 魏武常云："我眠中不可妄近，近便斫人，亦不自觉。左右宜深慎此。"后阳眠，所幸一人，窃以被覆之，因便斫杀。自尔每眠，左右莫敢近者。

封建帝王为一己私利对臣下下杀手的传说更是不胜枚举。《搜神记》卷十一就有这样一个传说故事：

> 楚干将、莫邪为楚王作剑，三年乃成。王怒，欲杀之。剑有雌雄。其妻重身当产，夫语妻曰："吾为王作剑，三年乃成。王怒，往必杀我。汝若生子是男，大，告之曰：'出户望南山，松生石上，剑在其背。'"于是即将雌剑往见楚王。王大怒，使相之："剑有二，一雌一雄。雌来，雄不来。"王怒，即杀之。

因为铸剑时间太长就杀了造剑之人，反映出封建帝王的专横残暴。统治阶级的自私残暴还表现在：为保守秘密，他们还常常把替自己修建陵墓的工匠活埋。据《史记·秦始皇本纪》载："（始皇）葬既已下，或言工匠为机，臧皆知之，臧重即泄。大事毕，已臧，闭中羡，下外羡门，尽闭工匠臧者，无复出者。树草木以象山。"后代则将这一史事传说化，《拾遗记》卷五曰：

> 昔始皇为冢，敛天下瑰异，生殉工人，倾远方奇宝于冢中，为江海川渎及列山岳之形。以沙棠沉檀为舟楫，金银为凫雁，以琉璃杂宝为龟鱼。又于海中作玉象鲸鱼，衔火珠为星，以代膏烛，光出墓中，精灵之伟也。昔生埋工人于冢内，至被开时皆不死。工人于冢内琢石为龙凤仙人之像，及作碑文辞赞。汉初发此冢，验诸史传，皆无列仙龙凤之制，则知生埋匠人之所作也。后人更写此碑文，而辞多怨酷之言，乃谓为"怨碑"。

可以看出，这里殉葬工人不死的传说只是广大民众的善良愿望，"怨碑"

的传说则反映了下层民众对统治阶级残暴自私的血泪控诉。除此之外，统治阶级也常常迫害与自己曾经九死一生、共患难的开国大臣。在他们看来，这些大臣功高盖世，有些人的能力甚至超过了自己，于是，他们常常对那些他们认为可以直接威胁自己地位的大臣狠下杀手。所有这些实际上反映了"兔死狗烹、鸟尽弓藏"的历史事实，揭露了统治阶级只能和大臣同拼搏，而不能同享乐的丑恶本质。文种、韩信、彭越等无一不是被迫害致死，后代流传的有关这些功臣的民间传说也很多，兹不具述。

与帝王有关的传说还有许多反映了最高统治集团内部的争权夺利。他们为了争夺皇位，甚至不惜对自己的骨肉兄弟狠下毒手，魏文帝曹丕和自己的同胞兄弟曹植之间争权夺利的斗争人人皆知，后来曹植失宠，曹丕登上了皇位，之后曹丕一直对曹植防范有加，这从屡次更换曹植的封地即可见一斑。正因为如此，后代民间就流传着许多有关曹丕迫害曹植及其他同胞兄弟的传说故事。如《世说新语》"文学"门第六十六条就有文帝令曹植七步作诗，不成将行大法的传说。实际上，史书记载封建统治者为争权夺利骨肉相残的例子随处可见，秦二世、汉惠帝、汉宣帝等无不是踩着同胞兄弟的鲜血登上帝位的。因此在民间有关这方面的传说非常之多，这些传说大多反映了古代社会普通百姓思想的局限性，但同时也表达了广大民众对于理想君王的渴望，对于昏王暴君的痛恨，是非感鲜明，爱憎感强烈。后世流传的这些传说，虽然不可能直接影响统治者，但作为一种社会舆论，也许会对统治者有一定的警诫作用。另有一些传说，也反映了封建君主的"一言九鼎"，非同儿戏：

成王与唐叔虞燕居，援梧叶以为珪，而授唐叔虞曰："余以此封女。"叔虞喜，以告周公。周公以请曰："天子其封虞邪？"成王曰："余一人与虞戏也。"周公对曰："臣闻之，天子无戏言。天子言，则史书之，工诵之，士称之。"于是遂封叔虞于晋。（《吕氏春秋·重言》）

（胶东王）数岁，长公主嫖抱置膝上，问曰："儿欲得妇不？"胶东王曰："欲得妇。"长主指左右长御百余人，皆云不用。末指其女问曰："阿娇好不？"于是乃笑对曰："好！若得阿娇作妇，当作金屋贮之也。"长主大悦，乃苦要上，遂成婚焉。（《汉武故事》）

"桐叶封弟"的故事也见于《史记·梁孝王世家》,对于这个很有名的典故,后代的很多文人都表示了怀疑。最有名的莫过于柳宗元的《桐叶封弟辩》,文章不长,却一针见血。他说:"吾意不然。王之弟当封邪?周公宜以时言于王,不待其戏而贺以成之也;不当封邪?周公乃成其不中之戏。以地以人与小弱弟者为之主,其得为圣乎?且周公以王之言不可苟焉而已,必从而成之耶!设有不幸,王以桐叶戏妇寺,亦将举而从之乎?凡王者之德,在行之何若。设未得其当,虽十易之不为病;要于其当,不可使易也,而况以其戏乎?若戏而必行之,是周公教王遂过也。吾意周公辅成王宜以道,从容优乐,要归之大中而已。必不逢其失而为之辞;又不当束缚之,驰骤之,使若牛马然,急则败矣。且家人父子,尚不能以此自克,况号为君臣者邪?是直小丈夫垎垎者之事,非周公所宜用,故不可信。或曰:'封唐叔,史佚成之。'"由此可见,这则故事必为传说无疑。"金屋藏娇"的故事最早出现在《汉武故事》而非史书,明显也是传说。这些传说故事无一不在向世人阐释一个道理:君无戏言。

三、寻求仙道的帝王

先秦时期的仙道思想和汉魏六朝时期盛极一时的神仙道教思想,使得一些帝王醉心于求仙学道,因此,后代有关封建帝王寻仙求道的传说也很多。在唐前历朝历代的封建帝王中,周穆王、燕昭王、秦始皇、汉武帝可谓其中的代表。《穆天子传》《汉武故事》《汉武帝内传》《洞冥记》《博物志》《拾遗记》《水经注》等历代的笔记杂著,可以说是这类传说最主要的载体。

综观这些帝王寻求仙道的传说故事,可以发现主要有以下几方面的特点:首先,从这些传说故事可以看出,封建帝王的求仙都是以大量的物质财富为其后盾的,正如苟波所说:"帝王们对权力的迷恋也常常通过'求仙'故事表现出来:因为'求仙'是他们永久延续权力的途径,而权力也成为求仙的条件。"[1] 如《穆天子传》中周穆王用以西征的八匹骏马,从"赤骥、盗骊、白义、逾轮、山子、渠黄、华骝、绿耳"等的名称,即可

---

[1] 苟波:《仙境仙人仙梦——中国古代小说中的道教理想主义》,巴蜀书社 2008 年版,第 71 页。

见出马的名贵。又,《拾遗记》卷三也载:

> 穆王即位三十二年,巡行天下,驭黄金碧玉之车,旁气乘风,起朝阳之岳,自明及晦,穷宇县之表。……又副以瑶华之轮十乘,随王之后,以载其书也。王驭八龙之骏:一名绝地,足不践土;二名翻羽,行越飞禽;三名奔霄,夜行万里;四名越影,逐日而行;五名踰辉,毛色炳耀;六名超光,一行十影;七名腾雾,乘云而奔;八名挟翼,身有肉翅。

《拾遗记》中的描述带有明显的夸张,但这也从一个侧面反映了封建帝王的奢侈。穆王之外,燕昭王为求道成仙也是不惜巨资,《拾遗记》卷四载:

> (燕昭)王即位二年,广延国来献善舞者二人:……或行无迹影,或积年不饥。昭王处以单绡华幄,饮以瑷珉之膏,饴以丹泉之粟。……昭王知其神异,处于崇霞之台,设枕席以寝谳,遣侍人以卫之。王好神仙之术,故玄天之女,托形作此二人。

秦始皇为求得长生不老之术更是不遗余力,他曾派方士带领童男女数千人入海寻仙,并出巨资派韩终、侯公等炼制丹药。他多次巡游天下,最重要的目的也是求仙。据《史记·封禅书》云:"始皇遂东游海上,行礼祠名山大川及八神,求仙人羡门之属。"他效法黄帝到泰山封禅,目的也是为了成就仙业。他自称"吾慕真人,自谓'真人',不称'朕'"[①],他甚至还让方士作《仙真人诗》,即使多次被骗也浑然不觉:

> 昔秦始皇大苑中,多枉死者横道,有鸟如乌状,衔此草覆死人面,当时起坐而自活也。有司闻奏,始皇遣使者赍草以问北郭鬼谷先生。鬼谷先生云:"此草是东海祖洲上,有不死之草,生琼田中,或名为养神芝。其叶似菰苗,丛生,一株可活一人。"始皇于是慨然言曰:"可采得否?"乃使使者徐福发童男童女五百人,率摄楼船等入海寻祖洲,遂不返。(《海内十洲记》)

与秦始皇一样,汉武帝也是一个为求仙得道而不惜劳民伤财的封建帝王,有关他持巨资求仙的传说也很多,不再详述。由此可见,封建帝王的求仙,无不建立在巨大的物质基础之上,他们为满足一己私欲,任意挥霍着

---

① (汉)司马迁:《史记·秦始皇本纪》,第257页。

广大劳动人民的血汗钱。

其次，传说中求仙的帝王，在仙人面前，无不放下自己至高无上的尊严和地位，卑躬屈膝。《拾遗记》卷二载周昭王为求长生久视之法，"跪而请受绝欲之教"。《汉武帝内传》中的汉武帝为求西王母传授修仙之术，更是放弃自己的尊严，频繁下跪。据统计，《汉武帝内传》中汉武帝曾先后六次向西王母、王子登等神仙下跪，也先后五次给西王母、上元夫人叩头，为了能让上元夫人向他传授六甲左右灵飞致神之符，汉武帝更是"固请不已，叩头流血"。为了求仙得道，他们甚至可以抛家舍业，据《史记·封禅书》记载，汉武帝在听到方士讲黄帝成仙的传说之后就说："嗟乎！吾诚得如黄帝，吾视去妻子如脱屣耳！"

最后，从唐前的帝王求仙传说也可以看到，其中的帝王没有了，万人之上的神圣。在寻求仙界的道路上，他们也和社会上众多的求仙者一样，虔诚地修炼，并希求神仙的光临指教。在这方面表现最为突出的是汉武帝，相对于秦始皇的求仙活动，汉武帝的求仙活动则更多地为后世所流传。汉魏六朝时期的笔记小说《汉武故事》《汉武帝内传》《洞冥记》等，都专门记述了汉武帝的求仙学道，在所有记述汉武帝寻道求仙的传说中，汉武帝与西王母、上元夫人等相会的种种情节可以说是其中最大的亮点。如：

> 武帝好仙道，祭祀名山大泽以求神仙之道。时西王母遣使乘白鹿告帝当来，乃供帐九华殿以待之。七月七日夜漏七刻，王母乘紫云车而至于殿西，南面东向，头上戴玉胜，青气郁郁如云。有三青鸟，如乌大，使侍母旁。时设九微灯。帝东面西向，王母索七桃，大如弹丸，以五枚与帝，母食二枚。帝食桃辄以核著膝前，母曰："取此核将何为？"帝曰："此桃甘美，欲种之。"母笑曰："此桃三千年一生实。"唯帝与母对坐，其从者皆不得进。时东方朔窃从殿南厢朱鸟牖中窥母，母顾之，谓帝曰："此窥牖小儿，尝三来盗吾此桃。"帝乃大怪之。由此世人谓方朔神仙也。（《博物志》卷八）

同样的情节在《汉武帝内传》和《汉武故事》中都有记载，只是情节更加详细曲折。可以看到，汉魏六朝时期之所以会出现如此多封建帝王求仙学道的传说故事，一方面反映了封建统治者企求长生永世享乐的心理；另一方面也与这一时期神仙道教的盛行有关。

然而，不论是秦始皇还是汉武帝，他们一生狂热追求的仙道最终还是归于虚无。葛洪在《抱朴子内篇》中对帝王求仙不成的原因有一番解释，他说：

> 仙法欲静寂无为，忘其形骸，而人君撞千石之钟，伐雷霆之鼓……仙法欲令爱逮蠢蠕，不害含气，而人君有赫斯之怒，艾夷之诛，黄钺一挥，齐斧暂授，则伏尸千里，流血滂沱……仙法欲止绝臭腥，休粮清肠，而人君烹肥宰腯，屠割群生……仙法欲溥爱八荒，视人如己，而人君兼弱攻昧，取乱推亡，辟地拓疆，泯人社稷……秦皇使十室之中，思乱者九。汉武使天下嗷然，户口减半。祝其有益，诅亦有损。结草知德，则虚祭必怨。众烦攻其膏肓，人鬼齐其毒恨。彼二主徒有好仙之名，而无修道之实，所知浅事，不能悉行。要妙深祕，又不得闻。又不得有道之士，为合成仙药以与之，不得长生，无所恨也。

在《汉武帝内传》中，借仙人上元夫人之口，也说出了汉武帝不能成仙的根本原因是："女胎性暴，胎性奢，胎性淫，胎性酷，胎性贼，五者恒舍于荣卫之中，五藏之内，虽锋铓良针，固难愈矣。"所有这些，都"揭示了作帝王与求神仙的内在矛盾。这种矛盾不只体现在秦皇、汉武等个别帝王身上，对于所有的'人君'都是通用的。帝王自恃特权而逞强嗜欲与神仙任道无为而清静寡欲的生活方式存在着根本性对立和冲突，因而汉武帝求仙失败可以说是一种必然的结果"①。可以看到，葛洪和上元夫人所述帝王不能成仙的原因，恰恰暴露了封建帝王的专横和残暴，这实际上也反映了广大民众对封建帝王所作所为的不满和抗议。当然民间传说中也有很多帝王成仙的传说故事，如：

> 招会天下有道之人，倾一国之尊，下道术之士，是以道术之士并会淮南，奇方异术，莫不争出。王遂得道，举家升天，畜产皆仙，犬吠于天上，鸡鸣于云中。（《论衡·道虚》）

淮南王刘安之外，《汉武故事》一书也记载了几条有关汉武帝死后的神异

---

① 黄景春：《汉武帝：从历史人物到小说形象》，《上海大学学报》2009年第1期。

传说:

> 三月丙寅,上昼卧不觉,颜色不异,而身冷无气,明日色渐变,闭目。乃发哀告丧。未央前殿朝晡上祭,若有食之者。葬茂陵,芳香之气异常,积于坟埏之间,如大雾。常所御,葬毕,悉居茂陵园。上自婕妤以下二百人,上幸之如平生,而旁人不见也……

> 始元二年,吏告民盗用乘舆御物,案其题,乃茂陵中明器也,民别买得。光疑葬日监官不谨,容致盗窃,乃收将作匠下击长安狱考讯。居岁余,邺县又有一人于市货玉杯,吏疑其御物,欲捕之,因忽不见。县送其器,又茂陵中物也。光自呼吏问之,说市人形貌如先帝。光于是默然,乃赦前所系者。岁余,上又见形谓陵令薛平曰:“吾虽失世,犹为汝君,奈何令吏卒上吾山陵上磨刀剑乎?自今已后可禁之。”平顿首谢,忽然不见。

之所以出现有关汉武帝尸解成仙的传说故事,笔者认为汉武帝作为热衷于求仙帝王的代表,使得他成为后世民间传说中“箭垛式”的人物,因此,有关帝王求仙得道的传说全都汇集到了他的身上,汉武帝也就成为这一时期道教徒借以宣扬仙道思想最核心的人物;另一方面“尸解是对学仙者死亡的一种掩饰,汉武帝尸解成仙是对他一辈子求仙却归于死亡的一种仙化解释”①。也是对历代求仙帝王的一种精神慰藉。

第二节　后妃传说

千百年来,皇宫在普通百姓的眼里是那样神秘,皇宫里后妃们的言行及生活起居,她们与帝王的情感纠葛以及后妃之间为争宠而进行的一场场没有硝烟的战争等都成了广大民众关注的焦点。因为无法了解宫中的生活,因此,有关后妃的一点点道听途说也成了他们茶余饭后的谈资,以致滚雪球似的越传越多,完全偏离了史实,成了一系列反映老百姓主观好恶的传说故事。由于资料所限,唐前的后妃传说流传下来的不是很多,但就

---

① 黄景春:《汉武帝:从历史人物到小说形象》,《上海大学学报》2009 年第 1 期。

从现有文献记载的后妃传说来看，也能反映广大民众对一些后妃或同情或憎恨的情感倾向。

在唐前的后妃传说中，以反映后妃的不幸遭遇以及她们在后宫争宠的传说为最多。后世流传的西施和王昭君（把她们放在后妃传说中，是因为她们一个曾是吴王的宠妃，一个曾是汉元帝的宫人）。传说，可以说是前一类传说的代表。传说中的她们都有如花的美貌，《韩非子·显学第五十》曰："故善毛嫱，西施之美，无益吾面，用脂泽粉黛，则倍其初。"《墨子·亲士第一》亦曰："西施之沉，其美也。"《庄子·天运篇》更是以"东施效颦"的传说反衬西施之美：

> 故西施病心而颦其里，其里之丑人见之而美之，归亦捧心而颦其里。其里之富人见之，坚闭门而不出，贫人见之，挈妻子而去走。彼知颦美，而不知颦之所以美。

王昭君也是如此，《西京杂记》卷二"画工弃市"条就说昭君"貌为后宫第一"。然而，这些美貌的女子却没有得到本国皇帝的宠爱，而是成了统治者维护自身利益的牺牲品。西施被勾践当作复国的筹码送给了吴王夫差，昭君则被当作汉匈友好的使者送给了匈奴大单于。就历史记载而言，西施在吴国受到吴王的宠爱，昭君则成了匈奴单于的阏氏过着富足的生活。但在普通民众的眼里，这些被本国君主作为政治筹码送出国的女子的命运是悲苦的，是值得后人同情的。于是民间流传着许多传说故事，讲述着她们被遣的原因。就王昭君的出塞而言，《后汉书·南匈奴列传》说是由于"昭君入宫数岁，不得见御，积悲怨，乃请掖庭令求行"。《西京杂记》卷二则说导致昭君出塞的根本原因是画工的徇私舞弊："元帝后宫既多，不得常见，乃使画工图形，案图召幸之。诸宫人皆赂画工，多者十万，少者亦不减五万。独王嫱不肯，遂不得见。匈奴入朝，求美人为阏氏，于是上案图，以昭君行。"现在看来，导致昭君出塞最根本的原因是汉元帝本人，他后宫佳丽三千，像昭君一样多年不得召见的妃子大有人在，这种不合理的婚配制度，才是导致王昭君悲剧的根本原因。与王昭君不同，东汉魏晋时期流传的西施传说，大都认为西施被遣吴国，实是勾践为复国而设的美人计，而西施则是美人计的主角。东汉袁康《越绝书》记"西施"，主要有两处：

美人宫，周五百九十步，陆门二，水门一。今北坛利里丘土城，句践所习教美女西施、郑旦宫台也。女出于苧萝山，欲献于吴，自谓东垂僻陋，恐女朴鄙，故近大道居，去县五里。(《越绝书》卷八)

越乃饰美女西施、郑旦，使大夫种献之于吴王，曰:"昔者，越王句践窃有天之遗西施、郑旦，越邦涝下贫穷，不敢当，使下臣种再拜献之大王。"吴王大悦，申胥谏曰:"不可，王勿受。……胥闻越王句践冬披毛裘，夏披缔绤，是人不死，必为利害。胥闻贤士，邦之宝也;美女，邦之咎也。夏亡于末喜，殷亡于妲己，周亡于褒姒。"吴王不听，遂受其女。以申胥为不忠而杀之。(《越绝书》卷十二)

同样的传说也见于东汉时人所作的野史《吴越春秋》中:

十二年，越王谓大夫种曰:"孤闻吴王淫而好色，惑乱沉湎不领政事。因此而谋可乎?"种曰:"可破。夫吴王淫而好色，宰嚭佞以曳心，往献美女，其必受之。惟王选择美女二人而进之。"越王曰:"善。"乃使相者国中，得苧萝山鬻薪之女曰西施、郑旦，饰以罗谷，教以容步，习于土城，临于都巷，三年学服而献于吴。(《吴越春秋》卷五)

此外，前述王嘉的志怪小说《拾遗记》卷三也有关于越国以美人西施、郑旦献于吴国的记述。可以看到，勾践以西施为美人计复国的传说在东汉就已经定型。《越绝书》的记载与《吴越春秋》《拾遗记》二书所记的西施传说相呼应，共同为后人提供了一个西施复国的传说故事，只不过《拾遗记》的记述更加神异罢了。

对于这些后妃的最终归宿，后世也有很多传说，如对西施的最终归宿，在汉代就流传着不同的说法，南唐陆广微《吴地记》引《越绝书》云:"西施亡吴国后，复归范蠡，同泛五湖而去。"明代杨慎《丹铅总录》云:"《修文殿御览》引《吴越春秋》逸文则曰:'吴亡后，越沉西施于江，令随鸱夷以终。'"又，宋姚宽《西溪丛语》引《吴越春秋》也说:"吴亡，西子被杀。"《越绝书》和《吴越春秋》同属汉代的典籍，而在西施的归宿上具有两种截然不同的说法，显然是民间流传的不同版本的传说所致。据历代的学者考述，范蠡和西施是否有一面之交，都值得怀疑，哪里还会有同泛五湖之事?之所以会出现这样的传说，实际上反映了广大民众的善良愿望，他们同情西施，希望她有一个好的归宿。至于西施被杀之事，最早见于《墨子》一书，《墨子·亲士第一》说："西施之沉，其美也。"孙诒让在《墨子间诂》该句下说："苏云：案《吴越春秋》逸篇云：'吴亡后，越浮西施于江，令随鸱夷以终。'其言与此合，是吴亡西施亦死也。墨子书记当时事必有据，后世乃有五湖随范蠡之说，误矣。"笔者以为，如果历史上确有西施其人，吴亡后西施亦死，这是符合史实的，但在西施的死法方面，后世又有不同的说法，显然是民间传说所致。与西施不同，历史上的王昭君并未悲惨地死去，《汉书·元帝纪》《后汉书·南匈奴列传》都说，昭君到了匈奴后，被呼韩邪单于封为阏氏，"及呼韩邪死，前阏氏子代立，欲妻之，昭君上书求归，成帝敕令从胡俗，遂复为后单于阏氏焉"①。可以看到，终其一生，王昭君在匈奴都享有很高的待遇。然而，汉代的民间对昭君先后为匈奴父子两代阏氏的现实无法接受，在他们看来这简直是乱伦，也大大损害了王昭君在民众心中的形象，因此在当时就有不同的说法流传于世，唐代吴兢《乐府解题》引《琴操》曰：

> 昭君，齐国王穰女。端正闲丽，未尝窥门户。穰以其异于人，求之者不与。年十七，献之元帝。元帝以地远不之幸，以备后宫。积五六年，帝每游后宫，常怨不出。后单于遣使朝贡，帝宴之，尽召后宫。昭君盛饰而至，帝问欲以一女赐单于，能者往。昭君乃越席请行。时单于使在旁，帝惊恨不及。昭君至匈奴，单于大悦，以为汉与我厚，纵酒作乐。遣使报汉，白璧一支，骏马十匹，胡地珍宝之物。昭君恨帝不见遇，乃作怨思之歌。单于死，子世达立，昭君谓之曰："为胡者妻母，为秦者更娶。"世达曰："欲作胡礼。"昭君乃吞药而死。

从上述传说可以看见，昭君是迫于汉元帝的不见遇才请求出塞的，到了塞外，她仍然以一个汉家女的标准要求自己，当儿子要作胡礼娶自己为妻时，她毅然吞药自杀，保全了自己的贞操。在这则传说中，欲娶王昭君的人，由前阏氏之子变成了王昭君自己的儿子，这就更凸显了胡俗的野蛮和昭君的坚贞。这才是汉代民众心目中的昭君，一个完美无瑕的光辉形象，

---

① （南朝宋）范晔：《后汉书·南匈奴列传》，中华书局1965年版，第2941页。

反映了广大民众对昭君的同情和喜爱。

如果说王昭君和西施的悲剧在于他们充当了封建统治阶级政治交易的牺牲品的话，那么，还有一些后妃的悲剧在于她们成了封建社会不平等婚姻制度的牺牲品。为了能在众多的嫔妃中争得帝王的宠幸，她们甚至不惜以一些阴暗甚至残忍的手段陷害对方。赵飞燕姐妹可以说是后宫争宠的胜利者，但她们为了维护自己的地位，也曾残忍地迫害其他嫔妃，最终导致汉成帝无子。后世关于赵飞燕姐妹的传说故事大多表现她们横行后宫、残害嫔妃以及糜烂荒淫的生活，反映出广大民众对她们这种行为的深刻批判和强烈否定。后汉魏晋时期的笔记小说记录了许多有关赵飞燕姐妹的传说故事，如《西京杂记》卷二就载：

> 安庆世年十五，为成帝侍郎，善鼓琴，能为《双凤离鸾》之曲。赵后悦之，白上，得出入御内，绝见爱幸。常著轻丝履，招风扇，紫绨裘，与后同居处。欲有子，而终无胤嗣。赵后自以无子，常托以祈祷，别开一室。自左右侍婢以外，莫得至者，上亦不得至焉。以辇车载轻薄少年，为女子服，入后宫者，日以十数，与之淫通，无时休息。有疲怠者，辄差代之，而卒无子。

托名汉人伶元所作的《飞燕外传》，更是详细地记述了飞燕姐妹专横残忍、荒淫糜烂的后宫生活，这些传说在批判飞燕姐妹的同时，也把矛头直指汉成帝，揭露了封建帝王后宫阴暗、肮脏的一面，无情地批判了他的无能以及荒淫好色的本性。

汉魏六朝时期流传的一些后妃传说有时也反映了封建社会男尊女卑的不合理的社会现实。《拾遗记》卷六伏皇后的传说最能说明这一点：

> 汉献帝伏皇后，聪惠仁明，有闻于内则。及乘舆为李傕所败，昼夜逃走，宫人奔窜，万无一生。至河，无舟楫，后乃负帝以济河，河流迅急，惟觉脚下如有乘践，则神物之助焉，兵戈逼岸，后乃以身拥遏于帝。帝伤趾，后以绣拭血，刮玉钗以覆于疮，应手则愈。以泪溅帝衣及面，洁静如浣。

在封建社会，女子一旦出嫁，她就生是夫家人，死是夫家鬼，因此，就要不惜牺牲一切来保护自己的丈夫和子女。然而从上面的这则传说可以看到，在伏皇后聪惠果敢的背后，是一个无德无能，灵魂卑琐的皇帝，一个只知享受，一旦遇到困难就不知所措的傻子，二者形成了鲜明的对比。

当然，我们还应该看到，民间传说虽然揭露了封建社会不合理的婚姻制度带给后宫嫔妃们的不幸遭遇，但在普通百姓看来，民间的女子被选入宫，仍是一件光宗耀祖的事。因此，在民间传说中，这些被选入宫的女子，除了有出众的美貌之外，还有其他特殊的原因，民间就有很多有关她们的神异传说：

> 上巡狩过河间，见有青紫气自地属天。望气者以为其下有奇女，必天子之祥。求之，见一女子在空馆中，姿貌殊绝，两手一拳。上令开其手，数百人擘莫能开，上自披，手即申。由是得幸，为拳夫人。进为婕妤，居钩弋宫。解皇帝素女之术，大有宠，有身，十四月产昭帝。……从上至甘泉，因幸告上曰："妾相运正应为陛下生一男，七岁妾当死，今年必死。宫中多蛊气，必伤圣体。"言终而卧，遂卒。既殡，香闻十余里，因葬云陵。上哀悼，又疑非常人，发冢，空棺无尸，唯衣履存焉。（《汉武故事》）

> 后尝梦扪天，荡荡正青，若有钟乳状，乃仰嗽饮之。以讯诸占梦，言尧梦攀天而上，汤梦及天而咶之，斯皆圣王之前占，吉不可言。又相者见后惊曰："此成汤之法也。"家人窃喜而不敢言。（《后汉书》卷十《和熹邓皇后传》）

> 后少有姿色，然长犹无齿，有来求婚者辄中止。及帝纳采之日，一夜齿尽生。（《晋书》卷三十二《成恭杜皇后传》）

总而言之，上述后妃的传说故事，不论是反映不幸遭遇的，还是反映她们在后宫争宠的，从本质上来说，都是由于封建社会不合理的婚配制度以及男女极为不平等的社会现实造成的。正是由于封建帝王的后宫妻妾成群，他们才可以毫不顾忌嫔妃们的思想和感受，大大方方地把她们作为维护自己政权的筹码献给外国的国王；正是由于封建帝王的后宫佳丽三千，才使得嫔妃们为得到帝王的宠爱而钩心斗角，自相残杀；也正是由于封建社会这种不合理的婚姻制度，才使得女子成为男子的附庸。

第二章　英雄与杰出人物传说

第一节　将相名臣传说

在唐前的历史人物传说中，有很大一部分是围绕在统治者周围，为他们呕心沥血、鞍前马后而效忠的名臣的传说故事。在这些民间传说中，为统治者创下盖世功勋能言善战的文臣武将们，他们无一例外都有着一个完满的结局，反映了广大民众鲜明的爱憎观和他们善良的心理愿望。然而在现实生活中，这些文臣武将却大多命运多舛，他们的最终结局揭露了"狡兔死，走狗烹；高鸟尽，良弓藏"这一封建社会君臣之间只能共患难，不能同享乐的严酷社会现实。

一、民间传说中的光辉形象

民间传说中，绝大部分的文臣武将都被美化成了智勇双全的忠臣，他们有着盖世的功勋，文臣机智而又善辩，武将英勇而有谋略。如在唐前流传的晏子传说中，晏子就是一位智者、贤者、仁者的化身，西汉时期由刘向编辑成书的《晏子春秋》，可以说是一部记录晏子传说集大成的著作，这部书着重记载了晏子日常生活的奇闻逸事，补充了正史的不足，反映了广大民众对这位贤相的喜爱。纵观《晏子春秋》所载晏子的传说，晏子首先是一位善辩者，如在"内篇杂篇下"所记"晏子使楚"的故事中，晏子的能言善辩使得一心要刁难晏子的楚王吃尽了苦头；其次，身处相位，晏子还是一位节俭的人，如"内篇杂家第六"就说："晏子方食，景公使使者至。分食食之，使者不饱，晏子亦不饱。"通过对有关史料的考察，晏子作为一国之相，的确很节俭，司马迁就曾赞美他"以节俭力行重于齐"，但再节俭也不至于饭不果腹，衣不遮体，最多也只是穿得简朴、吃得简单一点而已。因此上述民间传说显然对晏子节俭的美德有所夸大，反映出民间传说的朴拙之气。除此之外，其中一些民间传说还表现了名相晏子过人的谋略与智慧，如《晏子春秋》"内篇谏下二十四"所记"二桃杀三士"的传说就是讲晏子如何用两个桃子使得三个力大无比的勇士死于非命的故事。晏子是一个举贤授能的贤相，却因为他"过而趋，三子者不起"，就设计把三个勇士杀掉，这显然不合史事，但这个传说在后世流传非常广，出土的汉代画像石、画像砖上，"二桃杀三士"的故事就多次出现，这实际上是广大民众为显示晏子超人的智慧而作的演绎。而在"内篇谏上十七""景公游于牛山"条中，景公为去国而伤心落泪，而晏子却"独搏其髀，仰天大笑"，这在生活中也是不可能发生的，很明显这也是传说。

先秦时期的名臣贤相，功业在晏子之上者不可胜数，那么为什么只有晏子进入了民间传说的视野，成了广大下层民众交口称颂的对象呢？笔者以为，这与特定历史时期广大民众的思想观点和情感倾向密切相关。如前所述，晏子为政廉洁，生活节俭，他关心和同情民生疾苦，同时又能举贤授能，所有这些都符合下层民众对名臣贤相的心理需求。众所周知，"晏子故事基本形成的春秋战国是一个新旧体制转型的特殊时期，一切都处于动荡的混乱状态，诸侯'争地以战，杀人盈野；争城以战，杀人盈城。''殊死者相枕也，桁杨者相推也，刑戮者相望也。''民之憔悴于虐政，未有甚于此者也。'人民奔走无望，无以聊生，只能借助某些精神形态的力量来寄托他们对忠臣贤相及其辅佐下的清明政治的期待，而晏子其人正投合了他们的这种需要。当部分下层文人将晏子的事迹传播至民间之后，广大民众就以其丰富的想象力与集体智慧来创造和加工适合他们口味的晏子故事"①。因此我们看到的《晏子春秋》中民间传说中的晏子形象，就更多的是以下层民众的视角来批判地认识社会现状和统治者的所作所为的。

不止晏子如此，民间传说中那些做出杰出贡献的将相名臣，莫不是如此，诸葛亮可谓家喻户晓的历史人物，这主要是因为自明代以来《三国演

---

① 祝灵凤：《晏子形象及其源流研究》，福建师范大学 2001 年硕士学位论文，第 25 页。

义》的影响。实际上有关诸葛亮的传说故事,在两晋南北朝时就盛为流传,《三国志·蜀书·诸葛亮传》裴松之注就搜罗记载了当时流传在民间的诸葛亮传说故事,如:

> 亮屯于阳平,遣魏延诸军并兵东下,亮惟留万人守城。晋宣帝率二十万众拒亮,而与延军错道,径至前,当亮六十里所,侦候白宣帝说亮在城中兵少力弱。亮亦知宣帝垂至,已与相逼,欲前赴延军,相去又远,回迹反追,势不相及,将士失色,莫知其计。亮意气自若,敕军中皆卧旗息鼓,不得妄出菴幔,又令大开四城门,扫地却洒。宣帝常谓亮持重,而猥见势弱,疑其有伏兵,于是引军北趣山。明日食时,亮谓参佐拊手大笑曰:"司马懿必谓吾怯,将有强伏,循山走矣。"……宣帝后知,深以为恨。

> (亮死),杨仪等整军而出,百姓奔告宣王,宣王追焉。姜维令仪反旗鸣鼓,若将向宣王者,宣王乃退,不敢逼。于是仪结陈而去,入谷然后发丧。宣王之退也,百姓为之谚曰:"死诸葛走生仲达。"或以告宣王,宣王曰:"吾能料生,不便料死也。"

历史上的诸葛亮的确是一位贤相,而且在军事上尤有建树,陈寿在《三国志·蜀书·诸葛亮传》中就说:"(亮)性长于巧思,损益连弩,木牛流马,皆出其意,推演兵法,作八阵图,咸得其要云。"除此之外,在众多东晋时期私人撰写的魏晋史书和《搜神记》等志怪小说及其人物论赞中,也记载了许多关于孔明神机妙算的神异之事,不再引述。考有关史料发现,民间传说在这里显然提升了作为三国时期历史人物诸葛亮的军事智慧与谋略。值得注意的是,魏晋南北朝时期,有关诸葛亮的传说除大多是对诸葛亮的提升和赞扬之外,也有一些深含贬义,如关于诸葛亮之死,这一时期就有几种截然不同的说法,陈寿《三国志·蜀书·诸葛亮传》说诸葛亮是在与司马宣王相持于渭南百余天时生病,"卒于军"的;裴松之《三国志注》注引晋王沈《魏书》则言:"亮粮尽势穷,忧恚呕血,一夕烧营遁走,入谷,道发病卒。"但在晋孙盛的《晋阳秋》中,诸葛亮并非因兵败"忧恚呕血"而死:"有星赤而芒角,自东北西南流,投于亮营,三投再还,往大还小。俄而亮卒。"之所以会出现上述几种完全不同的说法,与魏晋时期诸葛亮传说产生的地域性有关,"魏晋时,创作伊始就有很大的地区差别性：蜀民歌颂诸葛亮的政治家才能，而中原地区则记叙深含贬义的传闻。到东晋南北朝时期，传说中的诸葛亮受到一致的赞扬；他被赋予突出的军事才能而不同于正史记载，又带着神秘怪异的色彩"①。笔者认为，所有上述传说，不论是历史人物本身原有的事迹材料，还是正史所不见的把历史人物理想化的虚构情节，都蕴含着非常深刻的文化意蕴。六朝时人之所以在民间传说中神化诸葛亮的形象，是因为三国时期蜀汉政权集团中的刘备、诸葛亮等历史人物暗合了民众"人心思汉""尊汉抑曹"的正统观念；同时，诸葛亮终其一生为蜀汉政权鞠躬尽瘁死而后已的高尚情操，也反映了魏晋时代身处战乱之中的平民百姓追慕贤主明相、渴求仁政的时代情怀。

晏子、诸葛亮之外，介子推、伍子胥、韩信、张良等无一不是功高盖世的忠臣良将，民间有关他们的传说故事也很多，不再一一列举。

毋庸置疑，将相名臣的传说之所以在后世广为流传，一方面反映了人们对这些名臣将相伟大功德的追念，另一方面，也是更为重要的原因在于，民间传说的流传都是与各个时代的时代背景密切相关的，如《晏子春秋》中所载晏子的传说实际上反映了战国中后期广大民众对那些具有薄赋、省刑、宽政、节用等主张，民本、民主等思想的贤相的渴望；《吴越春秋》《史记》等所载的伍子胥传说是汉代盛行的血亲复仇思想的反映，而两晋南北朝时期诸葛亮传说的盛行，则表现了身逢乱世，怀才不遇的广大士人对蜀汉君臣"鱼水之情"的羡慕。

二、现实生活中的悲情结局

后世流传的那些集智慧与谋略于一身的名臣的传说故事，让我们看到了他们令人敬仰、让人怀念的一面。但是这些将相名臣最终的结局如何呢？他们为统治者效忠，是否得到应有的丰厚待遇呢？

介子推的传说可谓这方面的代表，《庄子·盗跖篇》曰："介子推至忠也，自割其股以食文公，文公后背之，子推怒而去，抱木而燔死。"这是有关介子推较早的传说。汉代刘向在其《新序·节士》中也载有介子推焚

---

① 陈翔实：《魏晋南北朝时期诸葛亮故事传说》，《河北大学学报》1981年第2期。

死的传说,相之《庄子·盗跖篇》,则更为详细。对介子推传说作详细记载的要数《吕氏春秋》和《史记》,两书所记内容大体相同,这里虽无子推焚死之说,但也记述了割股奉君的介子推在晋文公建国后竟然被忘记了分封,子推看透世间炎凉,自赋《龙蛇之诗》归隐于绵山的传说,如果说《吕氏春秋》和《史记》关于介子推最终隐而不见的记载,和《左传》相同,还有一些史影在内的话,《庄子》《新序》的记载则完全是传说了。试问:割股食肉之事尚能忘记,还有什么忘不了?介子推的传说故事令人深思。

再来看赵盾,为了国家的安危多次向荒淫无道的晋灵公进谏,非但没有换来统治者的重视,反而屡招杀身之祸:

> 宣子骤谏,公患之,使锄麑贼之,晨往,寝门辟矣。盛服将朝,尚早,坐而假寐,麑退,叹而言曰:"不忘恭敬,民之主也。贼民之主,不忠;弃君之命,不信。有一于此,不如死也。"触槐而死。
>
> 秋九月,晋侯饮赵盾酒,伏甲将攻之。其右提弥明知之,趋登曰:"臣侍君宴,过三爵,非礼也。"遂扶以下。公嗾夫獒焉。明搏而杀之。(《左传·宣公二年》)

还有伍子胥,《吴越春秋》记述了伍子胥替父兄报仇的经过,但以更多的笔墨写了伍子胥的知恩图报,他向吴王贡献了富国强兵的策略,不断向阖闾进荐优秀的人才,并全力辅佐阖闾之子夫差。但伍子胥的赤胆忠心换来的却是被迫自杀以及死后被吴王夫差断尸分身的悲惨结局:

> 吴王闻子胥之怨恨也,乃使人赐属镂之剑。子胥受剑,徒跣褰裳,下堂中庭,仰天呼怨曰:"吾始为汝父忠臣,立吴设谋破楚,南服劲越,威加诸侯,有霸王之功。今汝不用吾言,反赐我剑,吾今日死,吴宫为墟,庭生蔓草。越人掘汝社稷,安忘我乎?昔前王不欲立汝,我以死争之,卒得汝之愿。公子多怨于我,我徒有功于吴,今乃忘我定国之恩,反赐我死,岂不谬哉!"吴王闻之,大怒,曰:"汝不忠信,为寡人使齐,托汝子于齐鲍氏,有我外之心,急令自裁,孤不使汝得有所见。"子胥把剑,仰天叹曰:"自我死后,后世必以我为忠,上配夏殷之世,亦得与龙逢比干为友。"遂伏剑而死。吴王乃取子胥尸,盛以鸱夷之器,投之于江中。言曰:"胥,汝一死之后何能

有知？"即断其头置高楼上，谓之曰："日月炙汝肉，飘风飘汝眼，炎
光烧汝骨，鱼鳖食汝肉，汝骨变形灰，有何所见？"乃弃其躯投之江
中。（《吴越春秋·夫差内传第五》）

介子推、赵盾、伍子胥如此。文种、韩信也是如此，他们一个文臣，一个
武将；一个为越王勾践复国立下了汗马功劳，一个为汉高祖刘邦打下了半
壁江山，但最终仍未能逃脱被杀的命运。

除上述被杀的将相名臣以外，还有一些开国功臣，在帮助统治者打下
江山后，便悄然隐退，这并不是因为这些功臣不愿意享受荣华富贵，而是
他们看清了统治阶级只能与臣子共患难而不能同享乐的本质。范蠡最早看
出了这一点，他对文种说，勾践"为人长颈，鹰视狼步"，是一个"可与
共患难而不可共处乐，可与履危，不可与安"的人，因此，在勾践复国以
后，范蠡便乘舟而去。另有传说载，在灭吴回越途中，范蠡向勾践辞别，
勾践不许，并说："子听吾言，与子分国。不听吾言，身死，妻子为戮。"①
由此可见勾践凶残的本性。与范蠡一样，看清统治者本质的还有萧何、张
良等人，他们在刘邦建国以后，或自污，或隐退，以此保全身家性命。较
之范蠡，文种却没有正确地认识到统治者的本质，他舍不下自己呕心沥血
换来的美好生活，渴望与君同享，最终却招来杀身之祸。与文种一样，韩
信则认为，自己功高盖世，刘邦不会对自己下毒手，却最终被杀害，直到
临死时，他才幡然悔悟。所有这些都是"狡兔死，走狗烹；高鸟尽，良弓
藏"这一封建社会严酷现实的反映。就是为蜀汉耗尽最后的心血，死在军
营的诸葛亮也是如此，他的一切努力都是徒劳，扶不起的阿斗在他死后不
久，就将他为之奋斗一生的蜀汉江山拱手相让，后主的无能怎能让诸葛亮
死而无憾？因此，不论是死在军营的诸葛亮，被杀的文种、韩信，还是被
迫隐退的范蠡、张良，他们的最终结局并非如他们所愿，后世流传的许多
传说都揭露了统治者对这些名臣将相的无情。

三、广大民众的善良愿望

民间传说常常赋予大众所喜爱的人物一个完满的结局，"善有善报，

---

① 上海师范大学古籍研究所校点：《国语》，上海古籍出版社 1998 年版，第 659 页。

恶有恶报"是广大民众对现实世界最朴素的认识。对于这些将相名臣而言也是如此，此前已述，将相名臣在帮统治者打下江山后，或被杀、或被迫隐退，结局令人同情。但在民间传说中，人们常常赋予自己喜欢的英雄人物最美好的结局或传奇的人生经历。

伍子胥被吴王赐死，并"取子胥尸盛以鸱夷革，浮之江中。吴人怜之，为之立祠于江上，因命之曰胥山"①。后来民间就流传有很多伍子胥为涛神的传说，如：

> 吴郡王闳渡钱塘江，遭风船欲覆，闳拔剑斫水，骂伍子胥，水息得济。（谢承《后汉书·王闳传》）

> 张禹拜扬州刺史，当济江行部，（中）土人皆以江有子胥之神，难于济涉。禹厉声云："子胥若其有灵，知吾志在理察枉讼，岂危我哉！"令鼓楫而过。（司马彪《续汉书·张禹传》）

> 伍子胥恨吴王，驱水为涛，今会稽钱塘丹徒皆立子胥祠，欲止其涛也。（鲁迅《古小说钩沉·录异传》）

除此之外，刘孝标注《世说新语》"捷悟"门引《会稽典录》说曹娥父死亡的原因是"汉安二年，迎伍君神，溯涛而上，为水所淹，不得其尸"。六朝宗懔《荆楚岁时记》引邯郸淳《曹娥碑》亦曰："五月五日，时迎伍君，逆涛而上，为水所淹。"又，《太平御览》卷五四九引晋人《分晋会丹阳三郡记》也说："重山者，大夫种所葬也。在西乡郭外。后潮水穴出，飘去其尸。俗云：伍子胥乘渐水取以去，今山胁有缺处。"唐代以来，伍子胥为潮神的传说流传更为广泛，如唐末杜光庭《录异记》卷七把作为潮神的伍子胥的形象就描摹得非常具体，《锦绣万花谷》卷五说："子胥乘素车为潮神。"《月令广义·岁令一》也说"潮神即伍子胥"，不一而足。另据《史记·伍子胥列传》记载，伍子胥临死时，"乃告其舍人曰：'必树吾墓上以梓，令可以为器；而抉吾眼县吴东门之上，以观越寇之入灭吴也。'乃自刭死"。正因为如此，才有了后来越人入吴南城时，伍子胥现形的传说：

> （越军）围吴于西城，吴王大惧，夜遁。越王追奔，攻吴，兵入

---

① （汉）司马迁：《史记》，中华书局1959年版，第2180页。

于江阳松陵。欲入胥门，来至六七里，望吴南城，见伍子胥头巨若车轮，目若耀电，须发四张，射于十里。越军大惧，留兵假道。即日夜半，暴风疾雨，雷奔电激，飞石扬砂，疾于弓弩。越军坏败松陵，却退，兵士僵毙，人众分解，莫能救止。范蠡、文种乃稽颡肉袒，拜谢子胥，愿乞假道。子胥乃与种、蠡梦曰："吾知越之必入吴矣，故求置吾头于南门以观汝之破吴也。惟欲以穷夫差，令汝入我之国，吾心又不忍，故为风雨以还汝军。然越之伐吴，自是天也，吾安能止哉！越如欲入，更从东门，我当为汝开道，贯城以通汝路。"于是越军明日更从江出，入海阳于三道之翟水，乃穿东南隅以达，越军遂围吴。守一年，吴师累败。（《吴越春秋·勾践伐吴外传》）

可以看到，上述传说对伍子胥的神化，实际上反映了广大民众鲜明的爱憎观念。不只伍子胥，后世的传说中，对那些功高盖世的将相名臣大都有所神化，如《吴越春秋》中广大民众对文种的悲剧命运也充满着同情，因此，民间传说最终也让文种同伍子胥一样，化为涛神，永存于天地间，《吴越春秋·勾践伐吴外传》载，文种"葬一年，伍子胥从海上穿山胁而持文种去，与之俱浮于海。故前潮水侯者，伍子胥也。后重水者，文种也"。汉代的开国功臣张良，其生平经历更是充满了神异色彩，据《史记·留侯世家》载：

良尝闲从容步游下邳圯上，有一老父，衣褐，至良所，直堕其履圯下，顾谓良曰："孺子，下取履！"良愕然，欲殴之，为其老，强忍，下取履。父曰："履我！"良业为取履，因长跪履之。父以足受，笑而去。良殊大惊，随目之。父去里所，复还，曰："孺子可教矣。后五日平明，与我会此。"良因怪之，跪曰："诺。"五日平明，良往。父已先在，怒曰："与老人期，后，何也？"去，曰："后五日早会。"五日鸡鸣，良往。父又先在，复怒曰："后，何也？"去，曰："后五日复早来。"五日，良夜未半往。有顷，父亦来，喜曰："当如是。"出一编书，曰："读此则为王者师矣。后十年兴。十三年孺子见我济北，穀城山下黄石即我矣。"遂去，无他言，不复见。

丁宏武认为，圯上授书张良，生能预言天下兴亡，死后能化为穀城下黄石"神人"的黄石公是绝对不存在的，"但就张良亡匿下邳十年之间，由一个刚强不忍的侠士变为隐忍谦退、运筹神算的谋士这一历史事实看，他曾受到一位洞悉时势、谙熟齐国传统文化特别是稷下黄老思想的反秦隐士的授书指点，却极有可能"。丁先生通过推究这一传说产生的历史文化背景后指出："在张良或时人精心撰构的圮上授书这一神秘的传说之中，既蕴涵着对姜尚、管仲等人无比的敬仰，又暗寓着坚忍不拔的反秦之志。先民历史悠久的灵山灵石崇拜与秦汉之际方兴未艾的谶语符瑞之说，成了他们随手应得的工具，使张良反秦辅帝的志向披上了神秘的外衣。这一切和陈涉、吴广起义前夕置丹书于鱼腹之中，于丛祠中狐鸣'大楚兴，陈胜王'同出一辙，只不过掩饰得比较高明而已。"① 司马迁把这一传说写进《史记》，说明在当时的流传之广。

张良之外，三国名臣诸葛亮更是民间传说神化的对象，如前所述东晋孙盛《晋阳秋》记诸葛亮去世时的神异传说就说明，民间传说中，广大民众已把他当作不同于凡夫的天上星辰了。又，东晋志怪小说家干宝，在《晋记》中记述了汉中八阵图的神异："诸葛孔明于汉中积石为垒，方可数百步，四郭，又聚石为八行，相去三丈许，谓之八阵图，于今俨然，常有鼓甲之声，天阴弥响。"在空无甲兵的石阵中，竟然会听到鼓鸣攻杀之声，这显然是一个荒诞的传说。除此之外，还有很多有关诸葛亮的神异传说，如南朝宋人刘敬叔把诸葛亮传说同阴阳五行联系在了一起，晋张华的《博物志》里记有诸葛亮的鸡鸣枕和诸葛锅等神物的传说，南朝梁任昉《述异记》里还记有诸葛亮施法术让南征兵士一夜飞归故里的传说等，所有这些传说，也直接影响了罗贯中《三国演义》中诸葛亮形象的塑造，鲁迅先生评价罗贯中《三国演义》中的诸葛亮形象时，就说他"状诸葛之多智而近妖"。这实际上反映了后世民间传说对诸葛亮的进一步神化，只是到明朝罗贯中在《三国演义》中作了一个总结罢了。

综上所述，民间传说中那些功高盖世的将相名臣，他们在现实中的悲凉结局与民间传说赋予他们的神异性形成了鲜明的对照。在民间传说中，将相名臣的形象往往被提升和净化，他们经常被描述成仁者、智者或有勇有谋者的完美化身；很多记述统治者对他们排挤、冷落和迫害的传说故

---

① 丁宏武、解光穆:《黄石公故事献疑》,《甘肃社会科学》2003 年第 3 期。

事，则揭露了统治者的无情和残暴，反映了广大民众对他们的敬仰、爱戴之情。本书只是对唐前一些功高盖世的将相名臣传说的梳理，实际上，中国古代历朝历代绝大多数的名臣将相，他们的一生也都充满了悲情的色彩，而只有在民间传说中，广大民众才会赋予他们心目中的英雄一个完满的结局。所有这些也表现了广大下层民众对关心民生疾苦、廉洁、有智慧、有谋略的将相名臣的敬仰。

第二节　文人巧匠传说

文人和巧匠是两类人，笔者之所以把他们放在一节来讨论，是因为他们都是某一方面有杰出才能的人，文人以他们在文化上的杰出贡献流芳百世，巧匠则以他们精湛的手艺永垂不朽。

一、文人传说

文人传说主要是讲历代著名文人的生活逸事，通过这些传说故事刻画出他们在特定历史条件下的思想、好恶以及政治立场，反映了广大民众心目中理想文人的形象。并非凡文人就有传说，只有那些具有非凡的才能，与众不同的性格以及在文学史上做出杰出贡献的人，才会被后世所怀念，留下许多传说故事。在唐前的文人传说中，孔子、屈原、司马迁、东方朔、曹植、王羲之、陶渊明等，就是其中杰出的代表。

后世流传的文人传说中，以反映他们曲折的生活经历以及与众不同的个性为最多。在生活经历方面，他们都"具有比较复杂曲折的生活经历，尤以生平坎坷、遭际不幸而又孤傲不驯者为最受欢迎。有的文人被作为传说中的主人公，是因为他们生活中曾有过不平常的遭遇，特别是一些受到统治者迫害或被贬官、或一辈子受穷的文人，更是得到人民的同情"①。在性格方面，以表现他们或桀骜不驯，或机智幽默，或淡泊名利，或品德高尚的个性特征为主。

---

① 程蔷：《中国民间传说》，第90页。

中国历史上许多著名文人的一生充满了坎坷与不幸,他们有些人一生生活在压抑和苦闷当中,也有很多人甚至为了自己追求的信念而断送了性命。屈原、司马迁、曹植即是唐前文人的代表。屈原作为中国历史上第一位伟大的诗人,他的一生就是在楚怀王、楚襄王两代国君及楚国贵族的排斥和迫害中度过的。屈原作为楚国贵族的一员,关心国家的安危,也曾在朝廷任要职,但最终因为楚王听信谗言被流放,最后在楚国灭亡之际自沉汨罗江而死。正因为屈原崇高的爱国气节和在文学史上的不朽贡献,赢得了人民的爱戴和怀念,后世流传着许多关于屈原的传说,如:

> 屈原既放,游于江潭,行吟泽畔,颜色憔悴,形容枯槁。渔父见而问之曰:"子非三闾大夫与?何故至于斯?"屈原曰:"举世皆浊我独清,众人皆醉我独醒,是以见放。"渔父曰:"圣人不凝滞于物,而能与世推移。世人皆浊,何不淈其泥而扬其波?众人皆醉,何不餔其糟而饮其醨?何故深思高举,自令放为?"屈原曰:"吾闻之,新沐者必弹冠,新浴者必振衣。安能以身之察察,受物之汶汶者乎?宁赴湘流,葬于江鱼之腹中。安能以皓皓之白,而蒙世俗之尘埃乎?"渔父莞尔而笑,鼓枻而去……(《楚辞·渔父》)

《渔父》一文,王逸认为是"楚人思念屈原,因叙其辞以相传焉"[1]。而洪兴祖则说:"《卜居》《渔父》,皆假设问答以寄意耳。而太史公《屈原传》、刘向《新序》、嵇康《高士传》或采《楚词》、《庄子》渔父之言以为实录,非也。"[2] 现当代很多学者则认为,《渔父》并非屈原所作,而是后人借以怀念屈原之辞,从这个意义上来说,笔者认为,《渔父》所述,应该是后人附会当时流传在民间的传说故事而成。其他如《拾遗记》《续齐谐记》等唐前的笔记小说中也有关于屈原传说的记载,《拾遗记》卷十"洞庭山"条载:"屈原以忠见斥,隐于沅湘,披蓁茹草,混同禽兽,不交世务,采柏实以合桂膏,用养心神;被王逼逐,乃赴清泠之水。楚人思慕,谓之水仙。其神游于天河,精灵时降湘浦。楚人为之立祠,汉末犹在。"而《续齐谐记》中的记载则把端午粽子的由来和屈原传说联系在了

---

① (宋)洪兴祖:《楚辞补注》,中华书局1983年版,第179页。

② (宋)洪兴祖:《楚辞补注》,第179页。

一起：

> 屈原五月五日投汨罗水，楚人哀之，至此日，以竹筒子贮米投水以祭之。汉建武中，长沙区曲忽见一士人，自云"三闾大夫"，谓曲曰："闻君当见祭，甚善。常年为蛟龙所窃，今若有惠，当以楝叶塞其上，以彩丝缠之。此二物，蛟龙所惮。"曲依其言。今五月五日作粽，并带楝叶、五花丝，遗风也。

所有这些都可以看出广大民众对爱国诗人屈原的怀念、敬仰以及明显的仙化倾向。

相比较之下，司马迁和曹植的遭遇更能引起人们的同情。司马迁因李陵之事遭受宫刑，曹植因与曹丕争夺太子之位失败，在曹丕继位后，备受猜疑，屡迁封地。他们一个是伟大的史学家，一个是才高八斗的诗人，但他们的后半生都生活在压抑和苦闷之中，《西京杂记》卷六有关司马迁的传说前文已经引述，因此，这里只引述有关曹植的传说：

> 文帝尝令东阿王七步中作诗，不成者行大法。应声便为诗曰："煮豆持作羹，漉菽以为汁。萁在釜下燃，豆在釜中泣；本是同根生，相煎何太急！"帝深有愧色。（《世说新语·文学》）

《三国志·魏书·董卓传》裴松之注引谢承《后汉书》记载王允的话说："昔武帝不杀司马迁，使作谤书流于后世。"又《三国志·吴书·韦曜传》记载，孙皓凤凰二年，左国史韦曜下狱，右国史华覈上疏救曜，华覈云："昔李陵为汉将军，军败不还而降匈奴，司马迁不加疾恶，为陵游说，汉武帝以迁有良史之才，欲使必成所撰，忍不加诛，书卒成立，垂之无穷。今曜在吴，亦汉之史迁也。"所有这些都说明，司马迁在遭受宫刑后，并没有被处死，可见《西京杂记》的记载是传说而非史事。《世说新语》有关曹植赋诗之事的记载，《太平广记》卷一百七十三有另外一种说法：

> 魏文帝尝与陈思王植同辇出游，逢见两牛在墙间斗，一牛不如，坠井而死。诏令赋死牛诗，不得道是牛，亦不得云是井，不得言其斗，不得言其死，走马百步，令成四十言，步尽不成，加斩刑。子建策马而驰，既揽笔赋曰："两肉齐道行，头上戴横骨。行至凶土头，峍起相唐突。二敌不俱刚，一肉卧土窟。非是力不如，盛意不得泄。"赋成。步犹未竟，重做三十言自愍诗云："煮豆持作羹，漉豉取作汁。

其在釜下然，豆向釜中泣；本自同根生，相煎何太急！"

一首诗来源于两个不同的故事，这显然是传说。现当代学者经考证指出，这一传说夸大了曹丕的恶毒和曹植后半生的险恶处境。游国恩等主编的《中国文学史》就说："曹植后期备受迫害和压抑。《世说新语》载一个故事说，曹丕曾命他七步中为诗，不成则将行大法。……这个传说很能表现他当时的处境。"①

值得一提的是，后世的文人传说中，有时也将一些文人的一生神异化。在这方面最具代表性的是孔子和东方朔。作为我国历史上最有影响的文化伟人，孔子在保存和整理中国传统文化方面作出了杰出的贡献，他被后世尊为圣人、素王。因此，千百年来，有关他的神异传说流传于社会的各个阶层。首先是他神异的出生。据《史记·孔子世家》载："鲁襄公二十二年而孔子生。生而首上圩顶，故因名曰丘云。"《拾遗记》卷三亦载：

> 周灵王立二十一年，孔子生于鲁襄公之世。夜有二苍龙自天而下，来附徵在之房，因梦而生夫子。有二神女，擎香露于空中而来，以沐浴徵在。天帝下奏钧天之乐，列以颜氏之房。空中有声，言天感生圣子，故降以和乐笙镛之音，异于俗世也。又有五老列于徵在之庭，则五星之精也。夫子未生时，有麟吐玉书于阙里人家，文云："水精之子，系衰周而素王。"故二龙绕室，五星降庭。徵在贤明，知为神异，乃以绣绂系麟角，信宿而麟去。相者云："夫子系殷汤，水德而素王。"

其次是他神异的死。王充《论衡·实知篇》说，孔子将死，留下谶书说："不知何一男子，自谓秦始皇，上我之堂，颠倒我衣裳，至沙丘而亡。"王充通过考证秦始皇的生平，认为该说法是流传于民间的传说。又《拾遗记》卷三也说：

> 至敬王之末，鲁定公二十四年，鲁人锄商田于大泽，得麟，以示夫子，系角之绂，尚犹在焉。夫子知命之将终，乃抱麟解绂，涕泗滂沱。

显然《拾遗记》的记述也是传说无疑。除此之外，传说中孔子的一生也充

---

① 游国恩等主编：《中国文学史》第一册，人民文学出版社1963年版，第246—247页。

满了神异色彩,如《搜神记》卷八就记载这样两则传说故事:

> 鲁哀公十四年,孔子夜梦三槐之间,丰、沛之邦,有赤氲气起,乃呼颜回、子夏同往观之。驱车到楚西北范氏街,见刍儿打麟,伤其左前足,束薪而覆之。孔子曰:"儿来,汝姓为谁?"儿曰:"吾姓为赤松,名时乔,字受纪。"孔子曰:"汝岂有所见乎?"儿曰:"吾所见一禽,如麇,羊头,头上有角,其末有肉,方以是西走。"孔子曰:"天下已有主也,为赤刘,陈、项为辅。五星入井,从岁星。"儿发薪下麟,示孔子,孔子趋而往。麟向孔子,蒙其耳,吐三卷图,广三寸,长八寸,每卷二十四字。其言:"赤刘当起日周亡,赤气起,火耀兴,玄丘制命,帝卯金。"

> 孔子修《春秋》,制《孝经》,既成,斋戒,向北辰而拜,告备于天。天乃洪郁起白雾,摩地,赤虹自上而下,化为黄玉,长三尺,上有刻文。孔子跪受而读之,曰:"宝文出,刘季握。卯金刀,在轸北。字禾子,天下服。"

可以看到这两则传说都是刘汉集团为统一天下而造的谶语。魏晋南北朝时期,孔子及其七十二弟子也一度被道教徒仙化:

> 昔鲁人有浮海而失津者,至于澶洲,见仲尼及七十子游于海中。与鲁人一木杖,令闭目乘之,使归告鲁侯,筑城以备寇。鲁人出海,投杖水中,乃龙也。具以状告,鲁侯不信;俄而有群燕数万,衔土培城,鲁侯信之,大城曲阜。讫而齐寇至,攻鲁不克而还。(《太平御览》卷九二二引崔鸿《北凉录》)

实际上,孔子的一生并非传说所载这样神异。据考证,他是一个私生子,一生也是在坎坷中度过的,由于自己的学说不被当局者接受,孔子辗转各国,一路上也曾遭受饥饿、围攻……最终又回到鲁国教授弟子、整理史书。正是因为他的杰出贡献和伟大成就,后世的人们怀念他、敬仰他,因而也就有了关于他的种种神异传说。

孔子之外,东方朔也是一个被神异化的文人典型。作为武帝身边的文学弄臣,东方朔机智幽默又爱说大话,他经常编造一些不着边际的故事以博取武帝的欢心。正因为如此,汉魏六朝时期就流传着许多有关他的神异传说。西汉刘向的《列仙传》最早仙化了东方朔:

> 东方朔者,平原厌次人也,久在吴中,为书师数十年。武帝时,上书说便宜,拜为郎。至昭帝时,时人或谓圣人,或谓凡人,作深浅显默之行。或忠言,或戏语,莫知其旨。至宣帝初,弃郎以避乱世,置帻官舍,风飘之而去。后见于会稽,卖药五湖。智者疑其岁星精也。

而东方朔神异传说的盛行是在东汉魏晋时期,主要见载于这一时期的笔记小说中。综合起来,唐前有关东方朔的神异传说主要有三个方面:首先是他神异的出生。据《洞冥记》记载:

> 东方朔,字曼倩。父张夷,字少平,妻田氏女。夷年二百岁,颜如童子。朔生三日,而田氏死,时景帝三年也。邻母拾而养之。……朔以元封中游濛鸿之泽,忽见王母采桑于白海之滨。俄有黄眉翁指阿母以告朔曰:"昔为吾妻,托形为太白之精,今汝此星精也。吾却食吞气,已九千余岁,目中瞳子,色皆青光,能见幽隐之物,三千年一反骨洗髓,二千年一刻肉伐毛,自吾生,已三洗髓五伐毛矣。"①

同样的记载也见于《东方朔传》。二书关于东方朔为太白之精的传说显然源自刘向的《列仙传》,只是增加了对东方朔父母的描述,说他们也都是长生不老的仙人。除此之外,李剑国《唐前志怪小说辑释·洞冥记》对东方朔的出生却另有说法:

> 朔母田氏寡居,梦太白星临其上,因有娠。田氏叹曰:"无夫而娠,人将弃我。"乃移向代郡东方里为居。五月旦生朔,因以所居里为氏,朔为名。②

除此之外,《独异志》卷上也载有类似的说法。可以看到,这一传说显然是受到了前述帝王感生传说的影响。同是一书,却出现了不同的说法,大概是版本不同所致,但这也说明有关东方朔神异出生的传说,在当时就有多种异文。

其次,是东方朔神异的人生经历。这方面的传说在东汉魏晋时期尤为盛行,其中以《洞冥记》和《十洲记》记述最为详尽,现举两例如下:

---

① 上海古籍出版社编:《汉魏六朝笔记小说大观》,上海古籍出版社1999年版,第122页。
② 李剑国:《唐前志怪小说辑释》,上海古籍出版社1986年版,第101页。

（东）方朔云："臣，学仙者耳，非得道之人。以国家之盛美，将招名儒墨于文教之内，抑绝俗之道于虚诡之迹。臣故韬隐逸而赴王庭，藏养生而侍朱阙矣。亦由尊上好道，且复欲抑绝其威仪也。曾随师主履行，比至朱陵扶桑蜃海冥夜之丘，纯阳之陵，始青之下，月宫之间，内游七丘，中旋十洲。践赤县而遨五岳，行陂泽而息名山。臣自少及今，周流六天，广陟天光，极于是矣。未若凌虚之子，飞真之官，上下九天，洞视百万。北极勾陈而并华盖，南翔太册而栖大夏。东之通阳之霞，西薄寒穴之野。日月所不逮，星汉所不与。其上无复物，其下无复底。臣所识乃及于是，愧不足以酬广访矣。"（《十洲记》）

东方朔游吉云之地，得神马一匹，高九尺。帝问朔："是何兽也？"朔曰："昔西王母乘灵光辇以适东王公之舍，税此马游于芝田，乃食芝田之草。东王公怒，弃马于清津天岸。臣至王公之坛，因骑马返，绕日三匝，然入汉关，关犹未掩。臣于马上睡，不觉而至。"……东方朔曰："臣有吉云草十顷，种于九景山东。二千岁一花，明年应生，臣走请刈之。得以秣马，马终不饥也。"朔曰："臣至东极，过吉云之泽，多生此草，移于九景之山，全不如吉云之地。"（《洞冥记》）

除此之外，《汉武故事》《汉武帝内传》《博物志》以及这一时期的许多笔记杂传都载有有关东方朔神异人生经历的传说故事，不再一一列举。

除神异的出生和人生经历之外，后世还流传着许多有关东方朔死后升仙的传说故事。《汉武故事》说："使至之日，东方朔死。上疑之，问使者，曰：'朔是木帝精，为岁星，下游人中，以观天下，非陛下臣也。'上厚葬之。"《太平广记》卷六引《洞冥记》及《东方朔别传》亦曰：

朔未死时，谓同舍郎曰："天下无能知朔，知朔者唯太王公耳。"朔卒后，武帝得此语，即召太王公问之，曰："尔知东方朔乎？"公对曰："不知。""公何所能？"曰："颇善星历。"帝问诸星皆具在否？曰："诸星具，独不见岁星十八年，今复见耳。"帝仰天叹曰："东方朔生在朕旁十八年，而不知是岁星哉！"惨然不乐。

当然，这一时期还有其他关东方朔死后升仙的传说，如《汉武帝内传》就说："其后东方朔一旦乘龙飞去，同时众人见从西北上冉冉，仰望良久，大雾覆之，不知所在。"所有这些传说都使得历史人物东方朔的一生，充满了更加神秘的色彩。这一时期之所以会流传如此多有关东方朔的神异传说，应该说与东汉魏晋时期神仙道教的盛行有关。上述有关东方朔的种种神异的传说实际上是道教徒刻意编造的结果，而东方朔也就成了这一时期历史人物被仙化的典型之一。

除了曲折复杂的人生经历以外，文人们的好学精神也是后世人们怀念、敬仰他们的主要原因，因此，后世有关这方面的传说也多有流传。在唐前文人勤学好问的传说故事中，仍以孔子的传说为最多，其中最著名的当数孔子师老子和孔子师项橐的传说。

孔子问礼于老子事，在先秦典籍中早有记载，《礼记》《庄子》《韩非子》《吕氏春秋》等书中均有记载。两汉时期，老子为孔子师的传说更加盛行于世，司马迁在《史记·老子列传》中说：

> 孔子适周，将问礼于老子。老子曰："子所言者，其人与骨皆已朽矣，独其言在耳。且君子得其时则驾，不得其时则蓬累而行。吾闻之，良贾深藏若虚，君子盛德，容貌若愚。去子之骄气与多欲，态色与淫志，是皆无益于子之身。吾所以告子，若是而已。"孔子去，谓弟子曰："……至于龙吾不能知，其乘风云而上天。吾今日见老子，其犹龙邪！"

此外，《史记》的《孔子世家》《仲尼弟子列传》等篇中对老子为孔子师的传说也有记载。除文献记载之外，老子为孔子师的传说也大量地出现在汉代的画像石画像砖中。综合唐前历代的文献记载可以看出，孔子曾经问礼于老子，《论语》的"述而篇"即言："述而不作，信而好古，窃比与我老彭。"老彭当指老子与彭祖，但老子为孔子师的传说应该盛行于汉初。这是有时代原因的，汉代初年，统治者好庄老之学，老子和庄子的学说被普遍学习、运用，而以孔子及其后学者思想为主的儒家观念一度被排除在了封建正统思想之外。笔者以为，正是因为在这一历史时期老庄之学压倒了孔孟之道，加之先秦文献曾记载孔子问礼于老子事，所以便有了老子为孔子师的传说。

孔子礼遇项橐的故事见载于《史记·甘茂传》："甘罗曰：'项橐生七

岁为孔子师。'"《战国策·秦策》中也有类似的记载。《论衡·实知篇》亦曰："夫项托七岁教孔子。"文献记载之外，汉代的画像石画像砖中也多次出现孔子与项橐之间的传说。可以说，孔子师项橐的传说至少在战国末期就存在了，到汉代的流传则更加广泛。

在桀骜不驯、任性而为、淡泊名利方面，王羲之、陶渊明可谓其中的代表。作为东晋著名的大书法家，《世说新语》《郭子》《语林》等书中，都载有许多关于王羲之的传说故事。现举几例如下：

> 郗太傅在京口，遣门生与王丞相书，求女婿。丞相语郗信："君往东厢，任意选之。"门生归白郗曰："王家诸郎亦皆可嘉，闻来觅婿，咸自矜持，唯有一郎在东床上坦腹卧，如不闻。"郗公云："正此好！"访之，乃是逸少，因嫁女与焉。（《世说新语·雅量》）

> （王羲之）尝在蕺山见一老姥，持六角竹扇卖之，羲之书其扇，各为五字。姥初有愠色，因谓姥曰："但言是王右军书，以求百钱邪。"姥如其言，人竞买之。他日，姥又持扇来，羲之笑而不答。（《晋书·王羲之传》）

正是因为他这种桀骜不逊、任性而为的个性特征，才使得他最终辞官归隐，寄情山水，成为一代书圣。王羲之之外，作为东晋田园诗人的陶渊明也是如此，他看不惯官场的尔虞我诈、阿谀奉承，受不了"为五斗米折腰向乡里小儿"的屈辱，最终归隐田园，成就了他在中国田园诗方面的伟大成就。陶渊明一生嗜酒如命，归隐田园后，他的后半生几乎是在半醉半醒中度过的，因此后世有关他嗜酒的传说故事也很多，据《宋书·隐逸传》载：

> 潜不解音声，而畜素琴一张，无弦，每有酒适，辄抚弄以寄其意。贵贱造之者，有酒辄设，潜若先醉，便语客："我醉欲眠，卿可去。"其真率如此。郡将候潜，值其酒熟，取头上葛巾漉酒，毕，还复著之。

《晋书·陶潜传》也说陶渊明嗜酒，但没有《宋书·隐逸传》中以上事件的描述，显然是当时人附会的传说。

综上所述，曲折复杂的人生经历、独特的个性以及不耻下问的好学精神，是文人传说的基本特点，而那些被神化、仙化的文人传说一方面反映了广大民众对文人的敬仰之情,同时也是神仙道教徒刻意创造的结果。

二、巧匠名医传说

　　巧匠传说主要是关于这类人物高超技艺的传说。鲁班可以说是唐前巧匠的代表,因此历代有关他的传说层出不穷。早在《墨子·公输》篇就载他为楚国造云梯之事,说他造的云梯能够根据战术的不同而有上百种变化。汉代的乐府民歌《燕歌行》则高度赞美了他雕梁画栋的精湛技巧:"谁能刻镂此?公输与鲁般。被之用丹漆,熏用苏合香。本自南山松,今为宫殿梁。"王充的《论衡·儒增篇》也有关于鲁班传说的记载,不过更加神异化了。他说:"儒书称:'鲁般、墨子之巧,刻木为鸢,飞之三日而不集。'"又说:"世传言曰:'鲁般巧,亡其母也。'言其巧工,为母作木车马,木人御者,机关备具,载母其上,一驱不还,遂失其母。"王充在当时就指出了其中失实、增饰的成分。就前一传说,王充指出:"夫言其以木为鸢飞之,可也;言其三日不集,增之也。夫刻木为鸢,以象鸢形,安能飞而不集乎?既能飞翔,安能至于三日?"对后一传说,王充说:"如木鸢机关备具,与木车马等,则遂飞不集。机关为须臾间,不能远过三日,则木车等亦宜三日止于道路,无为径去以失其母。二者必失实者也。"王充的评论是对的,但他不知道这是具有夸饰成分的传说。《论衡》之外,唐前还有许多有关鲁班高超技艺的传说,现举几例如下:

　　木兰舟在浔阳江中,多木兰树……鲁班刻木兰为舟。……天姥山南峰,昔鲁班刻木为鹤,一飞七百里。后放于北山西峰上。汉武帝使人往取,遂飞上南峰。往往天将雨则翼翅摇动,若将奋飞。鲁班刻石为禹九州图,今在洛城石室山。东北岩海畔,有大石龟,俗云鲁班所作。夏则入海,冬复止于山上。(任昉《述异记》)

　　(渭桥)旧有忖留神像。此神尝与鲁班语,班令其人出。忖留曰:"我貌很丑,卿善图物容,我不能出。"班于是拱手与言曰:"出头见我"。忖留乃出首。班于是以脚画地。忖留觉之,便还没水。故置其像于水,惟背以上立水上。(北魏郦道元《水经注·渭水》)

　　公输之刻凤也,冠距未成,翠羽未树,人见其身者,谓之龙雉;见其首者,名曰鹤鶋。皆訾其丑而笑其拙。及凤之成,翠冠云耸,朱

> 距电摇，锦身霞散，绮翮焱发，翙然一翥，翻翔云栋，三日而不集。
> 然后赞其奇而称其巧。（北齐刘昼《刘子新论》）

可以看到，这些传说都是根据前人鲁班之巧的说法，创造出来的故事。从上述关于鲁班的传说也可以看到，鲁班的绝世技巧在汉魏六朝时期就已经扩展到了木工之外，在汉代王充的《论衡》、南朝梁任昉的《述异记》以及北齐刘昼的《刘子新论》中，鲁班用木料刻成的木鸢、木鹤、木凤不但可以"一飞七百里"而"三日不集"，而且他也可以刻石为禹九州图，说他刻的石龟"夏则入海，冬则至于山上"。除此之外，北魏郦道元的《水经注》更把鲁班描述成了一为高明的画家，说他用脚就画出了神像的上半部分。总之，这些传说或者完全是植根于后代生活的一种创作，或者是就某些史实因素加以演绎，从而使历史人物鲁班渐渐地演变成了能工巧匠的典型。鲁班之后，后世往往称赞那些能工巧匠为鲁班再世，更是把他们的一些事迹附会在鲁班名下，从而使鲁班成了能工巧匠的代名词。

除巧匠传说之外，唐前还流传着许多名医的传说故事，这些传说以表现他们高超的医术为主，也有一些传说表现名医们辨别草药的特殊本领。唐前的名医传说，以扁鹊和华佗为代表。

早在先秦时期，有关名医扁鹊的传说就已广为流传。《韩非子·喻老》载：

> 扁鹊见蔡桓公，立有间，扁鹊曰："君有疾在腠理，不治将恐深。"桓侯曰："寡人无疾。"扁鹊出，桓侯曰："医之好治不病以为功。"居十日，扁鹊复见，曰："君之病在肌肤，不治将益深。"桓侯不应。扁鹊出，桓侯又不悦。居十日，扁鹊复见，曰："君之病在肠胃，不治将益深。"桓侯又不应。扁鹊出，桓侯又不悦。居十日，扁鹊望桓侯而还走。桓侯故使人问之，扁鹊曰："疾在腠理，汤熨之所及也；在肌肤，针石之所及也；在肠胃，火齐之所及也；在骨髓，司命之所属，无奈何也。今在骨髓，臣是以无请也。"居五日，桓侯体痛，使人索扁鹊，已逃秦矣。桓侯遂死。

又《战国策·秦策》曰：

> 扁鹊见秦武王，武王示之病。扁鹊请除。左右曰："君之病在耳之前，目之下，除之未必已也，将使耳不聪，目不明。"君以告扁鹊。

> 扁鹊怒而投其石:"君与知之者谋之,而与不知者败之。使此知秦国
> 之政也,则君一举而亡国矣。"

据考证,蔡桓公死于公元前七世纪初叶,因此有关扁鹊见蔡桓公之事显然
是传说。关于上述《战国策·秦策》中的故事,据考证也是传说无疑,武
王是四世纪末叶的人物。与扁鹊生活的时代前后相差近四百年,这无论如
何都是不可能的。两汉是扁鹊传说更加盛行的时期,《史记·扁鹊传》所
述内容几乎全是传说,如司马迁记述扁鹊学医于长桑君的过程如下:

> (扁鹊)少时为人舍长。舍客长桑君过,扁鹊独奇之,常谨遇之。
> 长桑君亦知扁鹊非常人也。出入十余年,乃呼扁鹊私坐,闲与语曰:
> "我有禁方,年老,欲传于公,公毋泄。"扁鹊曰:"敬诺。"乃出其怀
> 中药予扁鹊:"饮是以上池之水,三十日当知物矣。"乃悉取其禁方书
> 尽与扁鹊。忽然不见,殆非人也。扁鹊以其言饮药三十日,视见垣一
> 方人。以此视病,尽见五脏症结,特以诊脉为名耳。

显然,这是一个具有传奇色彩的传说故事。清人牛运震《空山唐全集·史
记纠谬》就说:"窃意太史公传扁鹊,多系传闻异辞或寓言也。"清人赵绍
祖在其《读书偶记》卷四"扁鹊"条下也说:"意太史公故为荒幻之辞,
而云或在齐,或在赵,不必其为何方;为卢医,为扁鹊,不必其为何名;
或在春秋之初,或在春秋之末,不必其为何时,以见扁鹊之为非常人,一
如其师长桑君耳。"近人崔适在《史记探源》卷八对《扁鹊苍公列传》中
司马迁有关扁鹊生平事迹的记载进行了评论,认为"皆非事实明甚。《索
隐》《正义》以世次言之,未得太史本意也"。他说:"此传以扁鹊之医术
为主义,相遇之人,杂取传记,多系寓言。此无关于信史,非子产、叔敖
之比,不可以世次求也。"日本学者丹波元简在其《扁鹊苍公汇考》一文
也说:"盖扁鹊必一神医,于是战国辩士,如稷下诸子傅会种种神异之事,
或笔之于书,或以为游说之资。"正因为两汉时期有关扁鹊的记述全是传
说,因此,有关扁鹊史料中的人物异文现象非常严重,而且这些异文均与
人名有关,这也就暗示了这些文献的传说性质。如扁鹊救治虢太子的事
迹,《韩诗外传》《史记·扁鹊传》《说苑·辨物》中均有载,然而,通过
比较可以看到,这三个文本在叙事语言上的差异非常严重,但在各自的文
本中,它们又是文意连贯的,表明这些事迹在很大程度上都属于传说故

事。另外，汉代的画像石、砖以及帛画上也常可见扁鹊救人的场面，如山东临沂金雀山九号汉墓出土的帛画"神医扁鹊的神化图"中，扁鹊鸟头人体，侧身站立，两手作揖，站在扁鹊对面的是一个身着长袍的年轻小官吏，显然画的是扁鹊入虢宫与中庶子对话的场面，可以看到帛画内容与《史记·扁鹊列传》所记故事相吻合，这说明扁鹊传说在汉代的广泛流传。由此可见，东周时代的神医扁鹊，到东汉时期已经变成了一位神话中的人物。

由于医术的高明，扁鹊在司马迁的时代就已经成为一个箭垛式的人物，人们常常会把那些医术高明的医生称为活扁鹊。除扁鹊之外，唐前的名医还有华佗，华佗是东汉末年至曹魏时期人，汉魏时代方术之学及神仙道教的盛行，使得后世有关华佗的传说充满了神异色彩。据《后汉书·华佗传》载：

> 有一郡守笃病久，佗以为盛怒则差。乃多受其货而不加功。无何弃去，又留书骂之。太守果大怒，令人追杀佗，不及，因瞋恚，吐黑血数升而愈。
>
> 又有疾者，诣佗求疗，佗曰："君病根除，应当剖破腹。然君寿亦不过十年，病不能相杀也。"病者不堪其苦，必欲除之，佗遂下疗，应时愈，十年竟死。

又《搜神记》卷三曰：

> 沛国华佗，字元化，一名旉。琅邪刘勋为河内太守，有女年几二十，苦脚左膝里有疮，痒而不痛。疮愈，数十日复发，如此七八年。迎佗使视，佗曰："是易治之。"当得稻糠黄色犬一头，好马二匹。以绳系犬颈，使走马牵犬，马极辄易。计马走三十余里，犬不能行。复令步人拖曳，计向五十里。乃以药饮女，女即安卧，不知人。因取大刀，断犬腹近后脚之前，以所断之处向疮口，令二三寸停之。须臾，有若蛇者从疮中出，便以铁椎横贯蛇头。蛇在皮中动摇良久，须臾不动，乃牵出。长三尺许，纯是蛇，但有眼处，而无瞳子，又逆鳞耳。以膏散着疮中，七日愈。

《后汉书·华佗传》及魏晋六朝的笔记小说还有很多记载华佗医术高明的传说故事，兹不具述。从上述两则传说来看，前一则传说讲华佗能预知人的生死,后一则传说中华佗的治病过程则更是令人难以置信,都有夸大的成分在内。所有这些,实际上反映了华佗医术的高明,也体现了人民群众对这位救死扶伤的神医的赞颂。从汉末魏晋时期流传的有关华佗治病救人的传说来看,华佗救人很多时候会"开膛破肚",有点类似于后来西医的动手术,联系汉末魏晋时期佛教的兴盛及西域文化的大量传入中土,笔者以为华佗的传说应该是后人的附会,人们把那些在当时学习了西域医学且医术高明的医生都称为华佗,从而也使得华佗成了一个箭垛式的人物。

除以上所述的巧匠名医传说外,唐前还有很多的巧匠,如酒的发明者杜康、纸的发明者蔡伦等,围绕他们也产生了许多有趣的传说故事,所有这些传说,都是对我国古代劳动人民的勤劳和智慧的直接反映。由于名工巧匠的传说大多来自民间,因此程蔷在结合我国古代劳动人民的处境和地位进行分析后认为,这些巧匠名医传说的产生是出于人类内在的心理需求,"从本质上来说,这些传说首先是对劳动的赞颂,对劳动人民自己的赞颂,对劳动人民的创造威力和无穷智慧的赞颂;只有在传说的基于生活实际的幻想中,劳动人民才可能占有他们在现实生活中理应占有的地位和优势,才能充分地表现出自己的尊严和价值。这些正是历代民众喜闻乐见并且坚持创作许多有关工匠和名医传说的重要心理基础。"①

第三节 刺客传说

历来研究传说的学人,很少注意刺客这一特殊的群体,实际上在春秋战国时期就涌现出了一大批刺客,如曹沫持匕首胁迫齐桓公退鲁国失地;专诸鱼腹藏剑,杀吴王僚,死于乱刀下;豫让毁容自残,刺杀赵襄子不得,刺衣后自杀;聂政刺韩国宰相侠累,杀侍卫数十人,暴尸街头;荆轲"图穷匕首见",刺杀秦王政功亏一篑等。他们为报答知遇之恩不惜抛头颅洒热血的品质引起了社会各阶层民众的广泛赞颂,因此也有很多关于他们的传说故事流传后世。

---

① 程蔷:《中国民间传说》,第109—110页。

春秋战国时期，正是中国奴隶社会向封建社会过渡的时期，也是中国传统封建思想道德观的萌芽时期。这一时期诸侯纷争，国家之间、国家内部各个权力集团之间利益冲突激烈。正是这一特殊的历史时代，成就了刺客这一特殊的群体。先秦时代的刺客虽不是一个统一的有组织的群体，但却具有一些共同之处，这在民间传说中都有体现：

首先，先秦时期的刺客大都是身处穷乡僻壤的田野村夫、市井屠户。他们在接受行刺任务之前，都受到了主人优厚的待遇：如《燕丹子》就记述了太子丹对荆轲的国士待遇：

> 后日，与轲之东宫，临池而观。轲拾瓦投龟，太子令人奉槃金。轲用抵，抵尽复进。轲曰："非为太子爱金也，但臂痛耳。"后复共乘千里马。轲曰："闻千里马肝美。"太子即杀马进肝。暨樊将军得罪于秦，秦求之急，乃来归太子。太子为置酒华阳之台。酒中，太子出美人能琴者。轲曰："好手琴者！"太子即进之。轲曰："但爱其手耳。"太子即断其手，盛以玉槃奉之。太子常与轲同案而食，同床而寝。

对燕太子礼遇荆轲之事，《史记·刺客列传》的记载与《燕丹子》完全不同，据荆轲本传载："于是尊荆卿为上卿，舍上舍，太子日造门下，供太牢，具异物，间进车骑美女，恣荆轲所欲，以顺适其意。"相比较而言，《史记·刺客列传》的记载更接近史实。《燕丹子》中，太子丹被描述成了一个毫无原则的人，荆轲则成了一个邀功自宠的冷血杀手，这就大大损害了太子丹与荆轲的形象，显然是传说。这一传说虽然有丑化太子丹和荆轲的倾向，但从另一个侧面也反映了太子丹对荆轲的礼遇之高。

荆轲之外，专诸、聂政、豫让等也都受到了超乎常人的待遇。专诸被伍子胥推荐给了公子光，受到了公子光极高的待遇，在专诸行刺之前，公子光更是对其行顿首大礼，并说："光之身，子之身也。"聂政与母亲、姐姐以卖狗为生，生活极度贫困，严仲子却不远千里来为他的母亲祝寿，虽被拒绝仍行宾主之礼。在荆轲、聂政、专诸等看来，身居高位的上层人士如此礼贤下士，就是对他们人生价值的最大肯定，从而使他们的自尊心得到了最大的满足。笔者以为，正是这种被当权者的赏识和信任，最终使得他们不顾一切去完成主人交给他们的行刺任务。马斯洛说："自尊需要的满足导致一种自信的情感，使人觉得自己在这个世界上有价值、有力量、有能力、有位置、有用处和必不可少。"① 春秋战国时期的刺客们正是如此。

其次，正是因为这种超乎常人的礼遇，使得刺客们产生了一种"士为知己者死"的侠义情怀。如刺客豫让就说："臣事范、中行氏，范、中行氏皆众人遇我，我故众人报之。至于智伯，国士遇我，我故国士报之。"② 又说："嗟乎！士为知己者死，女为悦己者容。今智伯知我，我必为报仇而死，以报智伯，则吾魂魄不愧矣。"③ 荆轲也是如此，易水送别之时，他就抱定了必死的决心。聂政在刺杀韩王侠累之前的一段话最能概括刺客们的心声：

> 聂政曰："嗟乎！政乃市井之人，鼓刀以屠；而严仲子乃诸侯之卿相也，不远千里，枉车骑而交臣。臣之所以待之，至浅鲜矣，未有大功可以称者，而严仲子奉百金为亲寿，我虽不受，然是者徒深知政也。夫贤者以感忿睚眦之意而亲信穷僻之人，而政独安得嘿然而已乎！"④

还有一些刺客为了报答知遇之恩，甚至不惜献出妻儿的性命，《吴越春秋·阖闾内传第四》记述了要离刺杀庆忌的故事，其中一段如下：

> 要离即进曰："大王患庆忌乎？臣能杀之。"王曰："庆忌之勇，世所闻也。筋骨果劲，万人莫当，走追奔兽，手接飞鸟，骨腾肉飞，拊膝数百里。吾尝追之于江，驷马驰不及，射之暗接矢，不可中。今子之力，不如也。"要离曰："王有意焉，臣能杀之。"王曰："庆忌，明智之人。归穷于诸侯，不下诸侯之士。"要离曰："臣闻安其妻子之乐，不尽事君之义，非忠也。怀家室之爱，而不除君之患者，非义也。臣诈以负罪出奔，愿王戮臣妻子，断臣右手，庆忌必信臣矣。"王曰："诺。"要离乃诈得罪出奔，吴王乃取其妻子焚弃于市。要离乃奔诸侯而行怨言，以无罪闻于天下，遂如卫求见庆忌。

能够"走追奔兽，手接飞鸟，骨腾肉飞"的人在现实中是不存在的，因此上述记载显然是传说。但通过吴王之口可以看到，庆忌是一个深得诸侯之心的有勇有谋的高人。然而要离则用舍弃妻儿性命这一看似不尽人情的做法，换取庆忌的信任，最终刺死了他。实际上吴王对庆忌有勇有谋的夸饰，更衬托出了要离不凡的身手以及超人的胆略，也表现了后世传说中人们对这位为实现自己诺言而舍弃全家性命的忠诚刺客的赞颂。

刺客们"已诺必行，不爱其身"的侠义精神不仅表现在他们在生死面前毫不顾惜自己的生命，有时也表现为他们对自身的摧残。先秦时期的刺客中，最典型的要数聂政和豫让了。《琴操》中载有聂政刺韩王的传说，具体内容如下：

> 聂政刺韩王者，聂政之所作也。聂政父为韩王冶剑，过时不成，韩王杀之。时政未生。及壮，问其母曰：父何在？母告之。政欲杀韩王，乃学涂入王宫，拔剑韩刺王不得，走，政逾城而出，去入太山。遇仙人，学鼓琴，漆身为厉，吞炭变其音。七年而琴成，欲入韩国，道逢其妻，妻对之泣下。对曰：夫人何故泣？妻曰：聂政出游，七年不归，吾常梦相思见。君对妾笑，齿似政齿，故我心悲而泣也。政曰：天下人齿尽政若耳，胡为泣乎？即别去，复入山中。仰天而叹曰：嗟乎！变容易声，欲为父报仇，而为妻所知，父仇当何时复报！援石击落其齿。留山中三年，习操，持入韩国，人莫知政。政鼓琴阙下，观者成行，牛马止听。以闻韩王，王招政而见之，使之弹琴。政即援琴而歌之。内刀在琴中，政于是左手持衣，右手出刀以刺韩王，杀之。曰：乌有使人生不见其父可得死乎！政杀国君，知当及母，即自刭剥面皮，断其形体，人莫能识。乃枭磔政形体市，悬金其侧：有知此人者赐金千金。遂有一妇人往而哭曰：嗟乎！为父报仇耶！顾谓市人曰：此所谓聂政也。为父报仇，知当及母，乃自刭剥面，何爱一女之身而不扬吾子之名哉！乃抱政尸而哭，冤结陷塞，遂绝行脉而死。故曰聂政刺韩王。（《太平御览》卷五百七十八）

聂政为父报仇的执着与干将莫邪之子的复仇之路是何等相似！通过对比发现，这个传说融合了干将莫邪传说以及《史记·刺客列传》所载豫让刺杀赵襄子故事的一些成分。但相比较而言，聂政为父报仇的道路则更加曲折艰辛，但也更有人情味。聂政漆身为吏、吞炭变哑以及击落门牙等对自身残忍摧残的行为一方面表现了他为父报仇的坚定执着的信念,另一方面也表现出他为担心家人受牵连而作的种种努力,表现出一个血性男儿对家人的关心和挂念。"故事中的聂政已不是'为知己者死'而以身许人的战国侠士,而是一个为父报仇对统治者作殊死斗争的平凡的英雄形象"①。聂政刺韩王的传说之所以盛传于东汉后期,是有一定的现实基础的,逯钦立先生对此有精辟的论述,他说:"铁工横被统治者残害,其儿子进行复仇抱怨,这样的故事所以产生于两汉之间,是有着现实基础的。西汉武帝刘彻,设立官府把盐铁货卖收归国有之后,强迫广大徒众进行冶铸,这些劳动人民在当时叫做'铁官徒'。西汉末,由于汉封建王朝的更形腐败,铁官制度的黑暗残酷,铁官徒被迫起来反抗,在成、哀之际曾掀起好多次暴动。……统治者对铁官徒的镇压是残酷的,他们诛戮了所有起义的人,他们使社会上增加着愁凄悲叹的寡妇孤儿。正是在这样的现实情况下,产生了'聂政刺韩王'这样的民间故事。"②

然而,我们赞扬刺客忠信仁义精神的同时,也应该看到,刺客的行为也是有其局限性的。如前所述,刺客大都来自下层社会,文化层次不高,"士为知己者死"的侠义精神使得他们对其所依附的对象功利性不是很明显,他们的所作所为也只是为了报答知遇之恩,因此,从这个意义上来说,先秦时期刺客们所信守的忠信仁义,也只是对他们自身的要求,完全不同于强调服从规范,接受社会约束的儒家核心思想"忠信""仁义"。"如果说先秦刺客的忠信、仁义是自发的,是在成为刺客、杀人之后才体现出来,并不符合后世统治阶级的价值观的话,那么儒家则是对忠信仁义的自觉追求,并且将它普遍化,更有利于用来作为整个社会所应遵循的行为规范和道德准则。这也是儒家思想能够成为中国封建社会官方思想的重要原因"③。正是因为刺客们所信守的"忠信""仁义"思想与儒家思想的相互抵触,也使得一些刺客因为无法解决二者的矛盾最终走上了自杀的道路。这以钼麑和要离为代表。据《国语·晋语五》载:

① 逯钦立遗著,吴云整理:《汉魏六朝文学论集》,陕西人民出版社1984年版,第374页。
② 逯钦立遗著,吴云整理:《汉魏六朝文学论集》,第375—376页。
③ 王涛:《论先秦刺客的思想道德观与儒家传统》,《西南农业大学学报》2009年第4期。

> 灵公虐，赵宣子骤谏，公患之。使鉏麑贼之，晨往，则寝门辟矣，盛服将朝，早而假寐。麑退，叹而言曰："赵孟敬哉！夫不忘恭敬，社稷之镇也。贼国之镇不忠；受命而废之不信。享一名于此，不如死。"触庭之槐而死。

不杀赵盾有负于国君，杀了赵盾又为社会公理所不容，鉏麑无法解决这一矛盾，最终不得不走上自杀的道路。《吴越春秋》中，要离在刺杀庆忌之后的一段话也是这一思想的反映，他说："杀吾妻子以事其君，非仁也。为新君而杀故君之子，非义也。重其死，不贵无义，今吾贪生弃行，非义也。夫人有三恶以立于世，吾何面目以视天下之士？"在要离的传说中，他先讲忠信以报吴王的知遇之恩，后讲仁义而杀妻弑君，却又是最不仁义的，由此可见，要离也无法化解这一矛盾，终于伏剑自杀，成了最具悲情色彩的刺客。所有这些悲剧，都是先秦刺客狭隘思想道德观念的体现。

总之，正是因为刺客的忠信仁义体现的是对个别人的忠信、个别人的仁义，他们的这种行为也就很难为后世所接受。因此，随着历史的发展，社会道德观念的逐渐完善，刺客的行为也就越来越缺乏普遍意义上的真理和公正，他们的行为也就逐渐受到社会的谴责，春秋战国时期大行其道的刺客也就逐渐退出了历史舞台，这从司马迁《史记》第一次也是最后一次为刺客作传即可见一斑。

第三章 神话与宗教人物传说

第一节 神话人物传说

神话人物传说也就是神话人物的传说化。神话人物原来是上古神话中的神，后来逐渐演变成了传说人物，并且不同时代的神话人物传说都是与该时代的时代特点紧密结合在一起的，反映出传说的时代性特点。西王母、黄帝、伏羲、女娲、夸父等许多上古神话中的人物大都经历了从神话人物到传说人物的演变。

一、神话人物的历史化

早在先秦时期，一些上古的神话人物就开始了向传说人物的演变，之所以会发生这样的变化，茅盾对此有独到的解释，他说：

> 为什么神话会"演化"呢？因为"文雅"的后代人不能满意于祖先的原始思想而又热爱此等流传于民间的故事，因而依着他们当时的流行信仰，剥落了原始的犷野的面目，给披上了绮丽的衣裳。这是"好奇"的古人干的玩意儿，目的在为那大部分的流传于民众口头的太古传说找一条他们好奇者所视为合理的出路。同时却又有些"守正"的人们努力要引导这些荒诞的古代传说归之于"正"，从另一方面消极的修改神话，使成为合理的故实：这便是所谓对于神话的"解释"。①

---

① 茅盾：《中国神话研究初探（插图本）》，上海古籍出版社 2005 年版，第 38 页。

正因为如此，茅盾认为，"我们现有的神话，几乎没有一条不是经过修改而逐渐演化成的"①，"中国的文学家开始采用神话的时候，大部分的神话早已完全历史化了。几千年来，黄帝、神农、尧、舜、禹、羿等人，早已成为真正的历史人物"②。关于西王母形象的演变，后面将做专题讨论，下面主要谈谈黄帝、伏羲、女娲、羿、禹等几位神话人物形象的演变。

早在《山海经·大荒北经》中就有有关黄帝的记载：

> 蚩尤作兵伐黄帝。黄帝乃令应龙攻之冀州之野。应龙畜水，蚩尤请风伯雨师，纵大风雨。黄帝乃下天女曰魃。雨止遂杀蚩尤。

可以看到，《山海经》中有关黄帝与蚩尤争战的神话非常简略，既没有交代二人交战的原因，也未说明二人的身份，应该是较早的有关黄帝神话的记载。《山海经》之后，也有不少典籍记载了蚩尤与黄帝争战之事，但开始对二人的身份及作战的原因进行猜测：

> 黄帝摄政，有蚩尤兄弟八十一人，并兽语人身，铜头铁额，食沙，造五兵，威振天下。黄帝以仁义，不能禁止蚩尤。天遣玄女下授黄帝兵符，伏蚩尤。(《龙鱼河图》)

> 黄帝与蚩尤战涿鹿之野，蚩尤作大雾。帝乃命风后作指南车，遂擒蚩尤。(刘凤《杂俎》)

> 轩辕之初立也，有蚩尤氏兄弟七十二人，铜头铁额，食铁石。轩辕诛之于涿鹿之野。蚩尤能作云雾。涿鹿今在冀州，有蚩尤神；俗云，人身牛蹄，四目六手。今冀州人掘地得髑髅。如铜铁者，即蚩尤之骨也。今有蚩尤齿，长二寸，坚不可碎。秦汉间说：蚩尤氏耳鬓如剑戟，头有角，与轩辕斗，以角抵人，人不能向。今冀州有乐名《蚩尤戏》，其民两两三三，头戴牛角而相抵。汉造角抵戏，盖其遗制也。(任昉《述异记》)

从"黄帝摄政""轩辕之初立也"等句可以推断，上述文献中记载的黄帝已经是一个以仁义治理天下的圣君，而蚩尤氏则是一个有着特异本领的家族，这个家族与黄帝为敌，最终黄帝在上天的帮助下平定了蚩尤的叛乱。

---

① 茅盾：《中国神话研究初探（插图本）》，第38页。
② 茅盾：《中国神话研究初探（插图本）》，第40页。

在古人看来，既然是帝王，那就应该具有与常人不同的神异，由此就出现了许多与黄帝容貌及出生有关的神异传说。民间传说中黄帝具有四张脸，《太平御览》卷七九引《尸子》曰："古者黄帝四面。"他的出生也很神异，司马迁《史记·五帝本纪》"黄帝者"句下司马贞《索引》引《帝王世纪》曰："（黄帝）母曰附宝，之祁野，见大电绕北斗枢星，感而怀孕，二十四月而生黄帝于寿丘。"除特殊的长相与出生的神异之外，作为圣君明王的黄帝还有很多的贡献，这一时期的文献典籍多有记载：

> 黄帝能成命百物，以明民共财，颛顼能修之。（《国语·鲁语上》）
>
> 黄帝之治天下也，其民不引而来，不推而往，不使而成，不禁而止。故黄帝之治也，置法而不变，使民安其法者也，所谓仁义礼乐者皆出于法，此先圣之所以一民者也。（《管子·任法》）
>
> 昔黄帝以其缓急作五声，以政五钟。……五声既调，然后作立五行，以正天时，五官以正人位，人与天调，然后天地之美生。（《管子·五行》）

在上述传说中，黄帝不仅成了华夏民族的祖先，而且许多重要典章制度的发明也开始逐渐归功于黄帝一人，这一时期出现了百家言黄帝的现象，有关黄帝的传说故事也如雨后春笋般地大量涌现。对此，王孝廉先生有独到的见解，他说："古代中原各血缘集团所组成的部族，各有自己的始祖神，这些始祖神也即是各个部族神话传说的中心人物，而等到这些各姓的部族文化发展到建立了国家或王朝的时候，这些始祖神又被历史化而成了各个古代的帝王或传说中的英雄……许多历史上登场的帝王和中心人物，其实原是氏族的原始或祭仪的推原……古代中国以黄帝为中心所建立的古帝王系谱，实是中原各氏族的被历史化了的神话群。"[1]

与黄帝一样，伏羲也是从神话人物向传说人物演化的典型代表。但由于诸多原因，"关于伏羲氏的神话，现在几乎全然没有"[2]，钟敬文也说："伏羲原是一个部落的主神，照理他的神话，应该相当丰富。可是现在我

---

[1] 王孝廉：《中国的神话世界（下）——中原民族的神话与信仰》，台北时报文化出版社1992年版，第16页。

[2] 茅盾：《中国神话研究初探（插图本）》第100页。

们看到的古文献上的记录，却数量不多，而且相当零碎。这大概是由于战国起他就被历史化了，加以儒家的'不语怪'精神，也在发生作用。"① 由此，茅盾认为"伏羲是中国'可靠的'古籍上所载的一个最早的皇帝"②。后世文献记载的伏羲也具有神异的形貌和传奇的出生：

> 大迹出雷泽，华胥履之，生伏羲。(《太平御览》卷七十八引《诗纬含神雾》)

> 太昊庖牺氏，风姓，代燧人氏继天而王。母曰华胥，履大人迹于雷泽，而生庖牺于成纪，蛇身人首，有圣德。(司马贞《补史记·三皇本纪》)

> 有巨人迹出于雷泽，华胥以足履之有娠，生伏羲，长于成纪。(皇甫谧《帝王世纪》)

> 大迹在雷泽，华胥履之而生伏羲。(《山海经·海内东经》郭璞注引《河图》)

> 春皇者，庖牺之别号。所都之国，有华胥之洲。神母游其上，有青虹绕神母，久而方灭，即觉有娠，历十二年而生庖牺。长头修目，龟齿龙唇，眉有白毫，须垂委地。或人曰：岁星十二年一周天，今叶以天时。且闻圣人生皆有祥瑞。昔者人皇蛇身九首，肇自开辟。(《拾遗记》卷一)

作为中国古籍记载中可靠的帝王，伏羲对人类的贡献更大：

> 古者庖牺氏之王天下也，仰则观象于天，俯则观法于地，观鸟兽之文与地之宜，近取诸身，远取诸物，于是始作八卦，以通神明之德，以类万物之情。作结绳而为网罟，以佃以渔。(《周易·系辞下》)

> 虙羲作造六峜，以迎阴阳，作九九之数，以合天道，而天下化之。(《管子·轻重戊》)

> 古者伏羲氏……造书契，以代结绳之政，由是文籍兴焉。(《尚书》孔安国《序》)

> 自尔以来，为陵成谷，世历推移，难可计算。比于圣德，有逾前

---

① 钟敬文：《马王堆汉墓帛画的神话史意义》，《中华文史论丛》1979年第二辑，第91页。
② 茅盾：《中国神话研究初探（插图本）》，第100页。

皇。礼义文物，于兹始作。去巢穴之居，变茹腥之食，立礼教以导
文，造干戈以饰武。丝桑为瑟，均土为埙。礼乐于是兴矣。调和八
风，以画八卦，分六位以正六宗。于时未有书契，规天为图，矩地取
法，视五星之文，分晷景之度，使鬼神以致群祠，审地势以定川岳，
始嫁娶以修人道。庖者包也，言包含万象。以牺牲登荐于百神，民服
其圣，故曰庖牺，亦谓伏羲。变混沌之质，文宓其教，故曰宓牺。布
至德于天下，元元之类，莫不尊焉。以木德称王，故曰春皇。其明睿
照于八区，是谓太昊。昊者明也。位居东方，以含养蠢化，叶于木
德，其音附角，号曰"木皇"。(《拾遗记》卷一)

可以看到，随着伏羲神话传说的发展演变与流传，"伏羲从最早的被视为
远古时期的氏族部落首领、渔猎时期文明的代表人物，到了后来，由于传
说中他根据自己对天地万物的观察，创造了一套可以'通神明之德，类万
物之情'的八卦，成为文明的创造者。于是，人们除了仍然将伏羲视为远
古帝王外，且更进一步地将民间传说中更多的人类社会精神与物质文明归
纳统一起来，纳入伏羲的伟大功业之中"①。这一时期的伏羲已经成为人类
所有文明的创造者，成了华夏民族最伟大的圣君明王。

就后羿而言，《山海经》卷六说:"羿与凿齿战于寿华之野，羿射杀
之，在昆仑虚东。羿持弓矢，凿齿持盾。"《楚辞·天问》也说:"羿焉彃
日? 乌焉解羽?"此外，《淮南子·本经训》记载羿的神话则说:

逮至尧之时，十日并出，焦禾稼，杀草木，而民无所食。猰貐、
凿齿、九婴、大风、封豨、修蛇皆为民害。尧乃使羿诛凿齿于畴华之
野，杀九婴于凶水之上，缴大风于青丘之泽，上射十日而下杀猰貐，
断修蛇于洞庭，禽封豨于桑林。万民皆喜，置尧以为天子，于是天下
广狭险易远近始有道里。

《山海经·海外东经》郭璞注引《淮南子》亦曰:"尧乃令羿射十日，中
其九日，日中乌尽死。"又，《北堂书钞》卷一四九引作:"命羿射十日，
中九乌皆死，堕羽翼。"由上述文献记载可见，羿本是一位正义之神，善
射。"然而后代的'守正'的缙绅先生们早已斥为荒诞不经，努力把这些

---

① 刘惠萍:《伏羲神话传说与信仰研究》，文津出版社2005年版，第48页。

断片的神话再加以历史的解释"①。如：

> 孔子习周公者也，颜渊习孔子者也，羿、逢蒙分其弓，良舍其策，般投其斧而习诸，孰曰非也？（《法言义疏》卷一）

> 羿，古之善射者也。（《管子·形势解》）

> 黄帝之后，楚有弧父。弧父者，生于楚之荆山，生不见父母，为儿之时，习用弓矢，所射无脱。以其道传于羿，羿传逢蒙，逢蒙传与楚琴氏，琴氏以为弓矢不足以威天下。（《吴越春秋》卷九）

在上述文献中，羿成了一位古代的善射者，完全脱尽了上古神话中的神异，和精通木工的鲁班一样，已经完全是一个历史人物了。

除黄帝、伏羲、羿之外，尧、舜、禹、女娲、嫦娥等也都经历了神话人物历史化的演变过程，不一而足。正如茅盾所言："中国神话之大部分恐是这样的被'秉笔'的'太史公'消灭了去了。"② 然而，从另外一个角度看，中国神话的大部分虽然被"消灭了"，但历史化了的神话则演变成了丰富多彩的传说故事，给中国博大精深的文化增添了浓墨重彩的一笔，吸引了一代又一代的学人去探索这些神话传说背后深厚的文化意蕴。

二、神话人物的仙化、道教化

神话人物在经历世俗化、历史化发展演变的同时，也有许多神话人物被逐渐地仙化、道教化，特别是到秦汉魏晋时期，由于秦皇汉武对长生不死之术的狂热追求以及道教兴起后道教徒的改造宣传，这一趋势更加明显。黄帝、伏羲等就是其中的代表。

秦汉以来，黄帝在被历史化的同时，也被仙化、道教化。就黄帝的升仙传说而言，西汉的方术之士是通过三个步骤实现的，首先是造鼎的传说。鼎是中国古代权力的象征，是国之重器，同时也是方士们认为升仙的首要条件："宝鼎出而与神通。"③ 因此作为传说中圣君明王的黄帝要想成仙也应该铸鼎。《史记·封禅书》说："闻昔泰帝兴神鼎一，一者壹统，天

---

① 茅盾：《中国神话研究初探（插图本）》，第40页。
② 茅盾：《中国神话研究初探（插图本）》，第21页。
③ （汉）司马迁：《史记·封禅书》，第1394页。

地万物所系终也，黄帝作宝鼎三，象天地人也。"其次是封禅传说。宝鼎铸成以后还必须告知神灵。古人认为神仙住在天上，因此想要成仙，必须让上天的神仙知道，而泰山之顶是他们认为离天最近的地方。所以就有了黄帝到泰山行封禅之礼的传说。《史记·封禅书》就说："封禅七十二王，惟黄帝得上泰山封。"最后就是升仙。《史记·封禅书》借方士公孙卿的口说：

> 黄帝采首山铜，铸鼎于荆山下。鼎既成，有龙垂胡须下迎黄帝。黄帝上骑，群臣后宫从上者七十余人，龙乃上去。余小臣不得上，乃悉持龙须，龙须拔，堕，堕黄帝之弓。百姓仰望黄帝既上天，乃抱其弓与胡须号，故后世因名其处曰鼎湖，其弓曰乌号。

可以看到，黄帝成仙的传说是方士一手编造出来的，这一传说迎合了汉武帝好长生之术的心理需求。难怪，他在听完公孙卿的话后，发出了"嗟乎！吾诚得如黄帝，吾视去妻子如脱屣耳"[1]。而方士公孙卿则也被武帝"拜为郎，东使候神于太室"[2]，达到了自己升官发财的目的。

自武帝时方士编造了黄帝升仙的传说之后，仙人黄帝的传说便在社会的各个阶层流传播布，特别是道教产生以后，黄帝成了道教谱系的道教神，由于道教徒的宣传创造，黄帝的传说中就不断有新的内容被补充进来，如《拾遗记》卷一就说：

> 轩辕出自有熊之国。母曰昊枢，以戊己之日生，故以土德称王也。时有黄星之祥。考定历纪，始造书契。服冕垂衣，故有衮龙之颂。变乘桴以造舟楫，水物为之祥涌，沧海为之恬波。泛河沉璧，有泽马群鸣，山车满野。吹玉律，正璇衡。置四史以主图籍，使九行之士以统万国。九行者，孝、慈、文、信、言、忠、恭、勇、义。以观天地，以祠万灵，亦为九德之臣。薰风至，真人集，乃厌世于昆台之上，留其冠、剑、佩、舄焉。昆台者，鼎湖之极峻处也，立馆于其下。帝乘云龙而游，殊乡绝域，至今望而祭焉。帝以神金铸器，皆铭题。及升遐后，群臣观其铭，皆上古之字，多磨灭缺落。……帝使风后

---

① （汉）司马迁：《史记·封禅书》，第1394页。
② （汉）司马迁：《史记·封禅书》，第1394页。

负书，常伯荷剑，旦游洹流，夕归阴浦，行万里而一息。

在这则传说中，创造了人类文明的圣君明王与得道成仙的帝王已经合二为一了。笔者以为，历史化的黄帝与仙化、道教化黄帝的结合，一方面反映了广大民众理想中的圣君明王的形象，另一方面也是道教徒为宣传神仙道教思想刻意改造的结果。

东汉后期，随着道教的兴起，除西王母、黄帝之外，伏羲、女娲、嫦娥等其他神话人物在被历史化的同时，也逐渐被仙化、道教化。在道教经典中，伏羲继承了原来史籍中"三皇"之首的位置。作为神仙道教谱系中地位最高的神仙之一，正如传说中创立了所有人类文明的人类始祖伏羲一样，仙人伏羲的功劳也是很大的，他不但和女娲一起创造了我们人类，甚至大禹治水时也是得到了他的帮助的，《拾遗记》卷二：

禹凿龙关之山，亦谓之龙门。至一空岩，深数十里，幽暗不可复行，禹乃负火而进。……又见一神，蛇身人面。禹因与语，神即示禹八卦之图，列于金版之上。又有八神侍侧。禹曰："华胥生圣子，是汝耶？"答曰："华胥是九河神女，以生余也。"乃探玉剑授禹，长一尺二寸，以合十二时之数，使量度天地。禹即执持此简，以平定水土。蛇身之神，即羲皇也。

不难看出，上古神话人物之所以被仙化，主要源于秦始皇、汉武帝对长生不死之术的狂热追求。在他们的影响下，社会上对仙人的崇拜和追求蔚然成风，仙人西王母、黄帝就是这一社会风气之下的产物。而上古神话人物的道教化一方面是道教徒建立道教神谱的需要。众所周知，东汉末年产生于中国本土的道教，其中心内容来自先秦以来的飞仙思想、诸子中的道家哲学以及汉初统治者尊崇的黄老之学。因此，道教在其创立之初，黄帝、老子自然而然就成了道教谱系之中地位最高的神，而早在秦汉以来就传说已经成仙且被秦皇汉武顶礼膜拜、广大民众狂热崇拜的西王母也理所当然成了道教女仙中的领袖，只是由于道教徒看不惯她"曤然白首，穴居独处"的形貌及生活，而对她进行了大的改造罢了。但是只有这样几个神仙，显然不足以建立神仙道教的谱系，于时，道教徒开始了大规模的仙化活动，神话人物首当其冲，成了他们首选的对象，因此包括伏羲在内的众多神话人物都成了神仙道教神谱中的一员。另一方面也与道教徒宣传神仙道教思想的需要有关。汉末魏晋时期动乱的社会现实，为神仙道教的发展和兴盛提供了绝佳的时机，然而，要想使神仙道教思想深入人心，道教徒的大肆宣传是必不可少的，这时候一个个鲜活的成仙故事就成了他们最好的教材。虽然他们也编造了王子晋、汉武帝、东方朔等许多历史人物的成仙故事，但在他们看来，那些子虚乌有的神话人物更能够取信于人，于是，神话人物再次成了他们关注的对象。

综上所述，神话人物的传说主要包括历史化和仙化、道教化几个方面，前者反映了特定历史条件下，统治者对圣君明王的宣传以及广大民众对能够救人民于水深火热之中的圣君明王的渴望，后者则与封建帝王对长生不死之术的追求以及汉末魏晋时期道教产生以来，道教徒对神仙道教谱系的建立及对神仙道教思想的宣传有关。

第二节　道教人物传说

道教人物主要包括被仙化的神话人物、被神仙化的历史人物以及道士。仙化的神话人物在上节的神话人物传说中已经做过论述，因此本节就以上述其余两种人物为中心，对唐前的道教人物传说作一详细的探究。

一、被仙化的历史人物传说

唐前道教典籍对道教教义的宣传，主要体现在对一大批得道成仙的仙人的成仙经历及其成仙后的百态生活的描述。在这些仙人中，大部分是被仙化的历史人物，除此之外，还有一小部分人物是道教徒的虚构。需要说明的是，被虚构的这部分仙人，虽然历史上没有其人，但有关他们的传说故事或许在民间已经流传很久，多少反映了广大民众在特定历史条件下的情感倾向，具有一定的"史影"，因此，这一节的讨论，也将包括被虚构的道教人物传说。

刘向的《列仙传》、葛洪的《神仙传》以及汉魏六朝的道教类志怪小说是最集中描写道教人物传说故事的典籍。特别是葛洪的《神仙传》，集中记述了广成子、黄安、彭祖、刘安、白石先生、黄初平、王远、马鸣生、李八百、刘根、左慈、壶工、孙登等84位神仙的传说故事。据葛洪自序说，该书"抄集古之仙者见于仙经、服食方及百家之书、先师之说、耆儒所论，以为十卷"。意在宣扬修道成仙者古已有之，论证神仙可学，不死可得。除此之外，李少君、王子晋、东方朔、张华、郭璞等一些方术之士也被录入了神仙家的行列，汉魏六朝的笔记小说也记述了很多关于他们的传说故事。

纵观上述这些道教人物的传说，可以发现，长寿是他们最突出的特点。道教徒把追求长生不死以及世俗的享乐看成是他们追求的终极目标，因此，长寿是道教神仙传说中最主要的组成部分。在道教徒看来，凡仙都会长生不死，下面就葛洪《神仙传》所载神仙传说举几例如下：

彭祖者……年七百六十岁而不衰老。（卷一）

白石生者……至彭祖之时，已年二千余岁矣。（卷一）

李八伯者……历世见之，时人计之，已年八百岁，因以号之。（卷三）

太阳女者……年二百八十岁，色如桃花，口如含丹，肌肤充泽，眉鬓如画，有如十七八者也。（卷四）

王烈……年二百三十八岁，有少容，登山如飞。（卷六）

鲁女生者……绝谷八十余年，甚少壮，……乡里传世见之二百余年。（卷十）

《神仙传》之外，魏晋六朝时期一些具有道教性质的志怪小说在记述仙人传说时，也都把长生不死作为道教仙人最突出的特点。对于这些长生不死的仙人来说，是做天仙还是地仙，也是一个关键的问题。如前所述，道教是一个世俗的宗教，追求的是现世的享乐，因此，那些潜心修炼的人，可谓"天下熙熙皆为利来"。由于天仙的生活始终无人知晓，因此，在修道成仙之时，他们中的很多选择了地仙，《神仙传》中的马鸣生和白石生即是其中的代表：

白石生者，中黄丈人弟子也。至彭祖之时，已年两千余岁矣。……不肯修升仙之道，但取于不死而已，不失人间之乐。（《神仙传》卷一）

马鸣生者，齐国临淄人也。本姓和，字君贤。少为县吏，因逐捕

> 而为贼所伤,当时暂死。得道士神药救之,遂活,便弃职随师。……
> 乃受太清金丹经三卷,归,入山合药,服之,不乐升天,但服半剂,
> 为地仙矣。(《神仙传》卷五)

在他们看来"不失人间之乐",能享受人间富贵是第一位的,这才是他们追求长生之术最主要的原因。这种只作地仙以享受人间富贵的道教传说,反映了魏晋世人世俗的享乐观念,与现实社会人们的享乐思想密切联系。后汉魏晋时期,长期的战乱使广大的民众甚至是一些上流社会士人的生活陷入水深火热之中,他们渴望一个和平、安宁而又丰衣足食的世外桃源,然而现实社会是不可能实现的,因而道教徒大肆宣扬的神仙世界成了他们向往的又一世外桃源。虽然很多道教经典都鼓吹天上仙人的生活,但对他们来说,那些都是看不见摸不着的东西,他们看见的是上流社会那种锦衣玉食的生活,因此只要能永久享受现实社会的荣华富贵就足够了。于是也就出现了许多道教人物修炼成功后不肯做天仙而要做地仙的传说故事。葛洪在《抱朴子内篇·对俗》中,借彭祖之口,说出了人们之所以追求地仙的原因:

> 古之得仙者,或身生羽翼,变化飞行,失人之本,更受异形,有似雀之为蛤,雉之为蜃,非人道也。人道当食甘旨,服轻暖,通阴阳,处官秩,耳目聪明,骨节坚强,颜色悦怿,老而不衰,延年久视,出处任意,寒温风湿不能伤,鬼神众精不能犯,五兵百毒不能中,忧喜毁誉不能累,乃为贵耳。若委弃妻子,独处山泽,邈然断绝人理,块然与木石为邻,不足多也。……笃而论之,求长生者,正惜今日之所欲耳,本不汲汲于升虚,以飞腾为胜于地上也。若幸可止家而不死者,亦何必求于速登天乎?

张庆民更是一针见血地指出:魏晋时期人们"最大限度地满足现实的欲望,成为修道的动机"[1]。

其次是他们作为仙人所具有的特异功能。除长生不死之外,汉末魏晋时期的神仙传说还有一个显著的特点就是凡神仙都会有一些异于常人的功能。这在葛洪《神仙传》及当时的许多道教性质的志怪小说中多有记载:

---

① 张庆民:《魏晋南北朝志怪小说通论》,首都师范大学出版社 2000 年版,第 174 页。

> 介象者，字元则，会稽人也。……能茅上燃火煮鸡，鸡熟而茅不焦，能令一里内不炊不蒸，鸡犬三日不鸣不吠，能令一市人皆坐不能起，能隐形变化为草木鸟兽。（《神仙传》卷九）

> 黄卢子者，姓葛名起，甚能理，病，若千里只寄姓名与治之，皆得痊愈，不必见病人身也。善气禁之道，禁虎狼百虫，皆不得动，飞鸟不得去，水为逆流一里。（《神仙传》卷四）

> 东方朔，字曼倩。……朔生三日，而田氏死，时景帝三年也。邻母拾而养之。年三岁，天下秘谶，一览暗诵于口，常指挥天下，空中独语。邻母忽失朔，累月方归，母笞之。后复去，经年乃归，母忽见，大惊曰："汝行经年一归，何以慰我耶？"朔曰："儿至紫泥海，有紫水污衣，仍过虞渊湔浣，朝发中返，何云经年乎？"母问之："汝悉是何处行？"朔曰："儿湔衣竟，暂歇都崇堂。王公饴之以丹霞浆，儿食之太饱，闷几死，乃饮玄天黄露半合，即醒。既而还。路遇一仓虎，息于路旁。儿骑虎还，打捶过痛，虎啮儿脚伤。"母悲嗟，乃裂青布裳裹之。（《汉武帝别国洞冥记》卷一）

可以看到，传说中的道教仙人或日行千里，或能易形变化，或具有独到的医术等，所有这些，都是当时世人心目中神仙形象的反映。

再次是对他们各种求仙方法的宣扬。从《神仙传》所记述的神仙传说及当时民间流传的一些道教人物传说还可以看到，在道教人物传说中，这些神仙的求仙经历各有不同，也就是说他们使用的是不同的求仙方法。总括起来看，主要有以下几种方法：一是炼服金丹。如：

> 沈文泰者，九疑人也。得江众神丹，土符还年之道，服之有效，欲于昆仑安息二千余年，以传李文渊，曰："土符不法，服药行道无益也。"（《神仙传》卷一）

> 天师张道陵，字辅汉，沛国丰县人也。本太学书生，博采五经。晚乃叹曰："此无益于年命。"遂学长生之道，得《黄帝九鼎丹经》，修炼于繁阳山，丹成服之，能坐在立亡，渐渐复少。（《神仙传》卷五）

由于炼服金丹常常需要大量的财物，因此这种方法常被上层社会的修炼者所使用。二是服食草药。这是魏晋时期最为常用的修炼方法，由于不会耗

费太多财物,因此为大多数修炼者所青睐。被仙化的道教人物传说中,记述最多的也是这一方法。如:

> 孔元者,常服松脂、茯苓、松实,年更少壮,已一百七十余岁。（《神仙传》卷六）

> 偓佺,槐山采药父也。好食松实,形体生毛,长七寸,两目更方,能飞行,逐走马。以松子遗尧,尧不暇服。松者,简松也。时受服者,皆三百岁。（《搜神记》卷一）

除上述两种最常用的修炼方法外,还有符箓压胜、导引、行气、房中等几种修炼方法。《三国志》卷二十九裴松之注引曹植《辩道论》说:"士有方士,吾王悉所招致,甘陵有甘始,庐江有左慈,阳城有郤俭。始能行气导引,慈晓房中之术,俭善辟谷,悉号三百岁。"可以看到,在仙化的道教人物传说中,修炼之法可谓五花八门,修炼之人也是各显神通,寻求成仙的终南捷径。所有这些,实际上也反映了道教徒借助神仙传说对各种修炼之法的宣扬,他们的目的在于告诉世人:追求长生之术的方法很多,只要潜心修炼,就一定能成功。

最后是仙人们对那些潜心修炼的凡人的帮助。这实际上是道教徒宣传道教思想最重要的部分,他们主要的目的在于,通过这些故事让世人相信,凡是诚心修炼的人,都能得到仙人的帮助。《汉武故事》及《汉武帝内传》中,汉武帝追求长生不老之术的热情终于得到了仙人西王母的帮助。此外,葛洪《神仙传》及同时代的其他道教典籍对此多有记载:

> 吕恭字文敬,少好服食。将一奴一婢于太行山中采药,忽有三人在谷中,因问恭曰:"子好长生乎?而乃勤苦艰险如是耶!"恭曰:"实好长生,而不遇良方,故采服此物,冀有微益也。"……一人曰:"我姓李,字文上。皆太清太和府仙人也,时来采药,当以成授新学者,公既与吾同姓,又字得吾半,是公命当应长生也。若能随我采药,语公不死之方。"恭即拜曰:"有幸得遇神人,但恐暗塞多罪,不足教授,若见采救,是更生之愿也。"即随仙人去。二日,乃授恭秘方一通,因遣恭还曰:"可归省乡里。"恭即拜辞,仙人语恭曰:"公来虽二日,今人间已二百年。"（《神仙传》卷二）

> 乐子长者,齐人也。少好道,因到霍林山,遇仙人,授以服巨胜

> 赤松散方，仙人告之曰："蛇服此药化为龙，人服此药老成童。又能
> 升云上下，改人形容，崇气益精，起死养生。子能行之，可以度世，
> 子长服之，年一百八十岁，色如少女。"妻子九人，皆服其药，老者
> 返少，小者不老。乃入海，登劳盛山而仙去也。（《神仙传》卷二）

从道教典籍中这些被仙化的历史人物以及被虚构人物的传说故事可以看
到，这些仙人共有的特点，正是魏晋时期广大潜心修炼者所追求的终极目
标，同时也是道教徒所宣扬的神仙道教的核心内容。

二、道士的传说

除那些道教典籍中被仙化的历史人物及被虚构道教人物的传说故事
外，道士也是道教人物最主要的组成部分之一。道教的产生离不开他们，
道教各种派别的创立他们是最大的功臣。正是因为他们的首创之功，道教
才得以成立、发展壮大。他们被尊为道教的大师而备受历代道教徒的尊
崇。在道教徒看来，这些道士最终都成了神仙，后代有关他们的传说故事
更是层出不穷，因此有必要对他们的传说故事作一归纳分析。道教教祖老
子的传说故事将在本书下编个案研究中作深入的探讨，因此有关老子的传
说本节不再讨论。

由于道士们的开创之功以及后世道教徒的神化，他们的出生大多被赋
予了神异的色彩，如：

> 琅琊王远知，陈扬州刺史昙选之子。……其母因梦灵凤有娠，又
> 闻腹中啼。《宝志》曰："生子当为神仙宗伯也。"（《云笈七签》卷
> 五）

> 初，弘景母郝氏梦两天人手执香炉来至其所，已而有娠。以宋孝
> 建三年丙申岁夏至日生，幼有异操，年四五岁，恒以荻为笔，画灰中
> 学书。（《南史·陶弘景传》）

《云笈七签》卷五亦载有陶弘景神异出生的传说："吴荆牧陶濬七代孙名弘
景……母初娠，梦日精在怀，并二天人降，手执金香炉。……及生标异，
幼而聪识，成而博达。"然而，更多的则是有关他们得道成仙的传说故事。
如《神仙传》卷五载道教创始人张道陵的传说故事：

> 天师张道陵，字辅汉，沛国丰县人也。本太学书生，博采五经。

晚乃叹曰："此无益于年命。"遂学长生之道，得《黄帝九鼎丹经》，修炼于繁阳山，丹成服之，能坐在立亡，渐渐复少。后于万山石室中，得隐书秘文及制命山岳众神之术，行之有验。

初天师值中国纷乱，在位者多危，退耕于余杭。又汉政陵迟，赋敛无度，难以自安，虽聚徒教授，而文道凋丧，不足以拯危佐世。陵年五十方退身修道，十年之间已成道矣。闻蜀民朴素可教化，且多石山，乃将弟子入蜀，于鹤鸣山隐居。既遇老君，遂于隐居之所备药物，依法修炼，三年丹成，未敢服饵。谓弟子曰："神丹已成，若服之，当冲天为真人，然未有大功于世，须为国家除害兴利，以济民庶，然后服丹即轻举，臣事三境，庶无愧焉。"老君寻遣清和玉女，教以吐纳清和之法，修行千日，能内见五藏，外集外神，乃行三步九迹，交乾履斗，随罡所指，以摄精邪，战六天魔鬼，夺二十四治，改为福庭，名之化宇，降其帅为阴官。先时蜀中魔鬼数万，白昼为市，擅行疫疠，生民久罹其害，自六天大魔推伏之后，陵斥其鬼众，散处西北不毛之地，与之为誓曰："人主于昼，鬼行于夜，阴阳分别，各有司存，违者正一有法，必加诛戮。"于是幽冥异域，人鬼殊途。今西蜀青城山有鬼市，并天师誓鬼碑，石天地、石日月存焉。

在这则传说中，张天师已经是一个得到黄帝、老子真传的仙人，这就把道教的创始人与黄老之学联系在了一起，黄帝、老子也就顺理成章，成了道教谱系中地位最高的道教神。在后代道徒看来，除道教的创始人张天师之外，其他道教各派的创始人，也都是道术非常高，并最终成仙的仙人，因此，关于他们的传说故事也很多，例如：

（葛洪）后忽与岳疏云："当远行寻师，克期便发。"岳得疏，狼狈往别。而洪坐至日中，兀然若睡而卒，岳至，遂不及见。时年八十一。视其颜色如生，体亦柔软，举尸入棺，甚轻，如空衣，世以为尸解得仙云。（《晋书·葛洪传》）

姚苌之入长安，礼嘉如符坚故事，逼以自随，每事咨之。苌既与符登相持，问嘉曰："吾得杀符登定天下不？"嘉曰："略得之。"苌怒曰："得当云得，何略之有！"遂斩之。先此，释道安谓嘉曰："世故方殷，可以行矣。"嘉答曰："卿其先行，吾负债未果去。"俄而道安

> 亡，至是而嘉戮死，所谓"负债"者也。……嘉之死日，人有陇上见
> 之。(《晋书·王嘉传》)

除与道士出生及修道有关的传说故事外，还有一些与道士有关的传说故事
也反映了当时社会条件下较为复杂的宗教问题，如南朝梁释慧皎《高僧
传·帛远传》中一条与道士王浮有关的传说：

> 后少时有一人，姓李名通。死而更苏，云：见祖法师在阎罗王
> 处，为王讲《首楞严经》……又见祭酒王浮，一云道士基公，次披锁
> 械，求祖忏悔。昔祖平素之日，与浮每争邪正，浮屡屈，既瞋不自
> 忍，乃作《老子化胡经》以诬谤佛法，殃有所归，故死方思悔。

这里道士王浮身披锁械，求佛祖忏悔的行为着实耐人寻味。但如果回顾汉
末魏晋时期佛道二教的发展历史的话，就很容易理解了。佛教作为外来宗
教，东汉后期传入中国，在初来乍到之际，为了能够站稳脚跟发展壮大，
佛教一度依附道教，王浮的《老子化胡经》就是这一时期的产物，在这部
道教经典之中，道教徒把佛祖说成是老子的徒弟，佛教界也一度默认这一
说法。然而到东晋后期，随着佛教的日趋兴盛，佛教不再依附道教，因
此，对于道教"老子化胡"的说法，佛教徒不断进行回击，因而就开始了
中国宗教史上著名的佛道之争。上述这则传说故事明显是佛教徒对《老子
化胡经》的作者王浮的贬损，也反映出了这一历史阶段激烈的佛道之争的
现实状况。这类贬损道教各派创始人的传说故事在东晋南北朝时期的笔记
小说及各类佛教典籍中随处可见，兹不具述。

综上所述，无论是被仙化的历史人物，还是虚构的神仙故事，抑或各
类道士的传说故事，其中心都是道教徒用以宣传神仙道教思想的凭借，
《神仙传》及魏晋时期志怪小说中一例例成功的飞升羽化故事，都在向世
人昭示：神仙不仅实有，而且可学、可致。不论是高贵还是卑贱，通往仙
界的大门都永远向每一位持久的修炼者敞开。同时这些仙道传说也是汉末
魏晋动乱历史条件下，广大民众为躲避现实社会而寻求理想生活的真实
反映。

第三节　佛教人物传说

与道教人物传说一样,佛教人物传说也包括两大部分,即虚构的佛教人物传说和后汉魏晋南北朝时期的僧侣传说。虚构的佛教人物传说主要在这一时期的笔记小说中,僧人的传说则多半记录在正史及佛教典籍之中。概而言之,所有这些佛教人物传说反映了以下几个方面的内容:

一、高深的幻化之术

这一内容主要表现在虚幻的佛教人物传说中,他们幻术高明,能吞云吐雾,喷火吐人,并能幻化出各种动物。这类传说故事主要被记录在魏晋南北朝的笔记小说及一些佛经之中,现举几例如下:

> 太元十二年,有道人外国来,能吞刀吐火,吐珠玉金银;自说其所受术,即白衣,非沙门也。尝行,见一人担担,上有小笼子,可受升余。语担人云:"吾步行疲极,欲寄君担。"担人甚怪之,虑是狂人,便语之云:"自可尔耳,君欲何许自厝耶?"其人答云:"君若见许,正欲入君此笼子中。"担人愈怪其奇:"君能入笼,便是神人也。"乃下担,即入笼中;笼不更大,其人亦不更小,担之亦不觉重于先。既行数十里,树下住食,担人呼共食,云我自有食,不肯出。止住笼中,饮食器物罗列,肴膳丰腆亦办。反呼担人食,未半,语担人:"我欲与妇共食。"即复口吐出一女子,年二十许,衣裳容貌甚美,二人便共食。食欲竟,其夫便卧。妇语担人:"我有外夫,欲来共食;夫觉,君勿道之。"妇便口中出一年少丈夫,共食,笼中便有三人,宽急之事,亦复不异。有顷,其夫动,如欲觉,妇便以外夫内口中。夫起,语担人曰:"可去。"即以妇内口中,次及食器物。此人既至国中,有一家大富贵,财巨万,而性悭吝,不行仁义,语担人曰:"吾试为君破奴悭囊。"即至其家。有一好马,甚珍之,系在柱下,忽失去,寻索不知处。明日,见马在五斗罂中,终不可破,不知何方得取之。便往语言:"君作百人厨,以周一方贫乏,马当得出耳。"主人即

狼狈作之，毕，马还在柱下。明旦，其父母老在堂上，忽复不见，举家惶怖，不知所在。开妆器，忽然见父母在泽壶中，不知何由得出。复往请之，其人云："君当更作千人饮食，以饴百姓穷者，乃当得出。"既作，其夫母自在床上也。（《荀氏灵鬼志》）

> 有道术人名尸罗，问其年，云："百三十岁。"……善玄惑之术。于其指端出浮屠十层，高三尺，及诸天神仙，巧丽特绝。人皆长五六分，列幢盖，鼓舞，绕塔而行，歌唱之音，如真人矣。尸罗喷水为纷雾，暗数里间。俄而复吹为疾风，纷雾皆止。又吹指上浮屠，渐入云里。又于左耳出青龙，右耳出白虎。始出之时，才一二寸，稍至八九尺。俄而风至云起，即以一手挥之，即龙虎皆入耳中。又张口向日，则见人乘羽盖，驾螭、鹄，直入于口内。复以手抑胸上，而闻怀袖之中，轰轰雷声。更张口，则向见羽盖，螭、鹄相随从口中而出。尸罗常坐日中，渐渐觉其形小，或化为老叟，或为婴儿，倏忽而死，香气盈室，时有清风来吹之，更生如向之形。咒术玄惑，神怪无穷。（《拾遗记》卷四）

这样的传说故事在魏晋时期的志怪小说及佛经中还有很多，如《拾遗记》卷二的"扶娄之国"条、《续齐谐记》中的"阳羡书生"条等，兹不具述。通过与佛经的进一步对比分析，发现这些道教人物神奇幻术的传说故事均是从佛经故事附会演变而来的，鲁迅先生就说："魏晋以来，渐译释典，天竺故事亦流传世间，文人喜其颖异，于有意或无意中用之，遂蜕化为国有，如晋人荀氏作《灵鬼志》，亦记道人入笼子中事，尚云来自外国，至吴均记，乃为中国书生。"① 佛经中这类传说很多，如：

> 时道边有树，下有好泉水。太子上树，逢见梵志独行来入水池浴出饭食。作术吐出一壶，壶中有女人，与于屏处作家室，梵志遂得卧。女人则复作术，吐出一壶，壶中有年少男子复与共卧，已便吞壶。须臾梵志起，复内妇著壶中，吞之已，作杖而去。（《旧杂譬喻经》卷上）

> 国中复有迦罗越家男儿好学武事。作一木马，高七尺余，日日习

---

① 鲁迅：《中国小说史略》，上海古籍出版社 1988 年版，第 30 页。

学。骗上初学,适得上马,久久益习,忽过去失踞,躄地而死。耆婆
闻之,便往。以药王照视腹中,见其肝,反戾向后,气结不通故死。
复以金刀破腹,手探料理,还肝向前毕,以三种神膏涂之。其一种补
手所攫持之处,一种通利气息,一种主合刀疮。毕,嘱语其父曰:
"慎莫令惊,三日当愈。"父承教敕,寂静养视,至于三日,儿便吐气
而寤,状如卧觉,即便起坐。(《佛说奈女耆婆经》)

纵观魏晋南北朝时期的佛教志怪小说,可以发现,这类有关佛教人物擅长
幻术的传说故事主要流传于魏晋时期。这与早期佛教对道教及中国方术之
学的依附有关。在南北朝之前的魏晋时期,佛教虽然在中土得到了很大的
发展,但这一发展是建立在依附中国本土传统文化的基础之上的。《后汉
书·方术列传序》说:

汉自武帝颇好方术,天下怀协道艺之士,莫不负策抵掌,顺风而
届焉。后王莽矫用符命,及光武尤信谶言,士之赴趣时宜者,皆驰骋
穿凿,争谈之也。故王梁、孙咸名应图箓,越登槐鼎之任;郑兴、贾
逵以附同称显,桓谭、尹敏以乖忤沦败,自是习为内学,尚奇文,贵
异数,不乏于时矣。

由此可见方术之学在两汉时期的盛行。因为佛教的幻化之术与两汉方术之
士惯用的"符箓""图谶"等伎俩有相通之处。为谋自身发展,初入中土
的佛教就寻求方术之学做依托,重点向中土世人传播佛学中固有的幻化之
术。方术之学也由此向外来佛教大开延揽之门,初入中土的佛教就一度被
看作是中国方术之学的一种。汤用彤先生就说:

浮屠方士,本为一气。即至汉之末叶,安清(字士高)译经最
多,为一代大师。但《高僧传》,谓其七曜五行,医方异术以至鸟兽
之声,无不综达。……降及三国,北之巨子昙柯迦罗则向善星术,南
之领袖康僧则多知图谶。由此言之,则最初佛教势力之推广,不能不
谓因其为一种祭祀方术,而恰投一时风尚也。①

正是由于这一时期佛教的幻化之术被认为是道教方术的一种,也就被广大
的道教徒所普遍接受。正因为如此,早期的佛教也曾经被视为神仙道术的

---

① 汤用彤:《汉魏晋南北朝佛教史》,北京大学出版社 1997 年版,第 38 页。

一种。

二、对佛教教义的宣传

以宣传佛教教义为核心的传说故事主要集中在南北朝时期，这是因为到南北朝时期，随着佛教的逐渐兴盛，佛教不再依附道教，因此，这一时期反映僧人幻化之术的传说故事就大大地减少了，代之而起的是大量宣传因果报应、六道轮回佛教教义以及佛教地狱观念为主的传说故事。具体而论，这一时期的佛教人物传说主要有以下几个方面的内容：

第一，复生传说。这类佛教人物传说意在宣传佛教的地狱观念，目的在于通过阴间世界对僧人及行善者的善待、对作恶者以极刑的折磨，劝诫人们一心向善，潜心修佛，以换得将来在阴间世界的幸福、平安。这类僧人死而复生的传说尤其盛行于南北朝时期的志怪小说中，例如：

> 晋沙门支法衡，晋初人也。得病旬日亡，经三日而苏活。说死时，有人将去，见如官曹舍者数处，不肯受之。俄见有铁轮，轮上有铁爪，从西转来；无持引者，而转驶如风。有一吏呼罪人当轮立；轮转来轹之，翻还；如此，数人碎烂。吏呼衡道人来当轮立。衡恐怖自责，悔不精进："今当此轮乎？"语毕，谓衡曰："道人可去！"于是仰首，见天有孔，不觉倏尔上升。以头穿中，两手搏两边，四向顾视，见七宝官殿，及诸天人。衡甚踊跃，不能得上。疲而复还下所。将衡去人笑曰："见何等物，不能上乎？"乃以衡付船官。……衡遽走趣之。堂有十二阶，衡始蹑一阶，见亡师法柱踞胡床坐。见衡曰："我弟子也，何以而来？"因起临阶，以手巾打衡面，曰："莫来！"……衡还水边，亦不见向来船也。衡渴欲饮水，乃堕水中，因便得苏。于是出家，持戒菜食，昼夜精思，为至行沙门。（《冥祥记》）

> 宋沙门智达者，益州索寺僧也。行颇流俗，而善经呗。年二十三，宋元徽三年六月病死，身暖不殓，遂经二日，稍还，至三日旦，而能言视。自说言：始困之时，见两人皆著黄布裤褶，一人立于户外，一人径造床前，曰："上人应去，可下地也。"达曰："贫道体羸，不堪涉道。"此人复曰："可乘舆也。"……至于朱门，墙闳甚华，达入至堂下。堂上有一贵人，……贵人见达，乃敛颜正色谓曰："出家

之人，何宜多过？"达曰："有识以来，不忆作罪。"问曰："诵戒废不？"达曰："初受具足之时，实常习诵，比逐斋讲，恒事转经，故于诵戒，时有亏废。"复曰："沙门时不诵戒，此非罪何为？可且诵经！"达即诵《法华》，三契而止。贵人敕所录达使人曰："可送置恶地，勿令太苦。"二人引达将去，行数十里，……次至一门，高数十丈，色甚坚黑，盖铁门也，墙亦如之。达心自念：经说地狱，此其是矣。乃大恐怖。悔在世时，不修业行。及大门里，闹声转壮，久之靖听，方知是人叫呼之响，门里转暗，无所复见。时火光乍灭乍扬，见有数人，反缚前行，后有数人，执犾犾之，血流如泉；其一人乃达从伯母，彼此相见，意欲共语，有人曳之殊疾，不遑得言。入门二百许步，见有一物，形如米囷，可高丈余，二人执达，掷置囷上，囷里有火，焰烧达身，半体皆烂，痛不可忍，自囷坠地，闷绝良久。二人复将达去。见有铁镬十余，皆煮罪人，人在镬中，随沸出没，镬侧有人，以犾刺之，或有攀镬出者，两目沸凸，舌出尺余，肉尽炘烂而犹不死。诸镬皆满，唯有一镬尚空，二人谓达曰："上人即时应入此中。"达闻其言，肝胆涂地，乃请之曰："君听贫道，一得礼佛。"便至心稽首，愿免此苦。（《冥祥记》）

可以看到，在上述两则传说中，死而复生的沙门分别陈述了他们在地狱的所见所闻，以自己的亲身经历告诉世人：修行的僧人才是地狱世界地位最高的人，而那些在世时作恶多端、杀生害命的人死后就会被打到地狱的最底层，受尽酷刑的折磨。从两则传说都以沙门在经历了地狱世界之后潜心修佛、终成得道高僧的完美结局，即可进一步看出这类佛教人物传说明显的劝诫目的。南北朝时期，像上述佛教人物死而复生的传说故事还有很多，但其目的都是为了向世人宣传佛教的地狱观念，劝诫人们潜心修佛，故此不再详述。

第二，转世传说。这类佛教人物传说意在宣传佛教的因果报应、生死轮回观念。与地狱传说一样，此类传说也告诉世人：凡是潜心修道的僧人、佛门弟子都会在来生转世到豪门之家，享受荣华富贵。如：

晋王练，字玄明，琅琊人也，宋侍中。父珉，字季琰，晋中书令；相识有一梵沙门，每瞻珉风采，甚敬悦之，辄语同学云："若我后生得为此人作子，于近愿亦足矣。"珉闻而戏之曰："法师才行，正可为弟子子耳。"顷之，沙门病亡，亡后岁余，而练生焉。始能言，便解外国语及绝国之奇珍银器珠贝，生所不见，未闻其名，即而名之，识其产出。又自然亲爱诸梵，过于汉人。咸谓沙门审其先身，故珉字之曰阿练，遂为大名云云。（《冥祥记》）

晋孙稚，字法晖，齐国般阳县人也。父祚，晋太中大夫。稚幼而奉法。年十八，以咸康元年八月病亡。祚后移居武昌。至三年四月八日，沙门于法阶行尊像，经家门。……其年七月十五日，复归，跪拜问讯，悉如生时。说其外祖父为太山府君，见稚，说稚母字曰："汝是某甲儿耶？未应便来，那得至此？"稚答："伯父将来，欲以代谴。"有教推问，欲鞭罚之，稚救解得原。稚兄容，字思渊，时在其侧。稚谓曰："虽离故形，在优乐处，但读书无他作，愿兄勿复忧也。但勤精进，系念修善，福自随人矣。我二年学成，当生国王家，同辈有五百人，今在福堂，学成，皆当上生第六天上。我本亦应上生，但以解救先人，因缘缠缚，故独生王家耳！"到五年七月七日，复归，……又云："先人多有罪谪，宜为作福。我今受身人中，不须复营，但救先人也。愿父兄勤为公德，作福食时，务使鲜洁。——如法者，受上福；次者，次福；若不能然，然后费设耳。当使平等，心无彼我，其福乃多。"（《冥祥记》）

由上所述即可以看到佛教人物转生类传说明显的劝诫作用，特别是后一则传说，死后现身的孙稚对父兄所说的一番话，劝诫作用更为明显。除劝诫作用外，王青认为此类佛教人物传说在南北朝时期盛行的原因还和僧人本身的生理状况有关。"因为僧人无法通过自然遗传的方式来延续生命，只能以转生神话使自我能够永久驻留"[①]。此外，还有一些佛教人物传说通过僧尼高深的幻术来劝诫图谋不轨之人，从而达到佛教思想的宣传，如：

晋大司马桓温，末年颇奉佛法，饭馔僧尼。有一比丘尼，失其名，来自远方，投温为檀越。尼才行不恒，温甚敬待，居之门内。尼每浴，必至移时。温疑而窥之，见尼裸身挥刀，破腹出脏，断截身

---

① 王青：《西域文化影响下的中古小说》，中国社会科学出版社 2006 年版，第 132 页。

首,支分脔切。温怪骇而还。及至尼出浴室,身形如常。温以实问,尼答云:"若遂凌君上,刑当如之。"时温方谋问鼎,闻之怅然。故以戒惧,终守臣节。尼后辞去,不知所在。(《冥祥记》)

魏晋南北朝时期,通过佛教人物的地狱传说、转生传说以达到对佛教思想的宣传,是这一时期佛教徒最常用的手段。这样的传说故事在魏晋南北朝的志怪小说中还有很多,《宣验记》《冥祥记》《冤魂志》等就是专辑此类传说故事的志怪小说。有些志怪小说作者在辑录的过程中,还以某一佛教人物的传说故事为中心,如《观世音应验记》即是。可以看到,所有这类佛教人物的传说故事,其核心都在于集中表现佛教教义,宣扬佛法灵验。这种以宣传佛教教义为主的佛教人物传说之所以在南北朝时期盛传且被广大民众所接受,也与南北朝时期动乱的社会现实有关。"随着东晋的灭亡,风流二百年的清谈玄理之风渐趋消沉,佛家辨析教理的热情也为之稍减"[1]。南北朝时期,战火连绵,各股势力你方唱罢我登台,统治者都无暇自保,广大民众更是生活在水深火热之中。在这民不聊生的黑暗社会,人们盼不到今世的幸福生活,于是佛教宣传的通过诵经、做善事等崇佛信佛的方式赢得现时、来世幸福的思想便成了混乱社会人们的最后一根救命稻草。佛教救苦救难的观世音菩萨成了他们崇尚信奉的对象,他们把精神寄托于佛教,佛教的伦理也就成了他们的行为规范与准则,成为他们情感满足、心理平衡的支撑点,使他们困难而平凡的人生得以安宁度过。颜之推《颜氏家训·归心篇》就说:"今人贫贱疾苦,莫不怨尤前世不修功业,以此而论,安可不为之作地乎?……凡夫蒙蔽,不见未来,故言彼生与今非一体耳。若有天眼,鉴其念念随灭,生生不断,岂可不怖畏邪?……一人修道,济度几许苍生,免脱几身罪累?幸熟思之。"汤用彤也说:"言教则生死事大,笃信为上,深感生死苦海之无边,于是须如来之慈悲,修出世之道法,因此最重修行,最重皈依。而教亦偏于保守家门,排斥异学。"[2]同时,人们信奉"三世因果""六道轮回"等的佛教伦理,也反映了广大劳苦民众的善良愿望,他们相信那些作恶多端的坏人必将得到报应,受到

---

① 杜贵晨:《传统文化与古典小说》,河北大学出版社 2001 年版,第 71 页。
② 汤用彤:《汉魏晋南北朝佛教史》,第 295 页。

严惩。

除此之外，还有一些佛教人物的传说故事则以宣扬高僧的前世及其生死的神异为主。如释慧皎《高僧传·安清传》中就有安清前世已经出家，后由于宿世因缘而在广州被杀，转世成了现世的安息王子的记述。《三国志·魏书·乌丸鲜卑东夷列传》裴松之注引《魏略·西戎传》也载有佛诞生的传说：

> 临儿国，《浮屠经》云其国王生浮屠。浮屠，太子也。父曰屑头邪，母云莫邪。浮屠身服色黄，发青如青丝，乳青毛，蛉赤如铜。始莫邪梦白象而孕，及生，从母左胁出，生而有结，坠地能行七步。此国在天竺城中。天竺又有神人，名沙津。

魏晋南北朝时期，有关高僧出生的神异传说还有很多，如：

> 什在胎时，其母自觉神悟超解，有倍常日。闻雀梨大寺名德既多，又有得道之僧，即与王族贵女，德行诸尼，弥日设供，请斋听法。什母忽自通天竺语，难问之辞，必穷渊致，众咸叹之。有罗汉达摩瞿沙曰："此必怀智子。"为说舍利弗在胎之证。（《高僧传·鸠摩罗什传》）

> 母以伪秦弘始三年，梦见梵僧散华满室，觉便怀胎，至四年二月八日生男。家内忽有异香，及光明照壁，迄旦乃息。母以儿生瑞兆，因名灵育。时人重之，复称世高。（《高僧传·释玄高传》）

不但出生神异，一些高僧的离世也充满了神异，如：

> 度云暂出，至冥不反。合境闻有异香，疑之为怪。处处觅度，乃见在北岩下，铺败袈裟于地，卧之而死。头前脚后，皆生莲华，华极鲜香，一夕而萎，邑人共殡葬之。后数日有人从北来，云见度负芦圌行向彭城。乃共开棺，唯见靴履。（《高僧传·宋京师杯度传》）

> 其年九月二十八日，中食未毕，先起还阁，其弟子后至，奄然已终，春秋六十有五。……既终之后，即扶坐绳床，颜貌不异，似若入定。道俗赴者，千有余人，并闻香气芬烈，咸见一物，状若龙蛇，可长一匹许，起于尸侧，直上冲天，莫能诸者。（《高僧传·求那跋摩传》）

张庆民说："这种道教尸解般的死极富传奇色彩。而所谓'合境闻有异香'，'头前脚后，皆生莲花'的渲染，正见出佛徒之玄想力的非凡。"①
除此之外，还有很多传说记述了佛教高僧神异的道行，如：

> （佛图澄）腹旁有一孔，常以絮塞之，每夜读书，则拔絮，孔中
> 出光，照于一室。又当斋时，平旦至流水侧，从腹旁孔中，引出五脏
> 六腑，洗之讫，还纳腹中。又能听铃音以言吉凶，莫不悬验。（《十六
> 国春秋辑补》卷二十二《佛图澄传》）

> 永屋中常有一虎，人或畏者，辄驱令上山，人去后，还复驯伏。
> 永尝出邑，薄晚还山，至乌桥，乌桥营主醉，骑马当道，遮永不听
> 去。日时向晚，永以杖遥指马，马即惊走，营主倒地，永捧慰还营，
> 因尔致疾。（《高僧传·释慧永传》）

这种以高僧神异之事为中心的传说故事的大量出现，也从一个侧面反映了
当时佛教势力的极度膨胀和僧人地位的高贵，但其最终目的还是为了宣扬
佛法。

综上所述，无论是虚构的佛教人物，还是历代的高僧，有关他们的传
说故事无一不是佛教徒用来宣传佛教教义的凭借。所不同的是，有关宣传
佛教人物高深幻术的传说故事主要流传于魏晋时期，是佛教初入中土为立
足而依附道教及方术之学的反映；南北朝时期的佛教人物传说则集中在僧
人的复生传说和转世传说方面，体现了佛教徒对佛教地狱观念、因果报应
观念以及六道轮回观念的宣扬，反映了南北朝时期不再依附道教及方术之
学的外来宗教佛教在这一时期的极度兴盛。所有这些，一方面反映了这一
时期佛教思想的深入人心；另一方面，佛教在这一时期的盛行，也体现了
这一战乱频仍的时代，广大民众的精神归宿及其他们的善良愿望。

---

① 张庆民：《魏晋南北朝志怪小说通论》，第 231 页。

第四章　世俗人物传说

第一节　婚恋类人物传说

婚恋类人物传说主要是指有关世俗男女之间婚姻恋爱的传说故事。在世间男女的婚恋传说之外，唐前的婚恋类传说更多地发生在女仙与凡男之间、女鬼与凡男之间以及女妖与凡男之间。本节笔者将把以上三类人与异物的婚恋传说也列入到婚恋类人物传说的范畴加以讨论，这是因为，在魏晋南北朝志怪小说中记载的大量神、鬼、妖与人的婚恋传说中，绝少婚恋双方都是非人类的描写，在女仙、女鬼、女妖的背后，人们真正关心的还是世间凡人的生活、命运以及他们的情感世界。这些传说中与凡男相恋的仙女、鬼女、妖女都具有女性的共同特点但又各具个性，在她们的身上体现了一定历史时期广大民众的共同感受，也承载了特定历史时期世俗男女的美好愿望。下面笔者将分别就上述三类人物的婚恋传说及其文化意蕴作一深入的探究。

一、凡男俗女的婚恋传说

世间男女的恋爱及婚姻生活，是人们一生中最为主要的组成部分。一些青年男女为追求幸福生活所作的不懈努力，成了后世人们传颂的对象。因此，民间流传着许多有关这方面的传说故事，纵观唐前凡男俗女的婚恋传说，主要表现了以下几方面的内容：

1. 反映了封建社会统治者（大到一国之君，小到一家之主）对青年男女追求幸福婚姻生活的阻挠，以及后者不屈不挠的斗争。《列异传》中的

"望夫石"条、《搜神记》中的"韩凭夫妇"条以及汉乐府民歌中刘兰芝焦仲卿夫妇的传说故事等都是这方面的代表。前两个传说的具体内容如下:

> 武昌新县北山上有望夫石,状若人者立。传云:昔有贞妇,其夫从役,远赴国难;妇携幼子饯送此山,立望而化为石。(《列异传》)

> 宋康王舍人韩凭,娶妻何氏,美,康王夺之。凭怨,王囚之,论为城旦。妻密遗凭书,缪其辞曰:"其雨淫淫,河大水深,日出当心。"既而王得其书,以示左右,左右莫解其意。臣苏贺对曰:"其雨淫淫,言愁且思也。河大水深,不得往来也。日出当心,心有死志也。"俄而凭乃自杀。

> 其妻乃阴腐其衣。王与之登台,妻遂自投台。左右揽之,衣不中手而死。遗书于带曰:"王利其生,妾利其死。愿以尸骨,赐凭合葬。"王怒,弗听,使里人埋之,冢相望也。王曰:"尔夫妇相爱不已,若能使冢合,则吾弗阻也。"

> 宿昔之间,便有大梓木生于二冢之端,旬日而大盈抱,屈体相就,根交于下,枝错于上。又有鸳鸯,雌雄各一,恒栖树上,晨夕不去,交颈悲鸣,音声感人。宋人哀之,遂号其木曰"相思树"。相思之名起于此也。南人谓此禽即韩凭夫妇之精魂。

> 今睢阳有韩凭城,其歌谣至今犹存。(《搜神记》卷十一)

汉乐府民歌《焦仲卿妻》则记述了刘兰芝、焦仲卿夫妇生死不渝的婚恋传说,由于焦母的阻挠,焦仲卿不得不暂时休了兰芝,但封建家长的干涉并未阻止住两个年轻人追求幸福生活的脚步,故事的结尾写道:

> 其日牛马嘶,新妇入青庐。暗暗黄昏后,寂寂人初定。我命绝今日,魂去尸长留。揽裙脱丝履,举身赴清池。府吏闻此事,心知长别离。徘徊庭树下,自挂东南枝。两家求合葬,合葬华山旁。东西植松柏,左右植梧桐。枝枝相覆盖,叶叶相交通。中有双飞鸟,自名为鸳鸯。仰头相向鸣,夜夜达五更。行人驻足听,寡妇起彷徨。多谢后世人,戒之慎勿忘。

可以看到,"望夫石"以大胆的想象,极度的夸张表现了战争给人民带来的苦难,这个传说可以说是战争年代丈夫远赴兵役的千千万万普通劳动妇女现实生活的缩影，反映了广大民众对和平安宁生活的热切向往。"望夫石"传说产生于战火连绵的汉魏时期绝非偶然，这是当时千千万万下层劳动人民真实生活的写照。从这个传说的由来中，我们还可以隐约窥见广大民众在创造民间传说时的一些心理的内驱力。正是由于老百姓不堪忍受严酷的劳役、兵役，就想借助于一些美好的想象驱散心中的愁苦，于是就产生了"望夫石"这样丰富而大胆的想象。除此之外，唐前还流传有很多不同版本的"望夫石"传说，如北魏郦道元《水经注》卷十《浊漳水》曰："漳水又东北历望夫山，山之南有石人，伫于山上，状有怀于云表，因以名焉。"梁顾野王《舆地志》亦云："南陵县有女观山，俗传云：昔有妇人，夫官于蜀，屡愆秋期，忧思感伤，登此聘望，因此为石，如人之形。"又，《宣城图经》亦曰："昔人往楚，累岁不还。其妻登此山望夫，乃化为石。"这是"望夫石"传说的变异。相比较而言，这些传说较之《列异传》中的"望夫石"传说，批判性就大大减弱了，《水经注》中所载的"望夫石"传说看不出有什么批判意义，而《舆地志》及《宣城图经》的批判意义也较为模糊，因此，这几部作品中的"望夫石"传说不属于反封建帝王、反封建家长制的范畴，倒隐约有些批判夫权的味道。

　　"韩凭夫妇"的传说故事则揭露了宋康王的荒淫无耻和凶狠残暴，讴歌了韩凭夫妇生死不渝的爱情。从故事结尾"其歌谣至今犹存"句即可见出韩凭夫妇传说流传的久远。正因为如此，该传说在后代具有不同的版本，《稽神异苑》一书也载有"韩凭夫妇"的传说，只是这里的韩凭妻被晋康王所夺，韩凭与妻子二人则是一病死一投隧，这种名字上的差异以及情节上的变化正是传说在流传过程中发生变异的显著特征。刘兰芝焦仲卿夫妇的传说则揭露了封建家长的专制残暴，也从一个侧面反映了封建社会青年男女的婚恋是建立在"父母之命，媒妁之言"的基础之上的，自由恋爱对他们来说只是一个美丽的幻想。可以看到，这两个传说的主人公在死后都各化作了一对常相厮守的鸳鸯，结局是何等相似！因此笔者以为，"韩凭夫妇"传说在最后的结局上应该是受到了汉乐府民歌《焦仲卿妻》的影响。如果说阻止贞妇及韩凭夫妇幸福生活的罪魁祸首是封建社会的最高统治者一国之君的话，那么破坏刘兰芝夫妇美好婚姻生活的则是封建家长。所有这些传说都反映了广大民众追求幸福生活的善良愿望以及他们为追求幸福生活而作的不屈不挠的斗争。

除此之外,以揭露统治者专横残暴为主题的男女婚恋传说还有很多,如孟姜女传说、汉乐府民歌中一些追求自由婚姻的男女等,兹不具述。

2. 表现青年男女对美好婚姻执着、大胆的追求。正如宗白华所说,魏晋南北朝是"精神史上极自由、极解放,最高于智慧,最浓于热情的一个时代"①。精神、思想和信仰的解放与自由,追求率真自然、潇洒脱俗的人生态度成为魏晋世人的主旋律。女性也不例外,在这一时代潮流的影响之下,她们也突破了传统观念的束缚,无所顾忌地追求情爱的自然与率真,表现出久遭礼教压抑后人性的复苏。② 正如干宝所言:"先时而婚,任情而动,故皆不耻淫逸之过……天下莫之非也。"③ 因此这一时期以表现青年男女自由婚恋的传说故事就很多,现举几例如下:

> 巨鹿有庞阿者,美容仪。同郡石氏有女,曾内睹阿,心悦之。未几,阿见此女来诣阿,阿妻极妒,闻之,使婢缚之,送还石家,中路遂化为烟气而灭。婢乃直诣石家,说此事。石氏之父大惊,曰:"我女都不出门,岂可毁谤如此?"阿妇自是常加意伺察之。居一夜,方值女在斋中,乃自拘执以诣石氏。石氏父见之,愕眙曰:"我适从内来,见女与母共作,何得在此?"即令婢仆于内唤女出,向所缚者,奄然灭焉。父疑有异,故遣其母诘之。女曰:"昔年庞阿来厅中,曾窃视之。自尔仿佛即梦诣阿,及入户,即为妻所缚。"石曰:"天下遂有如此奇事!"夫精神所感,灵神为之冥著,灭者,盖此魂神也。既而女誓心不嫁。经年,阿妻忽得邪病,医药无征,阿乃授币石氏女为妻。(《幽明录》)

> 有人家甚富,止有一男,宠恣过常。游市,见一女子美丽,卖胡粉,爱之,无由自达。乃托买粉,日往市,得粉便去。初无所言,积渐久,女深疑之。明日复来,问曰:"君买此粉,将欲何施?"答曰:

---

① 宗白华:《美学散步》,上海人民出版社1981年版,第208页。

② 引自杨军《魏晋六朝志怪中人鬼婚恋故事的文化解读》,《西北农林科技大学学报》2004年第3期。

③ (清)汤球、黄奭辑,乔治忠校注:《众家编年体晋史》,天津古籍出版社1989年版,第351页。

"意相爱乐,不敢自达。然恒欲相见,故假此以观姿耳!"女怅然有感,遂相许以私,克以明夕。其夜,安寝堂屋,以俟女来。薄暮,果到,男不胜其悦,把臂曰:"宿愿始伸于此!"欢踊遂死。女惶惧,不知所以。因遁去,明还粉店。至食时,父母怪男不起,往视,已死矣。当就殡殓。发箧笥中,见百余裹胡粉,大小一积。其母曰:"杀吾儿者,必此粉也。"入市遍买胡粉,次此女,比之,手迹如先,遂执问女曰:"何杀我儿?"女闻呜咽,具以实陈。父母不信,遂以诉官。女曰:"妾岂复吝死?乞一临尸尽哀!"县令许焉。径往,抚之恸哭,曰:"不幸致此,若死魂有灵,复何恨哉?"男豁然更生,具说情状,遂为夫妇,子孙繁茂。(《幽明录》)

上述传说中,前者的女主人公为了追随心上人而灵魂离体,可以说是中国文学中最早的离魂型故事。后者则因为心上人的到来而高兴太过,以致猝死。如果说前一则故事的主人公为追随心上人只是灵魂离体还有一点矜持的话,那么后一则传说中女子毫无顾忌地约会情人就更是前所未有。所有这些都跟魏晋南北朝时期思想开放的时代风气密切相关。

除此而外,笔者以为,这些传说故事在魏晋南北朝时期的盛行,也与前代流传的同类故事的影响有关。实际上,早在先秦时期,就有男女幽会的传说故事,只是没有魏晋时期女子会情人直入其家的开放大胆。如《庄子·盗跖篇》就载有一则反映男女婚恋的传说:"尾生与女子期于梁下,女子不来,水至不去,抱梁柱而死。"这是一个古老得不能再古老的爱情传说故事,其中的尾生被后人誉为守情有义的典范。而他也是中国历史上第一个有记载的为情而死的青年。上述这些传说故事都直接或间接地表现了平民的生活和爱情,反映了他们对爱情的基本态度和愿望。

二、凡男与女仙的婚恋传说

众所周知,《穆天子传》中周穆王乘八骏之车造访西王母的传说应该是较早的凡男与神女的婚恋故事,从其中的"将子无死,尚能复来"等句,也表现了西王母儿女情长的一面,但这一时期西王母作为神性的一面还比较模糊,此时的她至多是一位母系氏族社会的女首领。凡男与女仙的婚恋传说最早可以追溯到战国时期的屈原、宋玉等的文学创作中,《楚辞》

中的《九歌》《高唐赋》《神女赋》等作品，共同构成了演绎"人神之恋"的最初文本，开启了"人神恋爱"的先声。而大量女仙与凡男婚恋传说的出现是在后汉魏晋南北朝时期。这时的西王母已经演化为神仙道教中女仙的首领，因此，西王母和分散于各处仙境的她手下的女仙，就成为"女仙与凡男"婚恋传说的主要演绎者。

凡男遇女仙的传说最初是道教徒为宣扬只要潜心修炼，人人都可以成仙的神仙道教思想刻意创造的结果，如《神仙传》"介象"条就说：

> 介象者，字元则，会稽人也。学通五经，博览百家之言，能属文，阴修道法，入东岳受气禁之术，能茅上燃火煮鸡，鸡热而茅不焦，能令一里内不炊不蒸，鸡犬三日不鸣不吠，能令一市人皆坐不能起，能隐形变化为草木鸟兽。闻九丹之经，周游数千里求之。……于山中见一美女，年十五六许，颜色非常，衣服五彩，盖仙人也，象叩头乞长生之方，女曰："汝急送手中物还故处乃来，吾故于此待汝。"象即以石送于谷中而还，见女子在旧处，象复叩头。女曰："汝血养之气未尽，断谷三年更来。吾止此。"象归，断谷三年，乃复往，见此女故在前处，乃以丹方一日授象，告曰："得此便仙，勿他为也。"

可以看到，这个故事并未超越传统凡男遇仙故事的范畴。小说中潜心修道的介象在女仙的指点下最终得道成仙，这正是道教徒宣传的道教思想。其中女仙对介象所言，都是修道之事，所授也不外道术道法，并无半点男女之情。只是小说中女仙美丽的外貌、华丽的服饰给人留下了深刻的影响。随着这类故事世俗化色彩的增强，当人们"对凡男与女仙的偶遇情节进一步想象和描绘时，宗教性的'授度'故事就向世俗化的恋情故事过渡了"①。但早期女仙与凡男的婚恋传说中，女仙并未完全脱离神性的一面，《搜神记》中的"董永"传说、"弦超"传说以及《搜神后记》中的"白水素女"传说等就是如此。在"董永"传说中，织女下凡为董永妻，主要是因为董永的孝道感动了天帝，于是天帝派织女帮他还债，而在使命完成之后，织女也就"凌空而去，不知所在"了。"白水素女"的传说亦然，只是这里天帝是可怜谢端少孤，而又能"恭慎自守"，所以派天汉中白水

---

① 苟波:《中国古代"凡男遇仙"故事与道教》，《宗教学研究》2004年第1期。

素女来帮他，而且还不能现形，当后来被谢端发现之后，白水素女也就"翕然而去"。相比较而言，"弦超"传说中的天上玉女知琼就比上述两则传说中的仙女世俗化一点，她不但与弦超结为夫妇，而且"作夫妇经七八年"。但她与弦超之间的恋情也是不能为外人所知的，弦超一旦"漏泄其事"，玉女即请求离去，虽然二人在分别时"把臂告辞，涕泣流离"，玉女还是"肃然升车，去若飞迅"。可以看到，在这些凡男与女仙的婚恋传说中，女仙虽有世俗化的倾向，但其神性的一面仍占主导。值得注意的是，《拾遗记》卷十"洞庭山"采药之人遇女仙的传说，则较好地说明了道教观念对中国传统仙界思想的影响，以及对以凡男遇女仙为特征的仙凡恋情故事的推动。这一传说的具体内容如下：

> 其山又有灵洞，入中常如有烛于前。中有异香芬馥，泉石明朗。采药石之人入中，如行十里，迥然天清霞耀，花芳柳暗，丹楼琼宇，官观异常。乃见众女，霓裳冰颜，艳质与世人殊别。来邀采药之人，饮以琼浆金液，延入璇室，奏以箫管丝桐。饯令还家，赠之丹礼之诀。虽怀慕恋，且思其子息，却还洞穴，还若灯烛导前，便绝饥渴，而达旧乡。

显然，这里的女仙已经失去了早期凡男与女仙恋情中传统仙女的高贵特质，从而得以与普通的采药之人演化仙凡恋情。值得注意的是，早期的凡男与女仙的婚恋传说中，最先离去的往往是仙女。而在这则传说里，仙女是主动接近凡人的，作为普通人的采药之人却因为"思其子息"而主动要求离开。这在凡男与女仙的婚恋传说中不能不说是一个大的进步。只是在这则传说中，仙女的住处仍然是富丽堂皇的仙境，充满了神秘和传奇色彩，与世俗的人间世界截然不同。

女仙与凡男的婚恋传说在《幽明录》中的"刘晨阮肇""黄原"及《搜神后记》中的"袁相根硕"等几则传说故事中得到了完全的世俗化、平民化：

> 汉明帝永平五年，剡县刘晨、阮肇共入天台山取谷皮，迷不得返，经十三日，粮食乏尽，饥馁殆死。遥望山上有一桃树，大有子实，而绝岩邃涧，永无登路。攀援藤葛，乃得至上。各啖数枚，而饥止体充。复下山，持杯取水，欲盥漱，见芜菁叶从山腹流出，甚鲜

新,复一杯流出,有胡麻饭糁,相谓曰:"此知去人径不远。"便共没水,逆流二三里,得度山出一大溪,溪边有二女子,姿质妙绝,见二人持杯出,便笑曰:"刘、阮二郎,捉向所失流杯来。"晨、肇既不识之,缘二女便呼其姓,如似有旧,乃相见忻喜。问:"来何晚邪?"因邀还家。其家筒瓦屋,南壁及东壁下各有一大床,皆施绛罗帐,帐角悬铃,金银交错。床头各有十侍婢,敕云:"刘、阮二郎,经涉山岨,向虽得琼实,犹尚虚弊,可速作食。"食胡麻饭、山羊脯、牛肉甚甘美。食毕行酒,有一群女来,各持五三桃子,笑而言:"贺汝婿来。"酒酣作乐,刘、阮忻怖交并。至暮,令各就一帐宿,女往就之,言声清婉,令人忘忧。十日后,欲求还去,女云:"君已来是,宿福所牵,何复欲还邪?"遂停半年。气候草木是春时,百鸟啼鸣,更怀悲思,求归甚苦。女曰:"罪牵君,当可如何?"遂呼前来女子有三四十人,集会奏乐,共送刘、阮,指示还路。既出,亲旧零落,邑屋改异,无复相识。问讯得七世孙,传闻上世入山,迷不得归。至晋太元八年,忽复去,不知何所。(《幽明录》)

会稽剡县民袁相、根硕二人猎,经深山重岭甚多,见一群山羊六七头,逐之。经一石桥,甚狭而峻。羊去,根等亦随渡,向绝崖。崖正赤,壁立,名曰赤城。上有水流下,广狭如匹布,剡人谓之瀑布。羊径有山穴如门,豁然而过。既入,内甚平敞,草木皆香。有一小屋,二女子住其中,年皆十五六,容色甚美,著青衣。一名莹珠,一名□□。见二人至,欣然云:"早望汝来。"遂为室家。忽二女出行,云复有得婿者,往庆之。曳履于绝岩上行,琅琅然。二人思归,潜去归路。二女追还已知,乃谓曰:"自可去。"乃以一腕囊与根等,语曰:"慎勿开也。"于是乃归。后出行,家人开视其囊,囊如莲花,一重去,一重复,至五盖,中有小青鸟,飞去。根还知此,怅然而已。后根于田中耕,家依常饷之,见在田中不动,就视,但有壳如蝉蜕也。(《搜神后记》卷一)

可以看到,"这里的女仙已没有《洞庭山》中女仙的神女背景,更加世俗化、平民化,而仙境的景象已完全摆脱了神话中的富丽豪华的色彩,与凡间景象完全一致。这表明,随着道教观念的渗透,这类故事也正在逐渐远离其原有的神话色彩，形成一种独立的恋情故事类型"①。同时，"袁相根硕"传说故事中，女仙在凡男离别之际所赠之物也颇有深意，苟波在其《中国古代"凡男遇仙"故事与道教》一文中就说，女仙与凡男的婚恋传说在逐步脱离宗教色彩走向世俗化的过程中，"世俗生活中男女恋人间赠物情节就逐渐取代了故事中宗教性'赠物'情节，而所赠物品内容也自然会发生变化。此故事中少女所佩腕囊就是一个完全世俗化的男女定情物品，并不含任何宗教内容。它表明，这个凡男遇仙故事已摆脱了原来宗教故事的基本内涵，发展成为一个世俗的男女恋情故事"。除此之外，"黄原"传说中仙凡离别之时，女仙也是"解佩分袂"，而所解之佩所分之袂也完全是世俗生活中男女恋人最为常见的定情物品，这与《拾遗记》中女仙与采药之人分别时，宗教性的赠物情节完全不同。

魏晋南北朝时期之所以出现如此多仙凡相恋的传说故事，一方面与魏晋时期神仙道教思想的盛行及修道者的刻意创造有关。魏晋南北朝混乱的社会现实使得很多世人为逃离苦难的生活而把希望寄托在学道修仙上，他们幻想有朝一日通过自己的潜心修炼能够登升仙界，从而摆脱黑暗的现实。而对于大多数的男性修炼者来说，偶遇女仙更是能够迅速成仙的终南捷径，因此就有很多凡男与女仙婚恋传说的产生。另一方面也与魏晋南北朝时期不平等的婚恋制度有关。自曹魏设立九品中正制，社会等级极其森严，形成了"上品无寒门，下品无世族"的社会现实。贵族世家为维护他们高贵的血统，严禁与庶族通婚，这种风气到两晋时期愈演愈烈，贵族与庶族间若有通婚就被视为大逆不道。"仕进的无门，与名门之女相婚的不能，这些都是造成庶族文人内心'缺乏或痛苦'产生的根本原因，而弥补这种缺乏，消除这种痛苦，便成为文人创作的内驱力"②。于是大量女仙与凡男婚恋的传说在社会上得以盛行。同时，从这一时期大量女仙与凡男婚恋传说中凡男最终离开女仙的情节结构也可以看到，仙女特殊的身份对世间的普通男子来说始终是一种无形的压力，也影响了夫妻间的交流。这种

① 苟波：《中国古代"凡男遇仙"故事与道教》，《宗教学研究》2004 年第 1 期。
② 杨军：《魏晋六朝志怪中人鬼婚恋故事之文化解读》，《西北农林科技大学学报》2004 年第 3 期。

男女地位的不平等给夫妻带来的隔膜，在某种程度上也反映了魏晋时期寒门书生娶了高门士族之女后诚惶诚恐、战战兢兢的心态。

综上所述，魏晋南北朝时期大量女仙与凡男的婚恋传说的产生，是道教发展到一定阶段而世俗化的产物，与魏晋南北朝时期不平等的婚姻制度密切相关，是庶族宣泄内心不平的凭借，也反映了他们对自由平等婚姻生活的向往。从上述凡男与女仙婚恋传说的结局来看，最终都因为人神异路而天各一方，这也暗示了现实中寒门庶民与豪门之女婚恋的不可能。正如石昌渝先生所说："人神婚恋表现当时寒门庶民在门第婚姻压抑之下的本能欲望，寒门庶民在现实中根本不可能与世家豪门的千金达成婚恋，他们希求与世家豪门的千金达成婚配的潜意识，转变成一种慕仙心理，从而造成一系列的人神婚恋的仙境传说。门第婚姻不彻底打碎，这种人神婚恋故事的创作就不会终结。"①

三、凡男与女鬼的婚恋传说

除上述女仙与凡男的婚恋传说之外，魏晋南北朝凡男与女鬼的传说故事也是历代学人关注的焦点。这类婚恋传说中的女鬼，大都是从坟墓中走出来，主动投入到她们所钟爱的男子的怀抱的。可以看到她们为追求爱情大胆、主动、执着，有时甚至甘冒生命危险，如《搜神记》卷十六的"钟繇"条：

> 颍川钟繇，字元常，尝数月不朝会，意性异常。或问其故。云："常有好妇来，美丽非凡。"问者曰："必是鬼物，可杀之。"妇人后往，不即前，止户外。繇问；"何以？"曰："公有相杀意。"繇曰："无此。"勤勤呼之，乃入。繇意恨，有不忍之，然犹斫之。伤髀。妇人即出，以新绵拭，血竟路。明日，使人寻迹之，至一大冢，木中有好妇人，形体如生人，着白练衫，丹绣裲裆，伤左髀，以裲裆中绵拭血。

这里女鬼的善良以及对爱情执着的追求与凡男的狡诈阴险形成了鲜明的对比。另有一些女鬼在心上人的抚慰、呼唤之下，为追求美好的爱情死而复

---

① 石昌渝：《中国小说源流论》，生活·读书·新知三联书店1994年版，第124页。

生，如：

> 晋武帝世，河间郡有男女私悦，许相配适。寻而男从军，积年不归，女家更与欲适之。女不愿行，父母逼之，不得已而去。寻病死。其男戍还，问女所在，其家具说之。乃至冢，欲哭之尽哀，而不胜其情。遂发冢开棺，女即苏活，因复还家。将养数日，平复如初。后夫闻，乃往求之。其人不还，曰："卿妇已死，天下岂闻死人可复活耶？此天赐我，非卿妇也。"于是相讼。郡县不能决，以谳廷尉。秘书郎王导奏："以精诚之至，感于天地，故死而更生。此非常事，不得以常礼断之，请还开冢者。"朝廷从其议。（《搜神记》卷十五）

除此之外，还有《搜神记》卷十五的"王道平"，《搜神后记》卷四的"许玄方女"等，不一而举。

在人鬼婚恋的传说中，女鬼大多出身高贵，为高门士族之女，有着美丽的外表和美好的心灵。如《搜神记》卷十六所载的"紫玉""汉谈生""卢充幽婚"以及《搜神后记》卷四的"李仲文女"等，举一例如下：

> 陇西辛道度者，游学至雍州城四五里，比见一大宅，有青衣女子在门。度诣门下求飧。女子入告秦女，女命召入。度趋入阁中，秦女于西榻而坐。度称姓名，叙起居，既毕，命东榻而坐。即治饮馔。食讫，女谓度曰："我秦闵王女，出聘曹国，不幸无夫而亡。亡来已二十三年，独居此宅。今日君来，愿为夫妇。"经三宿三日后，女即自言曰："君是生人，我鬼也，共君宿契，此会可三宵，不可久居，当有祸矣。然兹信宿，未悉绸缪，既已分飞，将何表信于郎？"即命取床后盒子开之，取金枕一枚，与度为信。乃分袂泣别，即遣青衣送出门外。未逾数步，不见舍宇，惟有一冢。度当时荒忙出走，视其金枕在怀，乃无异变。寻至秦国，以枕于市货之，恰遇秦妃东游，亲见度卖金枕，疑而索看。诘度何处得来？度具以告。妃闻，悲泣不能自胜，然尚疑耳，乃遣人发冢，启柩视之，原葬悉在，唯不见枕。解体看之，交情宛若，秦妃始信之。叹曰："我女大圣，死经二十三年，犹能与生人交往。此是我真女婿也。"遂封度为驸马都尉，赐金帛车马，令还本国。因此以来，后人名女婿为"驸马"；今之国婿，亦为驸马矣。（《搜神记》卷十六）

那么，魏晋时期为何会出现如此多凡男与女鬼的婚恋传说呢？

笔者以为，第一，这也与曹魏设立九品中正制以来，所形成的不平等的婚配制度有关。从魏晋南北朝时期的人鬼婚恋传说可以看到，与那些出身名门望族的女鬼不同，人鬼婚恋传说中的男主人公则多为寒门庶族的落魄文人。这些传说中的落魄书生，他们有着对幸福生活的渴望和对爱情的强烈向往。飘然而至的女鬼，姿色绝美，温婉可人而令人心旌摇荡，使得那些单身男子长期压抑的人性逐渐萌动、勃发，更令男主人公惊羡的是这些女鬼多为豪门贵族甚或帝王之后，而且往往自荐枕席，以身相许。于是，一个落魄文人在现实中对高门大族的不满和失落，对豪门世族的艳羡和向往，一起尽情地倾注在所描绘的人鬼婚恋故事中，并在这唯我、虚幻的世界中获得自身在现实社会中无法满足的憾恨——改换门庭，显亲扬名，在一种近乎白日梦幻中获得一种心理平衡和象征性满足。① 由此可见，魏晋时期人鬼婚恋传说的盛行实际上是寒门书生渴望美好婚姻的一种愿望，而如此多执着追求爱情的温柔美貌的女鬼，也是男性心目中理想妻子的化身。

第二，至于这一时期人鬼婚恋传说盛行的根本原因，更是有其悠久的文化渊源和现实需求，概括起来，主要有以下几个方面的原因：

首先，与魏晋时期盛行的鬼魂实有的观念有关。中国的鬼信仰古已有之，先秦的文献典籍如《左传》《山海经》等就载有很多鬼的故事。战国时期，屈原更有《招魂》之作，为亡人招魂。汉末魏晋南北朝时期，由于佛道二教的盛行，中国传统的鬼信仰与道教、佛教合流，形成了道教的"泰山治鬼说"及佛教的地狱观念。在这样一个宗教盛行的特殊的历史时期，人们更坚信鬼魂实有。这一时期由文人搜集整理的志怪小说就记载了许多鬼的传说故事。干宝对其《搜神记》所记诸事就深信不疑，他说："若使采访近世之事，苟有虚错，愿与先贤前儒分其讥谤。及其著述，亦足以发明神道之不诬也。"② 鲁迅先生在论及魏晋志怪时也说："盖当时以

---

① 杨军：《魏晋六朝志怪中人鬼婚恋故事之文化解读》，《西北农林科技大学学报》2004 年第 3 期。

② （晋）干宝撰，汪绍楹校注：《搜神记》，《总目》第 2 页，中华书局 1979 年版。

为幽明虽殊途，而人鬼乃皆实有，故其叙述异事，与记载人间常事，自视固无诚妄之别矣。"① 而在这众多鬼的传说故事中，凡人与女鬼的婚恋传说即是其中的一种。

其次，也与魏晋时期盛行的冥婚习俗有关。冥婚习俗在先秦两汉时代就已存在，《周礼·地官·媒氏》曰："禁迁葬者与嫁殇者。"此句下郑玄注曰："嫁殇者，谓嫁死人也。今时娶会是也。"到魏晋南北朝时期，在鬼魂实有观念的影响下，这一古老的习俗更加盛行，据赵翼《陔余丛考·冥婚》所言，魏晋以来，"曹操幼子仓舒卒，掾邴原有女蚤亡，操欲求与仓舒合葬，原辞曰：'嫁殇，非礼也。'然终聘甄氏亡女与合葬。魏明帝幼女淑卒，取甄后从孙与之合葬……《北史·穆崇传》：崇玄孙平城早卒，孝文时始平公主薨于宫，追赠平城驸马都尉，与公主冥婚。"由此可见，魏晋南北朝时期冥婚风俗的盛行，当是衍生出众多人鬼婚恋传说的原因之一，而所谓女鬼因为情爱而复活的传说，则完全可以看作是冥婚故事的置换变形。

最后，魏晋南北朝时期人鬼婚恋传说的盛行也与这一时期猖狂的盗墓现象有关。从上述人鬼婚恋传说来看，那些出身高贵的女鬼，在与凡男的婚恋过程中，往往赠以贵重的物品，而这些贵重物品在凡男拿到市面上出售时，无一例外被发现是女鬼墓中的陪葬之物。笔者以为，魏晋时期人鬼婚恋传说中女鬼赠以凡男贵重物品等情节的记述，与这一时期盗墓风气的盛行不无关系。盗墓现象在我国由来已久。古文献中较早记述盗墓的是《吕氏春秋·安死》，两汉时期，随着盗墓之风的日甚，包括史书在内的各类文献典籍都有对盗墓的记述。至魏晋时期，盗墓之风有增无减，《晋书·皇甫谧传》对魏晋时期盗墓的情形有这样的描述："丰财厚葬，以启奸心。或剖破棺椁，或牵曳形骸，或剥臂捋金环，或扣肠求珠玉。焚如之形，不痛于是。"在这种风气的影响下，很多文人甚至帝王也加入了盗墓者的行列。曹操可以说是汉末群雄中发丘摸金的能手，他曾亲率士卒盗掘了汉文帝之子梁孝王的陵墓，并在军中专门设置了主管盗墓的"发丘中郎将"和"摸金校尉"，从死人身上筹措军饷。除此之外，前赵皇帝刘曜、

---

① 鲁迅：《中国小说史略》，第24页。

后赵石季龙、后秦姚苌、后燕慕容垂等也都是盗墓的能手。可以想象,盗墓者在发掘坟墓的过程中,一些女墓主美丽的容颜及华贵的服饰给他们留下了深刻的影响,而这一时期大量人鬼婚恋传说的盛行,就是他们为变卖这些墓中之物而编造的一个个美丽的谎言。在人人相信鬼魂实有的魏晋时期,这些美丽的谎言更是得到了广大民众的争相传诵而经久不衰。

由此可见,魏晋南北朝时期盛行的女鬼与凡男的婚恋传说,包含了深刻的社会文化意蕴。而这类传说的盛行与长期以来广大民众根深蒂固的鬼魂实有观念与冥婚习俗有关,也与这一时期疯狂的盗墓现象密切相关。

四、凡男与女妖的婚恋传说

凡男与女妖的婚恋传说,是魏晋南北朝时期特有的一种文化现象,是这一时期继人神婚恋、人鬼婚恋传说之外,又一种以变异的方式反映了这一时期世俗男女对婚姻恋爱的观点和态度,以及他们的心理愿望。魏晋南北朝时期的志怪小说同样是这类传说最主要的载体,可以看到,在人妖相恋的传说中,女妖们大都容貌非凡,风情万种,和女鬼们的投怀送抱一样,女妖更是主动地与凡间男子搭讪,全无世间女子的矜持与羞涩。如:

> 后汉建安中,沛国郡陈羡为西海都尉,其部曲士灵孝无故逃去。羡欲杀之。居无何,孝复逃走。羡久不见,囚其妇,妇以实对。羡曰:"是必魅将去,当求之。"因将步骑数十,领猎犬,周旋于城外求索。果见孝于空冢中。闻人犬声,怪遂避去。羡使人扶孝以归,其形颇象狐矣。略不复与人相应,但啼呼"阿紫"。阿紫,狐字也。后十余日,乃稍稍了悟。云:"狐始来时,于屋曲角鸡栖间,作好妇形,自称阿紫,招我。如此非一。忽然便随去,即为妻,暮辄与共还其家。遇狗不觉。"云乐无比也。道士云:"此山魅也。"《名山记》曰:"狐者,先古之淫妇也,其名曰'阿紫',化而为狐。故其怪多自称'阿紫'。"(《搜神记》卷十八)

> 晋太元中,瓦官寺佛图前淳于矜,年少洁白。送客至石头城南,逢一女子,美姿容。矜悦之,因访问。二情既和,将入城北角,共尽欢好,便各分别。期更克集,便欲结为伉俪。女曰:"得婿如君,死何恨?我兄弟多,父母并在,当问我父母。"矜便令女婢问其父母,

父母亦悬许之。女因敕婢取银百斤，绢百匹，助矜成婚。经久，养两儿。当作秘书监，明日，骑卒来召，车马导从，前后部鼓吹。经少日，有猎者过，觅矜，将数十狗，径突入，咋妇及儿，并成狸。绢帛金银，并是草及死人骨蛇魅等。（《幽明录》）

除此之外，《搜神记》卷十八中的"猪臂金铃"、《幽明录》中的"常丑奴""吏钟道"等都是人妖相恋的传说故事。如果说在人鬼恋传说中还可以找到男女之间情的成分的话，那么，人妖之间几乎只有赤裸裸的欲。因此，人妖恋传说中的女妖，很少有成功的形象，大都寥寥数语，显然，对这类传说中的女妖，人们大多持批判态度。

魏晋南北朝时期凡男与女妖婚恋传说的盛行，仍与这一时期女性思想的解放及不平等的婚恋制度有关。不平等的婚恋制度杜绝了寒门书生娶得豪门士族女儿的机会，但这一时期，社会上男女婚恋却极其自由，尤其是青年女子的思想得到了极大的解放，她们甚至可以随意与自己喜爱的人苟合而不会受到社会的谴责。人们甚至将这种放诞越礼当成时髦，"贵族子弟相与为散发裸身之饮，对弄婢妾"①。当时的妇女也是"寻道褻谑，可憎可恶！或宿于他们，或冒夜而返"②。正因为如此，寒门书生在得不到理想婚姻之后，便把对世家大族的不满转而为与民间女子的寻欢作乐，从而使得他们压抑的身心达到暂时的释放。笔者以为，女妖与凡男的婚恋传说可能反映了魏晋时期，这一思想大解放时代男女野合的社会文化现象。而这些与男子主动野合的女子则被幻化成了传说中不受人间道德伦理限制的女妖。然而，在寒门书生看来，这种方式的男女恋情终究不是他们想要的，因此，他们对这种男女野合的性爱纠葛并不认同。于是，他们几乎不约而同地让女妖最终以不同的方式在他们的生活里消失。所有这些都体现了这一时期寒门书生独特的男性视角和男性文化心理。也反映了男权中心文化强烈的性别歧视与偏见。

然而，魏晋南北朝时期这类人妖相恋的婚恋传说作为一种特定时代的文化现象，开启了后世如唐传奇及历代小说作家创作以人妖相恋为主题的

---

① （晋）干宝撰，汪绍楹校注：《搜神记》，第100页。
② 杨明照：《抱朴子外篇校笺》（上），中华书局1991年版，第616—618页。

传说故事的大门,对中国古代小说的创作和发展产生了深远的影响。

总而言之,不论是人仙恋,还是人鬼、人妖恋,其中女仙、女鬼、女妖主动接近凡男的行为,都反映了这一时期思想解放对女性的巨大影响。原型批评学派理论大师 N. 弗莱在《批评的解剖》中指出:"就叙述方面而言,神话乃是对以欲望为限度的行动的模仿,这种模仿是以隐喻形式出现的。换言之,神的为所欲为的超人性只是人类欲望的隐喻表现。"N. 弗莱的论述同样适应于凡人,在上述婚恋传说中,除世间男女的婚恋而外,寒门书生与女仙、女鬼、女妖的婚恋传说,都与魏晋时期不合理的婚配制度有关,反映了他们追求理想婚姻的愿望。然而纵观上述凡男与女仙、女鬼、女妖的婚恋传说可以看到,有情人终成眷属的大团圆终究是一个美好的愿望,女仙、女鬼、女妖虽主动追求凡男,但最终却因人为或天意而被拆散。实际上,所有这一切都是封建社会中男女自由结合遭到种种阻挠的曲折反映。

第二节　孝义类人物传说

"孝"是子女善待父母长辈的伦理道德行为的称谓,是中国自古以来的优良传统。《尔雅》解释"孝"为"善事父母",许慎《说文解字》也说:"孝,善事父母者。从老省,从子,子承老也。"早在《尚书·尧典》就有舜以孝道和睦家庭之事,汉代从惠帝开始,逐渐重视"孝"的作用,这从孝惠帝、孝景帝、孝文帝等的称谓即可见一斑。至汉武帝"罢黜百家,独尊儒术"以后,"孝道"正式成为统治者治国教化的根本,并随着历史的发展,逐渐成为汉民族的道德基点和文化心理。也就是从汉代开始,民间开始盛传有关"孝道"的传说故事,本节即以"孝"为中心,对唐前历代有关孝义人物的传说及与之相关的深层文化意蕴作一具体的剖析。

如前所述,在中国,"孝"的传统虽然古已有之,如舜、曾子、专诸等都是先秦时代孝子的典型代表。但唐前的孝义类人物的传说主要集中在两汉魏晋南北朝时期,这一时期的正史如《晋书》《宋书》《南史》《南齐书》等都列有"孝友传"或"孝义传",专载各代具有孝义的人物,这一时期文人编辑整理的笔记小说更是以很大的篇幅记述了许多有孝行人物的传说故事。除此之外,汉墓出土的画像石中也有许多反映孝行的传说故事,其中以舜、董永、丁兰、老莱子、曾子、曹娥等的行孝图最为常见。在元代人郭居敬编辑的"二十四孝"人物中,其中舜、老莱子、鲁义姑、曾参、曹娥、郭巨、董永、王祥、杨香、田真、丁兰、蔡顺、鲍出等绝大多数都是唐前的历史人物,而且以汉魏六朝时人为最多。这也说明,这一时期孝子传说的盛行。可以说,历代文人所撰的《孝子传》体现的是统治阶级的思想和意志,而历代出土的行孝图则是孝道在民间的反映,更是民间思想与信念的"活史"。

纵观唐前的孝义类人物传说可以看到,孝子的自我牺牲精神可以说是他们行孝的最主要的方式。不论是汉魏六朝笔记小说中的记述,还是历代正史中的孝义类人物,有关他们孝行传说一个最突出的特点就是忘我的牺牲精神,如:

> 楚僚早失母,事后母至孝,母患痈肿,形容日悴,僚自徐徐吮之,血出,迫夜即得安寝。乃梦一小儿语母曰:"若得鲤鱼食之,其病即差,可以延寿。不然,不久死矣。"母觉而告僚。时十二月冰冻,僚乃仰天叹泣,脱衣上冰,卧之。有一童子,决僚卧处,冰忽自开,一双鲤鱼跃出。僚将归奉其母,病即愈。寿至一百三十三岁。盖至孝感天神,昭应如此。此与王祥,王延事同。(《搜神记》卷十一)

> 汉董永,千乘人。少偏孤,与父居,肆力田亩,鹿车载自随。父亡,无以葬,乃自卖为奴,以供丧事。主人知其贤,与钱一万,遣之。永行三年丧毕,欲还主人,供其奴职。道逢一妇人,曰:"愿为子妻。"遂与之俱。主人谓永曰:"以钱与君矣。"永曰:"蒙君之惠,父丧收藏,永虽小人,必欲服勤致力,以报厚德。"主曰:"妇人何能?"永曰:"能织。"主曰:"必尔者,但令君妇为我织缣百匹。"于是永妻为主人家织,十日而毕。女出门,谓永曰:"我,天之织女也。缘君至孝,天帝令我助君偿债耳。"语毕,凌空而去,不知所在。(《搜神记》卷一)

总括起来,唐前孝子传说中,孝子的自我牺牲精神主要包括苛刻自己身体的，如王祥卧冰、吴猛咨蚊、庾黔娄尝粪等；为讨父母欢心放弃自己尊严的，如七十岁的老莱子还经常穿上五彩的衣服，逗父母开心；为救父临危不惧的，如杨香扼虎救亲。另外还有木兰替父从军、王裒闻雷泣墓、李密辞官侍祖母等。在一些孝子传说中，为尽孝不惜牺牲自己甚至家庭中其他成员的利益和生命的也大有人在，如：

> 曹娥者，会稽上虞人也。父盱，能弦歌，为巫祝。汉安二年五月五日，于县江溯涛婆娑迎神，溺死，不得尸骸。娥年十四，乃沿江号哭，昼夜不绝声，旬有七日，遂投江而死。至元嘉元年，县长度尚改葬娥于江南道旁，为立碑焉。(《后汉书·列女传》)

> 郭巨，隆虑人也，一云河内温人。兄弟三人，早丧父。礼毕，二弟求分，以钱二千万，二弟各取千万，巨独与母居客舍，夫妇佣赁，以给供养。居有顷，妻产男，巨念与儿妨事亲，一也；老人得食，喜分儿孙，减馔，二也。乃于野凿地，欲埋儿。得石盖，下有黄金一釜，中有丹书，曰："孝子郭巨，黄金一釜，以用赐汝。"于是名振天下。(《搜神记》卷十一)

除此之外，还有丁兰因为妻子不尊重父母的木像怒而休妻等的传说，兹不具述。这些孝子的传说故事就像一面面明亮的大镜子，映射着两汉魏晋时期社会的生活状况，再现了人们的伦理道德观念。无论是养亲敬亲，事死如生的孝亲伦理，还是祭祀尽孝的孝亲伦理，都在这些传说中都得到了充分的体现。

孝子传说除反映孝子可贵的自我牺牲精神之外，也表现了广大民众行孝之人必有好报的朴素的思想观念，同时也是汉代以来儒家"天人感应"思想的反映，如：

> 新兴刘殷，字长盛。七岁丧父，哀毁过礼。服丧三年，未尝见齿。事曾祖母王氏，尝夜梦人谓之曰："西篱下有粟。"寤而掘之，得粟十五钟。铭曰："七年粟百石，以赐孝子刘殷。"自是食之，七岁方尽。及王氏卒，夫妇毁瘠，几至灭性。时柩在殡而西邻失火，风势甚猛，殷夫妇叩殡号哭，火遂灭。后有二白鸠来，巢其庭树。(《搜神记》卷十一)

其他如舜侍后母屡遭陷害，但其孝行为尧及全天下人所称道，尧最终把帝位让给了他；丁兰为母杀人，最终被判无罪释放；董永卖身为奴葬父，孝行感天，天帝派织女来帮他；郭巨埋儿侍母，孝行感天，得黄金一釜；楚僚、王祥孝感天神，从而"冰忽自开，一双鲤鱼跃出"；广陵人盛彦因孝顺而使双目失明的母亲豁然复明以及《南史·孝义传》所载陈遗、王虚之、萧叡明等都是好人有好报的典型传说故事。这种行孝之人必有好报的思想观念，是广大民众的善良愿望和期盼。

还有一些孝义类人物传说，在体现人物孝行感天的同时，也反映了统治阶级草菅人命的残暴，如：

> 汉时，东海孝妇养姑甚谨。姑曰："妇养我勤苦。我已老，何惜余年，久累年少。"遂自缢死。其女告官云："妇杀我母。"官收系之。拷掠毒治，孝妇不堪苦楚，自诬服之。时于公为狱吏，曰："此妇养姑十余年，以孝闻彻，必不杀也。"太守不听。于公争不得理，抱其狱词，哭于府而去。自后郡中枯旱，三年不雨。后太守至，于公曰："孝妇不当死，前太守枉杀之，咎当在此。"太守即时身祭孝妇冢，因表其墓。天立雨，岁大熟。长老传云："孝妇名周青，青将死，车载十丈竹竿，以悬五幡，立誓于众曰：'青若有罪，愿杀，血当顺下；青若枉死，血当逆流。'既行刑已，其血青黄，缘幡竹而上极标，又缘幡而下云。"（《搜神记》卷十一）

这里，东海孝妇的孝行和封建官吏的昏庸形成了鲜明的对比，而孝妇最终也以"青若有罪，愿杀，血当顺下；青若枉死，血当逆流"的誓言向世人昭示了自己的清白。另有一类孝义人物的传说故事，讲母子连心，反映的也是孝感万里的"天人感应"思想，如：

> 曾子从仲尼在楚而心动，辞归，问母。母曰："思尔啮指。"孔子曰："曾参之孝，精感万里。"（《搜神记》卷十一）

> 周畅性仁慈，少至孝，独与母居。每出入，母欲呼之，常自啮其手，畅即觉手痛而至。治中从事未之信。候畅在田，使母啮手，而畅即归。元初二年，为河南尹，时夏大旱，久祷无应；畅收葬洛阳城旁客死骸骨万余，为立义冢，应时澍雨。（《搜神记》卷十一）

上述传说显然有夸张的成分在内，是民间父母与子女连心思想的反映。

对唐前孝义类人物传说的基本内容作出大致的梳理之后，我们发现了一个有趣的现象,那就是这一时期的孝义类人物传说中,行孝之人大多为男性,女性孝子只占其中的一小部分。叶涛《二十四孝初探》① 一文指出,这种现象的出现绝非偶然,在这一现象的背后,隐藏着深刻的社会原因。一方面,中国的封建社会以男性为中心,自古以来,儒家思想对女子"三从四德"的定位,决定了她们即使有孝行也很难得到社会的承认;另一方面,中国古代的传统观念也认为,孝不仅是一种义务,也意味着某种权利。在宗法制度下,男子是一个家族的法定继承人,老一辈人通常是指望儿子养老送终,而女儿则是嫁出去的人,泼出去的水,那是指望不上的。因此,无论是从父、从夫还是从子,在中国的封建社会,女子都没有独立的人格和地位,当然也就很难有作孝子的资格。

在孝义类人物传说中,我们还可以看到,虽然行孝之人多为男性,但他们孝顺的对象却多以母亲为主,父亲只占其中极少的一部分,这又是何原因呢?冯友兰认为,这是对封建社会所提倡的"贤妻良母"的一种补偿,也是妇女"三从"的一种表现。② 实际上,这种现象的出现还有着更为深刻的文化意蕴。正如杜芳琴所说:"中国没有女权、妻权而有母权。中国的传统文化中的数家在'尊母'上取得了共识:道家从道德本体理论尊母重牝,法家从功利实用出发重母,儒家则从伦理道德着眼尊母。"③ 另一方面,也是更为深层的原因就是,自古至今,我国的家庭都是以血缘关系为纽带的,父、母、子构成了传统家庭的情感结构,而母亲则是这一情感结构的重心和稳定所系。在教育子女方面,严父慈母即是中国家庭最普遍的分工方式,一般来说,父亲代表社会来管教子女,纠正他们不合于社会的行为,因此,父亲通常都是板着面孔对待子女的;而母亲则主要从生活上照顾子女,关心他们的饥寒冷暖,且常常站在孩子的立场给他们以慰藉。这样一来,孩子对父母的情感就有了差别,一般家庭的孩子大都有着亲母而疏父的情感倾向,这恐怕就是这一时期孝子传说中多以孝顺母亲为

---

① 《山东大学学报》1996 年第 1 期。
② 冯友兰:《三松堂自序》,生活·读书·新知三联书社 2009 年版,第 16 页。
③ 杜芳琴:《发现妇女的历史——中国妇女史论集》,天津社会科学院出版社 1996 年版,第115 页。

主的真正原因所在。①

　　从以上论述可以看到，唐前的孝义类人物传说在内容上表现出了深刻的社会文化意蕴。而汉魏六朝时期之所以会出现如此多孝义类人物及其传说故事，也有着复杂的社会、宗教方面的原因。笔者认为，首先与这一时期特殊的时代特点及统治者的意志有关。刘邦建立汉王朝之后，总结秦亡的原因及经验教训，发现秦王朝之所以迅速走向灭亡，除秦朝统治者的专制统治之外，最主要的是秦朝社会缺乏一种能够使人们自我约束及相互约束的内在的规范体系。而"孝"作为中国自古以来的优良传统，经过了孔子、曾子、孟子等儒家学派的倡导者发挥、改造，而《孝经》的出现，使儒家孝理论与政治伦理更加紧密地结合在了一起，至此，"孝"成了各种道德实践的基点。汉代统治者正是利用了孝的上述一系列功能，把家族秩序与国家社会秩序结合起来，从而使整个社会秩序化。纵观西汉、东汉，统治者始终把"孝"作为立国治国的根本，汉代的皇帝除刘邦外，都贯有孝的称谓，如孝文帝、孝景帝、孝武帝等。在人才的运用上，汉代统治者更是把"孝"作为选拔、任用的标准。"举孝廉"即是汉代选拔人才的主要途径。这是因为在汉代统治者看来，孝"始于事亲，中于事君，终于立身"②；"夫孝，德之本也，教之所由生也"③。在家尽孝，在国才能尽忠，无孝则无忠，不能事亲也就不能事君，忠是孝的扩大。在封建社会，封建家庭就是封建国家的缩影，封建专制主义在家庭中的表现，就是夫权家长制、长者尊严以及权威至上。皇帝在国，家长在家，都有至高无上的权力。在这一思想的指导下，统治者即利用"孝亲"的自然伦理，来抬高为封建地主阶级服务的"忠君"的社会伦理。在他们看来，"举孝廉"当是最好的选拔任用人才的方法，因此，为能得到统治者的任用，步入官场，人们普遍重视对子女"孝"的教育。在这一社会风气的影响下，社会上出现了许许多多的至孝之人，也流传着很多孝义类人物的传说故事。从两汉时期的许多家规家训也可以看到，很多家庭都把孝子孝亲与教子事君作为

---

①　引自叶涛《二十四孝初探》，《山东大学学报》1996 年第 1 期。

②　李学勤主编，十三经注疏标点本：《孝经注疏》，北京大学出版社 1999 年版，第 4 页。

③　李学勤主编，十三经注疏标点本：《孝经注疏》，第 3 页。

首要的道德规范，用以约束家庭的全体成员。

与汉代社会把"孝"作为各种道德实践的基点以约束广大民众行为规范的说法不同，魏晋南北朝时期则更加重视"孝"的作用，甚至提倡"以孝治天下"。这是因为魏晋南北朝是一个朝代频繁更替的历史时期，各朝的统治者往往是前代的大臣，因此，提倡以忠治天下是万万不行的，故而倡导以孝治天下。鲁迅先生在《魏晋风度及文章与药及酒之关系》一文中对此有独到的论述，他说："魏晋，是以孝治天下的，不孝，故不能不杀。为什么要以孝治天下呢？因为天位从禅让、即巧取豪夺而来，若主张以忠治天下，他们的立脚点便不稳，办事便棘手，立论也难了，所以一定要以孝治天下。"曹丕逼迫汉献帝让位；司马师以"无复母子恩"为由，逼太后下诏，以不孝的罪名废了齐王曹芳而登上皇帝的宝座等都是巧取豪夺的结果。而这一时代的很多与统治者不合作的前代大臣，也都被扣上不孝的罪名而被杀，竹林七贤之一的嵇康，因为他的朋友吕安被诬为"不孝"而受株连，被司马昭杀害。鲁迅先生曾一针见血地指出，这一"罪案和曹操杀孔融差不多"[①]。在这一时代风气的影响下，孝义类人物及传说广泛地流传在社会的各个阶层。

其次，笔者以为，汉魏六朝孝义类传说的盛行也与汉末魏晋时期佛道二教的盛行有关。作为中国的本土宗教，道教在成立之初就非常重视对孝道的宣传，特别是神仙道教盛行之后，至孝也成了得道成仙的一个重要的条件，如董永就因为至孝而得到了神女的帮助。因此统治者正是利用了世人多醉心于仙道，希望有朝一日荣升仙界的行为和心理，把孝道抬高到天理的高度，鼓吹凡是尽孝之人必得神仙帮助的思想。道教之外，佛教在传入中国之初，为了站稳脚跟，佛教徒也大肆宣扬孝道。许多汉译的佛经中就引入了许多中土孝子的传说故事，如《佛说父母恩重经》中就引入了古代中国传说中的孝子丁兰、董黯、郭巨等人孝敬父母的传说故事，宣说父母孕育之恩当报。在如何尽孝道的问题上，该经又以佛徒的眼光宣扬应把尽世俗孝道与献身佛道结合起来。除此之外，还有许多佛经也引入了不少这类孝义人物的传说故事，不再一一列举。这反映了佛教初入中土之时，

---

① 鲁迅：《魏晋风度及其他》，上海古籍出版社 2000 年版，第 194 页。

佛教徒针对中土"佛教有违孝道"的指责而在思想及行动上对中国传统儒家观念的依附。因此，汉末魏晋南北朝时期佛道二教对孝行的宣传也是这一时期孝义类人物传说盛行的一个原因。

综上所述，孝义类人物传说在汉魏六朝时期的盛行有着极其复杂的社会及宗教因素，但最根本的原因仍是统治阶级意志的体现，其实质是为巩固封建统治、忠于封建君主、维持封建宗法秩序而服务。

第三节　其他世俗类人物传说

唐前流传的世俗类人物传说除婚恋与孝义两类之外，还有民间流传的一些聪慧、机智、勇敢等人物的传说故事，人变异物的传说以及凡人遇男仙的传说故事。之所以把后两类传说也列在世俗类人物传说之下，是因为透过这两类传说，可以发现传说反映的仍是世俗社会中广大民众的理想愿望以及他们对封建礼教、封建宗法制度等的一种间接的批判与揭露。

一、反映世俗人物聪慧果敢的传说

这类传说故事中的人物，都是世俗社会的普通民众，有的甚至家庭贫困，但他们以自己的机智勇敢换取了一方百姓的平安，因此有关他们降妖除怪的传说故事在民间广为流传。如：

《风俗通》曰："秦昭王使李冰为蜀守，开成都两江，溉田万顷。江神岁取童女二人为妇，冰以其女与神为婚，径至神祠劝神酒，酒杯恒澹澹，冰厉声以责之，因忽不见。良久，有两牛斗于江岸旁。有间，冰还，流汗谓官属曰：'吾斗大亟，当相助也。南向腰中正白者，我绶也。'主簿刺杀北面者，江神遂死。蜀人慕其气决。凡壮健者因名冰儿也。"（《水经注》卷三十三引）

东越闽中有庸岭，高数十里，其西北隙中有大蛇，长七八丈，大十余围，土俗常惧。东治都尉及属城长吏多有死者。祭以牛羊，故不得祸。或与人梦，或下谕巫祝，欲得啖童女年十二三者。都尉令长，并共患之，然气厉不息。共请求人家生婢子，兼有罪家女养之。至八月朝祭,送蛇穴口,蛇出吞啮之。累年如此,已用九女。尔时预复募索,未得其女。将乐县李诞家有六女,无男。其小女名寄,应募欲行。父母不听。寄曰:"父母无相,惟生六女,无有一男。虽有如无。女无缇萦济父母之功,既不能供养,徒费衣食,生无所益,不如早死。卖寄之身,可得少钱,以供父母,岂不善耶?"父母慈怜,终不听去。寄自潜行,不可禁止。寄乃告请好剑及咋蛇犬。至八月朝,便诣庙中坐,怀剑将犬,先将数石米糍,用蜜麨灌之,以置穴口。蛇便出。头大如囷,目如二尺镜,闻糍香气,先啖食之。寄便放犬,犬就啮咋,寄从后斫得数创,疮痛急,蛇因踊出,至庭而死。寄入视穴,得其九女髑髅,悉举出,咤言曰: "汝曹怯弱,为蛇所食,甚可哀愍。"于是寄女缓步而归。越王闻之,聘寄女为后,指其父为将乐令,母及姊皆有赏赐。自是东治无复妖邪之物。其歌谣至今存焉。(《搜神记》卷十九)

可以看到,这些世俗人物传说的一个共同特点就是机智勇敢。不论是杀死江神的李冰、九岁斩蛇的李寄还是杀虎斩蛟的周处,都是广大民众理想中的英雄形象,也反映了在深受狼虫虎豹危害的年代,人们对降妖斩魔的人民英雄的渴望。

还有一些民间流传的世俗人物传说表现的是人与异类的斗智斗勇,如:

南阳宋定伯,年少时,夜行逢鬼。问之,鬼言:"我是鬼。"鬼问:"汝复谁?"定伯诳之,言:"我亦鬼。"鬼问:"欲至何所?"答曰:"欲至宛市。"鬼言:"我亦欲至宛市。"遂行数里,鬼言:"步行太迟,可共递相担,何如?"定伯曰:"大善。"鬼便先担定伯数里。鬼言:"卿太重,将非鬼也?"定伯言:"我新鬼,故身重耳。"定伯因复担鬼,鬼略无重。如是再三。定伯复言:"我新鬼,不知有何所畏忌?"鬼答言:"惟不喜人唾。"于是共行。道遇水,定伯令鬼先渡,听之,了然无声音。定伯自渡,漕漼作声。鬼复言:"何以有声?"定伯曰:"新死,不习渡水故耳。勿怪吾也。"行欲至宛市,定伯便担鬼着肩上,急执之。鬼大呼,声咋咋然,索下。不复听之。径至宛市中,下着地,化为一羊,便卖之。恐其变化,唾之,得钱千五百乃

去。当时石崇有言："定伯卖鬼，得钱千五。"（《搜神记》卷十六）

　　王瑶，宋大明三年，在都病亡，瑶亡后，有一鬼细长黑色，袒著
犊鼻裈，恒来其家，或歌啸，或学人语，常以粪秽投人食中。又于东
邻庾家，犯触人，不异王家时。庾语鬼："以土石投我，□非所畏，
若以钱见掷，此真见困。"鬼便以新钱数十，正掷庾额。庾复言："新
钱不能令痛，唯畏乌钱耳！"鬼以乌钱掷之，前后六七过，合得百余
钱。（《述异记》）

这里，被卖的鬼和投钱的鬼都是人类捉弄的对象，在与人类斗智斗勇的过
程中明显处于下风。所有这些都反映了人的聪明机智和鬼的愚蠢。除此之
外，还有一些传说体现了为人所害、蒙受冤屈的中下层人民的悲惨遭遇，
如《搜神记》卷十六的"苏娥"传说，讲的就是在丈夫死后，她和婢女在
去旁县卖缯的路上，被亭长杀害的故事，揭露了封建官吏为虎作伥，草菅
人命的暴行。故事的最后，苏娥的鬼魂向明使君何敞报屈，严惩了犯罪分
子，自己的冤屈也终得昭雪。而这些也只是广大受压迫民众善良愿望的体
现，何敞也只是他们心目中理想的清明官吏。汉魏六朝的笔记小说中，这
种类型的传说还有很多，不再一一列举。

二、人变异物传说

　　王立认为"人化异物，实际上留存着图腾崇拜的远古遗音"①。早在先
秦时代，即不乏人化异物的神话和传说。《山海经·海内经》"鲧腹生禹"
句下郭璞注引《开筮》曰："鲧死三岁不腐，剖之以吴刀，化为黄龙。"
又，《国语·晋语》亦曰："昔者鲧违帝命，殛之于羽山，化为黄龙，以入
于羽渊。"除此而外，先秦及汉魏六朝的很多典籍都记有鲧化异物的神话。
鲧之外，还有许多神话人物也都有曾化为异物的记载，如禹化熊、涂山氏
化石等。神话中人化异物的记述直接影响了后代的传说故事，《左传·庄
公八年》就载有公子彭生化豕的传说，两汉魏晋南北朝时期人化异物的传
说更加广泛地在民间流传，这一时期的志怪小说更是以很大的篇幅记载了

---

　　① 王立：《古小说"人化异物"模式与本土变形观念的形成》，《西南师范大学学报》2002
年第1期。

形形色色人化异物的传说故事。而这类传说的广泛传播，有着极其复杂的社会、宗教原因。纵观唐前的人化异物类传说，可以看到，主要反映了以下几个方面的内容：

首先，人化异物传说大多表现了广大民众对封建统治者及其统治下的封建礼教、宗法制度、腐朽政治等的揭露与批判。一些人化异物的传说反映了受害者强烈的复仇思想。如：

> 冬十二月，襄公游姑棼，遂猎沛丘，见彘，从者曰："彭生。"公怒，射之，豕人立而啼。公惧，坠车伤足，失屦。（《左传·庄公八年》）

> （汉高后吕雉七年）三月中，吕后祓，还过轵道，见物如苍犬，据高后掖，忽弗复见。卜之，云赵王如意为祟。高后遂病掖伤。（《史记·吕太后本纪》）

可以看到，正是由于对手太强大，弱者才不得不化为异物进行报复，这类人化异物的传说反映了封建统治者凶残的本性。另有一些人化异物的传说则反映了广大民众对受害者的美好祝愿，体现了他们的善良愿望。如前述韩凭夫妇传说中，为情而死的韩凭夫妇最终化为了两只鸳鸯，常相厮守。在这一传说中，交颈悲鸣的鸳鸯向世人诉说着自己的冤情，也是对迫害他们的封建帝王的血泪控诉。除此之外，刘兰芝、焦仲卿传说中化为鸳鸯的焦仲卿和刘兰芝以及梁山伯与祝英台传说中化为蝴蝶的梁山伯与祝英台，都是对封建家长制及封建宗法制社会的揭露和批判。所有这些传说故事也是广大民众善良愿望的体现。还有一些人化异物的传说则是对封建社会官吏坑害老百姓的丑恶本性的揭露：

> 太元元年，江夏郡安陆县薛道询，年二十二，少来了了，忽得时行病，差后发狂，百治救不瘥。乃服散狂走，犹多剧，忽失踪迹，遂变作虎，食人不可复数。后有一女子，树下采桑，虎往取食之。食竟，乃藏其钗钏著山石间。后还作人，皆知取之。经一年还家，复为人。遂出都仕官，为殿中令史。夜共人语，忽道天地变怪之事。道询自云："吾昔曾得病发狂，化作虎，啖人一年。"中兼道其处所姓名。其同坐人，或有食其父子兄弟者，于是号哭，捉以付官，遂饿死建康狱中。（《齐谐记》）

> 汉宣城太守封邵忽化为虎，食郡民，民呼曰封使君，因去不复

来。时语曰："无作封使君，生不治民死食民。"（祖冲之《述异记》）前一则传说中化虎食人一年而后做官的薛道询，就是封建官吏鱼肉人民的真实写照。后一则传说中，"生不治民死食民"一句就更一针见血地揭示了封建官吏吃人的本质。此外，一些人变异物的传说也揭露和批判了封建社会迫使广大民众夫妻分离的严酷的劳役、兵役制度，如：

> 昔战国时，魏国苦秦之难。尝有民从征戍秦，久不返，妻思而卒。既而冢上生木，枝叶皆向夫所在而倾，因谓之相思木。（任昉《述异记》）

其次，还有一部分人变异物的传说反映了佛教因果报应、六道轮回的思想，如：

> 昔番阳郡安乐县有人姓彭，世以捕射为业。儿随父入山，父忽蹶然倒地，乃变成白鹿。儿悲号追，鹿超然远逝，遂失所在。儿于是不捉弓终身。至孙，复学射。忽得一白鹿，乃于鹿角间得道家七星符，并有其祖姓名，年月分明。视之愧悔，乃烧去弧矢。（《列异传》）

> 晋义熙四年，东阳郡太末县吴道宗，少失父，单与母居，未有妇儿。宗赁不在家，邻人闻其屋中碰磕之声，窥不见其母，但有乌斑虎在其屋中。乡里惊恒，恐虎入其家食其母，便鸣鼓会人，共往救之。围宅突进，不见有虎，但见其母，语如平常，不解此意。儿还，母语之曰："宿罪见谴，当有变化事。"后一月日，便失其母。县界内虎灾屡起，皆云母乌斑虎。百姓患之，发人格击之，杀数人；后人射虎中膺，并戟刺中其腹，然不能即得。经数日后，虎还其家故床上，不能复人形，伏床上而死。其儿号泣，如葬其母法，朝冥哭临之。（《齐谐记》）

> 南康营民任考之，伐船材，忽见大社树上有猴怀孕，考之便登木逐猴，腾赴如飞。树既孤迥，下又有人，猴知不脱，因以左手抱树枝，右手抚腹。考之禽得，摇摆地杀之，割其腹，有一子，形状垂产。是夜梦见一人称神，以杀猴责让之。后考之病经旬，初如狂，因渐化为虎，毛爪悉生，音声亦变，遂逸走入山，永失踪迹。（祖冲之《述异记》）

除此之外，《搜神记》卷十四的"女化蚕"、《异苑》"神罚作虎""黄秀变熊"等传说故事也都反映了佛教因果报应的思想，"女化蚕"传说更是以传说的形式解释了蚕的由来，体现了广大民众丰富的想象力，也属于物产传说的范畴。

最后，还有一些人化异物的传说，纯属传闻，没有什么意义可言，如：

> 汉灵帝时，江夏黄氏之母浴盘水中，久而不起，变为鼋矣。婢惊走告。比家人来，鼋转入深渊。其后时时出见。初浴簪一银钗，犹在其首。于是黄氏累世不敢食鼋肉。（《搜神记》卷十四）

> 吴孙皓宝鼎元年六月晦，丹阳宣骞母，年八十矣，亦因洗浴化为鼋，其状如黄氏。骞兄弟四人闭户卫之，掘堂上作大坎，泻水其中。鼋入坎游戏。一二日间，恒延颈外望，伺户小开，便轮转自跃，入于深渊。遂不复还。（《搜神记》卷十四）

上述几则都是母变鼋或鳖的传说，似是当时民间流传的趣闻逸事。这类传说汉代既有，《续汉书·五行志》就载有灵帝时江夏黄氏之母，浴而化为鼋，入于深渊的传说故事。魏晋南北朝时期，除《搜神记》外，《宋书·五行志五》《晋书·五行志下》等也载有此类故事，由此可见流传之广。

至于人化异物传说在这一历史时期盛行的原因，笔者以为，主要有以下几个方面：第一，与唐前流传的圣人及帝王的感生传说有关。关于帝王的感生传说前文已有论述，故此不再详论。这里要说的是这类感生传说对人变异物传说的影响。众所周知，圣人及帝王的感生传说中，圣人及帝王多为神异之物所化，如伏羲、刘邦是感龙而生，刘彻乃赤螭所变，而李雄兄弟又是双虹所化等。既然上述这些动物（古人认为，虹也是动物，为双头之龙）可以变化为人，那么，人化为动物也就完全在情理之中了。笔者以为正是由于统治者编造的这些感生传说，才激发了广大民众的创造力，从而创造出了一大批人化异物的传说故事。

第二，西域幻化之术的影响。佛教初入中土之时，为立稳脚跟，佛教徒便从各个方面依附中国传统文化，而西域的幻化之术就是他们依附中国传统方术之学的一个重要的方面。在魏晋时期的志怪小说中随处可见外国道人神奇的幻化之术，如《拾遗记》卷二、卷四就分别记载了西域僧人"能吐云喷火，鼓腹则如雷霆之声。或化为犀、象、狮子、龙、蛇、犬、马之状。或变为虎、兕，口中生人，备百戏之乐，宛转屈曲于指掌间"的神奇幻化之术。

《搜神记》卷二"天竺道人"的传说也属此类。因此,笔者认为,西域幻化之术的影响也是魏晋时期人变异物传说盛行的一个原因。

第三,佛教因果报应、生死轮回观念的影响。魏晋南北朝时期佛教盛行,特别是佛教因果报应以及生死轮回的观念更加地深入人心。人们普遍相信善有善报、恶有恶报的传统思想。在佛教思想中,因果报应与生死轮回是紧密联系在一起的,佛教徒认为,一生行善的人,来生仍然为人,并且享有荣华富贵,但一生作恶的人,来生就会变为动物,甚至是任人宰割的动物。如上述《列异传》"彭父变鹿"及《异苑》"黄秀变熊"的传说就是佛教因果报应思想最好的体现。而《齐谐记》中"吴道宗母变虎"的传说则是佛教生死轮回观念的体现。由此看来,佛教思想的影响则是人变异物传说在魏晋南北朝盛行的又一原因。

第四,是广大民众借以批判现实的一种特殊的方式。如前文所述,魏晋南北朝是中国历史上最混乱最黑暗的时期,战争连绵,朝代更替频繁,广大民众妻离子散、家破人亡,生活在水深火热之中。人们对这样的社会现实极为不满,但他们又不敢直接站出来批判造成人民生活困窘的上层社会的统治者,因此只好采取隐晦的形式发泄心中的愤懑。如"望夫石"传说、"吏变虎"传说等即是,前者揭露了兵役制度给人民带来的痛苦,后者则鞭挞了封建官吏吃人的本质。因此,采取隐晦的形式间接暴露和批判对现世社会的不满也是人变异物传说流行的一个重要原因。

综上所述,唐前人化异物传说的盛行是旧有神话传说、佛教等宗教、社会因素共同作用的结果,它极大地拓展了人们的想象空间。人化异物传说的流传往往给现世社会的固有秩序和价值带来新的巨大的冲击,对封建礼教、宗法制度、腐朽政治等有一种间接的暴露和批判。

值得注意的是,除上述两类世俗人物的传说之外,凡人遇仙传说也属于世俗类人物传说的范畴,在婚恋类人物传说中,我们已经讨论了凡男遇女仙的传说,除此之外还有凡男遇男仙的传说故事。与前述凡男遇女仙传说所表现出来的儿女情长不同,凡男遇男仙几乎都是对道教教术的宣传,反映了世间凡夫俗子对长生不老之术及仙界生活的向往。如《神仙传》中"皇初平""吕恭""乐子长"等就是凡男在仙人指导下成仙的传说故事,不再详述。

第五章　地方风物传说

地方风物传说就是指对地方、动植物、物产等名称由来的传说以及民间风俗由来传说的总称。与前所论人物类传说不同，研究传说的学人也把这类传说称为解释性传说。这是因为"这类传说对实物实事的解释，并不是科学的，而是艺术的。通过种种解释，反映的并不是对这些事物本质的科学认识，而是故事创造者的世界观、人生观、思想情绪、社会的或道德的理想等等"①。

第一节　地方传说

唐前的地方风物传说中，以地方传说为最多也最著名。中原大地人杰地灵，勤劳勇敢的各族人民在长期的生活过程中，就他们身边的山川河流，编织出了一个个美丽迷人的传说故事。

女性历来被认为是美的化身，因此唐前的地方传说中，聪明的劳动人民把许多的山、水、峡，甚至一些石头名称的由来与女性联系在了一起，如：

> 有思妇常登山望夫，山木为之枯槁，因名山为女观。(《水经注》)
> 中宿县有贞女峡。峡西岸水际有石，如人形，状似女子。是曰"贞女"。父老相传：秦世有女数人，取螺于此，遇风雨昼昏，而一女化为此石。(《搜神后记》卷一)
> 临城县南四十里有盖山，百许步有姑舒泉。昔有舒女，与父析薪

_____
① 程蔷：《中国民间传说》，第121页。

于此泉。女因坐，牵挽不动。乃还告家。比还，唯见清泉湛然。女母曰："吾女好音乐。"乃作弦歌，泉涌洄流，有朱鲤一双，今人作乐嬉戏，泉故涌出。（《搜神后记》卷一）

鄱阳西有望夫冈。昔县人陈明与梅氏为婚，未成而妖魅诈迎妇去。明诣卜者，决云："行西北五十里求之。"明如言，见一大穴，深邃无底。以绳悬入，遂得其妇。乃令妇先出，而明所将邻人秦文，遂不取明。其妇乃自誓执志，登此冈首而望其夫，因以名焉。（《搜神记》卷十一）

在上述地方传说中，或反映了魏晋南北朝时期连年的战争、繁重的徭役给普通百姓造成的深重灾难，如"望夫石"和"女观山"；或反映了夫妻之间矢志不渝的爱情；或通过一位喜爱音乐的女子，把弦歌音乐之美与清泉的奔涌之声交融在一起，泉的由来和命名由此得到了完美的解释。除此之外，"贞山"（任昉《述异记》）、"妒女泉"（任昉《述异记》）、"玉女房"（任昉《述异记》）、"香水"（任昉《述异记》）、"脂粉塘"（任昉《述异记》）等地方传说也都与女性有联系。

也有些地方传说与历史人物、道教神仙等有关，如：

长沙罗县有屈原自投之川，山明水净，异于常处。民为立庙在汨潭之西，岸侧盘石马迹尚存。相传云：原投川之日，乘白骥而来。（《异苑》卷一）

黄帝采首山之铜，铸鼎于荆山之下。有龙垂胡于鼎，黄帝登龙，从登者七十人，遂升于天，故名其地为鼎湖。（《水经注异闻录》）

饶州，俗传轩辕氏铸镜于湖边，今有轩辕磨镜石，石上常洁，不生蔓草。（任昉《述异记》）

这些与历史人物传说有关的地方名称的由来，反映了广大民众对历史人物的怀念，而与仙人传说有关的地方名称的由来则是神仙道教思想盛行的魏晋南北朝时期，世人普遍希求长生不老之术心理的体现。其他如"许度岩"（《晋书》）、"钓矶山"（《异苑》）、"金牛穴"（任昉《述异记》）、"公主山"（任昉《述异记》）、"望乡台"（任昉《述异记》）等地名都来源于历史人物或仙人的传说故事，其中"公主山""望乡台"地名的由来，反映了动乱时期，身为帝王之女的公主们的悲惨遭遇。而"公主山"中公主的最终成仙，也只是广大民众善良愿望的体现。另有一些地方传说也与动物有着这样那样的关联：

秦惠王二十七年，使张仪筑成都城，屡颓。忽有大龟浮于江，至东子城东南隅而毙。仪以问巫。巫曰："依龟筑之。"便就。故名龟化城。（《搜神记》卷十三）

螺亭在南康郡。昔有一女，采螺为业。曾宿此亭，夜闻空中风雨声，乃见众螺张口而至，便乱唉其肉。明日惟有骨存焉，故号此亭为螺亭。（任昉《述异记》）

永嘉郡有百簿濑，郡人断水捕鱼，宰生祷祭，以祈多获。逾时，了无所得，众侣忿怨，弃业将罢。其夕，并梦见一老公云："诸君且可小停，要思其宜。"夜忽闻有跳跃声，惊起共看，乃是大鱼，刬以为脍，顿获百簿，故因以"百簿"名濑。（《异苑》卷一）

除此之外，"马邑城"（《搜神记》）、"驻马塘"（任昉《述异记》）、"马泽"（任昉《述异记》）、"飞鱼径"（《异苑》）、"侯马亭"（《水经注》）、"天马径"（《水经注》）、"石鸡山"（《幽明录》）、"白鹤山"（《会稽记》）、"铜牛山"（《会稽记》）、"虹塘"（《搜神后记》）等地方传说的由来，也与动物有关。

特别值得注意的是，还有一些地方传说则与特定历史时期大的时代背景相关联，反映了这一时期广大民众的共同愿望和理想。魏晋时代盛行的"桃花源"传说就是这类传说的代表。"桃花源"是陶渊明在《搜神后记》卷一"桃花源"条中记述的"一个与世隔绝，有良田美池桑竹、人人怡然自乐的桃源异境"。同书的"剡县赤城"条，《幽明录》中的"黄原"条、"刘晨、阮肇"条等也属于同类传说。可以看出这类故事中的世间凡人都是通过洞穴进入仙界的，他们在洞穴之中都看到了异于现实社会的神奇仙境。而流传于同一时期以及稍晚的另一类"洞窟"传说则已经脱离了神仙道教的思想，而有了新的发展，如：

元嘉初，武溪蛮人射鹿，逐入石穴，才容人。蛮人入穴，见其旁有梯，因上梯，豁然开朗，桑果蔚然，行人翱翔，亦不以怪。此蛮于路斫树为记，其后茫然，无复仿佛。（《异苑》卷一）

武陵源在吴中山，无他木，尽生桃李，俗呼为桃李源。源上有石

洞，洞中有乳水。世传秦末丧乱，吴中人于此避难，食桃李实者皆得仙。（任昉《述异记》）

上述故事中，无论是武溪蛮人所到之处，还是吴中人避难的地方，都是在洞穴之内，这是道教"仙窟异境"传说最基本的要素，但除此之外，这些传说没有了"仙窟异境"传说中的"仙人"，代之出现在洞穴之中的是普通的平民百姓如吴中避难之人等，显然这类传说是对道教"洞天仙界"传说的发展。陶渊明在他的《搜神后记》卷一中记载的几条传说则更增加了现实的成分：

> 荥阳人姓何，忘其名，有名闻士也。荆州辟为别驾，不就，隐遁养志。常至田舍，人收获在场上。忽有一人，长丈余，萧疏单衣，角巾，来诣之。翩翩举其两手，并舞而来，语何云："君曾见《韶舞》不？此是《韶舞》。"且舞且去。何寻逐，径向一山，山有穴，才容一人。其人命入穴，何亦随之入。初甚急，前辄闲旷，便失人，见有良田数十顷。何遂垦作，以为世业。子孙至今赖之。（"韶舞"）

> 长沙醴陵县有小水，有二人乘船取樵，见岸下土穴中水逐流出，有新斫木片逐流下，深山中有人迹，异之。乃相谓曰："可试如水中看何由尔。"一人便以笠自障，入穴，穴才容人。行数十步，便开明朗然，不异世间。（"穴中人世"）

可以看到，"韶舞"条和"穴中人世"条都描述了"洞穴"中的另一世界，其中"韶舞"条中有关荥阳姓何之人在发现洞穴之中的数十顷良田之后，"遂垦作，以为世业。子孙至今赖之"的描述，表现的已经是普通人的现实生活。和"桃花源"条一样，"穴中人世"条和"韶舞"条也都是在洞穴之中被发现的，但除此之外，所述内容已经完全脱尽了道教"仙窟异境"传说的神异。

通过对当时盛行的"桃花源"传说的对比研究发现，虽然陶渊明是较早记录"桃花源"传说的人，但这一时期其他笔记小说中记录的"桃花源"传说却并非都源自陶渊明《桃花源记》及其《搜神后记》的记述。唐长孺先生将陶渊明的《桃花源记》与刘敬叔《异苑》中的记述进行比较后认为：

> 陶渊明卒于元嘉四年（四二七年），大约五十余岁。刘敬叔与陶

渊明同时而略晚。他当然能够看到陶渊明的作品,然而这一段却不像是"桃花源记"的复写或改写,倒像更原始的传说。我们认为陶、刘二人各据所闻的故事而写述,其中心内容相同,而传闻异辞,也可以有出入。敬叔似乎没有添上什么,而陶渊明却以之寄托自己的理想,并加以艺术上的加工,其作品的价值就不可同日而语了。[①]

由此看来,《异苑》、任昉《述异记》和《幽明录》中记述的"桃花源"传说也或另有所源。实际上,"桃花源"传说在当时的流传非常广泛,除上述所引之外,还有很多的异文,如:

鹿山有穴。昔宋元嘉初,武陵溪蛮人射鹿,逐入一石穴,穴方可容人。蛮人入穴,见有梯在其旁,因上梯,豁然开朗,森果蔚然,行人翱翔,不似戎境。此蛮乃劈树记之,其后寻之,莫知所处。(《太平御览》卷五十四《地部十九·穴》引南朝黄闵《武陵记》)

宋元嘉九年,有樵人于山左见群鹿,引弓将射之。有一麈所趋险绝,进入石穴,行数十步,则豁然平博,邑屋连接,阡陌周通,问是何所?有人答曰小"成都"。后更往寻之,不知所在。(《太平寰宇记》卷七十三《彭州·九陇县》"白鹿山"条引《周地图记》)

"桃花源"传说之所以在魏晋时期盛行的原因,目前学界主要有以下几种观点:第一,学者普遍认为,西晋末年以来,为避战乱,人们大量屯聚堡坞的生活是"桃花源"传说盛行的最根本的原因,也反映了战乱时代广大民众对自由幸福生活的向往。有关"坞"的记载,最早见于西汉时期的汉简。汉简之外,"在《后汉书》以前的史籍中均无'坞'的记载,有之则自该书《酷吏列传》开始。现由居延汉简中的边塞制度可以推知,至迟在西汉昭帝始元三年时(公元前84年),西北边塞上已经有坞的存在了"[②]。由此推断,西汉时期的"坞"实际上是当时边塞的一种军事防御设施。东汉时期人们对"坞"有了明确的解释,许慎在《说文解字》中这样解释"邬("邬"通"坞")":"小障也,一曰庳城也。"服虔《通俗文》则曰:"营居为坞。"《埤苍》亦曰:"小障曰坞。"又,《后汉书·马援列传》"缮

---

① 唐长孺:《魏晋南北朝史论丛续编》,生活·读书·新知三联书店1959年版,第165页。
② [韩]具圣姬:《两汉魏晋南北朝的坞壁》,民族出版社2004年版,第8页。

城郭,起坞候"句下注引《字林》也说:"坞小障也,一曰小城。""坞堡"由边塞的军事防御设施变成动乱时期老百姓用以自保的屏障,开始于王莽末年。这一时期北方地区发生饥荒,驻守在边境的军队因为没有军需粮草而发动叛乱,接着各地盗贼纷起,整个社会陷入了混乱动荡的局面,北方的一些豪右大姓为了自保,纷纷建造坞壁营堡,如:

> 时赵、魏豪右往往屯聚,清河大姓赵纲遂于县界起坞堡,缮甲兵,为在所害。(《后汉书·酷吏列传》)

> 是时,卢芳与匈奴、乌桓连兵,寇盗尤数,缘边愁苦。诏霸将弛刑徒六千余人,与杜茂治飞狐道,堆石布土,筑起亭障,自代至平城三百余里。(《后汉书·铫期王霸祭遵列传》)

从东汉末年至两晋时期,战争连绵不断,老百姓生活朝不保夕,豪门大族为保护自己及亲族的生命财产而修建"坞堡"的情况越来越普遍,如:

> 恕遂去京师,营宜阳一泉坞,因其垒堑之固,大小家焉。(《三国志·魏书·杜恕传》注引《杜氏新书》)

> 汉末,聚少年及宗族数千家,共坚壁以御寇。(《三国志·魏书·许褚传》)

> 永嘉之乱,百姓流亡,所在屯聚。峻纠合得数千家,结垒于本县。于时豪杰所在屯聚,而峻最强。(《晋书·苏峻传》)

由上述几例可以看到,除在居住地修建坞堡以自保之外,为避战乱,一些豪门大族还率领宗族乡党迁徙到乱兵盗贼不容易出入的地方,修建坞堡以自保。对此,陈寅恪曾做过详细的论述,他说:"北方的战乱和胡族统治者的徙民,对于各族来说,都是一种灾难。汉人能走的都走了,不能远离本土迁至他乡的,则大抵纠合宗族乡党,屯聚堡坞,据险自守,以避戎狄寇盗之难。"[1] 他发现"凡屯聚坞堡而欲久支岁月的,最理想的地方,是既险阻而又可以耕种、有水泉灌溉之地。能具备这二个条件的,必为山顶平原及有溪涧水源之处。因此,当时迁到山势险峻的地方去避难的人,亦复不少。盖非此不足以阻胡马的陵轶,盗贼的寇抄"[2]。可以看到,西晋末年

---

[1] 万绳楠整理:《陈寅恪魏晋南北朝史讲演录》,黄山书社1987年版,第135页。

[2] 万绳楠整理:《陈寅恪魏晋南北朝史讲演录》,第136—137页。

人们为避战乱屯聚坞堡的生活与"桃花源"传说中为逃避战乱，"率妻子邑人来此绝境，不复出焉，遂与外人间隔"的桃花源人的生活是何等相似！因此，陈寅恪先生说，"桃花源"传说实际上"是西晋末年以来坞垒生活的真实写照"①。

第二，也有学者认为，"桃花源"传说大量地出现在东晋南北朝时期，也是受外来文化冲击的结果。王青说：

> 宇宙中存在众多世界的观念来自于印度是毋庸置疑的。在印度人的宇宙观中，宇宙有无数世界，每个世界都含有月亮、太阳、须弥山、四大洲、四大洋、四大天王和七重天。一千个这样的世界构成一小千世界，一千个小千世界构成二千中千世界。一千个二千中千世界构成三千大千世界。道教首先接受这种观念，作为公元四世纪兴起的神仙道教普世化运动的主要内容之一，道教徒们模仿印度的理论创造了所谓三十六洞天。以使成仙的途径更直接、更简易。……在魏晋南北朝的异境小说中，无论到达的神仙境界如何奇异，但它毕竟是与世俗社会共属一个空间的。无论是《拾遗记》所载的洞庭灵洞，还是《搜神后记》中袁相根硕探访的剡县赤城，《幽明录》中刘晨阮肇所到之天台仙境，都与世俗社会同属一个日月世界。但在唐以后的小说中，就很明确地提出彼岸世界的重要特点是"乃别一天地日月世界"，也就是一个完全独立的宇宙空间。②

正因为"桃花源"传说中的世界与世俗社会同属一个日月世界，完全符合印度人宇宙中存在众多世界的观念，所以王青认为"桃花源"传说在魏晋南北朝时期的兴盛应该与外来文化的冲击有关。

笔者以为，陶渊明之所以描绘出这样一个乌托邦式的理想社会，一方面是受老子"小国寡民"思想的影响，另一方面也与他长期农村生活的真切体验有关。有关老子"小国寡民"思想对陶渊明的影响，下文将作专门论述，此处就陶渊明长期农村生活的真切体验对"桃花源"传说来源的影响作一概论。众所周知，陶渊明归隐后生活在农村，农村美丽的景象、淳

---

① 万绳楠整理：《陈寅恪魏晋南北朝史讲演录》，第136—137页。
② 王青：《西域文化影响下的中古小说》，第145页。

朴的民风以及和谐的人际关系在他的诗中都多有体现。在《归园田居》其一中陶渊明描述了一个和谐、美丽的农村田园风光："方宅十余亩，草屋八九间。榆柳荫后檐，桃李罗堂前。暧暧远人村，依依墟里烟。狗吠深巷中，鸡鸣桑树颠。户庭无尘杂，虚室有余闲。"他的《桃花源诗》中所表现的更是一派日出而作日落而息的安宁、幸福、美好的农村生活画卷："相命肆农耕，日入从所憩。桑竹垂余荫，菽稷随时艺。春蚕收长丝，秋熟靡王税。荒路暧交通，鸡犬互鸣吠。俎豆犹古法，衣裳无新制。童孺纵行歌，斑白欢游诣。"《归园田居》其三则是他归隐田园后劳动时愉悦心情的体现："种豆南山下，草盛豆苗稀。晨兴理荒秽，带月荷锄归。道狭草木长，夕露沾我衣。衣沾不足惜，但使愿无违。"可以看到，土地、草房、榆柳、桃李、村庄、炊烟、狗吠、鸡鸣、南山、豆苗、夕露等，这些平平常常的事物，在陶渊明的笔下，构成了一幅幅十分恬静幽美、清新喜人的农村生活画卷。在陶渊明看来，田园是与浊流纵横的官场相对立的理想洞天，寻常的农家生活景象无不现出迷人的诗情画意。除此之外，陶渊明在诗中也写到了他与农民交往的愉悦，在《癸卯岁始春怀古田舍二首》其二中，述写了他在田间亲身耕耘的喜悦以及与农民的交往："秉耒欢时务，解颜劝农人。平畴交远风，良苗亦怀新。虽未量岁功，既事多所欣。耕种有时息，行者无问津。日入相与归，壶浆劳近邻。"《饮酒二十首》第九首则是写农闲时与邻人的饮酒畅谈，反映了陶渊明和谐融洽的邻里关系："清晨闻叩门，倒裳往自开。问子为谁与？田父有好怀。壶浆远见候，疑我与时乖。褴缕茅檐下，未足为高栖。一世皆尚同，愿君汩其泥。深感父老言，禀气寡所谐。"综上所述，在陶渊明看来，他所生活的农村就是一个远离污浊官场的"世外桃源"，这里的农人热情好客，这里风景优美，和平安宁，"阡陌交通，鸡犬相闻……黄发垂髫并怡然自乐"，一切都是那么令人向往。笔者以为，陶渊明笔下的"桃花源"故事，虽然受到了老庄思想的影响，但更为重要的是他对退隐农村生活的真切体验之后的一个总结，也是陶渊明作为一个归隐者的精神归宿和寄托所在。正因为如此，现实中的"桃花源"是不存在的，当人们特意寻找的时候，去"桃花源"的路径则或"不复得也"，或"无复仿佛"。这实际上是有意告诉人们，"桃花源"只是当时广大民众理想中的世外乐园，现实社会是找不到的，这其中也隐含着对现实社会的批判。

"桃花源"传说之外，"陷湖"传说在唐前的很多典籍都有记载，《吕氏春秋》曰："有侁氏女子采桑，得婴儿于空桑之中，献之其君。其君令烰人养之。察其所以然，曰：其母居伊水之上，孕，梦有神告之曰：'臼出水而东走，毋顾。'明日，视臼出水，告其邻，东走十里，而顾其邑尽为水。身因化为空桑。"《吴越春秋》亦曰："海盐县沦为招湖"。又，《吴地记》亦载："当湖在平湖治东，周四十余里，即汉时陷湖者。亢旱水涸，其街陌遗迹，隐隐可见。"除此之外，《搜神记》、祖冲之《述异记》及《水经注》等唐前的文献典籍均有对"陷湖"传说的记载，现举几例如下：

> 由拳县，秦时长水县也。始皇时，童谣曰："城门有血，城当陷没为湖。"有妪闻之，朝朝往窥。门将欲缚之，妪言其故。后门将以犬血涂门。妪见血，便走去。忽有大水欲没县，主簿令干入白令。令曰："何忽作鱼？"干曰："明府亦作鱼。"遂沦为湖。（《搜神记》卷十三）

> 和州历阳沦为湖。先是有书生遇一老姥，姥待之厚，生谓姥曰："此县门石龟眼血出，此地当陷为湖。"姥后数往候之。门使问姥，姥具以告，吏遂以朱点龟眼。姥见，遂走上北山，城遂陷。（祖冲之《述异记》）

唐前"陷湖传说"在南方的盛行，引起了当代史学家们的高度关注，他们在进行考古调查后发现，早在无锡、苏州与太湖之间，曾有过山阳县，后来沉为湖了。① 由此，有学者认为，唐前盛行的"陷湖"传说可能"就是对这一重大历史事件关注的结果"②。笔者认为，由于南方多水，大大小小的湖泊随处可见，因此，"陷湖"传说的盛行也不排除居住在南方的广大民众对随处可见的大小湖泊由来的解释。

除以上所述地方传说之外，还有如木容村（《吴越春秋》）、怪山（《吴越春秋》）、平乐村（《水经注》）、列山穴（《水经注》）、石犀里

---

① 刘锡诚：《陆沉传说再探》，《民间文学论坛》1997 年第 1 期。
② 林继福：《论中国方志文化中民间传说的特点及其价值》，《华中师范大学学报》2000 年第 1 期。

（《蜀王本纪》）、栖霞谷（任昉《述异记》）、银井（任昉《述异记》）、兄弟石（任昉《述异记》）、捣衣山（任昉《述异记》）、龙井（《异苑》）、五百陂（《异苑》）等地方名称的由来，都包含着一个个美丽的传说故事，兹不具述。总之，地方传说不仅最直接地反映了一个地方、一个民族的自然地理环境，而且，由于这类传说与历史人物、宗教等的联系密切，实际上也反映了特定历史时期一个地区、一个民族的重大历史事件以及社会历史的发展变迁，是形成一地区、一民族文化特点、地方色彩的因素之一。这类传说从表面上来看，是在解释山水的形成和特征，实际却隐含着广大民众对乡土的爱恋，以及人们其他的情感和愿望。

第二节　动植物产传说

动植物产传说就是指各种动物、植物名称由来的传说以及物产的传说。唐前许多动植物名称由来的传说都从各个侧面反映了封建社会不同阶级女性的生活状况以及她们的思想愿望：

> 楚中有宫人草，状如金簦，而其氛氲，花色红翠。俗说楚灵王时，宫人数千，皆多怨旷，有囚死于宫中者，葬之，后墓上悉生此花。（任昉《述异记》）

> 昔战国时魏国苦秦之难，尝有民从征戍秦，久不返，妻思而卒。既葬，冢上生木，枝叶皆向夫所在而倾，因谓之相思木。今秦赵间有相思草，状如石竹而节节相续，一名断肠草，又名愁妇草，亦名霜草。人呼为寡妇莎，盖相思之流也。（任昉《述异记》）

> 淮南有懒妇鱼。俗云：昔杨氏家妇为姑所溺而死，化为鱼焉。其脂膏可燃灯烛，以之照鸣琴博弈，则烂然有光，及照纺绩，则不复明矣。（任昉《述异记》）

> 尧之二女，舜之二妃，曰湘夫人。舜崩，二妃啼，以涕挥竹，竹尽斑。（《博物志》卷八）

> 又东二百里，曰姑瑶之山。帝女死焉，其名曰女尸，化为瑶草，其叶胥成，其华黄，其实如菟丘，服之媚于人。（《山海经·中山经》）

> 昔炎帝女溺死东海中,化为精卫,其名自呼。每衔西山木石填东海。偶海燕而生子,生雌状如精卫,生雄如海燕。今东海精卫誓水处,曾溺于此川,誓不饮其水。一名鸟誓,一名冤禽,又名志鸟。俗呼帝女雀。(任昉《述异记》)

在上述动植物传说中,"宫人草"的传说显然是对反动统治者骄奢淫逸丑恶本性的揭露,为了满足自己的私欲,他们根本不把数千民家少女的青春生命放在眼里。而那些在宫人坟上开放的芳香鲜美的花朵,正是她们被埋葬的美好青春的象征,也是她们满腔怨愤、死犹未尽的象征。"相思木""相思草"的传说同样隐含着封建社会广大下层的劳动妇女对统治者强烈的批判,那"枝叶皆向夫所在而倾"的"相思木"以及"状如石竹而节节相续"的"断肠草"就是那个时代夫妻长期分离的广大女性的形象写照,也满含着她们无声的反抗。"相思木"之外,还有"相思树"的传说,故事中宋康王为满足淫欲的残暴、韩凭夫妇为情而死的惨烈形成了鲜明的对比,而韩凭夫妇墓上两棵枝叶相交的相思树则是对封建统治者最有力的批判。"懒妇鱼"的传说则反映了在封建家长制的统治下,广大妇女的悲惨遭遇,而"以之照鸣琴博弈,则烂然有光,及照纺绩,则不复明矣"的懒妇鱼脂灯,也是长期从事纺织工作的女性对这种高强度劳动的无声的反抗,反映了她们对幸福生活的向往。"帝女雀"的传说则反映了古代劳动人民与大自然抗争的精神。除此之外,"湘妃竹""瑶草""詹草"(《博物志》)等也都从不同的角度反映了封建社会女性的生活境况和她们的思想愿望。而"马头娘"(《搜神记》)则是关于"蚕"由来的传说故事,由于蚕的头与马头相似,而从事养蚕的大多又是女性,因此便有了"马头娘"的传说。明郎英《七修类稿》也说:"所谓马头娘,本荀子《蚕赋》'身女好而头马首'一语附会。"

还有一些动物的传说则隐含着特定历史时期对某一类人的贬损,如狐的传说就是佛教初入中土之时,人们对西域僧人以及西域商人的贬称。王青在其《西域文化影响下的中古小说》一书中,把魏晋南北朝时期狐传说中狐的形象归结为五类,即:博学多才的书生,诱人妻女的淫汉,劫掠行人的歹徒,美丽诱人的女子以及预测吉凶的术士。他指出:"六朝志怪乃至唐传奇中的狐怪形象并不是其自然属性与特征的人格化,也不是其文化属性发展的必然结果，那么，它应该另有渊源。"① 在联系陈寅恪先生的《胡臭与狐臭》一文对狐传说中狐的原型与背景进行分析之后，王青认为，"狐"字实际上是华夏民族对胡人的歧视性称呼。"狐怪故事中多博学者、术士与僧人，无疑是现实生活中胡人形象的折射。胡人中多僧人自不待言，东汉以后来华的西域胡人确有许多颖悟绝伦、博学多才者。……至于胡女美丽魅惑的形象特征，更显然是渊源于胡女所从事的职业。西域色情业较之中土发达。"② 而在正史和民间的狐传说中，关于狐怪怕狗的记述，则与他们特殊的丧葬习俗有关。至于传说中狐怪喜截人发的记载，实际上反映了西域发式开始流入中土时所引起的人们的惊异之感。所有这些，都反映了中土世人对西域胡人生活的歪曲性影射，具有很深的文化意蕴。

在魏晋南北朝时期的狐传说中，还可以看到，那些博学多才的狐男、美貌多情的狐女最终都被人们识破真相，或落荒而逃、或死于非命，如：

> 董仲舒尝下帷独咏，忽有客来，风姿音气，殊为不凡，与论《五经》，究其微奥。仲舒素不闻有此人而疑其非常。客又曰："欲雨。"因此戏之曰："巢居知风，穴居知雨。卿非狐狸，即是鼹鼠！"客闻此言，色动形坏，化为老狸，蹶然而走。（《幽明录》）

> 吴县费升为九里亭吏，向暮，见一女从郭中来，素衣，哭，入埭，向一新冢哭。日暮，不得入门，便寄亭宿。升作酒食，至夜，升弹琵琶令歌，女云："有丧仪，勿笑人也。"歌音甚媚……寝处向明，升去，顾谓曰："且至御亭。"女便惊怖。猎人至，郡狗入屋，于床咬死，成大狸。（《幽明录》）

笔者认为，这一时期狐传说中狐或逃亡或被杀的下场，实际上是对西晋末年"五胡乱华"以及冉闵等人大肆屠杀胡人等历史事件的折射。众所周知，西晋后期由于佛教的逐渐盛行以及胡汉交流的频繁，北方的胡人大批迁入中原地区，总人数达数百万，很多地方甚至超过了当地汉人的人口，整个西晋社会表现出一派繁华的局面。但在经历八王之乱后，西晋王朝国力迅速衰退，北方和西域各胡族势力趁机入侵中原，匈奴、羯族等军队所

---

① 王青：《西域文化影响下的中古小说》，第 265 页。
② 王青：《西域文化影响下的中古小说》，第 275 页。

到之处，屠城掠地千里。在这种形势下，北方的汉人大批南迁，《晋书·王导传》就说："洛京倾覆，中州士女避乱江左者十六七。"而留在北方的汉人命运就很悲惨。如《晋阳秋》残本所称的"胡皇"石勒一次就屠杀百姓数十万。除此之外，诸晋史中也有胡人大量屠杀奴役汉人的记录，如《晋书·石季龙载记上》就说："季龙……兼盛兴宫室于邺，起台观四十余所，营长安、洛阳二宫，作者四十余万人。又敕河南四州具南师之备，并、朔、秦、雍严西讨之资，青、冀、幽州三五发卒，诸州造甲者五十万人。兼公侯牧宰竞兴私利，百姓失业，十室而七。船夫十七万人为水所没、猛兽所害，三分而一。"《晋书·石季龙载记下》也说："时沙门吴进言于季龙曰：'胡运将衰，晋当复兴，宜苦役晋人以压其气。'季龙于是使尚书张群发近郡男女十六万，车十万乘，运土筑华林苑及长墙于邺北，广长数十里。"胡人对汉人的屠杀和奴役激起了胡汉之间的民族仇恨。当时一些汉人就利用胡汉之间的仇恨起事，并残酷地屠杀胡人，冉闵就是其中的一个。据《晋书·石季龙载记下附冉闵传》记载："自季龙末年而闵尽散仓库以树私恩。与羌胡相攻，无月不战。青、雍、幽、荆州徙户及诸氐、羌、胡、蛮数百余万，各还本土，道路交错，互相杀掠，且饥疫死亡，其能达者十有二三。"又，《晋书·石季龙载记下》亦曰："闵躬率赵人诛诸胡羯，无贵贱男女少长皆斩之，死者二十余万，尸诸城外，悉为野犬豺狼所食。屯据四方者，所在承闵书诛之，于是高鼻多须至有滥死者半。"由此可见，正是胡汉之间的民族仇恨使得汉人在民间传说中一再丑化胡人的形象，而这一时期狐传说中狐的或逃亡或被杀，也从侧面影射了汉人对胡人的仇杀。

总之，正是胡人特殊的生理特征、文化习俗、技能特长以及汉人对胡人的仇视，加之中国本土自古以来长期的传统狐狸观念，就形成了这类狐狸的传说故事。

狐传说之外，唐前有关蛇传说的流传也非常广泛，总括起来主要有以下几类：第一类是对吉凶的预示，如：

> 鲁定公元年，有九蛇绕柱。占以为九世庙不祀，乃立炀宫。（《搜神记》卷六）

> 汉武帝太始四年七月，赵有蛇从郭外入，与邑中蛇斗孝文庙下。

邑中蛇死。后二年秋，有卫太子事，自赵人江充起。 （《搜神记》卷六）

汉桓帝即位，有大蛇见德阳殿上。洛阳市令淳于翼曰："蛇有鳞，甲兵之象也；见于省中，将有椒房大臣受甲兵之象也。"乃弃官遁去。到延熹二年，诛大将军梁冀，捕治家属，扬兵京师也。 （《搜神记》卷六）

晋明帝太宁初，武昌有大蛇，常居故神祠空树中，每出头从人受食。京房《易传》曰："蛇见于邑，不出三年，有大兵，国有大忧。"寻有王敦之逆。（《搜神记》卷七）

此外，《史记·高祖本纪》中刘邦醉斩蛇的神异传说也都属于此类。之所以以蛇作为预示吉凶的动物，是因为蛇与龙的渊源关系，蛇在古代被看作是小龙，而封建帝王被认为是真龙天子，因此，正如前文所引，大多与蛇或龙有关的神异传说也就直接关乎帝位或朝政的安危。第二类是与疾病有关的传说，如《搜神记》卷三"华佗"二条就是讲名医华佗治病的神异传说，前一条讲华佗从患者疮口取出"长三尺许"蛇一枚，后一条则是讲华佗为一位"嗜食不得下"的病人治病，使他"立吐蛇一枚"，从而痊愈的故事。笔者认为这里的"蛇"应该是虫子的夸大。众所周知，受伤的疮口如果处理不干净，长期暴露在外，容易生蛆；另外，小孩子每年都要吃打虫药，打出肚子里的蛔虫。这在医学不发达的古代，就被老百姓看作是很神异的事，他们把华佗治病时取出来的虫子看成了妖异，从而夸大成了蛇。第三类是与蛇为善或为恶有关的传说。有关蛇为恶的传说前文已有论述，如《博物志》卷十中吸食人的蟒蛇以及《搜神记》卷十九李寄斩蛇等都属于此类，不再详述。有关蛇为善的传说主要是蛇报恩的传说，如：

后汉定襄太守窦奉妻生子武，并生一蛇。奉送蛇于野中。及武长大，有海内俊名。母死将葬，未窆，宾客聚集。有大蛇从林草中出，径来棺下，委地俯仰。以头击棺，血涕并流，状若哀恸。有顷而去。时人知为窦氏之祥。（《搜神记》卷十四）

第四类则是与蛇有关的妖异传说，没有多少实际意义，如

汉武帝时张宽为扬州刺史。先是，有二老翁争山地，诣州讼疆界，连年不决，宽视事，复来。宽窥二翁，形状非人，令卒持杖戟将

入，问："汝等何精?"翁走。宽呵格之，化为二蛇。(《搜神记》卷十九)

吴郡海盐县北乡亭里，有士人陈甲，本下邳人。晋元帝时寓居华亭，猎于东野大薮，欻见大蛇，长六七丈，形如百斛船，玄黄五色，卧冈下。陈即射杀之，不敢说。三年，与乡人共猎，至故见蛇处，语同行曰："昔在此杀大蛇。"其夜梦见一人，乌衣，黑帻，来至其家，问曰："我昔昏醉，汝无状杀我。我昔醉，不识汝面，故三年不相知；今日来就死。"其人即惊觉。明日，腹痛而卒。(《搜神记》卷二十)

魏晋南北朝时期另有一些动物传说的出现，则是受外来文化影响的结果，如：

旬日，火从库内起，烧其珠玉十分之一，皆是阳燧旱燥自能烧物。火盛之时，见数十青衣童子来扑火，有轻气如云，覆于火上，即灭。童子又云："多聚鹳鸟之类，以禳火灾；鹳能聚水于巢上也。"家人乃收鸡鹳数千头养于池渠中，以压火。(《拾遗记》卷八)

野火焚山，林中有一雉，入水渍羽，飞故灭火，往来疲乏，不以为苦。(《宣验志》)

除此之外，《拾遗记》卷三也有乌鸦灭火救介子推的故事。杜贵晨先生认为，"这些故事虽形象各异，但以身沾水灭火是相同的。它们约在晋、宋间同时出现，其发源可能都在吴康僧会译《旧杂譬喻经》'鹦鹉灭火'故事，而辗转流传，遂生变异"①。《旧杂譬喻经》记"鹦鹉灭火"故事如下：

昔有鹦鹉，飞集他山中，山中百鸟畜兽，转相重爱不相残害。鹦鹉自念，虽尔不可久也，当归耳。便去。却后数月，大山失火四面皆然，鹦鹉遥见，便入水，以羽翅取水飞上空中，以衣毛间水洒之欲灭大火。如是往来。天神言："咄，鹦鹉！汝何以痴，千里之火宁为汝两翅水灭乎?"鹦鹉曰："我由知而不灭也，我曾客是山中，山中百鸟畜兽，皆仁善悉为兄弟，我不忍见之耳。"天神感其至意，则雨灭火也。

---

① 杜贵晨：《传统文化与古典小说》，第75页。

由此可见这类传说与佛教文化的渊源关系。

与地方传说一样，也有一些动植物的名称来源于神话历史人物的传说故事，如：

> 越王竹，根生石上，若细荻，高尺余，南海有之。南人爱其青色，用为酒筹，云越王弃余算而生竹。(《南方草木状》)

> 吴王江行食鲙，有余，弃于中流，化为鱼。今鱼中有名吴王鲙余者，长数寸，大者如箸，犹有鲙形。(《博物志》卷三)

> 晋安平有越王余算菜长尺许，白者似骨，黑者如角。古云越王行海，曾于舟中作筹算。有余者，弃之于水，生焉。(《异苑》卷二)

除上述所举诸例而外，"邓林"(《博物志》)、"枫木"(《山海经·大荒南经》)、"竹王"(《华阳国志》)、"范蠡鱼"(任昉《述异记》)等都属于此类传说，不再一一列举。可以看到，唐前的动植物传说除解释动植物名称的由来之外，也包含着极其复杂的思想内容，反映了勤劳智慧的劳动人民丰富的想象力。

较之地方传说和动植物传说，唐前的物产传说要少得多。最突出的要数与魏晋世人生活密切相关的酒传说。魏晋时代社会极其黑暗，以巧取豪夺登上皇帝宝座的曹魏集团和司马氏集团，都担心那些有才能的志士文人，有朝一日以同样的手段夺取自己的政权，于是极力排除异己。在这种政治形势下，当时的好多文人都成了他们杀戮的对象，《晋书·阮籍传》说："籍本有济世志，属魏晋之际，天下多故，名士少有全者。"孔融、祢衡、嵇康等一大批文士就死在了统治者的屠刀之下。这样一个"弄文罹文网，抗世违世情"的杀机四伏的政治环境，统治阶级"屠杀文士的残酷，使得当时读书人对现实的希望完全破灭，不得不由积极的救世的人生观，趋向于消极的避世的人生观了"①。酒成了他们舒缓内心的苦闷空虚最好的凭借。据《晋书·阮籍传》载："籍由是不与世事，酣饮为常。"又，《晋书·刘伶传》也说："伶常乘车，携一壶酒，使人荷锸而随之，谓曰：'死便埋我。'"刘义庆《世说新语》就有许多关于魏晋时人嗜酒的记述，不再一一罗列。正是因为魏晋时人对酒的情有独钟，才出现了许多有关酒的传

---

① 刘大杰：《魏晋思想史》，上海古籍出版社 1998 年版，第 105 页。

说故事,如:

昔刘玄石于中山酒家酤酒,酒家与千日酒,忘言其节度。归至家
当醉,而家人不知,以为死也,权葬之。酒家计千日满,乃忆玄石前
来酤酒,醉向醒耳。往视之,云玄石亡来三年,已葬。于是开棺,醉
始醒,俗云:"玄石饮酒,一醉千日。"(《博物志》卷十)

君山有道,与吴包山潜通,上有美酒数斗,得饮者不死。汉武帝
斋七日,遣男女数十人至君山,得酒,欲饮之,东方朔曰:"臣识此
酒,请视之。"因一饮致尽。帝欲杀之,朔乃曰:"杀朔若死,此为不
验。以其有验,杀亦不死。"乃赦之。(《博物志》卷八)

河东人刘白堕善能酿酒。季夏六月,时暑赫晞,以罂贮酒,暴于
日中,经一旬,其酒味不动。饮之香美而醉,经月不醒。京师朝贵多
出郡登藩,远相饷馈,逾于千里,以其远至,号曰"鹤觞",亦名
"骑驴酒"。永熙年中,南青州刺史毛鸿宾赍酒之藩,路逢贼,盗饮之
即醉,皆被擒获,因复名"擒奸酒"。游侠语曰:"不畏张弓拔刀,唯
畏白堕春醪。"(《洛阳伽蓝记·法云寺》"河东人刘白堕……酿酒"
句下杨勇校笺)

《搜身记》卷十九也有玄石饮千日酒的传说,但较《博物志》的记述更为
详细,张载注左思《三都赋·魏都赋》"醇酎中山,流湎千日"也说:
"中山出好酎酒,其俗传云:昔有人曰玄石者,从中山酒家酤酒,酒家与
之千日之酒,语其节度,比归数百里可至于醉,以为死也,棺敛而葬之。
中山酒家计向千日,忆云:'玄石前来酤酒,其醉向解也。'遂往问其邻
人,曰:'玄石死来三年,服已阙矣。'于是与其家至玄石冢上,掘而开其
棺,玄石于是醉始解,起于棺中。其俗语曰:玄石饮酒,一醉千日。"又
张协《七命》亦曰:"玄石尝其味,仪氏进其法。倾罍一朝,可以流湎千
日;单醪投川,可使三军告捷。"鲁迅所辑《古小说钩沉·杂鬼神志怪》
也有"齐人田乃已酿千日酒,过饮一斗,醉卧千日,乃醒也"。由此可见,
千日酒传说在这一时期的广泛流传。笔者以为,千日酒传说在魏晋时期的
盛行,实际上是魏晋文人思想痛苦,寻求解脱的心理的形象写照。此外,
还有饮而经月不醒的"擒奸酒",有饮而成仙的神仙酒等。所有这些关于
酒的传说的记述,都反映了魏晋时人对那种饮后即长醉不醒,又能养身、

还能成仙的美酒的向往。

酒传说之外，还有火浣布、香料等传入中土的西域物产的传说故事，特别是火浣布的传说流传甚广，汉魏六朝的笔记小说多有记载：

> 不尽木火中有鼠，重千斤，毛长二尺余，细如丝。但居火中，洞赤，时时出外，而毛白，以水逐而沃之，即死。取其毛绩纺，织以为布，用之若有垢涴，以火烧之则净。（《神异经·南荒经》）

> 南方有炎火山焉，在扶南国之东，加营国之北，诸薄国之西。山从四月而火生，十二月火灭。正月二月三月火不然，山上但出云气，而草木生叶枝条。至四月火然，草木叶落，如中国寒时草木叶落也。行人以正月二月三月行过此山下，取柴以为薪，然之无尽时；取其皮绩之，以为火浣布。（《玄中记》）

> 吴选曹令史长沙刘卓病荒，梦见一人，以白越单衫与之，言曰："汝著衫污，火烧便洁也。"卓觉，果有衫在侧。污辄火浣之。（《列异传》）

> 火浣布，浣之必投于火；布则火色，垢则布色；出火而振之，皓然疑乎雪。（《列子·汤问》）

除此之外，《博物志》《拾遗记》《搜神后记》、任昉《述异记》等都有有关火浣布的记载，可见火浣布传说的流传之广。从上述火浣布由来的不同传说也反映了人们对这种外来之布神奇功效的理解和探索。而香料传说的产生与西域香料大量流入中土以及胡人佩带香囊的习惯有关，不再详述。

由此看来，某一物产传说的盛行，或与特定时代世人的生活密切相关，或反映了人们对外来之物神奇功效的探索。

第三节　风俗与自然现象传说

从现存典籍来看，唐前的风俗传说已经非常丰富，《山海经》中就记载了许多风俗传说，《史记》《汉书》等亦不乏记载，《风俗通义》《论衡》等汉代的学术论著大量地征引了风俗传说，而《荆楚岁时记》《风土记》《月令广义》以及汉魏六朝的笔记杂著、各种地方志等更是集中收录了大量的风俗传说。纵观唐前的风俗传说,大多是与岁时节令有关,此外也包括一些丧葬婚俗传说。需要说明的是,由于唐前的自然现象传说不多,因此笔者把自然现象传说与风俗传说放在一节进行讨论。

首先是与春节有关的风俗传说。放鞭炮是春节主要的习俗之一。《荆楚岁时记》曰:"正月一日是三元之日。《春秋》谓之端月。鸡鸣而起,先于庭前爆竹,以辟山臊恶鬼。"而这一习俗与辟山臊恶鬼的传说有关,据《神异经》载:"西方深山中有人焉,其长尺余,袒身,捕虾蟹。性不畏人,见人止宿,暮依其火以炙虾蟹。伺人不在,而盗人盐以食虾蟹。名曰山臊。其音自叫。人尝以竹著火中,爆烞而出,臊皆惊惮。犯之令人寒热。"鸡祀、饰桃人、垂苇茭画虎于门也是春节的重要习俗,这也来自一个流传甚广的古老的传说:

《黄帝书》曰:上古之时,有神荼与郁垒昆弟二人,性能执鬼。度朔山上立桃树下,简阅百鬼,无道理,妄为人祸害,荼与郁垒缚以苇索,执以食虎。于是县官常以腊除夕,饰桃人,垂苇茭,画虎于门,皆追效于前事,冀以御凶也。(《风俗通义》卷八)

东南有桃都山,上有大树,名曰桃都,枝相去三千里。上有一天鸡,日初出,光照此木,天鸡则鸣,群鸡皆随之鸣。下有二神,左名隆,右名突,并执苇索,伺不祥之鬼,得而煞之。今人正朝作两桃人立门旁,以雄鸡毛置索中,盖遗象也。(《玄中记》)

桃都山有大桃树,盘屈三千里,上有金鸡,日照则鸣。下有二神,一名郁,一名垒,并执苇索,以伺不祥之鬼,得则杀之。(《括地图》)

除此之外,李剑国《新辑搜神记》第292条"荼与郁垒"也是对这一传说的记述。从《风俗通义》所引《黄帝书》的记载,就可以看到这一民俗传说的久远,而《玄中记》《括地图》等魏晋南北朝笔记杂著的记述,也可见这一传说流传的广泛。

春节还有杖打粪堆、迎紫姑等的习俗。《荆楚岁时记》曰:"今北人正月十五夜立于粪扫边,令人执杖打粪堆,云云,以答假痛。意者亦为如愿故事耳。"而这两项习俗都在正月十五进行,也都分别源于两个广泛流传的传说故事:

昔庐陵邑子欧明者，从客过。道经彭泽湖。辄以船中所有多少投湖中，云以为礼。积数年，后见湖中有大道，道上多风尘，有数吏单衣乘车马来候，云是青洪君使要。明知是神，然不敢不往。须臾，遥见有府舍门下吏卒，明甚怖，问吏，恐不得还，吏曰："无可怖！青洪君以君前后有礼，故要君；必有重送，君皆勿收，独求如愿尔！"去，果以缯帛送，明辞之。乃求如愿。神大怪明知之，意甚惜；不得已，呼如愿使随去。如愿者，青洪君婢也，常使之取物。明将如愿归，所欲辄得之，数年大富。意渐骄盈，不复爱如愿。岁朝，鸡一鸣，呼如愿，如愿不起。明大怒，欲捶之。如愿乃走，明逐之于粪上。粪上有昨日故岁扫除聚薪，如愿乃于此得去。明不知，谓逃在积粪中，乃以杖捶使出。久无出者，乃知不能。因曰："汝但使我富，不复捶汝。"今世人岁朝鸡鸣时，转往捶粪，云使人富也。（《录异传》）

世有紫姑神，古来相传云是人家妾，为大妇所嫉，每以秽事相次役，正月十五日感激而死，故世人以其日作其形，夜于厕间或猪栏边迎之，祝曰："子胥不在"，是其婿名也。"曹姑亦归"，曹即其大妇也。"小姑可出戏。"捉者觉重，便是神来，莫设酒果，亦觉貌辉辉有色，即跳躞不住。能占众事，卜未来蚕桑。又善射钩，好则大舞，恶便仰眠。平昌孟氏恒不信，躬试往投，便自跃茅屋而去，永失所在也。（《异苑》卷五）

可以看到，这两则传说讲的是两个勤劳善良，而又遭逼迫的下层劳动妇女的传说故事，民间广泛流传的杖打如愿以及迎紫姑的习俗，都反映了广大劳动妇女对她们遭遇的不平以及对幸福美好生活的向往。

其次是与寒食、端午、重阳等重要节日有关的习俗传说。《荆楚岁时记》载："去冬节一百五日，即有疾风甚雨，谓之寒食。禁火三日，造饧大麦粥。"东汉初年的桓谭在其《新论》中记载说："太原郡民，以隆冬不火食五日，虽有疾病缓急，犹不敢犯，为介子推故也。"这是我们能看到的最早的关于介子推与寒食节的记载，尽管它没有提到"寒食节"这三个字，但其中关于事件的时间、地点、缘由的描述，都符合这个节日的基本要素和历史脉络。桓谭之后，民间盛传介子推焚死传说以及其与禁火的关系，东汉末期蔡邕在《琴操》中也说：

晋文公与介子绥俱亡，子绥割股以啖文公。文公复国，子绥独无所得。子绥作《龙蛇之歌》而隐。文公求之，不肯出，乃燔左右木。子绥抱木而死。文公哀之，令人五月五日不得举火。（《荆楚岁时记》引《琴操》）

至《后汉书·周举传》、曹操《明罚令》以及陆翙《邺中记》，开始将寒食与介子推联系在了一起，民间奉子推为神，禁火的时间也逐渐变长。

较之寒食习俗，端午习俗要复杂得多，除吃粽子之外，还有竞渡、系五彩丝等习俗，各地端午节所纪念的历史人物也各不相同，总括起来，主要有屈原、介子推、伍子胥、曹娥、勾践等。因此有关端午习俗的传说也有数种：

屈原以五月五日投汨罗水，楚人哀之，至此日，以竹筒子贮米投水以祭之。汉建武中，长沙区曲忽见一士人，自云"三闾大夫"，谓曲曰："闻君当见祭，甚善。常年为蛟龙所窃，今若有惠，当以楝叶塞其上，以彩丝缠之。此二物，蛟龙所惮。"曲依其言。今五月五日作粽，并带楝叶、五色丝，遗风也。（《续齐谐记》）

五月五日竞渡，俗谓屈原投汨罗日，伤其死，并命舟楫以拯之。（《荆楚岁时记》）

赵晔《吴越春秋》则曰："龙舟竞渡系怜伍子胥之忠而举行。"《荆楚岁时记》引邯郸淳《曹娥碑》亦曰："五月五日，时迎伍君逆涛而上，为水所淹。"又，据《列女传》《后汉书·曹娥传》以及《会稽典录》的记载，会稽一带的人们认为，端午节来源于孝女曹娥的传说。而在山西一带，则认为端午节起源于介子推的传说，这一说法主要来源是东汉蔡邕的《琴操》。除此之外，就端午节的起源，各地还有纪念殉节美女说和纪念越王勾践说等，所有这些都反映了端午习俗的流传之广和传说之多。闻一多先生《端午考》一书则认为，所有这些传说都是各地群众对端午习俗的附会，端午习俗由来已久，应该是史前图腾社会的遗俗。①

重阳节也是自古至今华夏民族的重要习俗，在农历九月九日这天，各地人们都有佩茱萸登高、饮菊花酒的习俗，而这一古老的习俗来自一个神

---

① 闻一多：《伏羲考》，上海古籍出版社 2006 年版，第 79—97 页。

奇的传说:

> 汝南桓景随费长房游学累年,长房谓曰:"九月九日,汝家中当有灾。宜急去,令家人各作绛囊,盛茱萸,以系臂,登高饮菊花酒,此祸可除。"景如言,齐家登山。夕还,见鸡犬牛羊一时暴死。长房闻之曰:"此可代也。"(《续齐谐记》)

《荆楚岁时记》即曰:"今世人九日登高饮酒,妇人带茱萸囊,盖始于此。"除上述岁时节令习俗外,据《荆楚岁时记》及《月令广义》等记载,唐前的岁时节令习俗还有正月家家夜里椎床打户的习俗、三月三上巳节流杯曲水之饮的习俗、五月忌曝床荐席的习俗、七月七日乞巧节妇女结彩缕穿七孔针的习俗、七月十五日营盆供佛的习俗以及八月十四以锦彩为眼明袋的习俗等,在这些节令习俗的背后都有一个个美丽神奇的传说故事,如正月家家夜里椎床打户的习俗来自《玄中记》"姑获鸟夜飞昼藏……无子,喜取人子养之,以为子。今时小儿之衣不欲夜露者,为此物爱以夜里血点其衣为志,即取小儿也"的传说。三月三日上巳节流杯曲水之饮的习俗来自《续齐谐记》中晋武帝时尚书挚虞所讲"汉帝时,平原徐肇以三月初生三女,而三日俱亡,一村以为怪,乃相携之水滨盥洗,遂因流水以滥觞,曲水起于此"的传说。而七月七日乞巧节妇女结彩缕穿七孔针的习俗来自牛郎织女的传说,七月十五营盆供佛的习俗则源于《盂兰盆经》目连救母的传说故事等等,不再一一列举。

较之岁时节令习俗传说,唐前的婚丧习俗传说以及其他有关这一历史时期我国各族人民在游艺、服饰、饮食、房屋建筑等各方面的习俗传说要少得多。现举几例如下:

> 秦文公时,梓树化为牛,以骑击之,骑不胜;或堕地,髻解披发,牛畏之,入水。故秦因是置旄牛骑,使先驱。(《列异传》)

> 秦缪公时,陈仓人掘地得物。若羊非羊,似猪非猪。道中逢二童子,云:"此名蝹,在地中食死人脑。若以柏木穿其首则死。"故今种柏在墓上以防其害也。(任昉《述异记》)

> 元嘉二十年,王怀之丁母忧。葬毕,忽见树上有妪,头戴大发,身披白罗裙,足不践柯,亭然虚立。还家叙述,其女遂得暴疾,面乃变作向树杪鬼状。乃与麝香服之,寻复如常。世云麝香辟恶,此其验

也。(《异苑》卷六)

秦置旄牛骑习俗的传说,《玄中记》也有载。而在墓上植松柏的习俗更是由来已久。《周礼》就说:"方相氏执戈入圹以驱方良,是矣。罔两好食亡者肝,故驱之。其性畏虎、柏,故墓上树石虎、植柏。"而麝香可以辟恶,也是民间广泛流传的习俗。除此之外,唐前的文献典籍中,有关各族人民在游艺、服饰、饮食、房屋建筑等方面的习俗传说还有一些,兹不具述。

最后附带讲一下自然现象传说。自然现象传说就是指有关风、云、雷、电、日、月、星辰、虹等自然现象的传说故事。反映了古代劳动人民对一些无法理解的自然现象的解释,如:

> 吴以草创之国,信不坚固,边屯守将,皆质其妻子,名曰:"保质"。童子少年,以类相与娱游者,日有十数。孙休永安二年三月,有一异儿,长四尺余,年可六七岁,衣青衣,忽来从群儿戏。诸儿莫之识也,皆问曰:"尔谁家小儿,今日忽来?"答曰:"见尔群戏乐,故来耳!"详而视之,眼有光芒,爝爝外射。诸儿畏之,重问其故,儿乃答曰:"尔恐我乎?我非人也,乃荧惑星也。将有以告尔:三公归于司马。"诸儿大惊。或走告大人,大人驰往观之。儿曰:"舍尔去乎!"耸身而跃,即以化矣。仰而视之,若曳一匹练以登天。大人来者,犹及见焉。飘飘渐高,有顷而没。时吴政峻急,莫敢宣也。后四年而蜀亡,六年而魏废,二十一年而吴平。是归于司马也。(《搜神记》卷八)

> 列御寇,郑人,御风而行,常以立春日归于八荒,立秋日游于风穴。是风至则草木皆生,去则草木皆落,谓之离合风。(任昉《述异记》)

昴星传说《水经注》亦有载,离合风传说则反映了人们对大自然草木春夏生长旺盛,秋冬枯萎原因的解释。还有商参二星的传说:

> 昔高辛氏有二子,伯曰阏伯,季曰实沈,居于旷林,不相能也,日寻干戈,以相征讨。后帝不臧,迁阏伯于商丘,主辰,商人是因,故辰为商星;迁实沈于大夏,主参,唐人是因,以服事夏、商。(《左传·昭公元年》)

这是将商参二星东出西没,彼此永不相见的自然现象与历史人物联系了起来，除此之外，有关傅说星的传说也很有名，《庄子·大宗师》说："傅说得之，以相武丁，奄有天下，乘东维，骑箕尾，而比于列星。"陆德明《音义》此句下引崔谭说："傅说死，其精神乘东维，托龙尾……今尾上有傅说星。"《楚辞·远游》也说："奇傅说之托辰星兮，羡韩众之得一。"可以看到，从《庄子》到《远游》，傅说化星的传说已略带仙化意味。所有这些，实际上反映了古代社会人们对神秘宇宙中一些无法解释的自然现象的理解和探索。

综上所述，唐前神奇美丽的地方风物传说，是唐前传说重要的组成部分，反映了生活在中华大地上的华夏各族人民对河流山川、动植物产、自然现象以及他们生活中一些民间风俗的想象和解释，并在这些丰富的想象和解释中寄托了他们的思想观点、情感倾向、对美好生活的向往以及对黑暗政治的批判。可以说一个个神奇美丽的唐前地方风物传说，就是一幕幕相应历史时期各族人民真实生活画面的投影，具有极其深刻的历史文化意蕴。

中　编
叙事学、传播学视阈下的唐前传说

第六章　唐前传说的叙事研究

从思想渊源看，叙事学理论起源于 20 世纪 20 年代的苏联民俗学家弗拉基米尔·普洛普所开创的结构主义叙事先河。他的《民间故事形态学》一书被认为是叙事学的发轫之作。20 世纪 80 年代中期，叙事学理论被逐步介绍到中国，特别是美国文学理论家杰姆逊在北大的演讲，带来了中国叙事学的繁荣。从 1986 年到 1992 年短短的几年间，西方最有代表性的叙事理论作品基本上都被翻译了过来。中国本土化的叙事研究也有了显著的成果，其中具有代表性的有陈平原的《中国小说叙事模式的转变》、罗钢的《叙事学导论》、杨义的《中国叙事学》等。他们在借鉴西方叙事理论的同时，也以中国所特有的文学资源和话语形式，展开了自《诗经》以来的包括《山海经》、话本小说、《红楼梦》等古典文学以及现当代小说的叙事研究，丰富了叙事学理论，为西方叙事学理论的中国化做出了自己的努力。本章就是力图在先贤对中国古典文学叙事研究的基础上，结合国内外的叙事学理论，对唐前传说从叙事学的角度作一全新的观照。

第一节　唐前传说的叙事模式

传说作为一种叙事文体，无论属于何种类型，都会通过一定的叙事模式表现出来。在叙事学的研究历程中，人们对叙事模式的界定多种多样，法国结构主义批评家热拉尔·热奈特在《叙述话语》中将叙事模式概括为次序、延续、频率、心境与语态；另一位法国批评家托多罗夫在《叙事作为话语》中则把叙事模式概括为叙事时间、叙事语态和叙事语式。陈平原《中国小说叙事模式的转变》一书，借鉴托多洛夫的叙事理论，从叙事时间、叙事角度、叙事结构三个方面对中国小说的叙事模式进行了观照,且"把纯形式的小说叙事学研究与注意文化背景的小说社会学研究结合起来"①。本节对唐前传说叙事模式的分析,将借鉴陈平原先生的概括,从叙事时间、叙事角度、叙事结构三个方面展开分析论述。

一、叙事时间

所谓"叙事时间",是指叙事过程中,叙事者对所叙故事时间的安排。托多罗夫说:"叙事的时间是一种线性时间,而故事发生的时间则是立体的。在故事中,几个事件可以同时发生,但在话语中则必须把它们一件一件地叙述出来;一个复杂的形象就被投射到一条直线上。"② 可以看出,故事时间和叙述时间之间会产生巨大的时间倒错。因此,在叙事的过程中,叙事者可以按照事件发生的时间顺序,即按照"叙述时间"与"故事时间"次序一致的原则来讲述故事;也可以打乱事件发生的时间顺序,将事件安排在一个新的、人为的时间次序中来讲述。通过细致的分析探索,笔者发现,唐前传说的叙事时间呈现出纷繁复杂的局面,总括起来,主要有以下几种不同的形态。

1. 连贯的叙事时间。这种叙事时间以时间的一维性为基本单位。故事中的时间与现实时间或者历史时间相一致,由前向后,由古至今单向发展。习惯上,人们把这种叙事形态称为顺序。在中国历史上,历史事件的叙事在时间上多用顺序,传说由于受史传叙事的影响,也多采用连贯的叙事方式。早在甲骨卜辞中,对有关传说的记载采用的就是连贯的叙事时间,如:

> 有虹出自北,饮于河,在十二月。(《甲骨文合集》13442·正)
> 昃亦有出虹自北,饮于河。(《甲骨文合集》10405)

需要指出的是,在故事的最后交代具体的时间,这是古人的习惯,并不影响整个故事叙述时间上的连贯性。到后来,历史与传说分开之后,大多数

---

① 陈平原:《中国小说叙事模式的转变》,北京大学出版社 2003 年版,第 14 页。
② [法]兹韦坦·托多罗夫《叙事作为话语》,见胡经之、王岳川主编《美学文艺学方法论》下册,北京大学出版社 2003 年版,第 562—563 页。

传说故事在叙事时间上仍采用顺序。如《搜神记》中的"董永""韩凭妻""女化蚕"等传说，《搜神后记》中"白水素女"的传说等都采用的是连贯的叙事时间。现举一例如下：

> 盛彦，字翁子，广陵人。母王氏，因疾失明，彦躬自侍养。母食，必自哺之。母疾既久，至于婢使，数见捶挞。婢忿恨，闻彦暂行，取蛴螬炙饴之。母食，以为美，然疑是异物，密藏以示彦。彦见之，抱母恸哭，绝而复苏。母目豁然即开，于此遂愈。（《搜神记》卷十一）

可以看到，在上述传说中，盛彦母王氏由失明而复明、婢女先遭捶挞继而愤恨再到饴之以蛴螬等都是以时间顺序一一道来，具有很强的连贯性。

2. 错乱的叙事时间。所谓错乱的叙事时间，就是指被讲述的时间被错乱排列，依照叙述时间或心理时间顺序排列。错乱的叙事时间在唐前传说中主要表现为插叙、补叙等几种叙事形态。

叙事时间上的插叙，在汉魏六朝时期的宗教传说特别是佛教传说中表现得非常普遍。现举几例如下：

> 康阿得死三日，还苏，说：初死时，两人扶腋，有白马吏驱之。……于是遂而忆之，还至府君所，即遣前二人送归，忽便苏活也。（《幽明录》）

> 石长和死，四日苏。说：初死时，东南行，见二人治道，恒去和五十步，长和疾行，亦尔。……见其亡姊于后推之，便踣尸面上，因即苏。（《幽明录》）

> 晋沙门支法衡，晋初人也。得病旬日亡。经三日而苏活。说死时，有人将去，见如官曹舍者数处，不肯受之。……衡渴欲饮水，乃堕水中，因便得苏。于是出家，持戒菜食。昼夜精思，为至行沙门。比丘法桥，衡弟子也。（《冥祥记》）

诸如此类采用插叙的佛教传说故事在《冥祥记》《宣验录》等南北朝时期的志怪小说中尤其多见，这种超越现实时间的叙事方式也体现了佛教传说丰富的想象力。

唐前传说在叙事时间上的补叙多出现在一些地方风物传说中，如：

> 中宿县有贞女峡。峡西岸水际有石，如人形，状似女子。是曰

"贞女"。父老相传:秦世有女数人,取螺于此,遇风雨昼昏,而一女化为此石。(《搜神后记》卷一)

临城县南四十里有盖山,百许步有姑舒泉。昔有舒女,与父析薪于此泉。女因坐,牵挽不动。乃还告家。比还,唯见清泉湛然。女母曰:"吾女好音乐。"乃作弦歌,泉涌洄流,有朱鲤一双。今人作乐嬉戏,泉故涌出。(《搜神后记》卷一)

武昌阳新县北山上有望夫石,状若人立。相传:昔有贞妇,其夫从役,远赴国难,妇携弱子,饯送此山,立望夫而化为立石,因以为名焉。(《幽明录》)

这样的例子在唐前传说中还有很多,如《搜神记》卷十一的"望夫冈"条、《幽明录》中的"黄金谭"条、《异苑》卷三的"缢女"条等。除一些地方风物传说外,有些人物传说在叙事时间上也运用了补叙,如《搜神记》卷十一"东海孝妇"条的"长老传云"一段即是补叙。

3. 虚幻的叙事时间。这是一种非现实的时间,也即时间的幻化,在唐前传说中,这种虚幻的叙事时间"是与神仙思想或佛教观念的流行有关的,它们以时间幻化来改造、伸缩和反讽人间生存的时间状态"①。在道教的神仙世界中,神仙世界的生命时间与人间的生命时间相差极为悬殊,"洞中方数日,世上已千年"就是对两种生命时间的形象写照。这种虚幻的叙事时间在唐前的道教神仙传说中极为普遍,如:

汉明帝永平五年,剡县刘晨、阮肇共入天台山取谷皮,迷不得返,经十三日,粮食乏尽,饥馁殆死。……既出,亲旧零落,邑屋改异,无复相识。问讯得七世孙,传闻上世入山,迷不得归。至晋太元八年,忽复去,不知何所。(《幽明录》)

焦湖庙祝有柏枕,三十余年,枕后一小坼孔。县民汤林行贾,经庙祈福,祝曰:"君婚姻未?可就枕坼边。"令林入坼内,见朱门、琼宫、瑶台,胜于世见。赵太尉为林婚,育子六人,四男二女,选林秘书郎,俄迁黄门郎。林在枕中,永无思归之怀,遂遭违忤之事。祝令林出外间,遂见向枕,谓枕内历年载,而实俄乎之间矣。(《幽明录》)

① 杨义:《中国叙事学》,人民出版社1997年版,第157页。

邻母忽失朔，累月方归。母笞之，后复去，经年乃归。母复见，大惊曰："汝行经年一归，何以慰我耶？"朔曰："儿至紫泥海，有紫水污衣，仍过虞渊湔浣，朝发中返，何谓经年乎？"（《汉武洞冥记》）除此之外，《述异记》"王质"条曰："童子以一物与质，如枣核，质含之，不觉饥。俄顷，童子谓曰：'何不速去？'质起视，斧柯尽烂。既归，无复时人。"《幽明录》"琅邪人，姓王，忘名"条亦曰："此人为之动容，云：'汝命自应来，以汝孤儿，特与三年之期。'王又曰：'三年不足活儿。'左右有一人语云：'俗尸何痴？此间三年，世中是三十年。'"

可以看到，在后汉六朝人的心目中，神仙、阴阳二世界的生命时间与人间世界的生命时间是何等悬殊！这一时期的宗教传说中之所以出现如此多仙凡、阴阳反差极大的虚幻的叙事时间，是与这一时期的文化思潮以及人的生存处境有着深刻的关系。"这个中古时代，宗教思潮传入和泛起，人的生命和生死意识浓郁，社会动荡又严重地破坏着人的生存环境，威胁着人的生命保障。……人对于生命飘忽感的焦虑，既引发了秦皇、汉武的求仙活动，也引发了不能筑台建柱、不能派遣童男童女到海外寻仙岛、不能封方士为将军的普通民众，对山野仙境的幻想，以白日梦的方式，宣泄和疏导内心的焦虑。再加上宗教时间思维的兴起，宗教中人的自神其教，这种内心焦虑的宣泄就获得了具体的时间表现形式。但是对于文学而言，它也在某种意义上提供了对世界的特殊感觉，提供了一个具有陌生感的另一世界的想象框架"①。

4. 夸张的叙事时间。时间的延长与缩短，都是时间的夸张。有些传说故事中的时间不与物理时间等长，而是一种感觉到的时间，这就是所谓夸张的叙事时间。在唐前传说中，夸张的叙事时间也多出现在汉魏六朝时期的宗教传说中，如《搜神记》卷一的"彭祖"条，说彭祖"历夏而至商末，号七百岁"。同卷"偓佺"条的"时受服者，皆三百岁"以及《拾遗记》卷一的"冀州之西二万里，有孝养之国。其俗人年三百岁"。同书卷十"员峤山"下的"南有移池国，人长三尺，寿万岁"等就是夸张的叙事时间。

---

① 杨义：《中国叙事学》，第160页。

唐前传说这种夸张的叙事时间不但用于仙人,也用于有仙气的动植物身上。植物如《拾遗记》卷一的"穷桑者,西海之滨,有孤桑之树,直上千寻,叶红椹紫,万岁一实,食之后天而老"。同书卷十"瀛洲"下的"有树名影木……万岁一实,实如瓜,青皮黑瓤,食之骨轻"等。动物如《拾遗记》卷十的"南有鸟,名鸳鸯……万岁一交则生雏,千岁衔毛学飞,以千万为群,推其毛长者高翥万里"。同书卷四的"有黑蚌飞翔,来去于五岳之上。……王取瑶璋之水,洗其沙泥,乃嗟叹曰:自悬日月以来,见黑蚌生珠已八九十遇,此蚌千岁一生珠也"。《博物志》卷三"异鸟"下的"崇丘山有鸟……名曰虹,见则吉良,乘之寿千岁"等。唐前传说的这种夸张的叙事时间,与前述虚幻的叙事时间一样,也与宗教的盛行以及当时的社会生活环境密切相关。

5. 淡化的叙事时间。在唐前传说的叙述过程中,许多动植物的传说或地方风物传说往往不交代明确的叙事时间,我们把这种传说中不明确交代叙事时间的情况,叫做叙事时间的淡化或淡化的叙事时间。

如前所述,淡化的叙事时间在唐前传说中主要运用在动植物传说和地方风物传说中,如:

> 呕丝之野,有女子方跪,据树而呕丝,北海外也。(《博物志》卷二)
>
> 右詹山,帝女化为詹草,其叶郁茂,实如豆,服者媚于人。(《博物志》卷三)
>
> 桃都山有大桃树,盘曲三千里,上有金鸡,日照则鸣。下有二神,一名郁,一名垒,并执苇索,以伺不祥之鬼,得则杀之。(《荆楚岁时记》)

可以看到,前两例为动植物传说,第三例为风俗传说,其中都未明确交代叙事时间。

综上所述,通过对唐前传说叙事时间的探索,发现唐前传说的叙事时间呈现纷繁复杂的局面,表现出多种不同的形态。所有这些都表明,作为中国古代叙事文学之一的唐前传说,在不同形态叙事时间的处理上逐渐走向成熟。

二、叙事角度

何谓叙事角度？杨义先生认为："叙事角度是一个综合的指数，一个叙事谋略的枢纽，它错综复杂地联结着谁在看，看到何人何事何物，看者和被看者的态度如何，要给读者何种召唤。"① 也就是说，叙事视角表现为叙述者与所叙事物之间的关系。陈平原先生在《中国小说叙事模式的转变》一书中，参照拉伯克、托多罗夫、热奈特等国外叙事学者对叙事角度的分析研究，将中国小说的叙事模式区分为三种，即全知叙事、限制叙事和纯客观叙事。杨义先生《中国叙事学》一书中，将叙事视角分为全知视角、限知视角和流动视角等。通过对唐前传说整体叙事角度的考察，结合陈平原、杨义诸先生对叙事角度的分类，笔者将唐前传说的叙事角度分为三种，即全知叙事、限知叙事和纯客观叙事。

1. 全知叙事

所谓全知叙事，即"叙述者无所不在，无所不知，有权利知道并说出书中任何一个人物都不可能知道的秘密"②。由于唐前传说主要集中在汉魏六朝的笔记小说之中，多以志怪小说的形式存在，所以其叙事角度与志怪小说的叙事角度密切相关。杨义说："我国传奇小说在把史传文体细腻的同时，较多地沿袭了历史叙事的全知视角；而志怪小说别出心裁，标新立异，其中的佳作较多地采用限知叙事。"③ 杨义先生的话是就地理博物体志怪《博物志》等以及杂记体志怪如《搜神记》《幽明录》等而言的。魏晋南北朝的志怪小说，除上述两类外，还有很重要的一类即杂史类。笔者在拙作《杂史杂传为体，地理博物为用——〈拾遗记〉文体特征探析》④ 一文中，对杂史与杂史杂传类志怪之间的关系曾有过论述，笔者以为杂史杂传体志怪是由杂史杂传敷演而来的，是杂史杂传的进一步虚化和志怪化，但在形式上，杂史杂传体志怪则完全承史而来。也就是说杂史杂传体志怪《拾遗记》等不但具有史的结构，还具有史的叙事特点。杨义说："源远流

---

① 杨义：《中国叙事学》，第192页。
② 陈平原：《中国小说叙事模式的转变》，第62页。
③ 杨义：《中国叙事学》，第24页。
④ 《西北师大学报》2009年第3期。

长的历史叙事,在总体上是采取全知视角的。因为历史不仅要多方搜集材料,全面地实录史实,而且要探其因果原委,来龙去脉,以便'究天人之际,通古今之变'。没有全知视角,是难以全方位地表现重大历史事件的复杂因果关系、人事关系和兴衰存亡的形态的。"① 由于史书采用的是全知视角的叙事,承史而来的杂史杂传体志怪小说也采用的是全知视角的叙事。而记载在这类志怪小说中的传说故事,无疑也采用全知视角的叙事。比如《拾遗记》卷三这样记载周穆王与西王母在深夜的相会:

> 时已将夜,王设长生之灯以自照,一名恒辉。……西王母乘翠凤之辇而来,前导以文虎、文豹,后列雕麟、紫麕。曳丹玉之履,敷碧蒲之席,黄莞之荐,共玉帐高会。荐清澄琬琰之膏以为酒。又进洞渊红花,嵊州甜雪,崐流素莲,阴岐黑枣,万岁冰桃,千常碧藕,青花白橘。

可以看到,王嘉对西王母所乘之车、所从侍卫以及西王母穿的鞋子、坐的垫子、献的东西等都有一个详细的记录,几乎无所不知,他简直就是整个事件的直接参与者!另外,同书卷五汉武帝对李夫人在无尽的思念中细微的心理描写,卷六灵帝在裸游馆荒淫无度的生活等都是在全知叙事视角的观照下完成的。《拾遗记》中一些简短的人物杂传大多采用的也是全知的叙事角度,如卷七"田畴条"记述田畴在"往虞墓设鸡酒之礼"的过程中,其"恸哭之音"感动了刘虞的鬼魂,于是刘虞之魂遂与之相见,"相与进酒肉"且促膝相谈。试想,如果不用全知的叙事视角,又怎能够得以表现?

《拾遗记》之外,《汉武帝内传》《汉武故事》《洞冥记》《西京杂记》等具有杂史杂传性质的志怪小说中记载的很多传说故事,都是在全知视角的观照下得以表现的。如《西京杂记》卷三的"咸阳宫异物"、《汉武帝内传》与《汉武故事》中西王母与武帝会面的具体过程等就是全知视角的叙事。

2. 限知叙事

限知视角叙事是指叙事者被限定在某一范围、某一局部进行的叙事,

---

① 杨义:《中国叙事学》,第 210 页。

在限知视角的叙事中，叙事者的所知是有限的。如前所述，杨义先生认为我国魏晋南北朝的志怪小说较多采用的是限知视角的叙事。笔者以为，杨义先生的这段话是就《搜神记》《搜神后记》《幽明录》《玄怪录》等杂记类志怪小说而言的。对于志怪小说较多使用限知视角叙事的原因，杨先生也做了精辟的论述，他说："因为志怪小说描写怪异，不能在开始落笔的时候就让人一眼看出妖怪来。它需要用常态掩盖异态，用假象冒充真情，使人物（以及读者）遇怪不知怪，在与花妖狐魅、天仙恶鬼打交道之时，如日常生活一般自然亲切，然后渐生疑窦，突然反转出一个出人意表的结果，轮换着以亲切感和惊异感制造审美刺激。"① 既然汉魏六朝时期的杂记体志怪小说多采用的是限知视角的叙事，那么，记录在这类杂记体志怪中大量的唐前传说故事也必然采用限知视角的叙事。现举几例如下：

汉末，关中大乱。有发前汉宫人冢者，宫人犹活。既出，平复如旧。魏郭后爱念之，录置宫内，常在左右。问汉时宫中事，说之了了，皆有次绪。郭后崩，哭泣过哀，遂死。（《搜神记》卷十五）

晋义熙四年，东阳郡太末县吴道宗，少失父，单与母居，未有妇儿。宗赁不在家，邻人闻其屋中碰磕之声，窥不见其母，但有乌斑虎在其屋中。乡里惊惶，恐虎入其家食其母，便鸣鼓会人，共往救之。围宅突进，不见有虎，但见其母，语如平常。不解其意。儿还，母语之曰："宿罪见谴，当有变化事。"后一月日，便失其母。县界内虎灾屡起，皆云母乌斑虎。百姓患之，发人格击之，杀数人；后人射虎中膺，戟刺中其腹，然不能即得。经数日后，虎还其家故床上，不能复人形，伏床上而死。其儿号泣，如葬其母法，朝冥哭临之。（《齐谐记》）

晋太远中，有士人嫁女于邻村者，至时，夫家遣人来迎，女家好遣发，又令女乳母送之。既至，重门累阁，拟于王侯。廊柱下有灯火，一婢子严妆直守。后房帷帐甚美。至夜，女抱乳母涕泣，而口不得言。乳母密于帐中以手潜摸之，得一蛇，如数围柱，缠其女，从足至头。乳母惊走出外，柱下守灯婢子，悉是小蛇，灯火乃是蛇眼。

---

① 杨义：《中国叙事学》，第214页。

（《搜神后记》卷十）

从上举几例传说故事可以看出，叙事者总是以局外人的眼光来叙事，他只叙述自己眼光所见，至于故事中人的一些隐秘之事，他一概不知。在第一例中，汉宫人在墓中是如何生活的，第二例中吴道宗家中的乌斑虎是不是他的母亲所变，第三例中士人是不是嫁女入蛇穴，所有这些叙述人一概不知，显然都是在限知叙事的角度进行的。但正如杨义先生所言："限知留下某些叙事的空白，但这些空白不应该是平板的，而应该是富有暗示性的；暗示的极致，似乎是呼之欲出了，但它是'千呼万唤始出来，犹抱琵琶半遮面'，不贸然突破视角的界限，给人们留下寻味的余地。"① 由此可见，在限知叙事的过程中，更需要暗示，如第二例中写吴道宗母亲变虎之事，从最初邻人在他家看见乌斑虎，到吴母忽失，继之而起的"县界内虎灾屡起，皆云母乌斑虎"等都是暗示，到故事的最后乌斑虎为人所伤，无法现人形而以虎身出现在吴家时，暗示就成了明言，"限知视角所画出的叙事曲线也延伸到它的终点，使全文形成了一个境界神韵完满的圆"②。

实际上，不论是限知叙事还是全知叙事，都是相对的。杂史杂传体志怪小说中的传说故事，在大量采用全知叙事的同时，也有限知叙事的运用，如《拾遗记》卷五"怨碑"条，只说"昔生埋工人于冢内，至被开时皆不死"。但工人在冢内是如何生活的，王嘉没有交代。很明显，这是以限知叙事的角度来讲述故事的。同样，在以限知叙事为主的杂记体志怪小说中，对一些传说故事的叙事也有全知视角的运用，如《幽明录》《宣验记》等书中一些死而复生的传说故事，其中对阴间事的叙述，就是在全知视角下完成的；另外，《幽明录》卷一的"刘晨、阮肇"条、《搜神后记》卷一中的"桃花源"条等对世外仙境的叙述，也是在全知视角的观照下进行的。不仅如此，在叙述一个传说故事时，有时还会同时用到全知和限知两种叙事角度，杨义先生叫做视角的流动，这种视角的流动在唐前传说的叙事中也很普遍，如前所举《幽明录》等书中死而复生的传说故事、同书中"刘晨、阮肇"的传说等，就属于叙事视角的流动。如在后一个故

---

① 杨义：《中国叙事学》，第215页。
② 杨义：《中国叙事学》，第216页。

事中，当刘、阮二人迷路，一直到攀山吃桃等一系列的行为，都是限知视角的叙事，但当二人度山除溪，碰见仙女后的所见所闻，就是全知视角的叙事。这种流动视角的叙事在唐前传说中还有很多，如《搜神记》卷一的"董永"条、《搜神后记》卷五的"白水素女"条以及《幽明录》中的"赵泰"条等，兹不具述。

3. 纯客观叙事。所谓纯客观叙事，用陈平原先生的话说就是"叙述者只描写人物所看到的和听到的，不作主观评价，也不分析人物心理"①。笔者认为，就唐前传说而言，纯客观叙事主要是就地方风物传说以及动植物传说而言的。如：

> 宜都建平二郡之界，有五六峰，参差互出。上有倚石，如二人像，攘袂相对。俗谓二郡督邮争界于此。(《幽明录》)

> 中宿县有贞女峡。峡西岸水际有石，如人形，状似女子。是曰"贞女"。父老相传：秦世有女数人，取螺于此，遇风雨昼昏，而一女化为此石。(《搜神后记》卷一)

> 尧之二女，舜之二妃，曰湘夫人。舜崩，二妃啼，以涕挥竹，竹尽斑。(《博物志》卷八)

可以看出，叙述者在叙述这类传说故事的时候，叙事的角度是客观的、纯粹的，只描述他看到的、听到的，不做任何的评价。

综上所述，唐前传说的叙事角度是由叙述者对所叙人或事的了解程度而定的，当叙述者大于人物时，就是全知叙事；当叙述者小于人物时，就是限知叙事；当叙事者只对叙述对象进行客观的描述时，就是纯客观叙事。

三、叙事结构

罗兰巴特认为，任何叙事作品都必须"具有一个可资分析的结构，不管陈述这种结构需要多大的耐心。因为最复杂的胡乱堆砌和最简单的组合是不可同日而语的。如果不依据一整套潜在的单位和规则，谁也不能组织

---

① 陈平原：《中国小说叙事模式的转变》，第63页。

成一部叙事作品"①。杨义也说："一篇叙事作品的结构，由于它以复杂的形态组合着多种叙事部分或叙事单元，因而它往往是这篇作品的最大的隐义之所在。它超越了具体的文字，而在文字所表述的叙事单元之间或叙事单元之外，蕴藏着作者对于世界、人生以及艺术的理解。在这种意义上，结构是极有哲学意味的构成，甚至可以说，极有创造性的结构是隐含着深刻的哲学的。"② 上述罗兰巴特和杨义的话是就叙事结构的重要性而言的。但叙事学作为一门新兴的学科，研究者历来对叙事结构的理解和把握并不完全一致。美国学者浦安迪说："什么是叙事文学的结构呢？简而言之，小说家们在写作的时候，一定要在人类经验的大流上套上一个'外形'，这个'外形'就是我们所谓的最广义的结构。……叙事作品的结构可以藉它们的外在的'外形'而加以区别。所谓'外形'指的是任何一个故事、一段话或者一个情节，无论'单元'大小，都有一个开始和结尾。在开始与结尾之间，由于所表达的人生经验和作者的讲述特征的不同，构成了一个并非任意的'外形'。换句话说，在某一段特定的叙事文的第一句话和最后一句话之间，存在着一种内在的形式规则和美学特征，也就是它的特定的'外形'。"③ 杨义先生则认为："沟通写作行为和目标之间的模样和体制，就是'结构'。"④

以上是几位先生对叙事结构的独特见解，那么，唐前传说的叙事结构如何呢？汉代以前，我国的叙事文学因缺乏整体上因果连贯的统一性，曾被国外汉学界讥评为"缀段式"的叙事结构。亚里士多德在《诗学》中也曾把这种叙事结构当作叙事形态不成熟的表现，原因在于情节的串联之中缺乏必要的因果关系的贯通。然而，随着东汉三国魏晋时期佛教经典的大量翻译和形形色色佛经故事在中土的广泛流传，给中国古代叙事文学这种被讥为"缀段式"的不成熟的结构注入了新的活力，汉魏六朝史书以及这一时期笔记小说中大量叙事完整的故事出现即是有力的证明。而汉魏六朝文献典籍中的传说就是这些叙事完整的故事中的一部分。由此看

① 伍蠡甫：《西方文艺理论名著选编》（下），北京大学出版社1987年版，第474页。
② 杨义：《中国叙事学》，第39页。
③ ［美］浦安迪：《中国叙事学》，北京大学出版社1996年版，第55页。
④ 杨义：《中国叙事学》，第34页。

来，绝不应该再将这一时期文献典籍中传说的叙事结构说成是"缀段式"。既然这一时期大量完整故事的叙事结构来自佛经故事，那么，汉魏六朝文献典籍中传说的叙事结构应该与汉译佛经故事的叙事结构一脉相承。根据西方结构主义者任何事物都存在深层结构和表层结构的理论，有学者就从深层结构和表层结构两个方面入手研究初传汉译佛经的叙事结构。他认为汉译佛经叙事的深层结构就是因果报应、转世轮回的观念，而浅层结构则表现为分层叙述的葡萄藤式的结构。[①] 既然可以从深层结构和浅层结构两个方面入手探究汉译佛经的叙事结构，同样也可以从这两个方面入手研究汉魏六朝文献典籍中大量的故事和传说。实际上，王平在《中国古代小说叙事研究》一书中就已经从深层结构和表层结构两个方面对中国古代小说的叙事结构进行了深入的研究，他认为对小说叙事结构的研究要从表层结构和深层结构两个方面入手。对于中国古代小说的两大类型：文言小说和白话小说的叙事结构，他认为有相似之处，但区别也是很明显的。"从总体上来说，文言小说以短篇为主，其结构受史传文学影响较多；白话小说则兼具短篇与长篇，其结构受说话伎艺影响较多"[②]。对于中国最早的文言小说——汉魏六朝时期笔记小说的叙事结构，他说："从叙事结构来看，两者虽然都是'粗陈梗概，'但由于其深层结构有所不同，所以其表层结构还是有区别的，简单来说，志怪小说的'深层结构'是要证明怪异之事的真实可信，便决定了其特定的'表层结构'：将虚幻的怪异之事当作真实的事件用史家之笔记录成文，因而偏重于记事。志人小说的'深层结构'是为了品评人物，从而决定了其特定的'表层结构'：注重'言语应对之可称者'，因而偏重于记言。"[③] 根据汉魏六朝文献典籍中记录保存唐前传说的具体情况，借鉴王平对这一时期笔记小说深层结构和浅层结构的界定，笔者认为唐前传说叙事的深层结构就是要通过对历史人物以及历史事件的虚构以表达一定历史时期广大民众的思想观点和情感倾向。这就决定了这一时期传说叙事的浅层结构：将广大民众虚构的故事广泛传播并被

---

① 何秋瑛：《东汉三国汉译佛经叙事研究》，西南大学 2006 年硕士学位论文。
② 王平：《中国古代小说叙事研究》，河北人民出版社 2001 年版，第 311 页。
③ 王平：《中国古代小说叙事研究》，第 312 页。

文人史官记录成文,因而偏重于记事。现举几例进行分析:

> 元帝后宫既多,不得常见,乃使画工图形,案图召幸之。诸宫人皆赂画工,多者十万,少者亦不减五万。独王嫱不肯,遂不得见。匈奴入朝,求美人为阏氏,于是上案图,以昭君行。及去,召见,貌为后宫第一,善应对,举止闲雅。帝悔之,而名籍已定,帝重信于外国,故不复更人。乃穷案其事,画工皆弃市,籍其家,资皆巨万。画工有杜陵毛延寿,为人形,丑好老少,必得其真。安陵陈敞,新丰刘白、龚宽,并工为牛马飞鸟众势,人形好丑,不逮延寿。下杜阳望,亦善画,尤善布色。樊育亦善布色。同日弃市。京师画工,于是差稀。(《西京杂记》卷二)

> 王祥,字休徵,琅邪人。性至孝。早丧亲,继母朱氏不慈,数谮之。由是失爱于父。每使扫除牛下。父母有疾,衣不解带。母常欲生鱼,时天寒冰冻。祥解衣,将剖冰求之。冰忽自开,双鲤跃出,持之以归。母又思黄雀炙,复有黄雀数十入其幕,复以供母。乡里惊叹,以为孝感所致。(《搜神记》卷十一)

可以看到,在上述两个传说中,传说的主人公都是历史人物。两个传说的深层结构在于,前者通过王昭君的传说反映了广大民众对封建帝王荒淫糜烂的后宫生活的批判以及对那些被选进宫的众多民间女子悲惨遭遇的同情。后者则通过王祥的传说反映了人们对孝行的赞美和歌颂,也是两汉魏晋时期统治者所倡导的"以孝治天下"制度的反映。而这两个传说的浅层结构在于广大民众通过对这些虚构故事单元情节的叙述,记录并传播着这些传说,显然是以记事论事为主。

就是那些唐前的地方风物传说,虽然是在讲述地方以及动植物产名称的由来,但其中很多地方风物传说的背后,诉说的则是一个个与历史人物有关的传说故事,因此其深层结构仍然表达了普通民众的思想观念和情感倾向。如"宫人草"传说其深层结构表现的是广大民众对被埋葬了青春的千万民家少女的同情和对封建统治阶级骄奢淫逸丑恶本质的批判;"桃花源"传说则反映了身处乱世之中的人们对和平安宁生活的向往;"懒妇鱼"的传说则反映了封建家长制下长期从事纺织工作的女性对这种高强度劳动的无声的反抗以及她们对幸福生活的向往。可以看到,这些地方风物传说都在讲述着与广大普通百姓的现实生活息息相关的一个个动人而凄婉的故事，因此其表层结构也是以记事为主。张紫晨先生对风物传说叙事的浅层结构有所分析，他说："这些风物传说，从结构看，都是把故事的最后，归为某事物之由来。从手法看，是一种解释性故事，这些传说都是按照：①某事物的存在；②有某段故事；③故事即此事物由来的原因。这种情节结构形式，也足以代表我国古代传说的特点。"① 根据张紫晨的理论，我们也可以对上述所举的风物传说做一分析，如"宫人草"传说叙事的表层结构是按照：楚宫中存在宫人草（存在）——埋葬青春的千万民家少女（故事）——宫人草的由来（故事本身）。"桃花源"和"懒妇鱼"的传说，其叙事的表层结构也可以做这样的分析，不再列举。所有这些都足以证明，即使在寥寥几句话的唐前地方风物传说中，也是有着严密的叙事结构的，那种认为中国古代叙事文学缺乏叙事结构的说法是站不住脚的。

需要指出的是，魏晋南北朝时期流传的一些佛教传说，其叙事的浅层结构虽然仍以记事为主，但其所表现出的深层结构则与这一时期汉译佛经的叙事结构完全相同，也是对因果报应、转世轮回观念的阐释，如：

> 王导，河内人也。兄弟三人，并得时疾。其宅有鹊巢，旦夕翔鸣，忽甚喧噪。俱恶之。念云：差，当治此鸟。既差，果张取鹊，断舌而杀之。兄弟悉得喑疾。（《宣验记》）

> 晋向靖，字奉仁，河内人也。在吴兴郡，丧数岁女。女始病时，弄小刀子，母夺取不与，伤母手。丧后一年，母又产一女，女年四岁，谓母曰："前时刀子何在？"母曰："无也。"女曰："昔争刀子，故伤母手，云何无耶？"母甚惊怪，具以告靖，靖曰："先刀子犹在不？"母曰："痛念前女，故不录之。"靖曰："可更觅数个刀子，合置一处，令女自择。"女见大喜，即取先者曰："此是儿许。"父母大小乃知前女审其先身。（《冥祥记》）

在魏晋南北朝的文献典籍中，像这样反映因果报应、转世轮回观念的佛教传说还很多，不再一一举例。

综上所述，汉魏六朝文献典籍中记录保存的唐前传说，就总体而言，

---

① 张紫晨：《中国古代传说》，吉林文史出版社 1986 年版，第 35 页。

其叙事结构主要承这一时期汉译佛经的叙事结构而来。但应该清楚，唐前传说的叙事结构并不是对汉译佛经叙事结构的简单继承和全面照搬，"其中往往隐含着某种人生、哲理的味道，它既内在的统摄着叙事的程序，又外在的指向作者所体验到的人间经验和人间哲学，已经深刻的'人文化'和'哲理化'了"①。

第二节　唐前传说的叙事立场

"叙事立场"就是指叙事者在叙事的过程中所处的地位和所持的态度，也就是叙事者站在何种立场审视历史，观察现实。唐前传说虽然种类繁杂，但叙事者在叙述每一类传说时，其叙事立场还是很明确的。总括起来，唐前传说的叙事立场主要表现在以下几个方面，即民间话语立场、官方话语立场、宗教话语立场等。

一、民间话语立场

刘宁《〈史记〉叙事学研究》一书对"民间话语"有详细的论述。她说："民间话语就是'对生命和人生真实状态的书写'，这里至少有三种含义：民间话语立场是指站在民间的立场叙事。'平民'是叙事者义无反顾的角色定位，不是平民，不可能具备真正的民间叙事立场；民间话语根植于世俗环境，对世事人情有最朴实的理解，'民间'因而具有了其真实的意义，那就是人人都是民间的一分子；民间话语标举以人为本的旗帜，纯净心灵和高尚精神是其最根本的价值取向。从某种意义上说，民间话语就是排斥伪饰、拒绝偏见的真实叙事。"② 唐前传说的叙事主要站在民间话语的立场，主要有以下几个方面的原因：

第一，由于唐前传说的绝大多数来自民间，是广大民众集体创作的结果，因此，唐前传说体现了民众的精神力量。其内容大多与广大民众的日

---

① 熊江梅：《中国古代叙事结构思想论》，《云梦学刊》2008 年第 4 期。
② 刘宁：《〈史记〉叙事学研究》，中国社会科学出版社 2008 年版，第 77 页。

常生活及其思想倾向密切相关。不同历史时期的广大民众对他们生活的社会、当朝的统治阶级都有自己的是非标准，因此这一时期民间流传的传说故事就大多反映的是广大老百姓的情感愿望。如众所周知的孟姜女传说故事流传到汉代，出现了崩城和投水的内容，顾颉刚先生认为，这应该是广大民众的创造。孟姜女传说之所以在汉代出现与此前完全不同的情节故事，笔者以为，这与汉武帝长期的穷兵黩武有关，武帝时期长期的战争，使得多少家庭夫妻分离，家破人亡！崩城和投水的传说出现在这一时期，实际上反映了广大民众共同的心声——对战争的憎恨，也是他们对汉武帝这一劳民伤财政策的血泪控诉。又如《列异传》所载"望夫石"的传说如下：

> 武昌新县北山上有望夫石，状若人立者。传云：昔有贞妇，其夫从役，远赴国难，妇携幼子饯送此山，立望而形化为石。

赵逵夫先生《〈九歌·山鬼〉的传说本事与文化意蕴》一文将山鬼与巫山神女传说、望夫石的传说相联系，认为不论是山鬼、巫山神女还是望夫石中携子望夫的贞妇，"她们都是奴隶社会、封建社会中妇女苦难现实的反映"①。又如《搜神记》卷十四所载的"羽衣女"传说：

> 豫章新喻县男子，见田中有六七女，皆衣毛衣，不知是鸟。匍匐往，得其一女所解毛衣，取藏之，即往就诸鸟。诸鸟各飞去，一鸟独不得去。男子取以为妇，生三女，其母后使女问父，知衣在积稻下，得之，衣而飞去。后复迎三女，女亦得飞去。

这个传说故事则是封建社会不平等婚姻制度的反映：从前的社会，男尊女卑，一般妇女没地位，男人可随意休妻，而婚姻不幸福的妇女可没有这个自由。能有一件穿上了可以飞上天去的羽衣，大概是成千上万处在不幸婚姻中的妇女的善良愿望。除此之外，魏晋志怪小说中大量记载的人鬼婚恋传说也反映了下层社会广大男青年对当时门第森严的婚姻观念的不满以及向往冲破这一婚姻藩篱的愿望。上述反映广大民众生活境况及思想倾向的传说故事还有很多，这里不再一一列举。可以看到，这些传说故事来自民间，其叙事所采用的民间话语立场也是显而易见的。

---

① 《北京社会科学》1993 年第 2 期。

民间话语来自下层民众对社会的认识,大多与当朝统治者的意志相背离,因此以这一叙事立场创作的传说必然具有强烈的批判精神。如魏晋时期流传的千日酒传说,《搜神记》卷十九记载如下:

> 狄希,中山人也,能造千日酒,饮之千日醉。时有州人姓刘,名玄石,好饮酒,往求之。希曰:“我酒发来未定,不敢饮君。”石曰:“纵未熟,且与一杯,得否?”希闻此语,不免饮之。复索曰:“美哉!可更与之。”希曰:“且归,别日当来,只此一杯,可眠千日也。”石别,似有怍色。至家,醉死。家人不之疑,哭而葬之。
>
> 经三年,希曰:“玄石必应酒醒,宜往问之。”既往石家,语曰:“石在家否?”家人皆怪之,曰:“玄石亡来,服以阕矣。”希惊曰:“酒之美矣,而致醉眠千日。今合醒矣。”乃命其家人凿冢破棺看之。冢上汗气彻天,遂命发冢。方见开目张口,引声而言曰:“快哉,醉我也!”因问希曰:“尔作何物也,令我一杯大醉,今日方醒!日高几许?”墓上人皆笑之。被石酒气冲入鼻中,亦各醉卧三月。

另外,《拾遗记》卷九“晋时事”也写到了张华“消肠酒”的传说,还说这种酒使得时人“宁得醇酒消肠,不与日月齐光”。实际上世上哪有什么“千日酒”“销肠酒”,所有这些都是魏晋文人思想痛苦,寻求心理解脱的形象写照。同样流行于这一时期的“桃花源”传说也反映了广大民众逃避黑暗现实、追求安定幸福生活的善良愿望。这一时期之所以流传上述诸种传说,是有时代原因的:汉末魏晋时期,战乱频仍、政治险恶、杀戮成风,宗白华在论及这一时代时就说:“汉末魏晋六朝是中国政治上最混乱、社会上最苦痛的时代。”① 这在这样一个“弄文罹文网,抗世违世情”的杀机四伏的年代里,笼罩着文人普遍意识到的危机感和恐怖的心理投影,他们纷纷摈弃忠君为国的儒家道德标准,把炽热的情感凝结于冷峻的放诞、清谈玄理、饮酒服药。《晋书·阮籍传》也说:“籍本有济世志,属魏晋之际,天下多故,名士少有全者。籍由是不与世事,酣饮为常。”可以想见,文人士大夫尚且如此,普通老百姓更是流离失所,生活在水深火热之中了。因此,这一时期流传的“千日酒”传说、“桃花源”传说等实际上反

---

① 宗白华:《美学散步》,第208页。

映了世人对现实社会的逃避，也体现了人们对这一社会强烈的批判精神。

第二，民间传说中的民间话语还有广大民众所表现出来的英雄主义和乐观主义的精神。如前所述，民间话语来自广大民众对社会的认识，因此，他们对自己阶级出现的英雄人物、名人巧匠以及一些盛世的明君贤臣等都表现出了极大的崇拜，他们积极入世，对自己未来的生活大都表现出了极大的乐观主义精神。如能工巧匠鲁班就是各个历史时期广大民众歌颂崇拜的对象。有关他高超建筑技艺的传说早在《墨子》、任昉《述异记》及《古史考》《物原》等典籍中就有记载，《淮南子》曰："鲁班、墨子以木为鸢而飞之，三日不集。"《意林》也说："《论衡》：鲁班刻木鸢，飞三日不下。"后世还有很多有关鲁班的传说故事，可以看到，老百姓把鲁班当成了自己心目中的英雄，一系列的传说就表现了人们对英雄的崇拜。除此之外，如洪水传说等一些反映广大民众与大自然作斗争的传说故事则表现出了强烈的乐观主义精神，兹不具述。

需要指出的是，民间传说中还有很多地方风物传说，如"蚕马"传说讲述蚕的由来，"陷湖"传说是古代社会民众对各地所见大小型湖泊由来所作的解释，另外，人们也把许多节日和某一传说连在了一起，如"端午节"与伟大诗人屈原的传说，"七夕乞巧节"与牛郎织女的传说等。可以看到，所有这些，也都是广大民众在长期的劳动生活过程中对自己周围的物产、节日所作的想象与解释，由于地方风物传说的绝大多数也来自民间，因此也属于民间话语立场的叙事。

总之，来自民间的传说故事体现了民众的精神力量，因此无一例外地采用了民间话语立场的叙事。

二、官方话语立场

所谓官方话语立场，就是指站在官方的立场叙事。在这里，"官方"就是对叙事者的角色定位，是说其叙事立场完全与民间话语立场相对立，反映的是统治阶级的好恶及价值取向。从某种意义上来说，官方话语就是伪饰、偏见的虚假叙事。唐前传说的一部分就是站在官方话语的立场上进行叙事的，主要表现在：

第一，神化"出生"，麻痹下层民众，服务于自己。为了更好地维护自己的统治,一些朝代的开国皇帝往往神化自己的出生,他们编造一些离奇的感生传说故事,来体现自己作为统治者的与众不同。关于帝王的感生传说,在前文"帝王传说"一节已有详述,这里不再一一列举。由于这样的感生传说多为统治阶级所造,是站在统治者的立场来说的,因此其叙事大都采用官方话语立场。

第二,树立榜样,维护自己的统治。为了更好地维护统治,除了神化自己的出身以外,统治阶级还在民间寻找一些有利于自己统治的典型人物和事件,树立起标杆,并在全国范围内作大力地宣传。如先秦的孟姜女传说中的孟姜女被作为遵守封建礼法的女子备受各个时代统治阶级的推崇。东汉末魏晋时期,出现了一大批孝子的传说,如丁兰侍母、董永卖身葬父、王祥卧冰求鲤等流传后世的二十四孝传说中的大部分就出现在这一时期。为什么这一时期会出现如此多孝的传说故事呢?鲁迅在《魏晋风度及其文章与药及酒之关系》一文中对此有深刻的阐释,他说:

> 魏晋是以孝治天下的,不孝,故不能不杀。为什么要以孝治天下呢?因为天位以禅让,即巧取豪夺而来,若主张以忠治天下,他们的立足点则不稳,办事便棘手,立论也难了,所以一定要以孝治天下。

看来统治者在全国树立起如此多孝的传说故事,是有极大的政治内涵在里面的,是统治阶级意志的体现。因此,在叙事的过程中,明显地采用了官方话语立场。

三、宗教话语立场

所谓宗教话语立场,就是指站在宗教的立场叙事。也就是说这一话语立场反映的是宗教徒的日常生活以及对他们所信仰宗教教义的宣传。汉魏六朝是佛教、道教盛行的时期,因此这一时期产生了许多反映道教、佛教思想的传说故事,显然,这是宗教徒有意创造的结果。就道教而言,这一时期神仙道教盛行,由此出现了大量宣传神仙道教思想的传说故事。仙窟传说如《搜神后记》卷一的"袁相、根硕"条、《幽明录》的"刘晨、阮肇"条、"黄原"条等,仙人下凡传说如《汉武故事》中西王母与汉武帝的会面、《搜神记》卷一的"弦超"条等,普通人的修道成仙传说如《搜神记》卷一的"偓佺"条、"园客"条等。这一时期佛教传说对佛教思想的宣传主要表现在外国僧人对佛经中神奇故事、佛教之神显灵救人、佛教因果报应以及六道轮回观念等的宣传。前者如《续齐谐记》中的"阳羡书生"条、《拾遗记》卷三的"沐胥道人"条等，这些故事都是宣传佛教幻化之术的神奇，多来自佛经。如"阳羡书生"条其渊源最早就出自佛教经籍《观佛三昧海经》。后者如《齐谐记》的"范光禄"条、《搜神后记》中的"高苟"条、祖冲之《述异记》中的"甄法崇"、《冥祥记》中的"杜愿"条等。宣传佛教思想的唐前传说故事自刘宋以后逐渐增多，南北朝时期的志怪小说《宣验记》《冥祥记》《冤魂志》等几乎全部是对佛教思想的宣传，这与佛教在南北朝时期的盛行密切相关。不论是佛教还是道教，在宣传宗教思想的时候，总是以一副宗教徒说教的面孔出现的，因此其叙事语气必然站在宗教话语的立场。

不论是道教还是佛教，在从正面宣传宗教思想的同时，对那些对道教、佛教不敬的人，二教无一例外地都给以严惩，并以不同的方式进行了劝诫。道教方面如《列异传》的"麻姑"条就是讲蔡经对麻姑不敬而遭惩罚之事："神仙麻姑降东阳蔡经家，手爪长四寸，经意曰：'此女子实好佳手，愿得以搔背。'麻姑大怒；忽见经顿地，两目流血。"此外还有《搜神记》卷一的"刘根"条、"于吉"条等；佛教方面如《幽明录》中的"阿得"条和"石长和"条、《宣验记》中的"史隽"条、祖冲之《述异记》中的"胡庇之"条等。所有这些也都是宗教话语立场的叙事。

综上所述，各种类型唐前传说的创作者从不同的立场出发，从多方面对唐前传说的叙事构成影响，奠定了唐前传说丰富多彩的内涵。

第三节　唐前传说的叙事情节类型

在对叙事文学的研究中，情节的研究不容忽视。然而中外学者对情节的界定并不完全相同。亚里士多德说："情节，即事件的安排。"[①] 高尔基

---

① ［古希腊］亚里士多德：《诗学》，人民文学出版社 1962 年版，第 21 页。

则说："情节是某种性格、典型的成长和构成的历史。"① 申丹《叙述学与小说文体学研究》一书将不同学派对情节的界定作了系统的梳理：形式主义对情节的定义是：故事是按时间、因果顺序连接的事件。情节不同于故事，虽然它也包含同样的事件，但这些事件是按作品中的顺序表达出来的。② 结构主义者则认为情节是在话语层面上对故事的重新组合。③ 除对情节的界定外，学界还对情节的类型进行了概括分析。早在一百多年以前，民间文艺界就已经开始在编纂民间故事情节索引方面进行探索和尝试了。1864 年，德国学者哈恩在《希腊及阿尔巴尼亚故事》一书中，把所有的故事统一归纳为四十种型式。20 世纪初，"芬兰学派"的研究家们在民间故事情节索引方面的贡献最为突出。1910 年，芬兰科学院院士阿尔奈在《故事类型索引》一书中，将所有的故事分为三大部分。1928 年，美国著名民间文艺学家汤普森出版了英文版的《民间故事类型索引》。此后，在整个世界范围内，许多国家不仅出版了大量的民间故事资料，而且也编印了不少的民间故事情节索引，但最著名的仍属阿尔奈和汤普森。中国民间故事类型索引的编纂工作可追溯到 20 世纪 20 年代末。1928 年钟敬文、杨成志两位先生合译出版了《印欧民间故事型式表》一书，此后，中国的民间文艺工作者们沿着这一方向，就民间故事类型的比较研究作了许多探索，发表了多篇有影响的论文。迄今为止，对中国民间故事类型索引的编纂工作，最为突出的要数美籍华人丁乃通的《中国民间故事类型索引》和德国学者艾伯华的《中国民间故事类型》二书。

我国是一个传说极为丰富的国度，每一山水风物、名人巨匠、习俗节日，无不有瑰丽奇妙的传说伴随。因此，我们不止需要整个中国民间故事的类型索引，也急需有一部关于传说的类型索引，以便于我们更好地掌握和研究我国的传说资料。传说是一种口耳相传的艺术，在世代口头传承的过程中，靠的是传说情节结构的稳定性。没有一定的稳定性，就不可能传承下来。因此，对现存的大量传说，除着眼于从内容方面进行概括分类之

---

① ［苏］高尔基：《论文学》，人民文学出版社 1978 年版，第 335 页。

② 申丹：《叙述学与小说文体学研究》，北京大学出版社 1998 年版，第 52 页。

③ 申丹：《叙述学与小说文体学研究》，第 34 页。

外，适当概括其情节类型的表现也是有意义的。

张紫晨先生说，传说"情节类型的分类，可以使我们简要地了解历史上某一地区、某一民族传说的各种类型及其异式。也可以使我们知道某种类型的故事流传于哪些地区，反映出地区的分布与流传情况。它对于搜集者来说，也很有参考价值，可以使他们凭借这种类型索引去采录那些情节相同、相近或相异的作品"①。美籍华人学者丁乃通博士也说："许多中国故事为相似类型的研究者提供了广阔的天地。他们的变化同国际类型相比，无论多少，都将为那些对民间风俗的影响、传播、发展和民间故事等方面感兴趣的学者提供珍贵的资料"。② 由此可见，对传说情节类型的划分有着非同寻常的意义。然而，在对情节类型的划分上，现代学者的观点并不完全统一。诺尔曼弗里德曼以主人公的性格、想法、命运这三个"变量"以及主人公成功与否这两种遭遇进行分类，共得到六种"命运"情节、"四种"性格情节和四种"想法"情节。③ 弗莱在《批评的剖析》一书中提出了神话式、浪漫式、高模仿式、低模仿式和反讽式等五种情节类型。④ 江守义则将中国小说的叙事情节分为传奇型、生活型和反讽型三种类型。刘宁在《〈史记〉叙事学研究》中，又将《史记》的叙事情节分为浪漫型、讽刺性和悲剧性三种。在对传说情节类型的划分上，张紫晨先生可谓首创，对中国古代传说的情节类型，他列举出了皇帝口封型、开洞取宝型、惩龙型、遇仙型、仙人争地型等二十一种类型，张先生说以上情节类型仅是举例而已，实际上，我国传说浩如烟海，从情节上大约可以概括出几百例。通过对唐前传说情节的分析，并借鉴以上诸位先生对情节类型的划分或举例，笔者将唐前传说的情节类型概括为神话型、宗教型、传奇型和世俗型四种。

---

① 张紫晨：《中国古代传说》，第 26 页。
② 丁乃通：《中国民间故事类型索引·前言》，春风文艺出版社 1983 年版，第 26—27 页。
③ 赵毅衡：《当说者被说的时候：比较叙事学导论》，中国人民大学出版社 1998 年版，第 189—190、191 页。
④ ［加拿大］弗莱：《批评的剖析》，百花文艺出版社 1998 年版，第 3—5 页。

一、神话型

这一类型包括神话人物的传说化与历史人物的神话化两大类。汉代以后有关西王母、黄帝、伏羲、女娲等的传说故事，属于神话人物的传说化。如：

> 昆仑之山有铜柱焉，其高入天，所谓天柱也。围三千里，周圆如削。下有回屋，方百丈，仙人九府治之。上有大鸟，名曰希有，南向。张左翼覆东王公，右翼覆西王母。背上小处无羽，一万九千里。西王母岁登翼上，会东王公也。(《神异经》)

> 九年，昭王思诸神异。有谷将子，学道之人也，言于王曰："西王母将来游，必语虚无之术。"不逾一年，王母果至。与昭王游于燧林之下，说炎帝钻火之术。……西王母与群仙游员丘之上，聚神蛾，以琼筐盛之，使玉童负筐，以游四极，来降燕庭，出此蛾以示昭王。王曰："今乞此蛾以合九转神丹！"王母弗与。(《拾遗记》卷四)

可以看到，在此种情节类型的传说故事中，传说的主人公都是上古神话中的人物，很明显是神话人物的传说化。而且在神话人物传说化的同时，很多人物被有意无意贴上了宗教的标签，如以上两例中西王母的传说故事中，西王母就被描述成了道教的仙人。除此之外，汉魏六朝时期汉高祖刘邦的神异出生、历史人物老子的各种神异传说、伍子胥为潮神的传说等，则是对历史人物的神话化，如：

> 老子者，名重耳，字伯阳，楚国苦县曲仁里人也。其母感大流星而有娠，虽受气天然，见于李家，犹以李为姓。或云：老子先天地生。或云：天之精魄，盖神灵之属。或云：母怀之七十二年乃生。生时，剖母左腋而出。生而白首，故谓之老子。或云：其母无夫，老子是母家之姓。或云：老子之母，适至李树下而生老子，生而能言，指李树曰："以此为我姓。"或云：上三皇时为玄中法师，下三皇时为金阙帝君，伏羲时为郁华子，神农时为九灵老子，祝融时为广寿子，黄帝时为广成子，颛顼时为赤精子，帝喾时为禄图子，尧时为务成子，舜时为尹寿子，夏禹时为真行子，殷汤时为锡则子，文王时为文邑先生。一云守藏史。或云：在越为范蠡，在齐为鸱夷子，在吴为陶朱

公，皆见于群书，不出神仙正经，未可据也。（《太平广记》卷一引《神仙传》）

介子推者，姓王，名光，晋人也。隐而无名，悦赵成子，与游。旦有黄雀在门上，晋公子重耳异之，与出，居外十余年，劳苦不辞。及还介山，伯子常晨来，呼推曰："可去矣！"推辞母入山中，从伯子常游。后文公遣数千人以玉帛礼之，不出。后三十年见东海边，为王俗卖扇。后数十年，莫知所在。（《列仙传》）

老子、介子推等原本历史上实有之人，但在历史发展的过程中，或缘于宗教的原因如老子，或由于广大民众对历史人物悲惨遭遇的同情如介子推，或由于统治者的编造、宣传如刘邦等，许多历史人物被神话化，从而使他们的传说带上了神异的色彩。

二、宗教型

宗教型叙事情节就是以宗教话语为情节结构的传说故事。唐前传说的宗教型叙事情节又可以分为道教型和佛教型两大类。道教型又细分为仙人型、凡人遇仙型等；佛教型也可以细分为死而复生型、因果报应型、生死轮回型等。

仙人型，就是以仙人为故事情节的传说故事。如：

老子，姓李，名耳，字伯阳，陈人也。生于殷时，为周柱下史。好养精气，接而不施。转为守藏史，积八十余年。《史记》云："二百余年，时称为隐君子，谥曰聃。"仲尼至周，见老子，知其圣人，乃师之。后周德衰，乃乘青牛车去入大秦。过西关，关令尹喜待而迎之，知真人也。乃强使著书，作道德上下经二卷。（《列仙传》）

彭祖者，殷时大夫也。姓钱，名铿，帝颛顼之孙，陆终氏之中子。历夏而至商末，号七百岁。常食桂芝，历阳有彭祖仙室，前世云，祷请风雨，莫不辄应。常有两虎，在祠左右。今日祠之讫，地则有两虎迹。（《搜神记》卷一）

这种类型的传说故事，汉魏六朝的文献典籍多有记载，特别是这一时期的笔记小说中尤为多见，《汉武故事》《汉武帝内传》《洞冥记》《神仙传》等就是以仙人传说为故事情节的笔记小说，除此之外，这一时期其他一些笔记小说也都记录和保存了大量的以仙人为故事情节的传说故事，兹不具述。

凡人遇仙型，这一情节类型与后汉魏晋时期盛行的道教神仙思想有关。如《搜神记》卷一的"董永"条、《搜神后记》卷五的"白水素女"条，同书卷一的"剡县赤城"条，《幽明录》中的"刘晨、阮肇"条、"黄原"条，《列仙传》中的"邗子"条以及《述异记》"王质"条等，举一例如下：

> 魏济北郡从事掾玄超，字义起。以嘉平中夜独宿，梦有神女来从之。自称天上玉女，东郡人，姓成公，字知琼。早失父母，天帝哀其孤苦，遣令下嫁从夫。……去后五年，超奉郡使至洛，到济北鱼山下，陌上西行，遥望曲道头有一马车，似知琼。驱驰前至，果是也。遂披帷相见，悲喜交切。控左援绥，同乘至洛，遂为室家，克复旧好。至太康中犹在。但不日日往来，每于三月三日、五月五日、七月七日、九月九日、旦、十五日，辄下往来，经宿而去。张茂先为之作《神女赋》。（《搜神记》卷一）

死而复生型，这一情节类型的传说主要存在于佛教传说中，与佛教的地狱观念有关。如：

> 宋李清者，吴兴於潜人也。仕桓温大司马府参军督护。于府得病，还家而死。经久苏活，说云：初见传教持信幡唤之，云公欲相见。……但外人逼突，不觉入尸时，于是而活。即营理敬家，分宅以居。于是归心三宝，勤信佛教，遂作佳流弟子。（《冥祥记》）

这一情节类型的传说在《幽明录》《冥祥记》《宣验记》等志怪小说以及《洛阳伽蓝记》等笔记杂传中尤为多见。此外，魏晋南北朝时期的史书中也记录和保存了这一情节类型的传说故事，不再一一列举。

因果报应型，这也是佛教传说中最为常见的情节类型之一，主要表现佛教徒对下层民众的劝诫，其最终目的在于让更多的人信奉佛教。在《宣验记》《冥祥记》等这一时期以反映佛教思想为主的志怪小说中，都保存有大量的因果报应型传说，前者如"吴主孙皓"条、"王导"条等，后者如"何澹之"条、"宋沙门竺慧炽"条等。此外，魏晋南北朝时期佛教的盛行，使得这一时期的其他文献典籍如正史、杂传等，也都保存了一些因果报应型的传说，如：

> 甄法崇永初中为江陵令，在任严明。于时南平僇士为江安令，丧官，至其年殁。崇在厅事上，忽见一人从门入，云："僇江安通法崇。"法崇知士已亡，因问："卿貌何故瘦？"答曰："我生时所行，善不补恶，今系苦役，穷剧理尽。"（祖冲之《述异记》）

生死轮回型，这也是佛教徒用以宣传佛教思想的常见类型之一，同样，这一情节类型的传说在以佛教思想为主要内容的笔记杂传中也多有记载，如《冥祥记》中的"孙稚"条、"羊太傅祜"条、"王练"条、"向靖"条等就是反映佛教生死轮回思想的传说故事，举一例如下：

> 晋羊太傅祜，字叔子，泰山人也，西晋名臣，声冠区夏。年五岁时，尝令乳母取先所弄指环。乳母曰："汝本无此，于何取耶？"祜曰："昔于东垣边弄之，落桑树中。"乳母曰："汝可自觅。"祜曰："此非先宅，儿不知处。"后因出门游望，径而东行，乳母随之。至李氏家，乃入至东垣树下，探得小环。李氏惊怅曰："吾子昔有此环，常爱弄之。七岁暴亡。亡后不知环处。此亡儿之物也，云何持去？"祜持环走。李氏遂问之。乳母既说祜言，李氏悲喜，遂欲求祜，还为其儿。里中解喻，然后得止。祜年长，常患头风，医欲攻治。祜曰："吾生三日时，头首北户，觉风吹顶，意其患之，但不能语耳。病源既久，不可治也。"祜后为荆州都督，镇襄阳，经给武当寺，殊余精舍。或问其故，祜默然。后因忏悔，叙说因果，乃曰："前身承有诸罪，赖造此寺，故获申济，所以使供养之情偏殷勤重也。"（《冥祥记》）

三、世俗型

是指反映广大民众的理想、愿望以及爱情等为叙事情节的传说故事，这一类型传说的背后往往与特定时代广大民众的生活息息相关。这一情节类型又可以分为洞窟型、望夫型、恋情型等。

洞窟型，这种情节类型的传说故事与动乱社会人们的消极避世思想有关。前述的"桃花源"传说就属这一情节类型，《搜神后记》卷一的"韶舞"条、"穴中人世"条、"晋武陵人"条，《幽明录》中的"洛下洞穴"

条以及《异苑》卷一的"武溪石穴"条等即是，现录一例如下：

> 晋太元中，武陵人捕鱼为业。缘溪行，忘路之远近，忽逢桃花林，夹岸数百步，中无杂树，芳华鲜美，落英缤纷。渔人甚异之。复前行，欲穷其林。林尽水源，便得一山。山有小口，仿佛若有光。便舍舟，从口入。初极狭，才通人。复行数十步，豁然开朗，土地旷空，屋舍俨然。有良田、美池、桑、竹之属。阡陌交通，鸡犬相闻。男女衣着，悉如外人。……停数日，辞去。此中人语云："不足为外人道也。"既出，得其船，便扶向路，处处志之。及郡，乃诣太守，说如此。太守刘歆即遣人随之往，寻向所志，不复得焉。（《搜神后记》卷一）

望夫型，此种传说的情节类型表现了外来力量阻隔下，夫妻二人不得团聚的现状以及妻子对丈夫的思念。如：

> 武昌新县北山上有望夫石，状若人立者。传云：昔有贞妇，其夫从役，远赴国难，妇携幼子饯送此山，立望而形化为石。（《列异传》）

这一传说中，沉重的兵役、劳役是造成夫妻分离的外力，化成石的贞妇仿佛在向人们诉说着她对丈夫无尽的思念，同时也是对封建统治者的血泪控诉。除此之外，望夫型的情节类型还有"望夫冈"等民间传说，不一而举。

恋情型，这一情节类型又可以分为人鬼、人妖相恋型和世间男女的婚恋型，前者主要存在于魏晋时期，与这一时期等级森严的门阀婚姻制度有关，是一些下层男青年欲攀高门不得而产生的传说故事。如《搜神记》卷十六的"汉谈生"条、"钟繇"条等。现举一例如下：

> 晋时，东平冯孝将为广州太守。儿名马子，年二十余，独卧厩中，夜梦见一女子，年十八九，言："我是前太守北海许玄方女，不幸蚤亡。亡来今已四年，为鬼所枉杀。案生录，当八十余，听我更生，要当有依马子乃得生活，有应为君妻。能从所委见救活不？"马子答曰："可尔。"……生二儿一女：长男字元庆，永嘉初为秘书郎中；小男字敬度，作太傅掾；女适济南刘子彦，征士延世之孙云。（《搜神后记》卷四）

世间男女的婚恋为情节类型的传说故事，主要反映世间不同阶层男女悲欢离合的爱情传说，这一时期的婚恋传说，较典型的有孟姜女传说故事，《搜神记》中的"韩凭妻""河间郡男女"以及《幽明录》中的"庞阿"等。现举一例如下：

> 有人家甚富，止有一男，宠恣过常。游市，见一女子美丽，卖胡粉，爱之，无由自达。乃托买粉，日往市，得粉便去，初无所言。积渐久，女深疑之。明日复来，问曰："君买此粉，将欲何施？"答曰："意相爱乐，不敢自达。然恒欲相见，故假此以观姿耳！"女怅然有感，遂相许以私，克以明夕。其夜，安寝堂屋，以俟女来。薄暮，果到，男不胜其悦，把臂曰："宿愿始伸于此！"欢踊遂死。女惶惧，不知所以。因遁去，明还粉店。至食时，父母怪男不起，往视，已死矣。当就殡敛。发箧笥中，见百余裹胡粉，大小一积。其母曰："杀吾儿者，必此粉也。"入市遍买胡粉，次此女，比之，手迹如先，遂执问女曰："何杀我儿？"女闻呜咽，具以实陈。父母不信，遂以诉官。女曰："妾岂复吝死？乞一临尸尽哀！"县令许焉。径往，抚之恸哭，曰："不幸致死，若死魂而灵，复何恨哉？"男豁然更生，具说情状，遂为夫妇，子孙繁茂。（《幽明录》）

除以上所举几例以外，世俗型情节类型的传说故事还可以分出很多，如反映社会上形形色色人物，上自帝王、臣子、后妃，下到文人巧匠、普通百姓，有关他们日常生活的传说故事都可以统统归到这一情节类型之下，这几种情节类型的传说在上编讨论各种类型的唐前传说时已有详细的论述，兹不具述。

四、传奇型

在这一情节类型的传说故事中，笔者将一切有违生活常理的传说故事都归入此类，因此这一情节类型的传说又可以细分为很多小类，主要有：

人变动物型，这种传说的情节类型在汉魏六朝的笔记小说中很常见，其中一部分与佛教的因果报应及生死轮回观念有关，也有一些与道教神仙思想有关，但绝大多数是当时社会的传闻。在这种情节类型中，人可以变成鸟、鼋、鳖、虎、猪、鹿等动物。如《齐谐记》中的"薛道询"条、"吴道宗"条，《异苑》卷八的"猎人化鹿"条等，现举其中一例如下：

汉灵帝时，江夏黄氏之母浴盘水中，久而不起，变为鼋矣。婢惊走告。比家人来，鼋转入深渊。其后时时出见。初浴簪一银钗，犹在其首。于是黄氏累世不敢食鼋肉。（《搜神记》卷十四）

异物化人型，这种情节类型的传说在唐前传说中最为多见，《搜神记》《搜神后记》《异苑》《幽明录》等志怪小说以大量的篇幅向世人讲述了形形色色异物化人的传说故事，主要有鸟变人、狗变人、鳖变人、狐变人、猪变人、獭变人、蛇变人等，魏晋南北朝时期之所以出现如此多异物化人的传说，笔者以为，这类传说故事，除一部分来自民间异闻如蛇郎等之外，主要有以下几方面的来源：一方面与外来宗教佛教的兴盛有关。佛经中有许多异物化人的神奇传说，随着佛教的兴盛、佛经的大量传播，世人模仿佛经创造出了更多这样的传说故事。王青《西域文化影响下的中古小说》一书即认为，狐女的传说就来自域外。如：

阳羡县小吏吴龛，有主人在溪南。尝以一日乘掘头舟过水，溪内忽见一五色浮石，取内床头，至夜化成一女子，自称是河伯女。（《幽明录》）

吴兴戴眇家僮客姓王，有少妇，美色，而眇中弟恒往就之。客私怀怨怒，具以白眇："中郎作此，甚为无礼，愿遵敕语。"眇以问弟，弟大骂曰："何源有此？必是妖鬼。敕令扑杀。"客初犹不敢约厉分明，后来闭户欲缚，便变成大狸，从窗中出。（《幽明录》）

另一方面，这一情节类型的传说故事中，很多异物化成美女与青年男子共度良宵，这或许也与道教宣扬的房中术有关。现举一例如下：

晋安帝元兴中，一人年出二十，未婚对，然目不干色，曾无秽行。尝行田，见一女甚丽，谓少年曰："闻君自以柳李之俦，亦复有桑中之欢邪？"女便歌，少年微有动色。后复重见之，少年问姓，云："姓苏，名琼，家在涂中。"遂要还，尽欢。从弟便突入以杖打女，即化成雌白鹄。（《幽明录》）

异物化人情节类型的传说，也与中国古代的天人感应思想以及汉代的谶纬思想有关，如：

嘉兴县鄳陶村朱休之有弟朱元，元嘉二十五年十月清旦，兄弟对坐家中，有一犬来，向休蹲，遍视二人而笑，遂摇头歌曰："言我不能歌,听我歌梅花,今年故复可,奈如明年何?"其家惊惧,斩犬榜首路侧。至岁末梅花时,兄弟相斗,弟奋戟伤兄,官收治,并被囚系,经岁得免。至夏,举家时疾,母及兄弟皆卒。(祖冲之《述异记》)

陷湖型,这种情节类型的传说故事可能是古代广大民众对南方随处可见的湖泊来源的想象,也夹杂着因果报应的思想在里面,如《搜神记》卷二十的"故巢老姥"条、《刘之遴神录》中的"由拳县"条、《水经注异闻录》第一百四十一"担生"条等,举一例如下:

邑人有行于途者。见有小蛇,疑其有灵,持而养之。名曰担生。长而吞噬人,里中患之,遂捕系狱,担生负而奔,邑沦为湖。县长及吏,咸为鱼矣。今县治东北半里许落水。(《水经注异闻录》)

人名称物型,因某物与某人的传奇经历有关,便以人名命名,如"懒妇鱼""贞女峡""马头娘"等,所有这些传说都反映了广大民众丰富的想象力。如:

临城县南四十里有盖山,百许步有姑舒泉。昔有舒女,与父析薪于此泉。女因坐,牵挽不动。乃还告家。比还,唯见清泉湛然。女母曰:"吾女好音乐。"乃作弦歌,泉涌洄流,有朱鲤一双。今人作乐嬉戏,泉故涌出。(《搜神后记》卷一)

以上是对唐前传说情节类型的一个简单的分类,所有这些也仅仅是在大的类型下的举例,实际上并不完全,如还有一些地方风物传说、动植物传说并没有被囊括在内。正如张紫晨所言:"这种情节类型的分类,可以使我们简要地了解历史上某一地区、某一民族传说的各种类型及其异式。也可以使我们知道某种类型故事流传于哪些地区,反映出地区的分布与流传情况。它对于搜集者来说,也很有参考价值,可以使他们凭借这种类型索引去采录那些情节相同、相近或相异的作品。"[①] 因此,对唐前传说情节类型的分类,还有待作进一步的深入探索。

---

① 张紫晨:《中国古代传说》,第26页。

第七章　唐前传说的传播、接受与嬗变

传播学是 20 世纪四五十年代诞生于美国的一门新兴的学科。20 世纪 70 年代末传入中国内地，随后，大量的西方传播学理论著作被翻译出版，特别是 20 世纪 90 年代，我国出现了大量介绍传播学理论体系和传播学应用实践理论的著作，中国的传播学研究逐渐呈现出自己的研究特色。近年来，传播学作为一门独立的新兴学科更是备受国人的青睐，传播学的研究范围也逐渐扩大，从近现代逐渐向古代延伸，研究的对象也由宽泛逐渐走向具体。在本章中，笔者即以唐前传说作为研究对象，结合国内外传播学的理论知识，探讨唐前传说的传播、接受以及唐前传说的流变。

第一节　唐前传说的传播方式

作为一种民间文学样式，传说最早是一种口头文学，它的流传主要靠人们口传心授，播布民间。后来由于文人的染指，民间传说被收集起来，用文字写定，变成文本形式被保存了下来。除口耳相传与文字记载之外，也有很多的传说以图画的形式画或刻在岩石、墙壁之上，特别是从汉代开始，大量的传说故事被刻或画在墓主的棺椁，墓内的石、砖之上，以画像的形式保存了下来。由此可见，传说的传播方式经历了一个由口耳相传到文字记载、图画保存的发展历程。我们研究唐前传说的传播方式也将沿着这一线索，探讨唐前传说传播的历史轨迹。

一、唐前传说的语言传播

巴甫洛夫说："没有东西可以比语言更能使我们成为人类。语言的产生，是人类第一次传播革命的直接推动力，也是猿与人的分界线。其意义远远大于我们的远祖第一次直立行走和离开森林。"① 语言的产生，对人类社会生活的各个方面都具有非常重要的作用，在传说传播中的作用更是不言而喻。

在文字产生之前，由于口头语言不能行之久远，人类就将自己群体的重要事务编成传说，使之流传。我国原始社会的传说从人类起源至石器时代的各个阶段，均与史实相混。那时由于生产力水平低下，人们对许多身边发生的现象及周围的很多事物不能做出科学地解释，由此便产生了许多关于这些现象和事物的种种传说，这些传说也多与当时或前代对人类做出重大贡献的氏族首领或民族英雄相联系，从而使得这一时期传说的背后也折射出上古先民在特定历史时期的生产生活状况。"有巢氏构木为巢的传说，反映了原始人类营建地穴式居室或在平原湖沼地带营建干栏式居舍的史实。燧人氏钻燧或钻木取火的传说，传输了我国穴居人对火的使用与发明取火的信息。……关于伏羲氏的种种传说记载了采集、渔猎经济形态，神农氏则是渔猎经济发展为农耕经济时期的代表，传说显示了当时一些创造发明广泛传播、推广的景象，五帝至尧舜禹的传说则是原始社会晚期和向阶级社会过渡时代的产物"②。

如前所述，口耳相传一直是传说的主要传播方式，但语言传播在其发展过程中，也以不同的形式表现出来，唐前传说的语言传播，除人与人在日常生活相互交往中的传播外，也有许多传说在民歌中得到了传播。汉代自武帝建立乐府机关之后，派出了很多官员对民间传唱的民谣进行了搜集，以"观风俗，知薄厚"。而这些流传于民间的歌谣，很多就是以传说为基本内容的。汉代以后的魏晋南北朝时期，虽然社会动荡不安，战争频繁，但仍有很多民谣被搜集整理成了乐府民歌的形式，当然其中也包含着大量的民间传说。从宋代郭茂倩编《乐府诗集》可以看到，唐前传唱的乐府歌曲，涉及的传说就非常多，现举几例如下：

> 隔津叹，牵牛语织女，离泪溢河汉。（《乐府诗集》卷四十六《华

---

① 转引邵培仁《传播学》，高等教育出版社 2000 年版，第 36 页。
② 孙旭培：《华夏传播论》，人民出版社 1997 年版，第 10 页。

山畿》)

> 秋胡子娶妇,三日会行,仕宦既享显爵,保兹德音。以禄颐亲,韫此黄金。睹一好妇,采桑路傍。遂下黄金,诱以逢卿。玉磨逾洁,兰动弥馨。源流洁清,水无浊波。奈何秋胡,中道怀邪。美此节妇,高行巍峨。哀哉可愍,自投长河。(《乐府诗集》卷三十六《秋胡行》)

以上所举乐府民歌,《华山畿》记载了牵牛织女的传说:他们被天河无情地阻隔,只能泪眼相望。民间传唱的歌谣,也引起了这一时期文人的普遍关注,《古诗十九首》的《迢迢牵牛星》、应劭的《风俗通》、曹丕的《燕歌行》、陆士衡的《拟迢迢牵牛星》、谢惠连的《七月七日夜咏牛女》以及张华的《博物志》、任昉的《述异记》、吴均的《续齐谐记》等文人创作的诗文及搜集整理的笔记小说等都从不同的角度记录了这一传说。如果说《古诗十九首》、应劭、曹丕、陆士衡、谢惠连对牛郎织女传说的记述都与乐府诗《华山畿》一脉相承,出自这一民间歌谣的话,张华、任昉、吴均的记述则说明,这一传说故事本身的内容也随时代、地域的不同在不断地丰富和发展,并和这一时期盛行的仙道故事发生了联系。当然,张华、任昉、吴均等文人笔记小说的记述也来自民间。所有这些都说明,牛郎织女传说在汉魏六朝时期非常盛行并已逐步成型,而民间传唱的歌谣则起了举足轻重的作用。《秋胡行》则讲述的是秋胡戏妻的传说。秋胡戏妻的传说最早见于西汉刘向的《列女传》,刘向在这个故事中,以儒家观念为标准批评了秋胡的孝义并忘,赞扬了秋胡妻的贞烈。西汉以后,秋胡戏妻的传说在汉魏六朝时期广为流传,除汉代的乐府诗《秋胡行》之外,这一时期以这一传说为内容的诗歌就有魏晋时人傅玄的《秋胡行》二首,晋宋时人颜延之的《秋胡行》一首(九章),梁代王萧伦的《代秋胡妇闺怨诗》等。除此之外,介子推、孟姜女、王昭君、诸葛亮等传说以及一些名工巧匠传说等都在唐前的乐府民歌中有所表现,不再一一列举。可以看到,很多乐府民歌都直接以当时民间流传的人物传说中的主人公作为乐府歌辞的题目,如以上所举乐府民歌《秋胡行》即是。又如《焦仲卿妻》《木兰诗》等也是,前者传唱的是刘兰芝焦仲卿的传说,后者则叙说了木兰替父从军的传说。另有一些乐府民歌,虽然其中内容并不表现传说故事，但其题目却源自一个美丽的传说，如郭茂倩在《乐府诗集》卷四十六"华山畿二十五首"下注曰：

> 《古今乐录》曰："《华山畿》者，宋少帝时懊恼一曲，亦变曲也。少帝时，南徐一士子，从华山畿往云阳。见客舍有女子年十八九，悦之无因，遂感心疾。母问其故，具以启母。母为至华山寻访，见女具说闻感之因。脱蔽膝令母密置其席下卧之，当已。少日果差。忽举席见蔽膝而抱持，遂吞食而死。气欲绝，谓母曰：'葬时车载，从华山度。'母从其意。比至女门，牛不肯前，打拍不动。女曰：'且待须臾。'妆点沐浴，既而出。歌曰：'华山畿，君既为侬死，独活为谁施？欢若见怜时，棺木为侬开。'棺应声开，女透入棺，家人叩打，无如之何，乃合葬，呼曰神女冢。"

由此可见，汉魏六朝时期的乐府民歌，其中很多不但是对民间传说内容的采集改编，而且一些歌谣的题目也源自美丽的传说。值得注意的是，汉乐府民歌中的很多传说虽然来自广大民众的口耳相传，但被采入诗后，其流传的形式就发生了变化，即由口耳相传的传播方式一变而为文字记载了。

"无翼而飞者声也"①。我国古代的先圣最先揭示了语言作为一种重要传播方式的特征。《论语·子路》说："一言可以兴邦。"而在孟子眼里，语言传播高于一切，他说："善政不如善教之得民也。"② 刘勰特别看重语言传播的巨大力量："一人之辩，重于九鼎之宝；三寸之舌，强于百万之师。"③ 唐太宗也看到了语言传播对维护统治的作用，他说："言语者，君子之枢机。"④ 北宋大文豪苏轼则认为，语言传播还具有适宜性的特点，他说："天下无事，则公卿之言轻于鸿毛；天下有事，则匹夫之言重于泰山。"⑤ 虽然语言作为重要的传播方式，有许多重要的特点，但语言传播方式的缺陷也是显而易见的，因为是口耳相传，而口语在传播过程中又具有

---

① 滕新才、荣挺进译注：《管子白话今译》，中国书店 1994 年版，第 239 页。
② 杨伯峻：《孟子译注》，中华书局 1960 年版，第 306 页。
③ 郭晋稀：《文心雕龙注译》，第 222 页。
④ （后晋）刘昫等：《旧唐书》卷四十四，中华书局 1975 年版，第 609 页。
⑤ （清）姚鼐纂集，胡士明、李祚堂标校：《古文辞类纂》卷二十二，上海古籍出版社 1998 年版，第 264 页。

很大的不稳定性,于是在传播过程中也就容易发生变异。因此,民众口耳相传的历史是靠不住的,其中必然有很多虚构和变异的成分在内。然而口耳相传的不稳定性和变异的特点,却是传说得以保持永久生命力的根本所在。正是由于这种不稳定性和变异的特点,才使得同一传说在不同历史时期呈现不同的内容,也就反映了不同时期广大民众的思想观念和情感倾向。大多民间传说在传播过程中都发生了变异,这种情况在唐前传说的传播过程中比比皆是。如孟姜女传说,就是传说在传播过程中发生了变异的典型,而且流传的时代越久远,变异就越严重。《左传》的杞梁之妻,就是孟姜女的原型,《左传》中的记载只说她是一个谨守礼法的人,至于她在丈夫去世之后如何悲伤,《左传》上一点没有记载。过了两百年,战国中期的《檀弓》一书,在《左传》的基础上,增加了杞梁死后,"其妻迎其柩于路而哭之哀"的内容。顾颉刚认为这实际上与当时齐国流行的一种哭调有关,他说:"在这一段上,使得我们知道齐国人都喜欢杞梁之妻的哭调,成了一时的风气。又使得我们知道杞梁之妻的哭,与王豹的讴,緜驹的歌,处于同等的地位,一样流行。我们从此可以窥见这件故事所以能够流传的缘故,齐国歌唱的风气确是一个有力的帮助。"① 顾先生的说法很有道理,齐国流行哭调的说法也见之于文献典籍,张华《博物志》卷八就说:

> 薛谭学讴于秦青,未穷青之旨,于一日遂辞归。秦青乃饯于郊衢,抚节悲歌,声震林木,响遏行云。薛谭乃谢求返,终生不敢言归。秦青顾谓其友曰:"昔韩娥东之齐,遗粮,过雍门,鬻歌假食而去,余响绕梁,三日不绝,左右以其神弗去。过逆旅,凡人辱之,韩娥因曼声哀哭,一里老幼喜欢抃舞,弗能自禁,乃厚赂而遣之。故雍门人至今善歌哭,效娥之遗声也。"

到西汉后期,这个故事的中心又从悲歌而变为崩城进而投水而死了。再到后来,又增加了更多的故事情节如送寒衣等。如果说《左传》《檀弓》等书中记载的杞梁妻是一个受过封建礼法熏陶的女性形象,出自上流社会的话,那么,西汉刘向关于崩城以及投水而死的记载则明显来自下层的市井

---

① 顾颉刚:《孟姜女故事研究集》,上海古籍出版社 1984 年版,第 3 页。

乡野。高国藩说："从先秦到魏晋南北朝这一很长的历史阶段流传的杞梁故事，虽然在封建社会上层人士中有广泛影响，但是它的思想性没有可取之处，这种错误的思想内容并没有被下层劳动人民所接受。最明显不过的例子，是在这时期的民间故事书里，也就是所谓的'志怪小说'中，像张华的《博物志》、任昉的《述异记》、干宝的《搜神记》……等等，没有杞梁故事相应的创造性的记载，不然下层劳动者早把它像韩凭夫妇的悲剧那样加以神话或仙话了。"① 显然，高先生在这里是就这一时期杞梁传说在上流社会的传播主流而言的。顾颉刚则认为崩城投水的传说来自下层社会广大民众的口耳相传，他说："我们在这里，应该说一句公道话：这崩城和投水的故事，是没有受过礼法熏陶的'齐东野人'想象出来的杞梁之妻的悲哀，和神灵对于他表示的奇迹；刘向误听了'野人'的故事，随之误收在'君子'的《列女传》。但他虽误听误收，而能使得我们知道西汉时即有这种传说，这是应当对他表示感谢的。"② 由上所述可见孟姜女传说发展到汉魏六朝时期大致的变异情况。诸如此类在广大民众口耳相传过程中发生变异的传说还有很多，兹不具述，所有这些都说明民间传说在口耳相传过程中的变异与不稳定性，而传说的变异与不稳定性则是由时代的变迁、地域的变化以及广大民众的情感倾向等多方面因素决定的。

二、唐前传说的图像传播

在文字产生之前，上古先民除靠语言传播信息之外，另一主要的信息传播方式就是图画。先民们用来传播信息的图像主要是岩画。这些岩画是人类生存斗争的自然图解，是人类描绘在岩石上的一部远古史，反映了上古先民的生产生活状况、思想意识、民族迁徙、宗教信仰以及自然环境等，是上古时代信息传播最早的方式之一。其中的许多岩画也记录了当时盛行或后代流传的一些传说故事，对唐前传说的传播起到了重要的作用。连云港市将军崖岩画中的锦屏山将军崖和大伊山岩画中的人面像、农作物、太阳、星光、古船、女人形象，以及当时人们虔诚的宗教活动等场

---

① 高国藩：《敦煌民间文学》，（台湾）联经出版事业公司，1994年版，第366页。
② 顾颉刚：《孟姜女故事研究集》第10页。

面，构成了一幅连云港地区的先民们原始村落的生活画卷。其中的船形岩画，当与传说中东南沿海先民的航海和渔猎生活紧密相关。青海哈龙沟岩画的岩面呈红褐色，在阳光照射下，图像若隐若现，当地藏民对此有仙人显灵的传说，现在也还有人在此祭祀。美国传播学之父施拉姆就说："史前洞穴壁画可能是留存至今最早的人类传播事例。"① 在上古时期，岩画作为重要的传播方式之一，在各地非常普遍，"岩画艺术遍布世界的各个角落，几乎只要那里有人生存，有利用价值的岩石表面就会被画，被刻，被雕上许多形象"②。我国不论在史前还是史后，人们都以大量的岩画作为传播记录的重要方式，而且内容极其广泛，主要涉及人、动物、植物、日、月、星辰以及一些抽象的符号等。按孙旭培先生的说法，这些岩画"无一不传播原始巫术与原始崇拜观念"③，如台湾万山岩雕群中最大的那座，鲁凯话叫"孤巴察娥"。其中正面的全身人像高度在1.5米以上，人像的头部有长短不一的叉状物。人物的双臂高举，两腿略弯，没有脚。根据鲁凯人的传说，高雄、屏东、台东三县交界的大鬼湖，是他们祖先的发祥地。岩雕中的这个人像，大约就是他们的祖先（湖神）的象征。因为高山湖面经常雾气弥漫，所以就没有刻出脚来。很明显，万山岩群雕应该与鲁凯人祖先崇拜的传说有关。新疆昆仑山岩刻中，动物图像几乎占全部岩刻图像的百分之六十，其中羊的形象约占一半。其他动物有牛、马、鹿、狗、熊、狐狸、鸟、蛇等，这些动物图像既反映了古代昆仑山地区的生态环境，也体现了传说中先民们对动物的崇拜。有关反映先民祖先崇拜传说的岩画还有很多，兹不具述。总之，通过细致的比较和分析，邵培仁先生发现，这些岩画表现最为独特系统的是史前人物岩画，对此，他说："合而观之，人面岩画是天、太阳、人三种意象的融合，以太阳为核心，表现太阳是宇宙万物之源、人类的日崇拜、生命崇拜、生殖崇拜。"④ 正如邵先生所言，反映传说中先民对太阳、太阳神以及月亮、月亮神崇拜的岩画确实很多，新疆松哈尔沟洞窟彩绘岩画中围猎图的右上方以赭色描绘了一个巨

① ［美］施拉姆：《人类传播史》，游梓翔等译，台湾远流出版公司1994年版，第25页。

② 朱狄：《艺术的起源》，中国社会科学院出版社1982年版，第39页。

③ 孙旭培：《华夏传播论》，第11页。

④ 邵培仁：《传播学》，第12页。

大的太阳，说明远古狩猎民十分崇拜太阳和太阳神。右边有一个比太阳小好多的月亮，表明远古人也十分崇拜月亮和月亮神。同样的情况，在新疆特克斯县阿克塔斯洞窟中以赭色图绘大小三个太阳，洞外则绘有三个太阳和一个月亮，而富蕴县唐巴勒塔斯洞窟顶上也以赭色涂绘两个太阳，可见远古时代对太阳的崇拜是非常普遍的现象。

岩画作为上古先民主要的信息传播方式，记录了许多上古时期的传说故事，而且这一古老的信息传播方式，在后代仍有发展，且记录了许多特定时期的传说故事，直接或间接地反映了一定历史阶段的政治、经济以及宗教等方面的现实状况。如江苏连云港孔望山摩崖汉画像群中，老子的像就被配置在画像群的中心并被多组佛教内容的人物画像所环绕，这应该与东汉时期出现的新的宗教传说——"老子化胡说"有直接的关系。将老子与佛教教祖佛陀放在一起进行合祭，最早见于《后汉书·楚王英传》，据载："英少时好游侠，交通宾客，晚节更喜黄老，学为浮屠斋戒祭祀。……因以班示诸国中傅。"由此可见，佛教在传入中国之初，为使自己发展壮大，不得不依附于中国本土宗教道教的现实状况。

除岩画之外，汉代的画像石、砖则是唐前传说以图画的形式传播的主要方式。汉画像石和画像砖的产生和流行，是和汉代社会流行的厚葬习俗分不开的。汉代大一统的社会使得上层统治者更多地将精力由秦以前的关注政治斗争转向关注个人的衣食住行。他们不但在生前享受荣华富贵，也希望死后继续这种奢华的生活。人们普遍相信，只要将死者生前所用之物带进墓里，死者就可以在阴间过上同样富足的生活。于是，上自皇帝贵族，下至普通官吏，生前都想方设法地使自己死后的陪葬品更加丰厚，墓室更加豪华。从迄今为止发掘的汉墓可以看到，其中的一些汉墓，墓室结构宏伟、复杂，俨如墓主生前所居的院室。墓室中大到仆人、金银财宝、生活必需品，小到日常生活的玩物、装饰品，一应尽有。而墓室中的石画和砖画就是画或者刻在墓壁上的带有墓主人生前的宗教、信仰以及日常生活场景的图画。内容极为丰富，其中也保存了许多珍贵的传说材料，对唐前传说的传播起了极大的推动作用。

纵观汉代画像石画像砖中保存的传说故事，汉画像中涉及的传说主要是人物传说，其次是自然现象与动植物传说。人物传说主要有以下几个类型：1. 神话人物传说，如黄帝、伏羲、女娲、西王母、东王公、后羿、嫦娥等。2. 历史人物传说，这在汉画像石中是最多的，几乎涉及了各类形形色色的人物。主要有帝王如秦王、韩王等，圣贤名臣如孔子、老子、赵盾等，孝子如曾参、董永、丁兰等，刺客如聂政、豫让、荆轲等，列女如秋胡妻、梁义姑姊、无盐丑女等。汉画像石中，有关自然现象与动植物的传说也很多。自然现象传说主要有太阳、月亮、虹、牛女星等，动植物传说主要有九尾狐、鹿、灵芝等。

汉画像中保留如此之多的传说，是汉代厚葬风气的产物，但还有更为深刻的社会原因，李发林说："汉画像中所刻画的明王、忠臣图像，正是封建统治政权的表现。汉画像中的孝子形象，就是族权的表现。至于仙人、奇禽异兽，则显然是神权的表现。所谓列女、贞妇，则是夫权的表现。沂南画像墓中的佛像就是教权的表现。"①

魏晋南北朝时期，虽然有很多帝王反对厚葬，但从目前挖掘的这一时期的一些墓葬来看，墓主人的棺椁、墓室的门、墙壁上仍有很多画像存在，当然也不乏反映传说的画像。如甘肃嘉峪关出土的魏晋墓中，合葬的夫妻二人的棺椁上都画有伏羲女娲的图像，联系这一时期神仙道教思想的盛行，笔者认为，这实际上反映了当时人们希求得道成仙的思想愿望。

以图画的形式进行传说的传播，其特点是显而易见的，那就是直观性强，传播范围广。它可以使目不识丁的农妇，读懂图画上的信息。图画不但具有很强的直观性，而且还有文字无法比拟的优势，那就是即使图像历经了千百年的风风雨雨，后人也能从画面上解读到特定时代的文化信息，而流传到现在的一些文字，则有可能成为当今人们无法解读的密码。其次，以图像形式保存的传说故事还可以起到和同时期及后代文字记载的传说相互印证的作用。如老莱子娱亲图，见于汉代武梁祠画像石上，画中有四人，老莱子的父母坐在低矮有靠背的木榻上。老莱子跌仆在地之后刚刚坐起。在老莱子和其父母之间还有一位手持食物的妇女，应该是老莱子的妻子。而在老莱子上方的题词为："老莱子，楚人也，事亲至孝，衣服斑连，婴儿之态，令亲有欢，君子嘉之，善莫大焉。"而武梁祠汉画中的这

---

① 李发林：《汉画考释和研究》，中国文联出版社 2000 年版，第 67 页。

一传说，在魏晋南北朝时人所作《孝子传》一书中多次得到了印证。如《太平御览》卷四一三引师觉授的《孝子传》就说："老莱子者，楚人，行年七十，父母俱存，至孝蒸蒸。常着斑烂之衣，为亲取欢，上堂脚跌。恐伤父母之心，僵仆为婴儿啼。"又如在武梁石室后壁第一层的汉画像石上也刻有秋胡戏妻的传说：画面的左边是一个头戴前高后低冠的男子，此人上身略向前倾，右手抬起，面向右方，在他的旁边刻有"鲁秋胡"三个字；画面的右边是一个身着长裙的妇人，她正在把采摘的桑叶放到下面的篮子，同时扭头向后望，她的旁边则刻着"秋胡妻"三个字。据考证，这是迄今可见最早的秋胡戏妻传说的汉画像石，而这一画像石与西汉刘向《列女传》中秋胡戏妻的故事相印证，说明这一传说在西汉时期就已经广为流传。除此之外，丁兰刻木像供父、二桃杀三士、荆轲刺秦王以及董永卖身葬父等传说的汉画像石，也都和前代或后代的文献记载相印证，有力地证明了图像在传说传播过程中的重要作用。可以说汉魏六朝时期各类历史人物传说的盛行，与汉代以图画的形式传播和保存这些传说不无关系。

三、唐前传说的文字传播

文字的发明是人类的伟大创举，自从有了文字，原来许多靠口耳相传或以图画记载的事件都转向以文字的形式记录了下来。传说也不例外。如前所述，传说顾名思义就是传和说，最早是一种口头文学样式，其存在的方式主要是口耳相传。但自从文字产生，特别是经过封建文人的染指，许多传说被文人以文字的形式记录了下来。

我国的文字起源于何时，目前尚无定论。但我们可以肯定地说，甲骨文是我国最早的成熟文字。而甲骨文中，就已经记录了一些古老的传说，如"虹"饮水的传说，甲骨文中就不止一次出现。这说明在甲骨文字的时代，"虹"饮水的传说就已经广为流传了。雨后虹的出现，现代人早已知道，是一种自然现象，但在甲骨文字的时代，人们还无法解释这种奇异的自然现象，先民们发现虹都在雨后出现，且呈弓形，两头都在有水的地方，于是就将虹想象成了一种有两个龙头的神异动物，认为它和龙一样可以兴风作雨，可以吸水等。由此可见，当时很多有关虹的传说，都与虹字的甲骨文字形有关。

　　文字出现以后,逐渐成了人类记录和保存重大历史事件及生活琐事最重要的载体,原来在民间靠人们口耳相传的传说故事也逐渐被记录了下来。值得注意的是,由于文字产生之前,历史和传说都是靠口耳相传,因此在文字产生的最初阶段,文字记录的传说与历史往往混而不分。但是,随着社会的发展,人们开始逐渐将历史与传说分开,各国都设史官专门记录本国的历史,传说则被当作野史杂传记录在了各个历史时期的笔记杂传中。就汉代而言,司马迁《史记》、班固《汉书》即被称为正史,而《吴越春秋》《越绝书》《晏子春秋》《列仙传》等都被看作是记录历史人物传说故事的杂传。当然,《史记》《汉书》的作者司马迁、班固有时也会把一些传说录入史书,但较于先秦古史与传说混杂的时期,不能不说是一个大的进步。到了汉魏晋六朝时期,由于儒学的衰落、玄学的兴起,人们思想观念的空前解放,加之佛道二教思想的盛行,除此前已流传于社会的历史人物传说、神话人物传说等,这一时期更是出现了许多宗教人物传说和神鬼狐妖等异物的传说。而战争连绵、黑暗险恶的社会局势也使得社会上的许多文人逐渐远离政治,开始关注民间流传的这些逸闻趣事。张华、干宝等一部分文人还热衷于搜集整理这些故事,张华的《博物志》、干宝的《搜神记》等就是这一时期文人搜集整理的笔记杂传的代表之作。除此之外,《汉武故事》《汉武帝内传》《西京杂记》《神仙传》《搜神后记》《幽明录》《洞冥记》《拾遗记》《述异记》《异苑》《冤魂志》等都是这一时期文人搜记整理的笔记小说,而这些笔记小说中记述的绝大部分都是流传于前代或当时的传说故事。值得注意的是,笔记杂传是汉魏六朝时期传说最主要的载体,但并不是唯一的载体,唐前传说在文献中的记录与保存是立体的、多级的,除笔记杂传外,这一时期的正史、诗词歌赋等也记录和保存了相当部分的传说故事。

　　综观唐前传说的传播,口语传播的迹象已不再明晰,图画传播则由于出土材料的有限,也无法窥见唐前传说的全貌,只有文字记载的文献叙说着传说曾经的辉煌。而且,文字传播能够不断突破时间和空间的限制,使传说的传播得到进一步的延伸。迄今考古发现的甲骨文、青铜铭文、竹木简策、帛书等文献,虽然经历了数千年,但仍然折射出古人的智慧之光。正是由于文字这一特殊的文化传播方式的存在,才使得传说的传播突破了时间的局限,我们才能够欣赏到古人留下的丰富的精神文化成果。其次,口耳相传的传说，一旦传播的主体人群由于某种主观因素如死亡或客观因素如来自统治阶级的外部压力等停止传播时，这种传说的传播就会中断。以图像形式保存的传说，也常常由于年代久远，图像脱落或人为损坏等无法得以广泛传播。而传说一旦以文字的形式记录下来，保存起来就方便得多了，而且由于被文字记录下来的传说故事容易被人们携带和传诵，不像图像、口耳相传要受到地域或者口语的限制。因此，文字记载的传说，传播的范围就更加广泛，它可以突破不同的地域、不同的阶级在全国范围内传播。笔者以为，在上述几种传播方式中，以文字形式记录保存的传说，才是唐前传说最主要的传播方式。

当然，以文字记录保存传说并非十全十美，正是由于传说在传播过程中的不断发展变化，才使得同一传说在不同历史时期呈现出不同的时代特征，而一旦传说以文字的形式被记录下来，由于文字的精确性，即使人们生活的时代发生了巨大的变化，被文字记录下来的传说也不会发生太大的变化，从而在一定程度上限制了传说的衍生和演变，这不能不说是文字作为传说传播方式的一大缺憾。

需要说明的是，唐前传说传播方式的演进是相对于某一个特定时代而言的，口耳相传是原始社会传说的主要传播方式，文字记载是文字发明后主要的传播方式，图画传播则大盛于两汉魏晋时期。但并不是说，文字发明后，口耳相传的传播方式就消失了，事实上，伴随着新的传播方式的出现，旧的传播方式仍然存在，并且占据着重要的地位。就传说的传播而言，口耳相传虽然是其最主要的传播方式，但由于年代久远，我们已无法窥见汉魏六朝时期民间口头传说传播的原貌。对这一时期传说的研究，只能以文献记载的传说为考察对象。因此，对唐前传说的研究，文字记载和图像保存的传说故事才是唐前传说的主要研究对象。

第二节　唐前传说的接受

对汉魏六朝文献典籍中传说接受的研究，其实就是对这一时期传说接受历史本然性的研究，它的创新主要表现在对不同历史时期不同阶层对传说接受历史原貌的尽可能忠实的揭示,而不是由研究者虚拟出一个前人的接受模式,更不是在叙述前人接受的过程中添加研究者自己臆想的成分。然而,必须指出的是,人们对传说的接受不是一种消极、被动的行为,而是往往带有接受者或隐或明、或深或浅的个人印记,这就会出现刘勰所说"才高者菀其鸿裁,中巧者猎其艳辞,吟讽者衔其山川,童蒙者拾其香草"的情况。也就是说,人们对传说的接受,不但存在共通性,还存在差别和变异。因此,对唐前传说的接受研究,也必须同时顾及以上两个方面。汉魏六朝时期传说的接受研究可以分为两汉、魏晋南北朝两个阶段,主要在民间和文人两个层面进行,其途径主要有正史记载、歌谣传唱和文人的创作与搜集整理三个方面。

一、正史记载

正史是由史官记录的以史实为主的文献材料,是官方意志的体现。因此他们对传说的接受多与这一时期的主流思想相一致。两汉时期,由于国家的大一统,特别是自汉武帝"罢黜百家,独尊儒术"之后,经过改造的儒家思想占据了统治地位,经学作为官方之学成了知识分子的晋身之阶,几乎一切学术文化活动都与经学结下了不解之缘。在文学领域,儒家的文艺思想被发展为完整的体系并取得了主导的地位。可以看到,完全不同于先秦时期较为自由的接受态度,两汉时期,国家的大一统以及思想的大一统都使得史官在正史中对传说材料的接受具有了如下特点:首先在于他们接受了汉初有关帝王及将相的神异传说。就司马迁而言,他在《史记》中就记述了刘邦系其母感龙而生的传说、刘邦斩蛇的传说、武帝刘彻系王夫人梦日而生的传说、张良夜遇黄石公的传说等,对这些神异传说的接受实际上反映了司马迁对生在这样一个政治思想大一统的封建帝国的强烈的民族自豪感。其次在于他们接受了许多忠臣孝子的传说,如《史记》中对舜的传说的记述,司马迁首先刻画了他的为人,即品质和性格。舜最突出的性格特征就是忠厚、忍让,他的父亲瞽叟是一个盲人,舜母死后,瞽叟给舜娶了个继母,生下了同父异母的弟弟象。舜的父亲愚蠢贪婪,他爱后妻及其所生子象,而舜的后母又蛮横无理,挟制舜父及其行动。其子象更是狂傲残暴,他常常想要杀害舜以夺其财产。然而"舜顺适不失子道,兄弟孝慈","顺事父及后母与弟,日以笃谨,匪有解",表现出了一种愚忠、愚孝的儒家思想和品格。这一传说的记述,反映了司马迁对儒家忠孝思想的接受和宣扬。《史记》之外,范晔《后汉书》更是记述了一大批反映儒家思想的忠臣孝子的传说,如东海孝妇、孝女曹娥以及孝子郭巨、王祥、丁兰等,也反映了范晔对儒家忠孝思想的接受,这些传说在前文已有详述,兹不具述。

两汉时期的正史,史官除接受了那些反映这一时期总体思想倾向的传说外,也接受了一些反映这一时期其他非主流思想的传说,仍以《史记》为例,首先,司马迁接受了当时武帝所狂热追求的长生不老的神仙思想,他在《五帝本纪》中就记述了黄帝成仙的传说,在《张良列传》中也记述了仙人黄石公为张良传授兵书的传说。其次,司马迁还接受了先秦时期许多历史人物的悲剧传说,如将相名臣介子推、伍子胥、屈原等的传说,刺客豫让、专诸、荆轲、高渐离等的传说,联系司马迁自己的遭遇,司马迁对这些历史人物的悲剧性传说的记述,一方面反映了他与这些历史人物强烈的共鸣,另一方面也反映了司马迁强烈的悲剧意识。

东汉末年,政治日益腐败,经学式微,社会批判思潮勃然兴起,道家、佛家思想渐渐流行于世。特别是到了魏晋南北朝时期,社会长期处于分裂和混乱状态,佛道思想盛行,政治上几无事功可言。在这样的政治、思想形势下,一部分文人开始崇尚个性与真情,追求自由通脱、逍遥自适的生活,他们或求仙访道,或遁入佛门,不再拘守儒家之礼。这一时期的正史作者,也不可避免地接受并记述了反映这一时代主流思想的大量传说故事。首先表现在对许多反映佛道思想的传说的接受。必须说明的是,由于魏晋时期道教极为盛行,因此这一时期的正史作者多接受的是有关神仙道教的传说;就《晋书》而言,其中就载入了许多与道教有关的传说,如《王嘉传》中,就有王嘉尸解成仙的传说,《葛洪传》也有"举尸如棺,甚轻,如空衣,世以为尸解得仙云"的记载。《晋书》还记述了许多当时人求仙、遇仙的传说,不再一一列举。而到了南北朝时期,佛教大盛,这一时期正史中所记述的传说就以反映佛教因果报应、六道轮回及其地狱观念等思想为主。如《宋书·王玄谟传》就说,"初,玄谟始将见杀,梦人告曰:'诵《观音经》千遍,则免。'……既觉,诵之且得千遍,明日将刑,诵之不辍,忽传唱停刑。"《北史·孝行传》也说张元因为祖父丧明,"后读《药师经》,见'盲者得视'之言,遂请七僧,然七灯,七日七夜转《药师经》行道。每言:'天人师乎! 元为孙不孝,使祖丧明。今以灯光普施法界,愿祖目见明,元求代暗。'如此经七日,其夜梦见一老翁,以金镜疗其祖目,于梦中喜跃,遂即警觉。乃遍告家人。三日,祖目果明。"除此之外,这一时期的史书中还载有其他一些反映佛教思想的传说,所有这些都反映了魏晋南北朝时期史官对道教传说和佛教传说的接受。

除佛、道传说外,中国自古以来鬼神实有、万物有灵的思想观念,到魏晋南北朝时期,由于佛、道二教的盛行,也使得以反映鬼魂及妖异为主的传说风靡一时。而这一时期的史官也自觉不自觉地接受了这方面的传说故事。对这方面传说的接受,这一时期的很多史书都有记载,如:

> 干宝父死,其母妒,以其父所宠婢推入墓中。后十余年,宝母亡,开墓合葬,而婢伏棺如生。经日而苏,言其父常取饮食与之,在地中亦不恶。既而嫁之,生子。(《晋书·干宝传》)

> 玄谟从弟玄象,位下邳太守。好发冢,地无完椁。人间垣内有小冢,坟上殆平,每朝日初升,见一女子立冢上。近视则亡。或以告玄象,便命发之。有一棺尚全,有金蚕、铜人以百数。剖棺见一女子,年可二十,资质若生,卧而言曰:"我东海王家女,应生,资财相奉,幸勿见害。"女臂有玉钏,破冢者斩臂取之,于是女复死。(《南史·王玄谟传》)

当然,魏晋南北朝的正史作者除接受了上述反映这一时期主流思想的传说外,也在正史中载入了其他方面的传说,如就裴松之《三国志注》而言,其中引书达二百三十种以上,录入了两晋及当时流传在世的许多传说故事,其中的一部分传说就是主流思想之外的反映,如在《诸葛亮传》中,裴松之引入了大量反映诸葛亮神机妙算、机智多谋的传说,也有一部分传说反映了诸葛亮的忠诚。而在《魏武帝本纪》中,裴松之引入的大量传说则反映了曹操的阴险、毒辣。所有这些都反映了正史作者对流传在民间的各种类型传说的接受。

二、歌谣传唱

如果说正史中史官对传说的接受反映的是上层社会对各类传说的态度的话，歌谣的传唱则反映的是下层民众对传说的接受和传播。两汉自汉武帝创立乐府机关之后，朝廷长期派出官员到各地采集民谣，自此以后历朝历代都有采集民歌的传统。而这些民歌中所涉及的传说则反映了广大民众对传说人物或同情或歌颂的思想观点和情感倾向。而这种情感倾向正如何休在《春秋公羊传》所说"男女有所怨恨，相从而歌，饥者歌其食，劳者歌其事"。如就刘兰芝焦仲卿夫妇传说而言，民歌重点接受的是反映二人真挚的情感和悲剧的结局方面。其他如民间歌谣对伍子胥传说、王昭君传说等的接受也都注重其悲情的一面。就王昭君传说而言，如果说正史的记述重点关注的是汉与匈奴之间的交往的话，宋代郭茂倩《乐府诗集》卷二九所载汉代乐府民歌《王昭君》，则是来自民间的歌谣，反映了广大民众对昭君命运的同情。而正是由于两汉乐府机关的采集，才使得民间歌谣《王昭君》从乡野进入了宫廷而得到了保存，魏晋以后的文人如石崇等才得以寻曲写辞。值得关注的是，乐府民歌中一些来自民间的传说，虽然它们或抒发各种各样的人生感慨，寄寓人生哲理；或通过这些传说反映下层人民的生活。但这些作品在被乐工搜集整理、成为上层统治者欣赏娱乐的对象的时候，它们的内容，已经经过了乐工的改编，其中所反映的思想观点也全无与封建伦理道德违背之处，只留下了它们悲慨淋漓的艺术效果，而这又恰恰符合汉代以悲为美的审美追求。而这些传说中所含批判统治阶级思想的成分被无情地抹杀了，这不能不说是后代人们接受民歌中传说时的一大遗憾。

三、文人的搜集整理与创作

这主要包括两个方面，一方面是由文人参与搜集整理的汉魏六朝笔记小说，另一方面则是文人创作的诗词歌赋。众所周知，汉魏六朝时期的笔记小说，其中内容大多是流传于民间的传说故事，后经文人的搜集整理才得以流传后世，从这个角度来说，其中传说大都反映的是下层民众的生活态度和情感倾向。然而在文人搜集整理这些传说的时候，并不是将这些传说原封不动地照搬进来，而是有一个积极主动的接受过程。这主要表现在：首先是那些能够引起他们思想共鸣的传说是他们首选的对象，其次是那些反映特定历史时期主流思想的传说。而一些不符合文人审美意趣的，与他们思想格格不入的传说则被剔除出去。因此可以说，文人搜集整理民间传说的过程，也是他们批判接受传说的过程。这一时期笔记小说中大量的宗教传说、忠臣孝子传说以及大量的妖异传说等都反映了文人对民间传说的接受。

除在搜集整理民间传说时对传说的接受之外，文人在创作诗词歌赋的时候，也会引入一些传说，这也反映了文人对传说的接受。诗词歌赋中的传说，常常是文人发表政见、寄托情感的凭借。汉魏六朝时期文人在诗词歌赋中对传说的接受亦然。如司马相如在《大人赋》中所引用的西王母传说，其中对皓然白首、穴居独处的仙人西王母的描述，实际上反映了司马相如对神仙思想的质疑以及对这一时期狂热追求长生不死之术的汉武帝以善意的批判。又如，王昭君传说在魏晋时期也曾被广大文人接受，他们借昭君的传说以寄托自己的感慨。西晋石崇的《王明君辞》是现在所能见到的文人题咏昭君传说最早的作品。石崇在《王明君辞序》中说："王明君者，本为王昭君，以触文帝讳，故改之。匈奴盛，请婚于汉，元帝以后宫良家子明君配焉。"而从歌辞中的"我本汉家子，将适单于庭""昔为匣中玉，今为粪土英""传语后世人，远嫁难为情"等句中可以看到，石崇对昭君的命运给予了深切的同情，而在意旨上则糅合了《汉书》的记载和民歌的感情，大体上继承了汉人对昭君出塞的理解。

以上只是对唐前传说的接受作了简要的梳理，实际上，唐前传说的接受研究是一个复杂的课题，由于篇幅有限，不再作过多的论述。总体上来看，史书是官方记载，对传说的接受大多以反映主流思想为主；民间歌谣中的传说故事，反映的是广大民众的思想意趣；文人对民间传说的搜集整理及题咏，则是文人借以表现对当政者看法的凭借。

第三节　唐前传说的嬗变

前文笔者在对唐前传说的传播与接受进行分析探讨的时候就已经说过，对传说的接受不是一个被动、消极的过程，实际上，人们在对传说进行传播接受的同时，都会根据自己的喜好批判地接受，有时甚至还会对传说进行加工改造，这就不能不涉及唐前传说在传播与接受过程中的嬗变问题。唐前传说的嬗变，是与传播接受密不可分的，任何传说的传播和接受都是在传说的不断发展演变过程中完成的，而传说的发展演变也即嬗变离不开各个历史时期人们的接受和传播。

一、唐前传说流变的特点

1. 从局部地区到全国范围，从某一民族到全民族。很多民间传说的产生，在最初都具有鲜明的地域性、民族性的特征。但在传播的过程中，有些传说突破了地域、民族的局限，在全国范围内传播，形成了同一母题下的不同异文，情节上也发生了许多变化。钟敬文先生在谈到民间文学变异的样式时，曾列举了阿尔奈提出的故事流传中的十五种变化，其中第十四条为："故事在传播中为了适应新的环境，使人们陌生的习俗或器物可能被熟悉的代替。这种变异主要发生在不同文化传统的地区或民族之间。"①如唐前所有有关狐狸的传说，包括信奉狐狸和迷信狐狸的传说故事等，最初都起源于北方，后来才逐渐流传到南方，且从动物传说发展为精怪传说。如果将狐狸作为动物的传说与狐狸作为精怪的传说进行对比，就可以看到，狐狸的传说故事属于古代东北文化的范畴，而精怪故事则属于南方文化的范畴。又如狗作驸马的狗的传说最初发生在越文化的发祥地，后来才逐渐向其他地方传播，蚕马的传说也是如此。除动物的传说而外，许多人物的传说在流传过程中也发生了严重的变异，如孟姜女传说最古老的文本与魏晋南北朝时的文本几乎没有共同之处，这是传说在流传过程中发生

---

① 钟敬文：《民俗学概论》，上海文艺出版社 1998 年版，第 258 页。

严重变异的典型。但也有一些传说,在从某一地区传向全国的过程中,发生的变异相对较少,如几千年前的洪水传说最古老的文本就几乎包含了后代文本的全部母题。又如与端午节有关的传说故事,虽然与各地人民的改造加工有关,但同时也可以看出,端午的风俗以及与端午有关的传说故事也是由最初长江下游的吴、越等地逐渐向全国传播的,闻一多先生说:"端午可能最初只是长江下游吴、越民族的风俗,自东汉以来,吴、越地域渐被开辟,在吴、越文化与中原文化的对流中,端午这节日才渐渐传播到长江上游以及北方各地。"① 由此可见,某一传说在由特定区域、特定民族传向其他地区的过程中,接受这一传说的其他地区的广大民众,会根据本地区、本民族的习俗加以改造,从而变成本地区的传说故事。

2. 传说的情节内容从简单走向复杂。在传说发展演变的过程中,很多传说的故事情节都逐渐由简单变得复杂起来。产生这种变化的原因是多方面的,时代的变迁、地域的变化以及传播者的不同等都会影响传说情节内容的变化,同时由于在传播过程中,传说自身的不断完善,也使得传说的内容不断由简单走向复杂。一些由神话演变而来的传说、历史人物传说等都经历了情节内容由简单走向复杂的传播过程。

在汉魏六朝时期广为流传的西施传说,最早来自先秦时期的文献典籍,如:

《管子·小称》:"毛嫱、西施,天下之美人也,盛怨气于面,不能以为可好。"

《尸子校正》(卷下):"人欲见毛嫱、西施,美其面也。"

《神女赋》:"其象无双,其美无极,毛嫱郭袂,不足程式;西施掩面,比之无色。"

《战国策·楚策》:"臣闻之,贲、诸怀锥刀,而天下为勇,西施衣褐而天下称美。"

《新书·劝学篇》:"夫以西施之美,而蒙不洁,则过之者莫不睨而掩鼻。"

可以看到,先秦西汉时期的西施只是传说中的美女,与吴越战争没有任何

---

① 闻一多:《伏羲考》,第83页。

的关系。虽然司马迁在《史记·越王勾践世家》中说："于是勾践乃以美女宝器令种间献吴太宰嚭。"但也仅仅说美女，并未提及西施。东汉时，西施的形象发生了很大的变化，这一时期的两部历史散文《吴越春秋》和《越绝书》都将她与吴越战争联系起来，使得她由传说中的美女一变而为东汉野史中美人计的主角，她的出生也有了明确的记载，《越绝书》说她"出于苧萝山"。《吴越春秋》也称其为"苧萝山鬻薪之女"。除此之外，上述两书也开始将西施与郑旦并举，而不再与毛嫱并列。魏晋南北朝时期，由于神仙道教思想的盛行，西施又成了传说中的神女，这主要见于王嘉的《拾遗记》中，这一时期言及西施的还有葛洪的《抱朴子》，但其中的西施仍为美人形象，与先秦诸子所记相近。这实际上反映了这一时期与西施有关的上述几种传说的并存。纵观西施形象的嬗变，由一个古代传说中的美女，到吴越战争中美人计的主角，再到王嘉笔下的神女形象，西施的传说经历了一个情节由简单而复杂的嬗变过程。

西施之外，一些历史人物的传说如孟姜女的传说、牛郎织女传说、诸葛亮传说等，在传播与接受的过程中，也都经历了一个情节内容由简单到复杂的演变过程，不再一一列举。

二、唐前传说流变的原因

1. 人民群众的加工、改造。民间传说是人民群众在日常生活中创造的产物，反映了特定历史时期人们的思想观念及历史文化背景，不同时代的人们由于对同一传说的不同理解，也会根据时代的主流而对传说进行相应的加工改造。正如段宝林先生所说："在流传过程中，这些作品不归一人所专有，人人可以改动，所以作品常常是不固定的，它的内容形式不断处于变化之中，于是就产生了同一'母题'的不同'异文'，这就是民间文学的变异性。"① 如就王昭君传说而言，班固在《汉书·匈奴传下》中仅说："竟宁元年春正月，单于复入朝。……单于自言愿婿汉氏以自亲。元帝以后宫良家子王嫱字昭君赐单于。单于欢喜，上书愿保塞上谷以西至敦

---

① 段宝林：《中国民间文学概要》，北京大学出版社 2002 年版，第 10 页。

中编:叙事学、传播学视阈下的唐前传说 205

煌,传之无穷,请罢边备塞吏卒,以休天子人民。"① 可以看出,班固的记述较为接近史实,昭君远嫁匈奴的原因也只是为允单于之请以示友好,注重的是汉匈的交往与边境的安宁,并无其他原因。昭君本人在远嫁事上也没有任何的主动权,完全是被动的。可是昭君出塞之事在范晔的《后汉书·南匈奴列传》中却有所不同:

> 昭君字嫱,南郡人也。初,元帝时,以良家子选入掖庭,时呼韩邪来朝,帝敕以宫女五人赐之。昭君入宫数岁,不得见御,积悲怨,乃请掖庭令求行。呼韩邪临辞大会,帝召五女以示之。昭君丰容靓饰,光明汉宫,顾景裴回,竦动左右。帝见大惊,意欲留之,而难于失信,遂与匈奴。②

在《后汉书》中,汉与匈奴的交往不再是叙述的中心,传说在淡化这一事件本身政治性的同时,加强了对封建帝王后宫三千佳丽,却只侍一人的不合理婚配制度的批判。在这个传说中,昭君成了整个事件的主角,她美如天仙却不被眷顾,于是主动请求远嫁异域,这是无声的反抗。昭君临别的亮相与元帝的失落形成了鲜明的对比,这反映了广大民众对封建社会"一夫多妻"这一不合理婚配制度的批判,对选入后宫白白耗费青春的众多良家女子的同情。这一传说到此应该说有了完满的结局。然而勇于创造的劳动人民并未就此罢休,他们根据《后汉书·南匈奴列传》中"及呼韩单于死,前阏氏子代立,欲妻之,昭君上书求归,成帝敕令从胡俗,遂复为后单于阏氏焉"几句以及昭君临行亮相、元帝惊悔等的记述中又创造出了昭君传说的另外两种不同的版本,这以《琴操》和《西京杂记》为代表。

唐吴兢《乐府题解》引《琴操》记述了呼韩邪单于死后,昭君的亲生儿子继位,欲取母亲为妻,"昭君乃吞药而死"的传说故事,历史上的前阏氏之子换成了传说中昭君自己的亲生儿子。在这则传说中,讲述者的道德表彰之心远远胜过了对昭君遭遇的同情。《琴操》中的昭君传说显然是儒家思想影响下文人改造的结果。东晋葛洪《西京杂记》所记昭君出塞,则增加了画工收取贿赂之事。较之此前的昭君传说,这则传说中貌美如仙的

---

① (东汉)班固:《汉书·匈奴列传》,第3803页。
② (南朝宋)范晔:《后汉书》,第2941页。

昭君是不得已而怒嫁匈奴的，这让元帝后悔不已，而那些受贿的画工也得到了应有的惩罚。这是对后世影响最大的昭君传说，后代文人以此为题材的文学创作更是不胜枚举，表达了广大民众同情昭君而希望恶有恶报的善良愿望。有关昭君传说的其他文化意蕴，前文已有论述，不再赘述。从昭君传说的嬗变可以看到人民群众根据他们的思想意趣对传说的加工、改造。

同一时代不同地域、不同民族的人们对同一传说也有他们独到的看法，他们也会根据自己生活的地域及本民族的习俗对外来的传说加以改造。如有关端午节起源的传说故事，不同的地域、不同的民族就有所不同。楚地的人们认为，端午节的起源与屈原的传说密切相关，这在南朝梁宗懔的《荆楚岁时记》以及同时代人吴均的《续齐谐记》中都有记载。而在山西一带，则认为端午节起源于介子推的传说，这一说法主要来源是东汉蔡邕的《琴操》。《艺文类聚》卷四引《琴操》说："介子绥……抱木而烧死，文公令民五月五日不得发火。"此外《北堂书钞》卷一五五引《邺中记》也说："并州俗以介子推五月五日烧死，世人为其忌，故不举饷食。"所以民间就有端午节起源于介子推传说的说法。而在吴地，人们又认为端午节的起源与伍子胥传说有关。赵晔《吴越春秋》就说："龙舟竞渡系怜伍子胥之忠而举行。"《世说新语·捷悟篇》注引《会稽典录》也说：

> 孝女曹娥者，上虞人，父盱，能抚节安歌，婆娑乐神，汉安二年五月五日，于县江迎伍君神，溯涛而上，为水所淹，不得其尸。……

除此之外，《荆楚岁时记》引邯郸淳的《曹娥碑》所记亦曰："五月五日，迎伍君逆涛而上，为水所卷。"由此可见，在吴地，端午节这天又有迎伍君的习俗。又，据《列女传》《后汉书·曹娥传》以及《会稽典录》的记载，会稽一带的人们也认为，端午节来源于孝女曹娥的传说。田哲益先生说："东汉时颇崇尚名教，以孝治国，会稽人认为曹娥孝心感神灵，可做世人楷模。故此日划龙舟竞渡，在龙舟上给曹娥塑像，成为会稽一代的风俗。"[①] 另外，就端午节的起源，各地还有纪念殉节美女说和纪念越王勾践

---

① 田哲益：《细说端午》，台北市百观出版社 1994 年版，第 33 页。

说等①。由此可见,广大民众的加工改造是传说流变的一个非常重要的因素。

2. 传说在流传过程中也会不断发生流变。传说作为一种民间文学样式,最初是在一定的地域范围内产生的,但在发展演变的过程中,同一传说的情节内容会变得越来越复杂,这也与传说在流传过程中自身的不断完善有关。

首先,传说在发展演变的过程中,有时会不自觉地受到外来文化的影响。如中国古代的鬼魂信仰,在远古时期就有了。《诗经·小雅》即说:"为鬼为蜮,则不可得。"《楚辞·招魂》也有对鬼的描述,《山海经》则是记录汉以前鬼传说最多的典籍,并且第一次出现了上古冥府的统治者西王母。据《山海经》的记述,上古的冥界为昆仑山,"这些以鬼为特征的诸神与昆仑本身一起,构成上古氏羌人以青藏高原为中心的鬼阴世界"②。汉民族早就有鬼魂归地府的传说,东汉末年佛教传入中国后,这一传说与佛教的十八层地狱说结合在一起,产生了许多不同地狱间的鬼传说故事;另外,中国的鬼传说在佛教生死轮回说的影响下,也产生了许多死而复生的传说故事以及人鬼相恋的传说故事。以上这几类鬼传说故事在魏晋南北朝的笔记小说就有大量的记载。这些鬼传说故事的产生,是中国传统的鬼传说故事在流传过程中受佛教影响的结果,也使得中国的鬼传说更加丰富多彩。

其次,流传过程中地域的扩大也是传说不断发生流变的主要原因。这主要表现在角色的变换方面,同一故事在流传中常常被归到不同人物的名下。如唐前与水灾有关的陷湖传说,最早见于《吕氏春秋》,据艾伯华《中国民间故事类型》第四十七条"洪水"下对该故事出处的统计,该故事最早可能发生在山东或河南东部地区,当事人是一位佚氏女子,告知者是神,征兆是臼出水,逃难的方式是东走,禁忌是东走时不许回头,违反禁忌的结果是身化为空桑。到汉魏六朝时期,这一传说的地域不断扩大,发展到河南洛宁,安徽合州、合肥等地,当事人由佚氏女子变成了老姥、妪等,告知者成了书生、童谣、老叟等,征兆则发展为石龟眼出血、城门

---

① 详见田哲益《细说端午》,第 31、32 页。

② 张劲松:《中国鬼信仰》,中国华侨出版公司 1991 年版,第 59 页。

有血、石龟目赤等，故事的结果则多变为城陷为湖。可以看到，这个故事在传播的过程中，随着地域的逐渐扩大，故事的主题情节完全发生了变化。又如最早出现在《搜神记》中的"羽衣女"的传说，唐前又见于《水经注》《玄中记》等书，主要流传于江西的吉安一带，这一故事流传到后代，随着地域的扩大，也发生了严重的变异，据艾伯华《中国民间故事类型》一书，该传说《搜神记》中的"豫章男子"流传到四川、浙江、江苏、河北、山东一带，变成了一个牧羊人，羽衣女则成了以人形下凡的天上的织女。而且在山东的一些地方还流传着该女子为九个仙女其中一个的说法；除此之外，该传说流传到江苏、福建等地，则成了一个穷人和一个仙女的传说故事，再到后来，随着该故事以各种变异形式在全国的传播，人们又将它和牛郎织女的传说结合起来，用来解释牛郎和织女两个星座的位置和银河的概念。可以看到，传说之所以发生流变，与地域的逐渐扩大也有很大的关系。

3. 当政者的意志，时代的变迁，也使得传说在流传过程不断发生变化。一个时代传说的主流，与当政者的意志、好恶有非常大的关系。孙旭培《华夏传播论》就说："社会政治结构与传播结构存在着共协关系。"[①]如有关仙人的传说在中国古代由来已久，《楚辞·远游》就有有关仙人传说的记载，屈原之后，历代都有仙人传说的记载，但仙人传说的大量涌现是在西汉的中后期，这与汉武帝热衷于追求长生不老之术有关，这一时期，不只西王母、伏羲、皇帝等上古神话人物变成了传说中的仙人，还涌现出了一大批新的仙人传说，刘向《列仙传》就是西汉时期传说中仙人的汇集。又如两汉及魏晋时期，由于统治阶级提倡以孝治天下，为顺应当政者的意志，这一时期就出了一大批有关孝的传说故事，如董永、谢端、曹娥、丁兰、郭巨、王祥等，流传后世的二十四孝故事中的人物大多出自这一时期。

另外，除当政者的意志、好恶外，随着时间的流逝，不同时代民众的主流思想，也会使传说在流传过程中不断发生变化。如魏晋南北朝时期，中国传统的鬼信仰在佛教的影响下，产生了许多与佛教有关的大量的鬼传说故事，但随着这一时期谈风的盛行，社会上也盛传着许多擅长清谈的

---

① 孙旭培：《华夏传播论》，第 33 页。

鬼，以及与此有关的鬼传说。如《搜神记》卷十六的"阮瞻"条、"黑衣客"条即是。刘守华说："魏晋南北朝时期，由于从文人名士到市井小民，都热衷于清谈戏谑，不但追索鬼神情状及万物变化因果，也津津乐道民间细事及里巷琐语，从而有力地刺激了许多民间故事传说在人们口头的传播和文人笔下的汇聚。"① 李剑国也说："没有这种谈风盛行的条件，很难想像那么多的志怪作者会收集到数以万计的种种故事和传说。"② 由此可见，一个时代民众的主流思想也会使得传说在流传的过程中发生变异，甚而至于还会刺激更多新传说的产生。

综上所述，一定历史时期的传说，有其总体的嬗变特征，就是某一具体的传说，在长期的流传过程中，随着在不同地域、不同民族间的传播，情节内容也会由简单逐渐趋向繁复。人们把传说在传播过程中由简单到繁复的现象也称作传说的增殖。正是传说在流变过程中的不断增殖，因此，传说的许多内容是不可信的，但通过传说的内容可以反映出特定时代的时代背景、人们的思想观念以及情感所向。造成传说流变的原因很多，有人民群众的加工改造，有外来文化的影响，也有不同时代当政者意志的影响等。因此，民间传说不是归一人所有的，在流传的过程中，人人都可以改动，人人都可以参与创作，所以作品常常是流动的，它的内容和形式都处在不断的变化之中，传说的传播过程就是传说生长发展的过程。钟敬文将传说在流传过程中的变异总结为细节的失落、增添和变换。他说："在传说中，同一故事在流传中常常被归到不同人物的名下，也是一种角色变换。"③ 顾颉刚先生对传说在流传过程中发生变异的原因有过论述，他说："有的是因地方的特有性而变的，有的是因人民的想象而变的，有的是因文人学士的改窜而变的，这里边的问题就多不可数，牵涉的是全部的历史了。"④ 可以说，一部传说的流变史就是一部人类历史的变迁史，通过不同历史时期传说的流变，就可以窥见不同历史时期的政治文化背景、风土民情等社会各方面的变化，具有极其重要的史学价值和民俗价值。

---

① 刘守华：《中国民间故事史》，湖北教育出版社1997年版，第173页。
② 李剑国：《唐前志怪小说史》，第230页。
③ 钟敬文：《民间文学概论》，第257页。
④ 顾颉刚：《孟姜女故事研究集》，第97页。

第八章　唐前传说的价值

民间传说作为口传文学中的一种重要的文学样式，靠广大民众的口耳相传永久地保存在人们的记忆中，作为一项重要的文化遗产，民间传说本身的艺术魅力是经久不衰的，特定历史时期的传说必然与这一时代的社会主流思想以及民风民俗密切相关；除此之外，传说的产生和发展也离不开一定的历史事件或历史人物，而历代流传的传说也为文人的文学创作提供了素材。所有这些都说明，传说具有非常重要的史料价值、民俗价值、思想价值和文学价值。

第一节　史料价值

民间传说具有非常重要的史料价值，钟敬文先生说："任何传说都具有一定的历史意义，因为它们的产生都是有一定的历史现实做根据的。由于一定社会历史范畴的存在，人的幻想不管怎样狂放，也不能脱离当时现实生活的关系。它的出发点，表现的范围和素材，都是不能脱离一定历史的凭藉和限制的。"① 程蔷也说："不管民间传说带有多少浓重的传奇色彩，不管它将生活作了何等样的变形，我们依然能够并且必须透过其离奇的情节和幻想的外表，看出它的生活底蕴，从而使民间传说成为认识社会、认识历史的一种有用资料。"② 从钟敬文和程蔷的论述即可见出传说所具有的重要的史料价值。概而言之，唐前传说的史料价值主要表现在以下方面：

---

① 钟敬文：《民间文艺谈薮》，湖南人民出版社1981年版，第45页。
② 程蔷：《中国民间传说》，第214页。

　　第一,汉魏六朝时期的传说为这一时期某些人物的研究提供了重要的史料。中国的史官文化,大多反映的是统治者的思想和上层社会的生活状况,加之古代社会交通不便,信息不发达,因此对反映广大下层民众及下层官吏生活状况的历史事件也就很难及时得到搜集并传送到史官的手里,这也就造成了历代正史对民间史料的缺失。当然这只是原因之一,造成中国古代正史官本位的真正原因是统治阶级的意志。民间传说虽然是广大民众的集体创作,但其所依据的都是在社会上实有的一些人物和事件,对于正史所不载的一些历史事件,后世的传说往往有载。因此民间传说可以对一些历史人物的研究提供重要的史料,如:

　　　　帝常以三秋闲日,与飞燕戏于太液池,以沙棠木为舟,贵其不沉没也。以云母饰于鹢首,一名“云舟”。又刻大桐木为虬龙,雕饰如真,以夹云舟而行。以紫桂为柂枻。及观云棹水,玩撷菱藕,帝每忧轻荡,以惊飞燕,令伙飞之士,以金锁缆云舟于波上。每轻风时至,飞燕殆欲随风入水。帝以翠缨结飞燕之裙,游倦乃返。 (《拾遗记》卷六)

　　　　荆州极西南界至蜀,诸民曰獠子,妇人妊娠七月而产。……既长,皆拔去上齿牙各一,以为身饰。(《博物志》卷二)

《后汉书·成帝本纪》及后妃列传中,对赵飞燕的专横及其后宫荒淫的生活都有详细的记述,而其与成帝奢靡的享乐生活则少有论及,《拾遗记》中的记述可以说填补了史书的这一空缺,具有重要的史料价值。至于《博物志》中獠子的传说,据赵逵夫先生考证,实际上是对古越氏凿齿民凿齿习俗的记载。他说:“几十年来,发现的从新石器时代直至唐宋以后反映拔牙风俗的头骨越来越多。拔牙个体的年龄,小者为十六岁左右,最小者大约十四岁。”① 而这在唐前的正史中少有记述,由此可见这则传说所具有的史料价值。

　　实际上,早在魏晋时代,许多笔记小说的整理者就把他们搜集整理的大量传说故事与史书等同。如晋干宝将其《搜神记》与《左传》并论,他一再申辩《搜神记》“无失实者”,“苟有虚错”,愿受谤讯。葛洪在《西

---

① 赵逵夫:《古典文献论丛》,中华书局 2003 年版,第 432 页。

京杂记跋》中认为刘歆所积累的历史资料，与班固的史学名著《汉书》是同一性质的著作，都属于史实，他说："考校班固所作，殆是全取刘书，有小异同耳。并固所不取，不过二万许言。尽抄出为二卷，名曰《西京杂记》，以裨《汉书》之阙尔。"所有这些都表现了魏晋时期人们的史料观。现在看来，这两部笔记小说绝非历史，但通过其中的一些传说故事，我们仍可窥见许多"历史的影子"。邵振国在《传说与历史——试谈文学本质》一文中说："孟姜女传说，源于《左传》时代，杞梁随齐庄公攻莒被俘而死，其妻到郊外迎丧一事。如此而已。后来才传说妻投淄水自尽。至东汉方有妻哭倒城墙之说。再至北齐，由于文宣帝天保六年征徭百万修筑长城，苦役和怨声才促生了孟姜女寻夫的完整故事。我们从中可见它与历史的关系是多么的微妙：它既以一定史实为依据和线索，又决不依照史实的原样。"① 但不论民间传说的内容随时代发展如何变化，其所具有的补充正史不足的重要价值是不容忽视的。

正是由于正史的诸多不足，我们才更应该重视民间传说的史料价值，正如林继富所言："民间传说不仅在远古时代具有重要的史学价值，而且在文化发达的文明社会，其史料价值也不容忽视。因此我们在阅读中国史官们所修写的史传文化典籍之时，要抱严肃审慎的态度，不要一味去迷信而确信无疑。其原因为我国古史绝大部分是由官方指定人员来修写的，他们所修写的历史必须站在官方立场来'实录'历史，评价历史，如司马光的《资治通鉴》中多处将农民起义领袖诬之为'盗'、'贼'、'匪'即为明证。更有甚者，一些官方修史者，将广大劳动人民在历史进程中的作用弃之不录。官方意志，阶级偏见一直左右着我国古代的史官文化。因此在认识和了解中国民间传说在史官文化中的功能后，我们认为一部真正的中国通史，不仅包括'二十五'史中的内容，而且应该涵盖广大劳动人民在历史发展中所作出的贡献和发挥的作用，并予以中肯的评价。充分发掘民间传说中厚实的史料文化，还历史之原貌，全方位地重现历史的光辉。"②

第二，汉魏六朝文献典籍中的传说也为这一时期的考古发现提供了重

---

① 《光明日报》1996 年 7 月 4 日。
② 林继富：《中国民间传说与史官文化》，《民间文学论坛》1997 年第 3 期。

要的书面印证材料。前已论述，这一时期的传说记录了很多为正史所不载的史料，但由于缺乏证据，谁也不能肯定传说所载就是史实，而这一时期的考古发现则为传说所载史料提供了重要的书面印证。如《西京杂记》卷一有一则关于封建帝王死后穿金缕玉衣的记载，内容如下："汉帝送死皆珠襦玉匣。匣形如铠甲，连以金缕。武帝匣上皆缕为蛟龙鸾凤龟麟之象，世谓为蛟龙玉匣。"由于无人也无其他更多史料证明金缕玉衣的存在，因此，截至20世纪60年代，人们一直都把《西京杂记》中的这一记载作为民间传闻看待。直到考古人员于1968年在河北满城汉中山王刘胜夫妇的墓中，发现了两具西汉皇帝及高级贵族死后所用的葬服——金缕玉衣也即玉匣，这一传闻才得到了证实。这两件玉衣从外观上看，其形状和人体几乎一模一样，形似铠甲，分头面、长衣、裤、手套和鞋五部分，由金丝把各种形状的玉片编缀而成。继这两件金缕玉衣之后，1983年在广州象岗山南越王墓中，也出土了一件"丝缕玉衣"，玉衣用丝线或丝带连缀组成。除此之外，河北邢台南郊汉墓和江苏扬州甘泉山汉墓中，都曾发现了刻饰花纹的玉衣玉片，所有这些，都是对《西京杂记》卷一中所载"金缕玉衣"有力地印证。又如虹有两首的传说在汉魏六朝的文献典籍中多有记载，《山海经·海外东经》说："虹虹在其北，各有两首。"《埤雅》卷十二也有"虹两头皆垂涧中"的记载。虹为两头的传说最早在甲骨卜辞中得到了印证，从罗振玉《殷墟书契》及其《殷墟书契菁华》等书中所收的甲骨卜辞来看，虹在甲骨卜辞中为身似拱桥而有两个头的动物。此外，武氏祠汉画像及南阳汉画像中，虹也被刻画成了一条双头的动物。而这些都是对虹有两头传说的印证。

正如汉画像印证了虹的传说一样，很多广为流播的民间传说，在出土的汉画像石、砖以及汉代的壁画中都得到了印证。如两汉魏晋时期，统治者主张以孝治天下，因此这一时期就出现了许多孝子的传说故事，而出土的这一时期的画像石砖以及壁画中老莱子娱亲、丁兰供奉木偶父亲、董永卖身葬父、王祥卧冰、郭巨埋儿等传说都与文字记载相互印证。除孝子传说之外，鲁秋胡戏妻、二桃杀三士、孔子拜见老子、豫让刺赵襄子、聂政刺韩王、荆轲刺秦王等传说也是如此，不一而举。笔者以为，正是由于这些历史人物与历史事件传说多少有一些历史的影子在其中，因此才会如此大量地出现在汉代的画像石画像砖上，起到图像与文字记载及历史事件相互印证的作用，也就具有重要的史料价值。

第三，这一时期文献典籍中的传说也从多方面再现了汉魏六朝时期社会各阶层的生活状况。不同历史时期流播的传说往往与特定历史时期一些大的历史事件相联系，反映了这一时期广大民众的思想观念和情感倾向，具有非常重要的史料价值。钟敬文说："传说往往直接讲述一定的当前事物或历史事件，有时并采取溯源和说明等狭义的历史表述形式。人民通过传说，述说历史发展中的现象、事件和人物，表达人民的观点和愿望。从这个意义上讲，民间传说可以说是劳动人民'口传的历史'。"① 乌丙安也说："历史上历代发生的巨大政治事件、社会变革或民族斗争事件等真实情景，往往在人民口头传说中深深地烙下了痕迹。"② 首先，这一时期的许多传说反映了统治阶级及其官吏的奢侈腐朽。如《西京杂记》卷一"飞燕昭仪赠遗之侈"条说：

> 赵飞燕为皇后，其女弟在昭阳殿，遗飞燕书曰："今日嘉辰，贵姊懋膺洪册，谨上襚三十五条，以陈踊跃之心：金华紫轮帽，金华紫轮面衣，织成上襦，织成下裳，五色文绶，鸳鸯襦，鸳鸯被，鸳鸯褥，金错绣裆，七宝綦履，五色文玉环，同心七宝钗，黄金步摇，合欢圆珰，琥珀枕，龟文枕，珊瑚玦，马脑疕，云母扇，孔雀扇，翠羽扇，九华扇，五明扇，云母屏风，琉璃屏风，五层金博山香炉，回风扇，椰叶席，同心梅，含枝李，青木香，沈水香，香螺卮，九真雄麝香，七枝灯。"

由上述传说可见飞燕姐妹的奢侈生活。一代雄主汉武帝的生活也是极其奢华的，这由他的马饰即可见一斑："后得贰师天马，帝以玫瑰石为鞍，镂以金银输石，以绿地五色锦为蔽泥，后稍以熊罴皮为之，熊罴毛有绿光，皆长二尺者，值百金。"③ 他为一睹已逝宠妃李夫人的芳容，更是花巨资动用"楼船百艘，巨力千人"，派方士到暗海打捞潜英之石，让工匠刻成李

---

① 钟敬文：《民间文学概论》，第 183 页。
② 乌丙安：《民间文学概论》，第 107 页。
③ （晋）葛洪撰，周天游校注：《西京杂记》卷二，三秦出版社 2006 年版，第 79—80 页。

夫人像。帝王后妃的生活如此奢侈腐朽,封建官吏也必然效仿成风。《拾遗记》卷九"翔风"条记述了东晋豪富石崇的侈靡生活:

> 石氏之富,方比王家,骄侈当世,珍宝奇异,视如瓦砾,积如粪土,皆殊方异国所得,莫有辨识其出处者。……石氏侍人,美艳者数千人……崇常择美容姿相类者十人,装饰衣服大小一等,使忽视不相分别,常侍于侧。使翔风调玉以付工人,为倒龙之佩,萦金为凤冠之钗,言刻玉为倒龙之势,铸金钗象凤皇之冠。结袖绕楹而舞,昼夜相接,谓之"恒舞"。欲有所召,不呼姓名,悉听珮声,视钗色,玉声轻者居前,金色艳者居后,以为行次而进也。

在上层社会奢靡风气的影响下,有些官吏之间甚至刻意比富,据《世说新语·汰侈》载:"王君夫以饴糒澳釜,石季伦用蜡烛作炊。君夫作紫丝布步障碧绫里四十里,石崇作锦步障五十里以敌之。石以椒为泥,王以赤石脂泥壁。"传说是以一定的历史事实为依据的,并非空穴来风。上述所引传说,就从多方面再现了统治阶级奢侈腐朽的生活,具有非常重要的史料价值。

其次,汉魏六朝文献典籍中的传说也描绘出了这一时期下层民众的苦难生活。统治阶级的奢侈腐朽,必然造成政治的混乱和黑暗,而广大的老百姓则是这一政治的直接受害者。与统治者侈靡的生活形成鲜明对比的是下层老百姓的苦难生活,这在汉魏六朝时期的传说中也有多方面的披露。如丈夫被迫服劳役而累死,自己千里寻夫,哭倒长城投水自尽的孟姜女;妻子被好色的韩王霸占,夫妻被迫分离而后双双自尽的韩凭夫妇;丈夫从征,长久不返,因思念而死的妻子坟头上生出的草木,枝叶皆向丈夫所在方向倾斜的相思木传说;以及丈夫长年征戍不回,因盼夫归来而化成石的望夫石传说等都是反映广大民众苦难生活的传说故事。封建帝王后宫佳丽成群,却仍不断强抢他人之妻,拆散一个个美满的家庭;他们的一纸文书,一个命令,就造成了多少平民百姓夫妻分离,家破人亡!而这些传说故事都是以一定的历史事实为依据的,是特定历史时期民众苦难生活的投影。因此可以说,传说一般都具有某种确定的历史性因素,更准确地说,是一种具体的历史性情感,因而被称为"民众口传的历史"。

特别是魏晋南北朝时期,战争连绵不断,朝代更替频繁,在这样一个黑暗混乱的时代，广大的普通百姓几乎找不到任何一方生活的净土，因此，就有许多"桃花源传说"流传于民间，这反映了下层民众对没有战争、没有压迫、人人安居乐业的美好生活的向往。这一时期"九品中正制"的确立，也形成了"上品无寒门，下品无世族"这样一个等级森严的社会现实，而这一制度的确立更是堵死了寒门士子仕进的大门，也使他们追求平等、自由的婚恋愿望最终破灭；而为维护整个家族高贵的血统，世家大族的女儿也绝对不能下嫁寒门士子，甚至门第低于他们的其他世族人家。如此等级森严的婚恋制度使得众多的寒门士子只能望豪门兴叹，加之魏晋时期普遍的鬼神实有观念的流行，他们便编造出了许多寒门士子与豪门世家那些未婚而死的女鬼、凡男与女仙、凡男与女妖等的婚恋传说，这些传说都反映了寒门士子对这种不平等婚恋制度的强烈不满以及他们渴望自由婚恋的美好愿望。实际上，唐前反映下层民众各方面生活状况的传说故事还有很多，兹不具述。所有这些传说都真实地再现了普通百姓的生活状况，与统治者豪华奢侈的生活形成了鲜明的对比，为研究这一时期的民情风貌提供了第一手资料，具有非常重要的史料价值。

第二节　民俗价值

唐前的一些传说也与社会上的各种民俗现象密切相关，因而也就具有一定的民俗价值。具体而论，主要有以下几个方面：

第一，汉魏六朝时期各类传说的风行不仅为民间风俗的传播起了推动的作用，而且，传说的注入也使得一些民间习俗的内涵趋于定型，这在节日习俗中表现得尤为突出。如正月在门前放鞭炮的习俗与辟山臊恶鬼的传说有关，在门户上贴鸡画、悬苇索、插桃符与《括地图》所载桃都山上二神郁、垒的传说有关，正月十五执杖打粪堆的习俗则源自如愿的传说；七月十五日僧尼道俗营盆供佛的习俗来自《盂兰盆经》目连救母的传说；嫦娥、玉兔、金蟾的传说使中秋拜月的习俗逐渐定型为每年八月十五夜赏月的民间风俗；九月九日佩茱萸、饮菊花酒、登高的习俗则源于《续齐谐记》汝南桓景一家听费长房言，举家登高避祸的传说等。除此之外，众所周知的寒食节来自介子推的传说,端午节来自屈原的传说,而牛郎织女的传说则给"七夕"风俗灌输了恒常的文化内涵等。在这些传说里,"不仅有关于节日由来的生动故事,而且包含着许多节日饮食习俗和有关节日的民俗事象,成为一个民族民俗文化的生动反映。因此,通过这些传说正可以认识民族风俗习惯,既有认识作用,也有文化历史价值"①。可以看到,中国传统的节日习俗大都来自并定型于唐前,特别是两汉时期,这并非偶然,而是有时代原因的。首先,汉代是中国历史上第一个真正意义上大一统的封建王朝,由于秦王朝的短命,汉初统治集团在不断地探讨秦朝灭亡原因的同时,采取了清静、无为、宽简、放任的相对开明的治世方法,这就为汉代经济的发展提供了现实的可能,事实证明也是如此。汉代自成立至武帝即位的短短几十年里,就积累了丰厚的物质基础,天下太平,人民生活富裕,这就使得广大的平民百姓对大汉王朝产生了由衷的赞誉之情。汉武帝即位后,儒家思想占据了统治地位,从而在思想上进一步统一了广大民众积极入世的思想。可以看到,汉代大一统的形势、相对开明的政治环境、繁荣的经济、统一的文化思想等为各类传说的盛行奠定了丰厚的基础,也为风俗文化的定型提供了前提条件。一些在民间长期流传的传说故事中的情节内容,逐渐与老百姓的日常生活重合,并被逐渐定型为广大民众约定俗成的民俗习惯。其次,国家的强大也使得两汉的科学思想有了很大的发展,而科学的发展则使得人们对原始宗教的信仰产生了怀疑。"对原有信仰崇拜的解释一旦失去其真实性、权威性,人们的信仰心理便会出现一个真空状态。于是人们的精神世界便转向世俗和现实。原始的自然崇拜与巫术式的风俗便会向宗教神学人文文化过渡。于是风俗文化与民间生活有了更多的叠合。仍以节日风俗而言,就由祭奠一些历史人物代替了某些原始崇拜的内容,成为节日的主体,如后稷、屈原、介子推、伍子胥等等。"② 由此可见,中国传统节日习俗在两汉时期与传说的重合定型,与这一时期的政治、经济、文化思想等多方面的因素有关。

除此之外、节日以外的民情风俗也有很多来自民间传说。现举两例

① 张紫晨:《中国古代传说》,第53页。
② 周耀明、万建忠、陈文华:《汉族风俗史》(第二卷),学林出版社2004年版,第17页。

如下：

> 吴王夫差羞见子胥，以帛幕面而死，故后人因之制面衣，以为常
> 则也。（《事物纪原》卷九引应劭《风俗通义·佚文》）

> 俗说：高祖与项羽战，败于京、索间，遁丛薄中，羽追求之，时
> 鸠正鸣其上，追者以为鸟在无人，遂得脱，及即位，异此鸟，故作鸠
> 杖以赐老人也。（《玉烛宝典》卷一引《风俗通义》）

前一则传说是关于丧葬习俗中制面衣风俗的由来，后一则传说则是以鸠杖
赐老人习俗的由来。除此之外，如小儿衣夜间不能晾在外面的习俗来自
《玄中记》所载鬼鸟的传说，墓前置松柏石虎的习俗则来自《列异传》中
所载"秦缪公时，陈仓人掘地得物。……常在地中食死人脑"的传说，不
再一一详述。

第二，唐前的许多传说在影响民间习俗的同时，也受到了来自民间习
俗的影响，这从许多唐前传说的故事情节中含有大量的民俗文化现象即可
见一斑。如刘兰芝焦仲卿的传说中，兰芝被休回娘家，媒人的多次说媒以
及她答应再嫁后，府君家及兰芝的一系列行为等都反映了汉代民间的婚嫁
风俗，现将有关她答应再嫁后的一些情节内容摘录如下：

> 府君得闻之，心中大欢喜。视历复开书，便利此月内。六合正相
> 应，良吉三十日。"今已二十七，卿可去成婚。"交语速装束，络绎如
> 浮云。青雀白鹄舫，四角龙子幡。婀娜随风转，金车玉作轮。踯躅青
> 骢马，流苏金镂鞍。赍钱三百万，皆用青丝穿。杂彩三百匹，交广市
> 鲑珍。从人四五百，郁郁登郡门。阿母谓阿女："适得府君书，明日
> 来迎汝。何不作衣裳，莫令事不举。"……移我琉璃榻，出置前窗下。
> 左手持刀尺，右手执绫罗。朝成绣夹裙，晚成单罗衫。[①]

以上的记述，反映了汉代重奢侈、重礼仪的婚嫁习俗。而在传说的最后，
刘兰芝焦仲卿双双殉情而死之后，又说："两家求合葬，合葬华山傍。东
西植松柏，左右种梧桐。"其中"东西置松柏"句，就体现了汉代人在墓
上植松柏的丧葬习俗。其他如《搜神记》所载"董永"传说中，董永葬父
后守孝三年等也是当时丧葬习俗的反映；后汉六朝时期盛行的人鬼婚恋的

---

① （宋）郭茂倩：《乐府诗集》，中华书局 1979 年版，第 1036—1037 页。

传说故事,其中也有一些内容反映了这一时期盛行的冥婚习俗。由此可见,很多传说在以特定时代为背景讲述传说情节内容的同时,有意无意也会受到这一时期一些社会的民间习俗的影响,从而使得很多的民间传说蕴含了重要的民俗价值,也为后人研究前代民俗提供了宝贵的资料。

第三,唐前的民俗传说与民间习俗不仅相互影响,共同发展,而且汉魏六朝文献典籍中保存和记录的民俗传说也向世人全面地展现了这一历史时期民间的民风民俗。南朝梁宗懔的《荆楚岁时记》可以说是记录唐前岁时习俗最完整的著作,该书从一年的正月初一写起,直到岁暮,向世人全面地展现了这一历史时期民间的岁时节令习俗。而隋代杜公瞻的注,则详细地解释了每一岁时节令习俗由来的传说故事。如果把这些民俗传说集中起来,呈现在我们面前的就是一部汉魏六朝时期岁时节令习俗的传说史。不只岁时节令习俗如此,其他的一些民风民俗也是如此,在这些民风民俗的背后,大都有一个与之相关的传说故事,虽然这些传说故事或是民间习俗的由来,或因民间习俗而起,但都向世人展示了这一时期民间的民风民俗。

民俗传说在展现民风民俗的同时,民间传说和与它相应的民间习俗其中一方的发展演变,都会引起另一方相应的变化。如最早将端午习俗与屈原联系在一起的是东汉应劭的《风俗通义》,《初学记》卷四引《风俗通义》说:"五月五日以五彩丝系臂者,辟兵及鬼,令人不病温……亦因屈原。"可以看到,最初的端午节只有系五彩丝的习俗,而民间的这种举动也只是为了纪念屈原。但到魏晋时期,端午节除系五彩丝的习俗外,又有了竞渡的风俗,而与之相关的是一个有关屈原的传说,《北堂书钞》卷一三七引晋葛洪《抱朴子》外篇佚文说:"屈原没汨罗之日,人并命舟楫以迎之,至今以为竞渡。"到了南北朝时期,端午节又增加了包粽子的习俗,而这一习俗也与屈原的传说有关,南朝梁吴均的《续齐谐记》最早记载了这一传说。就上述端午习俗的发展与屈原传说的先后关系,有学者认为"从端午习俗的行事表现来看,屈原等传说也应是后世附加的"①。端午习俗以外,其他一些民间习俗如寒食、七夕等的发展变化也有与之相应的民

---

① 李道和:《岁时民俗与古小说研究》,天津古籍出版社 2004 年版,第 144 页。

俗传说的出现，不再一一列举。由此可见，民俗传说与民间习俗不论谁先谁后，一方的发展变化必然会引起另一方相应的变化。

综上所述，民俗传说总是与民间习俗相辅相成的，民俗传说的盛行必然影响到民风民俗，而民风民俗的发展变化也会激发新的民俗传说的产生，二者共同构成了一幅民风民俗文化的优美画卷，具有重要的民俗研究价值。

第三节　思想价值

民间传说作为民间文学的一种样式，虽然虚构的成分很多，但在这些现实与虚构相结合的民间传说背后，同样表达了深刻的主题，体现了巨大的思想价值。

一、儒家思想影响贯穿于唐前的各类传说之中

具体表现在以下几个方面：

第一，中国古代"以人为本"的儒家思想，使得唐前的传说中，没有人物参与其中的传说是很少的。各类人物传说反映的是历史人物的生活、活动等自不待言，就是一些地方风物传说中，也处处显示出人物活动的影子。如：

> 宜都建平二郡之界，有五六峰，参差互出。上有倚石，如二人像，攘袂相对。俗谓二郡督邮争界于此。（《幽明录》）
>
> 淮南有懒妇鱼。俗云昔杨氏家妇为姑所溺而死，化为鱼焉。其脂膏可燃灯烛，以之照鸣琴博弈，则烂然有光，及照纺绩，则不复明矣。（任昉《述异记》）

可以看到，上述传说虽然是在讲"二郡之界"以及"懒妇鱼"的来历，但都是通过有人物参与其中的传说而来的。前者通过一个美丽传说，阐释了地名的来历，反映了古代劳动人民的智慧以及丰富的想象力。后者则通过一个劳动妇女的悲惨遭遇，揭露了封建家长制的罪恶，反映了广大女性想要摆脱繁重的家庭劳作的束缚，追求自由生活的愿望。还有一些风物传

说,从表面上看似无人物参与其中,但在这些传说的背后也隐含着特定时代某一类人的生活状况或广大民众的情感愿望。如:

> 凉州西有沙山。俗云:昔有覆师于此者,积尸数万。从是有大风吹覆其上,遂成山阜,因名沙山。时闻有鼓角声。(《异苑》卷一)

> 秦时,筑城于武周塞内,以备胡,城将成而崩者数焉。有马驰走,周旋反复,父老异之,因依马迹以筑城,城乃不崩。遂名"马邑"。其故城今在朔州。(《搜神记》卷十三)

在前一则传说中,讲述"沙山"的来历,大风似乎是其中的关键,但沙子下面数万的积尸以及时有耳闻的鼓角声,似乎在向人们诉说着战争的残酷以及广大士卒悲惨的命运。后一则传说中,从"马邑"的名称上看,马就是该传说的重心所在,但从那一次次将成而又崩塌的城墙,我们似乎看到了古代社会人们筑城的艰辛。

由此可见,不论是人物传说还是地方风物传说,人物的活动始终是这些传说的核心,所有这些都是儒家"以人为本"思想的反映。以上所举都是流传于两汉魏晋时期的民间传说。实际上,儒家"以人为本"的思想自有史以来,在各国都有所体现,而且随着社会的发展,得到了历代统治者的关注。夏商时期,统治者轻民虐民,致使政治衰败,周朝建立以后,统治者将民本思想升华到保民如同敬天的地步。春秋时期,社会激烈动荡,民众在政治生活中的地位有了空前的提高,特别是孔子,他在对国家的暴力进行反思后,提出了"仁者爱人"的思想。进入战国以后,百家争鸣,民本思想在诸子的思想中都有完美的体现,特别是在孟子和荀子的学说中,他们将儒家"以人为本"的思想更是提升到了极致。秦汉以降,"以人为本"的思想成了儒家思想的核心内容而得到了历代统治者的重视,广大民众创造并流行于民间的传说也就处处体现出了儒家的这一核心思想。总而言之,正是由于形形色色人物的参与,才使得唐前传说从各方面体现了广大民众的思想观点和情感倾向,具有了极为深刻的思想价值。

第二,唐前传说中儒家"男尊女卑""忠孝"等思想观念的体现。儒家"男尊女卑"的思想,在汉魏六朝传说中主要表现在妇女忠贞和女人误国两个方面。早在先秦时期,贞节就是人们评价妇女德行的标准之一,而对女子贞操观念的强调在儒家思想盛行的两汉时期尤为突出。在这一思想的影响下，出现了许多贞妇烈妇，刘向的《列女传》就是这一思想观念下的产物。唐前的民间传说中，就有许多赞颂妇女贞操的传说故事，如汉代盛传的东海孝妇的传说就是其中最为典型的例子。该传说最早出现在《说苑》中：

> 东海有孝妇，无子，少寡，养其姑甚谨，其姑欲嫁之，终不肯。其姑告邻人曰："孝妇养我甚谨，我哀其无子，守寡日久，我老，累壮丁，奈何？"其后，母自经死，母女告吏曰："孝妇杀我母。"孝妇辞不杀姑。吏欲毒制。孝妇自诬服，县狱以上府。于公以为养姑十年，以孝闻，必不杀姑也。太守不听，数争不能得。于是于公辞疾去吏。太守竟杀孝妇。郡中枯旱三年。

其后，《汉书·于定国传》几乎全采自《说苑》，沿袭了孝妇坚守贞操及其孝行感天等情节内容，而《后汉书·循吏列传》《搜神记·东海孝妇》《孝子传》等也都承《说苑》而来。即使是在思想相对开放的魏晋时期，虽然妇女改嫁在社会上已是普遍现象，但仍有一部分妇女深受儒家思想的熏陶，坚守贞操。如：

> 晋元兴末，魏郡民陈氏女名琬，家在查浦，年十六；饥疫之岁，父母相继死没，唯有一兄，佣赁自活。女容色甚艳，邻中士庶见其贫弱，竞以金帛招要之。女立操贞，盖未尝有许。后值卢循之乱，贼众将加陵逼，女厉然不回，遂以被害。（祖冲之《述异记》）

在这一时期，失去贞节的妇女仍然会遭到社会的谴责，这在当时的笔记小说中也有记述。如祖冲之《述异记》载：

> 庾邈与女子郭凝私通，诣社约取为妾，二心者死。邈遂不肯婚娉。经二载，忽闻凝暴亡。邈出门瞻望，有人来，乃是凝，敛手叹息之，凝告郎："从北村还，道遇强人，抽刃逼凝，惧死从之，未能守节，为社神所责，卒得心痛，一宿而绝。"邈云："将今且停宿。"凝答曰："人鬼异路，勿劳尔思。"因涕泣下沾襟。

更有甚者，人们还常常将国家的灭亡也归结到一些女子身上，大肆鼓吹"女人是祸水"的论调。唐前那些末代帝王后妃的传说这方面的倾向就极为明显，商代最后一个帝王商纣王的宠妃妲己、周朝周幽王的宠妃褒姒等的传说中，妲己、褒姒无一不被说成是导致国家灭亡的罪魁祸首，有关她们来历的传说也就充满了怪异和阴暗，如《国语·郑语》记述有关褒姒来历的传说如下：

> 宣王之时有童谣曰："檿弧箕服，实亡周国。"于是宣王闻之，有夫妇鬻是器者，王使执而戮之。府之小妾生女而非王子也，惧而弃之。此人也，收以奔褒。天子命此久矣，其又何可为乎？《训语》有之曰："夏之衰也，褒人之神化为二龙，以同于王庭，而言曰：'余，褒之二君也。'夏后卜杀之与去之与止之，莫吉。卜请其漦而藏之，吉。乃布币焉而策告之，龙亡而漦在，椟而藏之，传郊之。"及殷、周，莫之发也。及厉王之末，发而观之，漦流于庭，不可除也。王使妇人不帏而噪之，化为玄鼋，以入于王府。府之童妾未既龀而遭之，既笄而孕，当宣王时而生。不夫而育，故惧而弃之。为弧服者方戮在路，夫妇哀其夜号也，而取之以逸，逃于褒。褒人褒姁有狱，而以为入于王，王遂置之，而嬖是女也，使至于为后而生伯服，天之生此久矣，其为毒也大矣，将使候淫德而加之焉。

《国语》之外，司马迁《史记·周本纪》也记述了这一传说。可以看到，传说中的褒姒实际上是玄鼋所化，其本身就被后人看作是妖孽。褒姒之外，商朝最后一个国君纣王的宠妃妲己在后世的传说中也被说成是狐狸精转世。在西施的传说中，吴国的灭亡也与她有着密切的关系，虽然后世传说中并未丑化西施的形象，但从魏晋时期一些有关西施的传说中也可以看到明显的女人误国的思想，王嘉在《拾遗记》卷三就说：

> 越又有美女二人，一名夷光，二名修明，以贡于吴。吴处以椒华之房，贯细珠为帘幌，朝下以蔽景，夕卷以待月。二人当轩并坐，理镜靓妆于珠幌之内。窃窥者莫不动心惊魄，谓之神人。吴王妖惑忘政。及越兵入国，乃抱二女以逃吴苑。

在上述传说中，这种将祸国殃民的罪行统统加到这些无辜的女子身上的做法，显然是不公平的，所有这些都是男尊女卑的儒家思想观念的体现。这些传说中所鼓吹宣扬的"女子亡国论"的观点，真正目的在于为最高统治者因荒淫昏聩而误国开脱罪行，正是由于他们的荒淫好色，荒于国政，才使得国家走向灭亡。司马迁在《史记·殷本纪》中就指出，商代灭亡的真正原因在于殷纣王本人的荒淫误国，他说："（帝纣）好酒淫乐，嬖于妇人。爱妲己，妲己之言是从。于是使师涓作新淫声，北里之舞，靡靡之乐。厚赋税以实鹿台之钱，而盈钜桥之粟。益收狗马奇物，充仞宫室。益广沙丘苑台，多取野兽蜚鸟置其中。慢于鬼神。大聚乐戏于沙丘，以酒为池，悬肉为林，使男女裸相逐其间，为长夜之饮。百姓怨望而诸侯有畔者，于是纣乃重刑辟，有炮格之法。"之所以把罪责强加到这些无辜的女子身上，表现出在儒家思想的影响下，上层社会对妇女的强烈偏见和仇恨，是一种极其腐朽的观点。

汉代自建国以来，就非常重视孝在治理国家方面的重要作用，"举孝廉"也是汉代选举官吏最重要的途径之一。孝女曹娥、东海孝妇、孝子董永等传说都产生于汉代，这些传说不但见载于汉代的文献典籍，而且在汉代的画像石、画像砖中也有记载。魏晋时期，统治者更是提出了"以孝治天下"的口号。孝子的传说更是风行一时，这一时期的笔记小说搜集整理了大量的孝子传说。南北朝时期，虽然不再倡导以孝治天下，但忠孝仍然被看作是一个人最重要的品质之一。后代的二十四孝人物，绝大多数都来自唐前，所有这些，一方面反映了汉魏六朝时期统治者对孝行的重视，另一方面也反映了广大民众对孝行的肯定和赞颂。除对孝行的赞美之外，唐前的很多传说也反映了广大民众对忠臣的赞美和歌颂。忠君爱国是封建社会广大民众评价一个大臣功过得失的主要标准之一，有关屈原、伍子胥、诸葛亮等忠君爱国的大臣的传说都是以反映他们对国家对人民的忠诚为中心内容的，而民间传说对他们的神化则表现了广大民众的善良愿望以及对国家忠良之臣遭遇的同情。需要指出的是，儒家思想以忠孝为核心，但却强调的是臣下对君主、子女对父母无条件的忠或孝。正因为如此，唐前传说在对传统忠孝美德赞誉的同时，也对那些一味遵从君主及其家长的愚孝愚忠行为给予了充分的肯定。如在汉代流传的刘兰芝焦仲卿的传说中，焦仲卿在母亲执意要休刘兰芝时也曾反抗过，他对母亲说："今若遣此妇，终老不复娶"。但当母亲大怒时，他既不能指责母亲的无理，也不能反驳母亲对自己婚姻生活的直接干预，只能忍气吞声地哽咽着与兰芝相誓而别，这就反映了儒家思想影响下遵从父母之命的愚孝观念。可以看到，不论是对妇女忠贞行为的赞美还是对愚忠愚孝行为的歌颂，实际上都反映了这一时期人们思想的局限。

第三,唐前历史人物传说中体现了儒家积极用世的思想观念。"兼济天下"是中国古代将相名臣的为官之道,唐前的很多历史人物传说这方面的倾向也是很明显的。如战国时期楚国的屈原在刚走上仕途之时,也曾被重用为三闾大夫,正当他立志报效祖国之时,却被流放了。但从屈原一生的经历来看,他始终关心国家的前途命运,在楚国国都被攻破之日,他也沉江自尽。在民间传说中,人们更加强化了屈原这一积极用世的思想倾向,后世人们五月五日吃粽子的习俗也来自屈原的传说,人们怀念他也是因为他济世救民的家国情怀。屈原之外,介子推、伍子胥、韩信、诸葛亮等历史人物的传说,无不表现他们积极用世的思想。介子推割股侍君、伍子胥为了吴国可谓呕心沥血、韩信为刘邦打下了半壁江山、诸葛亮更是为无能的蜀后主刘禅独撑天下,他们个个都是忠君报国的典范。总之,在将相名臣传说中,这些将相名臣大都流露出一种"以天下为己任"的儒家入世精神和拯世救民、舍我其谁的强烈使命意识。然而,这些积极用世的将相名臣的最终结局却令人深思,屈原投江自尽,介子推被焚而死,伍子胥被吴王赐死,文种为越王勾践所杀,即使范蠡、张良等虽然未遭不测,但那是因为范蠡、张良等看清了统治者的本来面目,在帮他们打下天下后,被迫放弃了"兼济天下"的用世思想而不得不独善其身。诸葛亮的一生更是为了蜀汉天下累死在了战场,但结果又怎样呢?他辛辛苦苦为之奋斗半生的国家在他死后不久就被后主刘禅拱手相让,面对这扶不起的阿斗,让人不得不怀疑诸葛亮奋斗的价值。诸葛亮如此,屈原、介子推、伍子胥、文种、韩信等无不如此,他们积极用世的思想行为在统治者的昏庸、无能面前显得是那么苍白无力。因此,民间传说在宣扬这些将相名臣积极用世思想的前提下,也对统治者的残暴、无情进行了深刻的批判。如介子推传说就是如此,一首《龙蛇之诗》就将介子推的忠诚、晋文公的无情表现得淋漓尽致,令人深思。介子推之外,伍子胥、文种的传说莫不如此,民间传说中他们为国家立下的汗马功劳与他们悲惨的结局形成了鲜明的对比。所有这些都蕴含着广大民众深刻的爱憎感情。

就是在一些神话人物和宗教人物的传说中,这种思想也时有反映,这与中国传统文化向来以儒家思想为正统的观念有关。自汉武帝"罢黜百家、独尊儒术"以后,儒家思想就成为整个社会占主导地位的意识形态。

两汉如此，就是在佛道盛行的魏晋南北朝时期，统治者用以治国的思想核心仍然以儒家思想为主，这从汉末魏晋时期统治者提倡"以孝治天下"以及社会上一大批孝子的出现即可见一斑。由此可见，在中国这样一个特殊的国度，任何宗教学派与儒教相对立都是无法继续发展的，道教《太上经戒》① 述元始天尊所定十戒，其中第一戒即为："不得违戾父母兄长，反逆不孝。"第三戒亦说："不得叛逆君王，谋害国家。"道教的这两戒实际上规范的是忠和孝两种道德，而这也是儒家思想的核心。道教如此，佛教更是如此。作为外来宗教，佛教不但要依附道教，更要依附儒家，这从魏晋时期佛教的教义就可以看到。正因为如此，在这一时期流传的神话宗教人物传说中，仍可以看到儒家积极用世思想的影响。如：

> 马丹者，晋耿之人也。当文侯时，为大夫。至献公时，复为幕府正。献公灭耿，杀恭太子丹，乃去。至赵宣子时，乘安车入晋都，候诸大夫。灵公欲仕之，逼不以礼。有迅风发屋，丹入回风中而去。北方人尊而祠之。（《列仙传》）

一个仙人，却不止一次入朝为官，可见他是具有入世思想的。不止仙人，一些道士和僧人更是深受儒家思想的影响，如道士王嘉、高僧道安，他们一个是楼观道的大师，一个是佛教的高僧，但都曾作为前秦的谋士而效力于苻坚，从后世有关他们的传说中也可看到他们所具有的入世思想，不再赘述。

第四，"大一统""和谐""中庸"等儒家思想观念在唐前传说中的体现。这一思想主要表现在这一时期许多传说的大团圆结局方面。从此前的论述可知，中国的民间传说是以儒家思想为主线贯穿始终的，在唐前传说中，处处可以看到儒家思想的影子，就是那些在魏晋南北朝时期非常盛行的人鬼婚恋传说中，那些生子的女鬼的传说也透露出"不孝有三，无后为大"的儒家思想信条。由此可见，以儒家思想贯穿始终的唐前传说也使得其表现出与同时期西方传说完全不同的独特的文化意蕴。纵观汉魏六朝文献所载传说，不论是人物传说还是地方风物传说都体现出了浓厚的以人为

---

① 《道藏·洞神类·戒律类》，文物出版社、上海出版社、天津出版社三家联合，于1988年影印出版。

本的思想和重道德、重整体和谐的观念，与这一观念相统一的是民间传说所体现出的"天人合一"以及"大一统"的以儒家思想为主流的传统，强调个人与家庭、国家、民族及社会的和谐。西方的传说则不然，它反映的是多文化影响下，以宗教为核心，注重人的自由发展的观念体系。正因为上述本质的不同，唐前传说与西方同时期的传说，特别是悲剧性传说相比较，在悲剧的主人公和悲剧性的结局等方面都截然不同。西方的悲剧性传说，注重的是按事物本来的样子去构思故事，其故事的主人公多是高贵、威严，有强大力量的帝王将相、贵族富人、神人英雄等，而广大的民众则俯仰着那些比自己更有力量的主人公在性格、命运、社会面前作拼死抗争，却逃脱不了失败的结果，进而产生了恐惧和怜悯，从而使观众的情感得到了净化。由此可见，西方悲剧性传说的最终结局是主人公的毁灭。与西方不同，中国民间悲剧性传说的主人公往往是弱小善良的老百姓，尤其包括一些不幸遭遇和无辜受冤的女性，因此在民间传说中，人们常常将传说中力量悬殊的正反两方面人物推到高高的道德伦理的评判席上，引起大家对这些纯粹善良的、绝对无辜的弱者的无限同情和对力量强大的反面人物的无情批判。在故事的结局上，中国的悲剧性传说一般都不会以表现悲剧主人公的毁灭作结，那样不符合中华民族道德感极强的文化根底，更与儒家所倡导的"天人合一""大一统""和谐"等思想观念相背离，较常见的是中国老百姓多在民间悲剧性传说的结尾加上一个大团圆的尾巴。这在唐前一些以反映婚姻家庭为主题的悲剧性传说故事中极为多见。如在孟姜女传说中，其丈夫万喜良外出服役而亡是不幸的，但孟姜女千里寻夫哭倒长城、愚弄秦始皇的结局却是大快人心的；韩凭夫妇、刘兰芝焦仲卿夫妇等传说中，他们分别双双殉情是不幸的，而化为鸳鸯相伴的结局却是令人欣慰的；东海孝妇传说中，孝妇被诬而被枉法的封建官吏送上断头台的悲剧是不幸的，但她临死时发下的誓愿在她死后一一实现的结局却是大快人心的；董永、谢端由于贫穷以致无法葬父、无法生活的现实是不幸的，但得到仙女的帮助却是美好的；紫玉传说中，韩重紫玉二人的恋情因紫玉父母的反对而导致紫玉抑郁而亡使二人阴阳相隔的现实是不幸的，但二人在阴间尽夫妇之礼的结局却是美好的；同样，在谈生传说中，鬼妻最终因为谈生的不守诺言而终无回生之机，让人感到万分的不幸，但谈生与鬼妻之子最终被鬼妻的豪门之家相认的结局却是令人欣慰的。除此之外，在唐前的名臣将相传说中，他们中一些人的悲惨遭遇，也唤起了广大民众深切的同情，于是在民间传说中，人们往往将他们心目中的英雄神化、仙化，这也可以说是古代劳动人民对大团圆结局的另一种阐释。

应该看到，上述唐前传说中的大团圆结局往往不是传说主人公自己争取来的胜利结局，而是将美好的愿望寄托在虚幻的超自然力量和外部的偶然机遇，自始至终，这些传说的主人公都处在被动的位置。唐前民间传说中这种大团圆的结局也蕴含着中华民族传统文化的某种特质，一方面，它是民众渴求幸福美满生活及对前途乐观自信的主观精神的反映，另一方面，它表现了民间朴素的扬善惩恶的伦理信仰。鲁迅先生曾对中国民间传说这种大团圆的结局有着深刻的评价，他一方面对着重体现广大民众理想和善良愿望的大团圆结局表示赞赏和满意，另一方面，鲁迅先生又认为民间传说所反映的中国人"喜欢""大团圆"的心理，是出于掩饰"人生现实底缺陷"，"互相欺骗"，表现了一种消极的"国民性"。① 黄永林针对鲁迅先生对中国民间传说大团圆结局的看法，进一步发挥说：

> 鲁迅先生"满意""大团圆"的结局是出于对被压迫的下层民众的同情心理，他批判"大团圆"的结局是出于对中国百姓麻木不仁，缺乏反抗精神的不满，是他"哀其不幸，怒其不争"精神的体现。我们一方面应该看到民间传说中"大团圆结局"确实给民众失衡的心态以某种抚慰，满足了他们暂时的浅层的或深层的精神需要的作用，但另一方面我们又不能不看到这样的"大团圆结局"是一种以虚幻的乐观和完满来掩饰、弥补现实缺陷的模式。这种大团圆结局模式的形成和广受欢迎，是与中国长期以来形成的"精神胜利法"在我国国民性中普遍的存在有关。②

由此可见，中国民间传说中善良无辜的弱小者的凄惨命运，广大民众的同情心理以及那种抚慰失衡心态的心理，加上儒家"和谐""中庸""大一统"等思想观念的影响，共同积淀了这种大团圆的文化心态和民族心理，

---

① 鲁迅：《鲁迅全集》(9)，人民文学出版社 2005 年版，第 309 页。
② 黄永林：《民间传说文化意蕴的二重性》，《文学遗产》创刊号。

从而使得中国的民间悲剧性传说大都以圆满的结局告终。王国维先生在《红楼梦评论》一文中就说:"吾国人之精神,世间的也,乐天的也,故代表其精神之戏曲、小说,无往而不著其乐天之色彩:始于悲者终于欢,始于离者终于合,始于困者终于享。非是而欲厌阅者之心,难矣!"正是这种独特的文化心理,才使得中国的民间传说不论在内容上,还是在最终的结局上都表现出与西方民间传说完全不同的样式。也正是因为这一文化的一元性,以及在华夏民族几千年的历程中积淀的中国老百姓这种期待大团圆的文化心理,使得唐前传说表现出完全不同于西方在多元文化影响下,重宗教、重个人自由的民间传说故事,从而表现出独特的文化意蕴。

可以看到,儒家思想就像一条线,贯穿于唐前的各类传说之中,也使得很多先秦的传说故事到两汉魏晋时期逐渐摆脱了原始神秘的天道色彩而逐渐趋于世俗化、大众化。正是因为儒家思想的参与与介入,才使得唐前传说的文化意蕴更加丰富多彩:一方面,唐前传说体现了中华民族传统文化的进步性;另一方面,又体现了中国古代封建思想统治下,广大民众思想的局限性。

二、佛道思想的反映

魏晋南北朝是佛道二教盛行的时期,因此,儒家思想之外,也有许多以反映佛道二教思想为主的传说流传于世。具体而言,宗教传说所表现的思想价值主要有以下方面:

第一,很多传说成了这一时期宗教徒宣传宗教思想的传声筒。作为一种追求现世享乐的世俗宗教,道教主要宣扬的是长生不死的神仙思想,道教徒编造出炼丹、服食、房中术等多种修炼方法,企图到达他们所向往的现世极乐世界。为此,他们编造了许多神话人物、历史人物成仙的传说故事,为他们制造舆论和宣传教义。葛洪的《神仙传》专记神仙传说,书中共记述了八十四位神仙的传说,虽然他们求仙的途径各有不同,但最终都到达了他们所向往的极乐世界——仙界;而托名汉人实为六朝人创作的《汉武故事》《汉武帝内传》则专记汉武帝求仙访道的传说。不只如此,王青在其《〈汉武帝内传〉与道教传经神话——兼论〈汉武帝内传〉的作者》一文中还认为,"《汉武帝内传》利用传统的西王母会汉武传说,已将它改造成为教团的传经神话。"① 除上述专门记录道教神仙思想的笔记小说之外,这一时期的其他笔记小说如《搜神记》《拾遗记》《洞冥记》等也记录保存了许多以宣传神仙道教思想为主的传说故事。不同于道教对现世享乐的追求,佛教则把人生的幸福寄托在来世,佛教的因果报应、六道轮回以及地狱观念等时时警示着现世的人们,要他们弃恶向善,以便得到来世的幸福。《冥祥记》《宣验记》等都被认为是"释教之书",专记宣传佛教思想的传说故事。除此之外,《幽明录》《祥异记》等这一时期的其他一些志怪小说也记录了大量的以宣传佛教思想为主的传说故事。可以看到,魏晋南北朝时期佛道二教的盛行,使得大量的宗教传说流传于世,而这些都是佛教徒和道教徒宣传他们宗教思想的传声筒。

第二,这一时期盛行的宗教传说除对宗教思想的宣传外,也从一个侧面反映了处在水深火热之中的广大民众对现实的批判以及他们试图摆脱现实、追求幸福生活的愿望,因此,这一时期的宗教传说所体现的批判精神也是很明显的。汉末魏晋南北朝时期,社会极为动乱,政权频繁更替,战争使得千万家庭夫妻分离,家破人亡。在如此混乱的年代,广大民众生活极端贫困,找不到任何出路。道教佛教就是在这样的时代背景下逐渐走向兴盛的,不论是追求现世的享乐还是来世的幸福,可以说二教所宣传的宗教思想都使得处于黑暗之中的贫苦老百姓看到了一线生活的希望。于是,求仙、奉佛之人骤增,他们编造了许多传说故事,一方面宣传宗教思想,另一方面也表达对现世的不满。如道教的"桃花源传说",从表面看是宣传道教思想的传说,讲凡人无意中巧遇仙人,来到仙人居住的地方,并在仙人的帮助下成为神仙。但从桃花源传说也可以看到,没有战争、没有贫苦、人人安居乐业的神境与黑暗混乱的社会现实形成了强烈的反差,因此,从深层来看,这类道教传说也预示着人们对现实社会的批判和对安定幸福生活的渴望。道教传说如此,佛教传说亦然。佛教地狱传说中,对那些屠害生灵的罪恶之人的最为严厉的惩罚,就反映了人们对那些造成无数无辜百姓命丧战场的战争发起者的痛恨和批判,具有极为深刻的思想价值。因此,这一时期广大普通民众对道教、佛教的潜心追求,与其说为道

---

① 王青:《先唐神话、宗教与文学论考》,中华书局 2007 年版,第 263 页。

教、佛教的兴盛起到了至关重要的作用，不如说是反映了广大劳苦百姓对现实的批判和对安定幸福生活的追求。

总而言之，"古代民间传说乃是历史上广大民间创作者用以表达思想的一种特殊的方式。……广大民间的创作者与传播者，运用这种艺术形式表达他们在现实生活中的各种感受，其中有经验，有知识，也有各种思想态度。特别是人民处于被剥削被压迫境遇中的各种观察与体验，更是多方面地反映在他们的口头艺术中。这里，包含着社会教育、道德修养，包括对现实的抨击，包括对某些历史与人物的正确反映与评价。正是这些构成了传说重要的思想光芒"①。唐前传说也不例外，这一时期各种类型的传说也都反映了普通民众对现实社会或揭露批判、或劝诫、或赞美的观点态度和情感倾向。

第四节　文学价值

传说作为一种重要的民间文学样式，还具有重要的文学价值，唐前传说也不例外，具体而言，主要表现在以下几个方面:

第一，丰富了我国古代文学的表现内容，为后世的文学创作提供了素材。汉魏六朝文献典籍中记载的很多传说，对后世影响较大。它们其中的一部分如王昭君传说、秋胡传说等被后世改编成了诗词、文赋、戏剧、小说等多种艺术形式，多种情节结局的文学作品，铸就了中国文学史上一个又一个不朽的艺术形象，极大地丰富了古典文学的殿堂。

传说为诗歌创作提供了素材。唐前传说中一些凄婉动人的传说故事，被历代诗词作者用作诗词创作的素材，借以表达对时局的看法或寄托自己的情思。如以昭君传说为题材的诗词创作就非常多，据《历代歌咏昭君诗词选注》一书的编者统计，历代专门以昭君传说为题材的诗词就有 766 篇之多，这还不包括只提到昭君但不是专咏昭君的诗篇。可以看到，以昭君为题材的诗词创作，并不是只集中在某个时期，而是贯穿于东汉至清代的

---

① 张紫晨:《中国古代传说》，第 47 页。

整个中国古代文学史。如潘岳的《王明君辞》、何逊的《昭君怨》、汤惠休的《昭君辞》、梁简文帝的《明君词》、白居易的《昭君怨》、王安石的《明妃曲》以及清代刘献廷的《王昭君》等。

又如以牛郎织女传说为题材的诗词也非常多，唐前以这一传说为题材的诗歌创作就非常普遍：

迢迢牵牛星，皎皎河汉女。纤纤擢素手，札札弄机杼。终日不成章，泣涕零如雨。河汉清且浅，相去复几许？盈盈一水间，脉脉不得语。（《古诗十九首·迢迢牵牛星》）

三春怨离泣，九秋欣期歌。驾鸾行日时，月明济长河。长河起秋云，汉渚风凉发。含欣出霄路，可笑向明月。金风起汉曲，素月明河边。七章未成匹，飞燕起长川。春离隔寒暑，明秋暂一会。两叹别日长，双情若饥渴。婉娈不终夕，一别周年期。桑蚕不作茧，昼夜长悬丝。灵匹怨离处，索居隔长河。玄云不应雷，是侬啼叹歌。振玉下金阶，拭眼瞩星兰。惆怅登云轺，悲恨两情殚。风骖不驾缨，翼人立中庭。箫管且停吹，展我叙离情。紫霞烟翠盖，斜月照绮窗。衔悲握离袂，易尔还年容。（《乐府诗集》卷四十五清商曲辞二《七日夜女歌九首》）

落日隐榈楹，升月照帘栊。团团满叶露，析析振条风。蹀足循广除，瞬目瞷曾穹。云汉有灵匹，弥年阙相从。遐川阻昵爱，修渚旷清容。弄杼不成藻，耸辔骛前踪。昔离秋已两，今聚夕无双。倾河易回斡，欸情难久悰。沃若灵驾旋，寂寥云幄空。留情顾华寝，遥心逐奔龙。沉吟为尔感，情深意弥重。（谢惠连《七月七日夜咏牛女诗》）

唐代以来，以牛郎织女传说为素材的诗歌创作更是不胜枚举，不再引述。除上述所举传说之外，其他如孟姜女传说、西王母传说等也都被作为历代诗词的创作素材，千百年来一直被诗词作者所青睐。

唐前传说也为唐代以及后代的传奇、文言、白话等小说的创作提供了丰富的创作素材。就传奇小说而言，以唐前传说为素材的就有很多，如唐前《后汉书》《琴操》《西京杂记》等文献中记载的王昭君传说，就以其优美完整的情节，成为唐代及后代传奇小说的创作素材，特别是《西京杂记》中"画工弃世"的情节内容，更是被后代的传奇小说作者所采用。总括起来，以昭君传说为题材的传奇主要有陈宗鼎的《宁胡记》、无名氏的《和戎记》以及《昭君传》《青冢记》等。王昭君传说之外，取材于唐前传说的传奇小说还有《离魂记》《补江总白猿记》等，这两部传奇小说前者取材于《幽明录》中"庞阿"的传说，后者则取材于《博物志》所记的"猳猿"传说，不再详论。传奇小说之外，以唐前传说作为题材的文言小说、白话小说也有很多，《三国演义》就是罗贯中在陈寿《三国志》的基础上，结合民间流传的三国传说故事创作的一部长篇巨著，蒲松龄《聊斋志异》中很多小说的素材也来源于魏晋时期流传的人鬼狐妖传说。就具体某一传说而言也是如此，如后代以牛郎织女传说为题材的小说就主要有明代的文言小说《鉴湖夜泛记》、白话小说《灵光阁织女表诬词》以及清末民初的通俗小说《牛郎织女传》等。

唐前传说还为元明清的戏剧创作提供了素材。如这一时期源自王昭君传说的戏剧主要有马致远的《汉宫秋》、尤侗的《吊琵琶》、薛旦的《昭君梦》、陈与郊的《昭君出塞》以及关汉卿的《汉元帝哭昭君》、吴昌龄的《夜月走昭君》、张时起的《昭君出塞》等，只可惜后面的三部都已经失传了，我们已无法窥见其全貌。以牛郎织女传说为素材的戏剧主要有《相思砚》《鹊桥》《渡天河织女会牛郎》等，其他如《天仙配》取材于董永的传说，《赵氏孤儿》源自赵盾的传说，《生死交范张鸡黍》来自《搜神记》卷十一"范巨卿张元伯"的传说，《窦娥冤》则是由《搜神记》卷十一的"东海孝妇"传说改编而来的，《单刀会》《秋胡戏妻》则分别根据关羽、秋胡的传说改编而来。

正是由于这些民间传说故事妇孺皆知，代表了广大民众的思想观点和情感倾向，才使得诗词作者、戏剧作家和小说作家以它们为素材加工改编的作品，更能够与普通的民众在思想上发生共鸣，从而使他们获得一种精神上的快感。"这种快感使人们（包括听者及作者本身）的心灵从某种压抑状态下获得解脱，使他们摆脱某种不平衡的心绪状态"①，因而也就更能赢得广大民众的欢迎和热爱。

第二，唐前传说丰富的艺术手法为后世文学创作提供了借鉴。唐前传

---

① 程蔷：《中国民间传说》，第 218 页。

说在文学表现手法上，具有独特的艺术特色。首先，它以丰富的想象力和巨大的想象空间对后代的浪漫主义文学产生了深远的影响。传说是广大民众集体智慧的结晶，长期流传于民间，因此，一个传说从其产生到发展演变，包含了劳动人民丰富的想象力，也具有巨大的想象空间，这从传说在传播过程中的不断变化即可见一斑。传说所具有的丰富的想象力和巨大的想象空间对浪漫主义诗歌、辞赋、小说甚至戏剧等文学样式的创作都产生了深远的影响。早在先秦时期，浪漫主义诗人屈原的《离骚》《天问》等作品就充满着奇幻瑰丽的想象，在《离骚》中，诗人从现实叙述的基础上进入了幻想和想象世界的艺术手法，应该说是受到了这一时期传说中的神仙世界的影响。两汉以至后世浪漫主义诗词歌赋的创作，受传说这种艺术手法的影响就更为明显，汉代司马相如、扬雄等的汉大赋创作，其中的铺张扬厉，就包含着丰富的想象力和巨大的想象空间；唐代浪漫主义诗人李白的诗歌如《梦游天姥吟留别》等诗，以丰富的想象力描写了纷繁复杂的神仙世界；李朝威的传奇小说《柳毅传》展现的是龙王之女与人间书生的婚恋故事，小说对水宫世界的描写充满了神奇的幻想和想象；"《西游记》在艺术表现上的最大特色，就是诡异的想象，极度的夸张，突破时空，突破生死，突破神、人、物的界限，创造了一个光怪陆离、神异奇幻的境界。在这里，环境是天上地下，龙宫冥府，仙地佛境，仙山恶水；形象多身奇貌异，似人似怪，神通广大，变幻莫测；故事则上天入地，翻江倒海，兴妖除怪，祭宝斗法；作者将这些奇人、奇事、奇境熔于一炉，构筑成了一个统一和谐的艺术整体，展现出一种奇幻美"①。蒲松龄《聊斋志异》更是以汉魏六朝的许多花鬼狐妖传说为素材，在汉魏六朝传说所具有的丰富想象空间的基础上，通过作者的构思和加工，向世人展现了一个神秘莫测的妖异世界；汤显祖《牡丹亭》所描写的人鬼相恋故事，显然来自魏晋时期盛行的人鬼婚恋传说。从这一角度来看，汉代以来浪漫主义诗赋、传奇小说、白话小说、文言小说以及戏剧等文学样式的创作，在艺术手法上，深受汉魏六朝关于神鬼妖异传说丰富直观想象力的影响，与汉魏六朝民间传说所具有的丰富想象力以及巨大的想象空间一脉相承。

---

① 袁行霈：《中国文学史》（第四卷），高等教育出版社 1999 年版，第 157 页。

其次，唐前传说主题鲜明，语言浅显易懂，感情真切动人，往往以短小的篇幅向世人陈述一个生动的故事，并通过这个传说故事折射出深邃的社会意义，这在一定程度上也影响了后代的文学创作。如前所述，由于传说是广大劳动人民的创作，因此传说所表达的主题思想常常是主题鲜明，语言浅显易懂，反映了大多数普通百姓的思想愿望，情感真切动人。汉魏六朝文献典籍中的传说所记录的故事大多篇幅短小，但在这短小的传说中常常折射出深邃的社会意义，如"望夫石"和"宫人草"传说等，篇幅非常短小，都只有寥寥数语，但都反映了深刻的社会意蕴：前者反映了沉重的兵役制度给劳动人民带来的深重灾难，后者则批判了封建帝王的荒淫好色，反映了劳动人民对那些选入后宫的妙龄女子凄惨遭遇的同情。唐前传说的这一表现手法也影响了后世文学，特别是小说和戏剧的创作。唐代以来的小说创作和元明清时期的戏剧创作除《三国演义》《西游记》《桃花扇》等长篇之作外，也有短篇小说和短剧的创作，这主要是指文言小说和短剧而言。虽然这些文言小说和短剧与汉魏六朝的传说相比还是要长得多，但与长篇小说和传奇剧相比，却短得多。唐代裴铏的《传奇》就是以短小的故事、浅显易懂的语言反映了鲜明主题的文言小说集；蒲松龄的《聊斋志异》更是以短小的篇幅、明白浅显的语言揭露出了封建社会的百态人生；而"四声猿""笠翁十种曲""一笠庵四种曲"等杂剧短章无不折射出深刻的社会内涵。应该说，短篇小说和短小的杂剧浅显的语言、鲜明的主题显然是受到了来自汉魏六朝传说的影响。

第三，唐前传说所具有的原始生命观也影响了后世文学的审美取向。在汉魏六朝时期的传说中，也有许多反映原始生命观的故事，如干宝《搜神记》中的"三王墓"传说中，干将莫邪的儿子赤复仇的故事；"韩凭夫妇"传说中两棵躯体相就、枝叶交错的大树以及雌雄各一、交颈而鸣的鸳鸯，都是我们祖先认定的生命复活形式，这些传说也体现了古代中国传统的原始生命观。无论是人化动物、人化植物还是别的什么有生命的东西，这种生命观都是作为集体的无意识流传下来的，存在于广大民众的意识之中。而唐前传说这种原始的生命观也影响了后代文学的创作。从唐代传奇《南柯太守传》《枕中记》《李娃传》《霍小玉传》《柳毅传》等小说中，我们就可以看出那种对原始生命观的执着性。如《霍小玉》传中，写霍小玉悲愤交加，怒斥李益的时候就说："我为女子，薄命如斯；君是丈夫，负心如此！韶颜稚齿，饮恨而终；慈母在堂，不能供养；绮罗弦管，从此永休。徵痛黄泉，皆君所致。李君李君，今当永诀！我为厉鬼，使君妻妾，终日不安。"上述义正词严的血泪控诉和强烈的复仇意识，正是古代中国原始生命观中生—死—复生的很好变现。至于明清时期的《西游记》《红楼梦》《聊斋志异》等白话、文言小说，就更是对这种原始生命观的成熟运用。如《红楼梦》中，林黛玉的形象就具有多个原型，其中尤以花和水最具代表性，她就是一位花、人合一的美女。水和林黛玉的生命也是密不可分的，水以不同的存在形式贯穿于林黛玉的今生和前世。可以说黛玉的形象是对汉魏六朝传说中所体现的原始生命观最好的传承。当然，在《西游记》《聊斋志异》以及其他的一些小说中也有很多人物形象体现了对原始生命观的运用，不再一一列举。小说之外，元明清时期的很多戏剧也表现了对汉魏六朝传说中所体现的原始生命观的运用。关汉卿《窦娥冤》中含冤而死的窦娥，死后鬼魂寻找机会复仇，替自己昭雪的执着；汤显祖《牡丹亭》中的女主人公杜丽娘，因情而死、为情而生，追求幸福自由婚姻生活的执着等都是对这一原始生命观最好的阐释。

总之，唐前传说不仅为后代的文学创作提供了素材，其丰富的艺术手法以及所具有的原始生命观也深刻地影响了后代文学的创作，后代文人的许多经典之作也都得益于唐前的传说故事。也正因为如此，才使得唐前传说在后代文人的文学创作方面具有了举足轻重的地位和作用。

下　编
唐前传说个案研究

第九章　唐前西王母形象的演变及其文化意蕴

西王母作为神仙道教谱系最主要的女仙之一，经历了一个由神话人物到人间帝王再到道教女仙的发展演变过程，是神话人物历史化和宗教化的典型。可以看到，在漫长的发展演变过程中，西王母的形貌发生了天翻地覆的变化，不同历史阶段的西王母也被赋予了不同的角色，蕴含着极其丰富的文化内涵。

第一节　西王母形象的历史化演变

西王母之名，始见于《山海经》，该书有关西王母的记载主要有以下几处：

《西山经》曰："又西三百五十里曰玉山，是西王母所居也。西王母其状如人，豹尾虎齿而善啸，蓬发戴胜，是司天之厉及五残。"

《大荒西经》曰："有人，戴胜，虎齿，豹尾，穴处，名曰西王母。此山万物尽有。"又曰："西有王母之山，壑山，海山。有沃之国，沃民是处。……有三青鸟，赤首黑目……"。

《海内北经》云："西王母梯几而戴胜杖，其南有三青鸟，为西王母取食。"

从《山海经》的记述可以看出，上古时期的西王母完全是一个神话人物，她半人半兽，职掌"司天之厉及五残"。对于《山海经》中所记述的西王母的真实身份，历来有着不同的看法。茅盾根据"蓬发戴胜""虎齿豹尾""穴居"而处的西王母的形貌和生活环境推断，这是"原始信仰与生活的混合表现"①。他认为《山海经》中西王母朴素的形貌最接近原始人的思想信仰。孙作云、郭沫若、朱芳圃等人在探究西王母的这一原始形貌时，大都借助西方的图腾学说来阐释其内涵。孙先生通过分析认为，"在中国古代曾广泛地实行过图腾制度，这时间若用传统的术语来说，就是相当于三代以前，约去今五千年左右"②。孙先生由此推断，《山海经》中"虎齿豹尾的西王母，并不是她长得真是这个怪样，可能是她的图腾服饰。古代氏族人，他们的服饰模仿他们的图腾的样子"③。孙作云之外，郭沫若、朱芳圃等也都有类似的论证，不再引述。在上古社会，先民们也常常以图腾为部落名，《史记·五帝本纪》有轩辕氏"教熊、罴、貔、貅、貙、虎，以与炎帝战于阪泉之野"的记载，据后世学者考证，上述这些动物的名称，实际上就是具有不同图腾崇拜的部落。由此可见，西王母这种半人半兽的打扮，应该是中国母系社会转型时期图腾崇拜的具体体现。

西王母的图腾服饰之所以如此怪异，与上古先民的实际生活境况有关。马克思说神话是"在人民幻想中经过不自觉的艺术方式加工过的自然界和社会形态"，"任何神话都是用想象和借助想象以征服自然力，支配自然力，把自然力加以形象化"。④ 西王母部族常年穴居，与虎豹生活在一起，经常遭受虎豹的侵扰，他们幻想自己有老虎一样的牙齿、豹子一样的尾巴，这样就可以免受狼虫虎豹的侵犯，因此也就出现了《山海经》中西王母半人半兽的怪异打扮。李立就从动物学的角度对《山海经》中西王母的这一奇特形貌进行了论证，他说："从动物学的角度看，虎豹一类猛兽的齿、爪、尾是最具有凶猛性和危险性的。神话在描述西王母等的山神形象，在强调其'人面虎身'的同时，更突出其局部的齿、爪、尾，显然是在显示山神作为猛兽所独特的凶残的兽性特征。"⑤ "这种半人半兽的图腾打扮在上古氏族部落中是普遍存在的。在古埃及奴隶制城邦时期的涅伽达

① 茅盾：《神话研究》，百花文艺出版社1982年版，第89页。
② 孙作云：《孙作云文集》第四册《中国古代神话传说研究》（上），河南大学出版社2003年版，第4页。
③ 孙作云：《敦煌画中的神怪画》，《考古》1960年第6期。
④ 马克思：《〈政治经济学批判〉导言》，《马克思恩格斯选集》第二卷，人民出版社1995年版，第113页。
⑤ 李立：《文化整合与先秦自然神话演变》，云南人民出版社2002年版，第208页。

文化Ⅱ中，猎狮调色板上所画的猎人首领也是腰悬兽尾，手里拿着权杖的。古代美洲玛雅人的博南帕克神庙的壁画里，也形象地画出了古代玛雅人头顶兽头、身披兽皮的装饰"①。基于上述论证，大多学者就认为神话人物西王母是来自于远古氏族社会的女首领或女酋长。

从《山海经》的记载来看，西王母居住在玉山的石洞里。至于玉山的具体方位，《汉书·地理志》曰："金城郡临羌，西北至塞外，有西王母石室、仙海、盐池，北则湟水所出。"《晋书·张骏传》曰："凉州刺史、酒泉太守马岌上言：酒泉南山，即昆仑之体也，周穆王见西王母，乐而忘归，即谓此山。"又，北魏郦道元《水经注·河水三》则说："南有湟水出塞外，东经西王母石室。"近现代学者对西王母所居石室的具体位置也有考证，如顾颉刚先生就说："西王母石室是在青海之东，湟与河二水之间。按着现在疆域，当在海晏县和辉特旗附近。"②崔永红《西王母的三面孔》③一文在引述《汉书·地理志》"金城郡临羌，西北至塞外，有西王母石室、仙海、盐池"一句下也说："这里的仙海指青海湖，盐池指今茶卡盐湖。西王母石室应在这两湖附近。"通过对《穆天子传》等的进一步考证，崔先生还指出："《穆天子传》卷一记：'天子西济于河，……爰有温谷乐都'，'八骏之乘以饮于枝涛之中，积石之南河。'这里提到的'乐都'、'积石'，都是今青海境内的地名。"王珍根据方诗铭《西王母传说考》一文中提出的"青海为西王母地"的说法，在参考了青海大通出土的舞蹈纹彩陶盆上舞者的图案之后，认为"从舞蹈者的形象看，与《山海经》里面所描写的西王母形象基本相似。舞蹈者头上左侧所扎的发辫，即'戴胜'，所谓'戴胜'，就是妇女头上的装饰品；舞蹈者下腹体侧的'尾饰'，即'豹尾'。从地望上看，出土舞蹈纹彩陶盆的大通县，与《汉书》《后汉书》及《论衡》等书所记载的金城郡临羌县有关西王母遗迹也完全相同"④。同样，李德芳也认为"西王母与地处青海的湟中羌人有关，其大

---

① 孔恩阳：《西王母传说的起源及其演变》，《青海师范学院学报》1984年第1期。
② 顾颉刚：《酒泉昆仑说的由来及其评价》，《中国史研究》1981年第2期。
③ 崔永红：《西王母的三面孔》，《青海社会科学》2010年第6期。
④ 王珍：《山海经一书中有关母系氏族社会的神话试析》，《中州学刊》1982年第2期。

概形象就如同舞纹彩盆上的舞者"①。由此可见,西王母"虎齿豹尾""蓬发戴胜"的外貌,正是新石器时代青海地区羌戎部族图腾崇拜的遗存。

随着社会的发展,文明的演进,神话人物西王母逐渐向世俗化演变。如果将有关材料加以梳理,即可看出其演化的轨迹。在《竹书纪年》《穆天子传》《尚书大传》以及《大戴礼记》等的记述中,西王母俨然一位人间帝王的形象:

《竹书纪年》云:"帝舜有虞氏九年,西王母来朝。西王母之来朝,献白环、玉玦。"又曰:"穆王十七年,西征昆仑丘,见西王母。……同年,西王母来见,宾于昭宫。"

《穆天子传》曰:"吉日甲子,天子宾于西王母,乃执白圭玄璧,以见西王母。……西王母再拜受之。□乙丑,天子觞西王母于瑶池之上。……天子遂驱升于弇山,乃纪其迹于弇山之石,而树之槐,眉曰:'西王母之山'。西王母还归其□,世民作忧以吟曰:'比徂西土,爰居其野。虎豹为群,于鹊与处。嘉命不迁,我惟帝女。天子大命,而不可称。顾世民之恩,流涕卉陨。吹笙鼓簧,中心翔翔。世民之子,唯天之望。'"

《尚书大传》云:"至舜时西王母献昭华之琯,以玉为之。"

《大戴礼记》曰:"昔帝舜以天德嗣尧,布功散德,制礼朔方……西王母来献其白玉琯。"

《史记·赵世家》曰:"缪王使造父御,西巡狩,见西王母,乐之忘归。"

从《竹书纪年》《大戴礼记》《尚书大传》等书的记载可见,西王母虽然仍"爰居其野",与虎豹鸟鹊为群,生活条件还很艰苦,但显然,她已经一改《山海经》中半人半兽的怪异形貌并进而演化成了一个人间帝王的形象。从"西王母来朝""西王母来献其白玉琯""西王母献昭华之琯"以及"天子宾于西王母""见西王母"等的记述可以看到,作为人间帝王的西王母及其她的国家,和周边国家的往来是极其频繁的。笔者认为,这类

---

① 李德芳:《试论西王母神话的演变》,载《民间文艺学文丛》,北京师范大学出版社 1982年版,第 37 页。

传说的出现，与春秋战国时期各国之间频繁的外交活动有关。众所周知，周代自建国以来，便大肆分封诸侯，特别是进入东周以后，周天子失去了实际的领导地位，各诸侯国之间你争我斗战争不断，一些实力较弱的诸侯国如果不依靠大国的扶持，很容易被灭国，因此为了保全自己的国家，一些小国的国君经常往来于大国之间，向大国进贡，以求得他们的帮助。从"西王母来朝""西王母献"等语可以看出，这一时期传说中的西王母应该是一个小国的国王，西王母国和周边国家的频繁的外交往来，是她寻求外援和依靠的表现。

在西王母形象向世俗化演变的过程中，除传说中人间帝王的形象外，在《庄子·大宗师》中，西王母还被演化成了一位得道者。《庄子·大宗师》曰："夫道，有情有信，无为无形。……西王母得之，坐乎少广，莫知其死，莫知其终。"这里又将西王母与先秦时期的神仙思想联系在一起，西王母成了一位长生不老的仙人。西王母的这一传说，在西汉的文献中多有记载。《易林》卷二《讼·泰》曰："弱水之西，有西王母，生不知死，与天相保。"扬雄《甘泉赋》也写道："想西王母欣然而上寿兮，屏玉女而却虑妃。"出现"西王母"字样的汉镜铭文更多见所谓"仙人不知老"等字样，也都说明了这一事实。

另外，战国初成书的《归藏》和汉初成书的《淮南子》中，西王母又成了掌管不死之药的吉祥神。《文选》卷六十《祭颜光禄文》注引《归藏》曰："昔嫦娥以西王母不死之药服之，遂奔月为月精。"《淮南子·览冥篇》亦曰："羿请不死之药于西王母，姮娥窃以奔月。"在汉代的画像石画像砖中，西王母多与捣药的玉兔画在一起，信立祥《汉代画像石综合研究》[①] 一书在详细分析与西王母有关的汉画像石的同时，也录入了很多与西王母有关的汉画像图片。可以看到，在戴胜的西王母身旁，大都有操臼拥杵捣制不死之药的玉兔，所有这些也都说明西王母是掌管不死之药的仙人。

由于受秦皇汉武对长生不老之术的狂热追求以及西汉社会普遍流传的西王母为长生不死之神的传说的影响，西汉末年，曾经以民间西王母崇拜

---

① 信立祥：《汉代画像石综合研究》，文物出版社 2000 年版。

为背景,演生出了一次声势浩大的流民运动。《汉书·哀帝纪》《汉书·天文志》以及《汉书·五行志下之上》等对此都有详细的记述。联系汉末动荡不安的社会现实,西汉时期盛极一时的西王母崇拜以及声势浩大的流民运动,都反映了广大民众企图通过筹建王母祠以及祭拜西王母等行为,从而达到借助仙人西王母的保佑以保全身家性命、逃避混乱现世的真正目的。《史记》中屡屡说到"西王母",也体现了司马迁对于当时民间普遍风行的西王母的崇拜,予以视野更为广阔的文化关注。传世文献和出土实物特别是汉画像石足以表明,汉代是西王母信仰的最鼎盛时期。有专家统计,仅巴蜀地区出土的一千余种汉代画像砖的拓片中,以西王母为代表的各种神祇内容的拓片就有二百多种,约占总数的五分之一,而 1995 年出版的《陕北汉画像石》一书,约有一百二十多个汉墓,其中西王母图像就有六十二幅之多!人们如此崇拜西王母,是因为汉代人认为她老人家掌管着不死之药,掌握着凡人能否成为神仙的大权。人们之所以在墓中大肆描绘、供奉西王母,其目的也是为了让死者能平安抵达长生不死的神仙世界。

第二节 道教化的西王母形象及其文化意蕴

道教化的西王母形象主要见于《博物志》《汉武故事》《汉武帝内传》[①] 等后汉两晋时期的志怪小说中。而后汉两晋时期西王母形象的道教化则源于《庄子·大宗师》《淮南子》等书有关西王母得道、长生不死以及掌管不死之药等传说的流播。

道教创立后,神仙道教作为道教的一支迅速发展并兴盛起来,传说中长生不死且掌管长生不死之药的西王母经道教徒的增饰,成了神仙道教最

---

① 据王青考证,《博物志》中的西王母传说应产生于西汉前期或更早,而《汉武故事》中西王母会汉武帝的故事,则承袭了《博物志》中的西王母传说,并加以丰富,其中还较明显地接受了道教早期经籍的影响。而《汉武帝内传》则明显是在《博物志》与《汉武故事》等记载的汉武会西王母故事的框架上加工完成的。因此笔者将从《博物志》中的西王母形象入手,依次对《汉武故事》《汉武帝内传》中的西王母形貌及其文化意蕴作一深入的分析。

主要的女仙。张华《博物志》卷八写到了西王母与汉武帝的相会,但较为简略,具体内容如下:

> 汉武帝好仙道,祭祀名山大泽,以求神仙之道。时西王母遣使乘白鹿告帝当来,乃供帐九华殿以待之。七月七日夜漏七刻,王母乘紫云车而至于殿西,南面东向,头上戴玉胜,青气郁郁如云。有三青鸟,如乌大,使侍母旁。时设九微灯。帝东面西向,王母索七桃,大如弹丸,以五枚与帝,母食二枚。帝食桃辄以核著膝前,母曰:"取此核将何为?"帝曰:"此桃甘美,欲种之。"母笑曰:"此桃三千年一生实。"唯帝与母对坐,其从者皆不得进。时东方朔窃从殿南厢朱鸟牖中窥母,母顾之,谓帝曰:"此窥牖小儿,尝三来盗吾此桃。"

同样,在《汉武故事》中也写到了西王母与汉武帝的相会:

> 王母遣使谓帝曰:"七月七日我当暂来。"帝至日,扫宫内,然九华灯。七月七日,上于承华殿,日正中,忽见有青鸟从西方来集殿前。上问东方朔,朔对曰:"西王母暮必降尊像上,宜洒扫以待之。"……是夜漏七刻,空中无云,隐如雷声,竟天紫色。有顷,王母至:乘紫车,玉女夹驭,载七胜履玄琼凤文之舄,青气如云,有二青鸟如乌,夹侍母旁。下车,上迎拜,延母坐,请不死之药。……因出桃七枚,母自啖二枚,与帝五枚。帝留核着前。王母问曰:"用此何为?"上曰:"此桃美,欲种之。"母笑曰:"此桃三千年一著子,非下土所植也。"留至五更,谈语世事,而不肯言鬼神,肃然便去。东方朔于朱鸟牖中窥母,母谓帝曰:"此儿好作罪过,疏妄无赖,久被斥退,不得还天;然原心无恶,寻当得还。帝善遇之。"母既去,上惆怅良久。

通过对两书所载西王母形象的对比可以发现:《博物志》中对西王母形象的记述已完全不同于《山海经》中所描述的怪异形象,这时的仙人西王母虽然形貌模糊,但已完全和常人一样,只是这里的西王母虽然乘着紫车,但仍只有青鸟相伴。而《汉武故事》中的西王母则变成了乘着紫车,有玉女青鸟相伴,衣着华丽的贵夫人,形象更加鲜明。相比较而言,《汉武帝内传》则以更大的篇幅详细描述了汉武帝与西王母相会的过程,集中反映了西王母作为神仙道教女仙领袖的魅力和风采:

元封元年正月甲子,祭嵩山,起神宫。帝斋七日,祠讫乃还,至四月戊辰,帝夜闲居承华殿,东方朔、董仲舒侍。忽见一女子,著青衣,美丽非常。帝愕然问之,女对曰:"我墉宫玉女王子登也,向为王母所使,从昆山来。"语帝曰:"闻子轻四海之禄,寻道求生,降帝王之位,而屡祷山岳。勤哉!有似可教者也。从今百日清斋,不闲人事,至七月七日,王母暂来也。"……至二唱之后,忽天西南如白云起,郁然直来,径趋宫庭间。须臾转近,闻云中有箫鼓之声,人马之响。复半食顷,王母至也。县投殿前,有似鸟集。或驾龙虎,或乘狮子,或御白虎,或骑白麟,或控白鹤,或乘轩车,或乘天马,群仙数万,光耀庭宇。既至,从官不复知所在。唯见王母乘紫云之辇,驾九色斑龙,别有五十天仙,侧近鸾舆,皆身长一丈,同执彩毛之节,佩金刚灵玺,戴天真之冠,咸住殿前。王母唯扶二侍女上殿,年可十六七,服青绫之袿,容眸流眄,神姿清发,真美人也。王母上殿,东向坐,著黄锦袷襦,文采鲜明,光仪淑穆。带灵飞大绶,腰分头之剑。头上大华结,戴太真晨婴之冠,履元琼凤文之舄。视之可年卅许,修短得中,天资掩蔼,容颜绝世,真灵人也。下车登床,帝跪拜,问寒温毕,立如也。

可以看到,从《博物志》《汉武故事》到《汉武帝内传》,除前已具有的随从仪仗更加声势浩大以外,与前不同的是:这里的西王母已从一个模糊的形象进一步变成了一个三十多岁容颜绝世的美妇人。

为何从西汉至东汉魏晋时期,西王母形象发生了如此翻天覆地的变化呢?笔者以为,仙人西王母形貌的变化,反映了不同时代条件下,世人对长生不死的神仙生活的理解与追求,蕴含着复杂的思想内容。《史记·司马相如列传》载司马相如《大人赋》曰:"吾乃今目睹西王母曤然白首,戴胜而穴处兮,亦幸有三足乌为之使。必长生若此而不死兮,虽济世而不足喜。"司马相如笔下"曤然白首,戴胜而穴处"的仙人西王母的形象可以说是代表了西汉世人心目中普遍的西王母形象。这是"因为汉武帝追求长寿,曾九次到甘肃泾川祭祀西王母,寻求不死之药。故两汉著名的赋家司马相如在《大人赋》中把西王母描写成'皓然白首'的老寿星,扬雄的

《甘泉赋》也说：'想西王母而欣然上寿兮，屏玉女而却虑妃'"①。直到西汉末年，传说中的仙人西王母仍然是一个白发苍苍的老太婆。这由《汉书·五行志下之上》中"母告百姓，佩此书者不死。不信我言，视门枢下，当有白发"句即可见一斑。

可以看到，西汉时期的仙人西王母，其形貌仍源于《山海经》中对神话人物西王母形貌的记述，这一时期的西王母形象虽不再怪异，但仍然相貌丑陋，穴居独处，不与世人往来。然而，从《大人赋》中的描写可见，司马相如显然对当时人们普遍崇拜、向往的仙人西王母的形象及其生活方式提出了质疑，他认为，如果人们狂热追求的仙人都如西王母一样老态龙钟，又都与世隔绝，在山洞里过着艰苦的生活的话，那么，即使得以长生不死，又有什么好欣喜的呢？这反映了司马相如对以武帝为首的狂热追求长生不死之术的西汉世人愚蠢行为的强烈否定，也包含着作者善意的批判。

汉末魏晋时期，战火连绵，人们长期生活在水深火热之中，在这样一个"被称为中国政治上最混乱、社会上最苦痛"②的时代，就连许多上层社会的世家大族也未能幸免，于是社会上普遍产生了逃避黑暗现实的思想，人们想要寻找一种没有压榨和战争的和平美好的生活，陶渊明笔下的"世外桃源"就是这一社会思潮下的产物。但"世外桃源"显然是不可求的，于是追求长生不死的神仙生活以摆脱黑暗的现实社会成了当时人们的普遍愿望，魏晋志怪小说所记录的一大批凡人遇仙、成仙的传说故事正是这一时代风气的反映。在这种社会思潮下，西王母再次成了世人狂热追求、崇拜的对象，但他们认为，如果大家所追求的仙人西王母还和西汉时期一样，"皬然白首，戴胜穴处"的话，那和现实社会有啥两样？特别是对那些上层社会的世人而言，他们追求的是能够享受荣华富贵的极乐世界，正如张庆民先生所说："这种神仙思想的背后，过多地堆积着现实的欲望。人们执着于成仙，并不是要企图超越现实，走向彼岸；而是渴望永

---

① 张启成：《中外神话与文明研究》，学苑出版社 2004 年版，第 50 页。
② 宗白华：《美学散步》，第 208 页。

享现世的富贵闲适。"① 葛洪在《抱朴子内篇·对俗》中更是借彭祖之口道出了魏晋时期人们追求神仙之术特别是追求地仙的真正原因:

> 古之得仙者,或身生羽翼,变化飞行,失人之本,更受异形,有似雀之为蛤,雉之为蜃,非人道也。人道当食甘旨,服轻暖,通阴阳,处官秩,耳目聪明,骨节坚强,颜色悦怿,老而不衰,延年久视,出处任意,寒温风湿不能伤,鬼神众精不能犯,五兵百毒不能中,忧喜毁誉不能累,乃为贵耳。若委弃妻子,独处山泽,邈然断绝人理,块然与木石为邻,不足多也。……笃而论之,求长生者,正惜今日之所欲耳,本不汲汲于升虚,以飞腾为胜于地上也。若幸可止家而不死者,亦何必求于速登天乎?

在这种思想指导下,他们甚至连那种"身生羽翼,变化飞行"的天仙生活也加以否定,那么西汉时期仙人西王母的形象和生活显然不是他们所想要的。于是,人们便开始了对西王母的美化,如前所述,由西汉时期"曤然白首,戴胜穴处"的西王母到张华《博物志》中乘着紫车形貌模糊的西王母再到魏晋时人托名汉人的两部笔记小说《汉武故事》《汉武帝内传》中俨如帝王一般,随从仪仗声势浩大,容颜绝世的美妇人,一步一步完成了对西王母形象的建构。可以说,改造后的西王母形象及其生活,最大限度地满足了求仙之人追求现世享乐的欲望,也成为他们修道的真正动机。"这与魏晋门阀士族腐朽的生活是难脱干系的"②。

同时,西王母形貌的改变也与后汉魏晋时代神仙道教思想的盛行密切相关。汉末魏晋时期,随着神仙思想的更加深入人心,越来越多的人包括广大的普通百姓也开始相信并追求长生不死之术,这就为道教徒宣传神仙道教提供了便利条件,他们编造出了许多美好的成仙故事让世人效法,葛洪《神仙传》就是其中的代表。但对于神仙道教的领军人物西王母的形象及其穴居独处的生活,道教徒们也感到汗颜:如果人们心目中的仙人形象及其生活都和西王母一样,还有谁会去追求效法? 因此,为了使神仙道教思想更加深入人心,道教徒们也开始了对西王母形象的改造,并最终把她

---

① 张庆民:《魏晋南北朝志怪小说通论》,第 173 页。
② 张庆民:《魏晋南北朝志怪小说通论》,第 174 页。

变成了一位享受着荣华富贵、能够呼风唤雨而又容颜绝世的大美人。由此可见，两汉魏晋时期西王母形象的演化，一方面反映了不同社会背景下，人们对仙人形貌及生活的普遍理解；另一反面也与东汉后期神仙道教盛行，道教徒宣传神仙道教思想的动机有关。

在这一时期的西王母传说中，还有一个与西王母相对的配偶神东王公。如《神异经·东荒经》就说："东荒山中有大石室，东王公居焉。长一丈，头发皓白，人形鸟面而虎尾，载一黑熊。"可以看出，这里的东王公形貌，完全来源于《山海经》对西王母形貌的描述。需要指出的是，《山海经》中的西王母形貌反映的是上古先民的图腾崇拜，而东王公的形貌，则是后汉魏晋时人的刻意模仿，没有多少实际意义。该书还把东王公西王母放在一起进行记述，如《中荒经》即说："昆仑之山有铜柱焉，其高入天，所谓天柱也。……上有大鸟，名曰希有。南向。张左翼覆东王公，右翼覆西王母。背上小处无羽，一万九千里。西王母岁登翼上，会东王公也。"《神异经》一书的成书年代，《四库全书总目》认为是六朝文人编撰而成，李剑国则认为是汉代人所为。现在看来，《神异经》不论成书于哪个朝代，书中所载大部分传说故事在两汉时期就已经流传，这是毫无疑问的，上述东王公的传说即属此类。

至于东王公的原型，有学者认为，来源于《穆天子传》中与西王母相会的周穆王。笔者以为，东王公的出现与两汉时期阴阳学说的盛行有关。如前所述，西王母是母系氏族社会的首领或酋长，所以有关她的上古神话也就具有了女性的特征。然而随着母权制度的被推翻，父权制度得以确立，人类便从"知母不知父"的原始状态进入了君臣有道、夫妻有别、长幼有序的阶级社会，在这样一种社会风气的影响下，《周易》的阴阳学说便大行其道。作为中国的传统哲学，阴阳学说强调阴阳之间的互相渗透、互相补充。在古人看来，独阳不生，独阴不育，只有阴阳结合，才能使万物孳生，也才能保持人类自身繁衍的延续性。《礼记·乐记》就说："阴阳相摩，天地相荡……而百化兴焉。"汉代自董仲舒以阴阳五行学说阐释儒学以来，阴阳之学更是盛极一时。在汉人看来，"西王母是女人，属阴，当得一位属阳的来配她，于是由西想到东，由母想到公，东西公母都是相对的，因此就新造成一位东王公"①。这样一来，在祭祀时，也就不至于阴阳失衡了，成书于汉代的《吴越春秋》就有"越王立东郊祭阳，名曰东皇公；立西郊祭阴，名曰西王母"的记载。由此可见，东汉中后期东王公的出现，很大程度上是汉代阴阳学说理论在西王母神话传说中的体现。另一方面，东王公的出现也与两汉社会男尊女卑的社会现实密切相关。信立祥先生对此有深入的分析，他说，在"早期的西王母图像中，戴胜的西王母周围都有九尾狐、三足乌、拥臼捣药的玉兔等仙禽神兽，少数图像还在西王母周围画出绵延的昆仑山，表明西王母图像的构图格局已经初步形成。值得注意的是，在这些图像中，还找不到与西王母相对应的男仙的形象，这在男尊女卑的两汉社会中，显然是不合时宜的。信仰上的缺陷当然只能由信仰运动本身去补充，创造一个男性主仙的人物历史地落到了当时虽已表面消沉，但实际上更为深入发展的群众性造仙运动上。这一造仙活动持续了相当长的时间，直到东汉中期以后，与西王母相对应的男性主仙东王公才被造仙运动创造出来并出现在各类画像中"②。由此可知，在西汉末东汉初的西王母画像石中，还没有东王公西王母对应配置的画像石。东王公的出现是在东汉的中后期，建于东汉桓帝元嘉元年（151年）的山东嘉祥武氏祠中的武梁祠堂内的东王公、西王母壁画，可以说是最早将东王公和西王母对应配置的壁画。而且在这些汉画像中，往往以西王母东王公为核心，辅以捣药玉兔、羽人、蟾蜍、九尾狐等众多的次生图像，组成一个结构层次分明的、独立的图像系统，西王母和东王公则处在独尊的地位。

汉画像石以外，汉镜铭文也有许多关于西王母东王公的记载，现举几例如下：

尚方作竟，明如日月不已，寿如东王公西王母，长宜子孙，位至三公，君宜高官。（《古镜图录》卷中）

袁氏作竟真大□，东王公西王母，青龙在左，白虎居右，山人子乔赤容子，千秋万倍。（《古镜图录》卷中）

① 吴晗：《西王母的传说》，引自新疆天山天池管理委员会编《西王母文化研究集成》（论文集上），广西师范大学出版社2008年版，第407页。
② 信立祥：《汉代画像石综合研究》，第148页。

> 袁氏作竟兮真，上有东王公西王母，山人子侨侍左右，辟邪喜怒
> 无央咎，长保二亲生久。（《古镜图录》卷中）

> 盍氏作竟兮真大好，上有东王公西王母，仙人子高赤案子，绛即
> 云右，长保二亲兮利孙子兮吉。（《金石索》"金索"卷六）

虽然上述文字中东王公在前，西王母在后，但唐前，特别是两汉魏晋时期，民间对西王母的信仰远远大于东王公，铭文中这样写，实际上反映了封建社会男尊女卑的社会现实。

综上所述，西王母由一个上古神话人物演化而为传说中的人间帝王，并进而变为道教的女仙领袖，出现在了先秦两汉以及魏晋时期的各类文献之中。可以看到，随着时代的不同，人们思想观念的变化，西王母的形貌也发生了很大的改变。《山海经》中所记述的上古神话中西王母的怪异形貌反映了先民的原始信仰和图腾崇拜；西王母人王的形象以及她的外交活动，则是春秋战国时期弱小的诸侯国在弱肉强食的社会情势下寻求帮助和依靠的反映；两汉时期的西王母更多则是长生不死的仙人和掌管不死之药并能救万民于苦难之中的吉祥神；汉末魏晋时期，由于道教的兴起，西王母一变而为道教女仙的领袖，她的容貌较之魏晋之前发生了翻天覆地的变化，成了一个容貌绝美的少妇，并由一个独居的女仙进而变为与东王公的成对出现，且从当时的文献记载还可以看到，东王公还常常被摆在西王母之前，这种后来者居上的现象，恐怕是中国文化中天尊地卑、男主女从的意识在起作用。或许正是因为这一原因，当佛的形象在中土民间意识中得以确立并且逐渐高大起来之后，西王母传说的影响便渐渐削弱了，这从南北朝志怪小说以及这一时期其他文献的记载中少有西王母的传说故事即可见一斑。然而，自有唐以来，由于李唐统治者对道家创始人老子的尊崇，道教又一次兴盛起来，作为道教女仙领袖的西王母，再一次受到了广大民众的顶礼膜拜；明清时期，西王母更是被演化成了道教女仙的最高领袖王母娘娘，她的配偶神东王公则摇身一变，成了天神的最高统治者玉皇大帝，从而演绎出了更加丰富多彩的传说故事。

第十章　唐前介子推传说的演变及其文化内涵

介子推作为中国历史上忠君爱国的典型人物，他的事迹历来备受关注。从《左传》开始记载介子推之事起，介子推传说经历了长期衍生与演变的发展过程。唐前不同历史时期文献典籍中记录与保存的介子推传说，反映了不同阶层的人们对这一传说不同的思想文化观念。

第一节　介子推传说在唐前文献中的记录与保存

介子推之事，最早见于《左传·僖公二十四年》：

晋侯赏从亡者，介之推不言禄，禄亦弗及。推曰："献公之子九人，唯君在矣，惠、怀无亲，外内弃之。天未绝晋，必将有主。主晋祀者，非君而谁。天实置之，而二三子以为己力，不亦诬乎？窃人之财，犹谓之盗，况贪天之功，以为己力乎？下义其罪，上赏其奸，上下相蒙，难与处矣！"其母曰："盍亦求之，以死谁怼？"对曰："尤而效之，罪又甚焉，且出怨言，不食其食。"其母曰："亦使知之，若何？"对曰："言，身之文也，身将隐，焉用文之？是求显也。"其母曰："能如是乎？与女偕隐。"遂隐而死。晋侯求之，不获，以绵上为之田，曰："以志吾过，且旌善人。"

因为这是有关介子推故事最早的记载，一般认为比较接近史实。从这段记述可以看出，介子推的隐退是由于他追随晋文公出亡，回国后文公遍赏从亡者，介子推却无所赏赐，因此"怨"而归隐，"不食其食"。文公在得知介子推"隐而死"，"求之不获"之后，为表现自己的过失，"以绵上为之田"，以志其过。

《左传》之后，两汉以前记载介子推传说的文献还有屈原的《九章·惜往日》《庄子》《韩非子》以及《吕氏春秋》等。屈原在《九章·惜往日》中说：

> 介子忠而立枯兮，文君悟而追求。封介山而为之禁兮，报大德之优游。思久故之亲身兮，因缟素而哭之。

屈原的这段记述中，文公也是在介子推死后才醒悟过来的。他为"报大德"，"封介山而为之禁"，且"缟素而哭之"。屈原的记述没有割股事，也没有说明介子推的死因，只是说"立枯"。对"立枯"一词的解释，历来说法不一，王逸注说："文公觉寤，追而求之，子推遂不肯出，文公因烧其山，子推抱树烧而死，故言立枯也"；"文公遂以介山之民封子推，使祭祀之。又禁民不得有言烧死，以报其德，优游其灵魂也"①。真如王逸所言，屈原就是最早提出子推焚死传说的人。

如果说屈原关于子推"焚死"的说法尚不够明确的话，《庄子》一书则明确地提出了"焚死"一说。《庄子·盗跖篇》曰：

> 介子推至忠也，自割其股以食文公，文公后背之，子推怒而去，抱木而燔死。

除"焚死"之说外，这段话还首次提到了介子推"割股食文公"事。《庄子》之后的《韩非子·用人篇》也说："昔者介子推无爵禄而义随文公，不忍口腹而仁割其肌。故人主结其德，书图著其名。"二书虽然都提到了割肉事，但《韩非子》记载较为简略，只说"割其肌"，《庄子》则说"自割其股以食文公"，且进一步解释说，子推之所以"怒而去"且抱树焚死，是因为文公"背之"。

虽然《九章·惜往日》《庄子·盗跖篇》记述了介子推"割股"与"焚死"的传说，但在当时似乎并未产生很大影响，以至于吕不韦编写《吕氏春秋》时，有关介子推的故事仍然承《左传》而来，《吕氏春秋·介立篇》曰：

> 今晋文公出亡，周流天下，穷矣贱矣，而介子推不去，有以有之也。反国有万乘，而介子推去之，无以有之也。能其难，不能其易，

---

① （宋）洪兴祖：《楚辞补注》，第 151 页。

此文公之所以不王也。晋文公反国,介子推不肯受赏,自为赋诗曰:"有龙于飞,周遍天下。五蛇从之,为之丞辅。龙反其乡,得其处所。四蛇从之,得其露雨。一蛇羞之,桥死于中野。悬书公门,而伏于山下。"文公闻之曰:"嘻!此必介子推也。"避舍变服,令士庶人曰:"有能得介子推者,爵上卿,田百万。"或遇之山中,负釜盖簦,问焉曰:"请问介子推安在?"应之曰:"夫介子推苟不欲见而欲隐,吾独焉知之?"遂背而行,终身不见。

较之《左传》,《吕氏春秋·介立篇》对介子推传说的记述主要有三个方面的不同:第一,《吕氏春秋》首次记述了《龙蛇之歌》。第二,对于介子推归隐的原因,《左传》认为是由于文公遍赏从亡者,唯不及介子推,加之"二三子"的居功自傲以及"下议其罪,上赏其奸,上下相蒙,难与处"的现实,最终使介子推"不食其食","怨"而归隐。《吕氏春秋》则认为是"不肯受赏"。然而《吕氏春秋》后面的记述很有问题,在"不肯受赏"之后,该书也记述了介子推自赋《龙蛇之诗》,且"悬书公门,而伏于山下"一事。这显然与"不肯受赏"相矛盾,既然不愿意受赏,就没有必要再作《龙蛇之歌》让文公知道。而且以吕不韦的学识,还不至于连这样很明显的矛盾都看不出来,更何况《吕氏春秋》完成之后,吕不韦也曾悬于城门,以重金征求意见。对于这个明显的矛盾,学界多有论述,笔者以为,《吕氏春秋》之所以这样记述,是秦国实现大一统后,作为开国功臣的吕不韦在功成身退,还是共享富贵这一二难问题上矛盾心情的反映。第三,二书对介子推最终结局的记述也略有不同。《左传》说是"隐而死",《吕氏春秋》只说"终身不见"。

西汉前期,介子推传说仍承先秦,没有多大的变化,值得一提的是汉初韩婴《韩诗外传》一书的记载,韩婴在《韩诗外传》卷十中说:

晋文公重耳亡过曹,里凫须从,因盗重耳资而亡,重耳无粮,馁不能行。子推割股肉以食重耳,然后能行。

在这里,介子推"割股奉君"事与《庄子》的记载一脉相承,不同之处在于:《韩诗外传》记述了介子推"割股奉君"的原因,是由于"重耳资"被随从所盗,没有了粮食,"馁不能行",从而使介子推"割股奉君"的传说更加合理化。《韩诗外传》之后,提到介子推"割股肉"一事的还有东方朔，他在《七谏·怨思》中说："子推自割而食君兮，德日忘而深怨。"西汉前期对介子推传说最详细地记载要数司马迁。他在《史记·晋世家》中记述介子推与重耳的故事如下：

> 文公修政，施惠百姓。赏从亡者及功臣，大者封邑，小者尊爵。未尽行赏，周襄王以弟带难出居郑地，来告急晋。晋初定，欲发兵，恐他乱起，是以赏从亡未至隐者介子推。推亦不言禄，禄亦不及。推曰："献公子九人，唯君在矣。惠、怀无亲，外内弃之；天未绝晋，必将有主，主晋祀者，非君而谁？天实开之，二三子以为己力，不亦诬乎？窃人之财，犹曰是盗，况贪天之功以为己力乎？下冒其罪，上赏其奸，上下相蒙，难与处矣！"其母曰："盍亦求之，以死谁怼！"推曰："尤而效之，罪有甚焉。且出怨言，不食其禄。"母曰："亦使知之，若何？"对曰："言，身之文也；身欲隐，安用文之？文之，是求显也。"其母曰："能如此乎？与女偕隐。"至死不复见。

> 介子推从者怜之，乃悬书宫门曰："龙欲上天，五蛇为辅。龙已升云，四蛇各入其宇，一蛇独怨，终不见处所。"文公出，见其书，曰："此介子推也。吾方忧王室，未图其功。"使人召之，则亡。遂求所在，闻其入绵上山中，于是文公环绵上山中而封之，以为介推田，号曰介山，"以记吾过，且旌善人"。

可以看到，《史记·晋世家》对介子推传说的记载承《左传》《吕氏春秋》而来，其中没有"焚死"与"割股奉君"事。对晋文公没有赏介子推的原因，也有了更加合理的解释，认为是由于"周襄王以弟带难，出居郑地，来告急晋。晋初定，欲发兵，恐他乱起，是以赏从亡。未至隐者介子推"。对《龙蛇之歌》的来源，《史记》认为是"介子推从者怜之，乃悬书宫门"的。除此之外，《史记》中的晋文公重耳也一反前代忘德君主的形象，成了一位知恩图报的明君。总之，《史记》对介子推传说的记载，综合了《左传》和《吕氏春秋》二书有关介子推传说的所有内容，从整体上看，少了《吕氏春秋》记述中的矛盾，而更加趋于合理化。

对介子推"焚死"传说的大量记述，则在西汉末东汉初，且这一记述最终使得人们将寒食与介子推传说联系在了一起。这一时期记述介子推"焚死"事的文献主要有刘向的《新序》和《说苑》。他在《新序·节士》

中说:

> 晋文公反国,酌士大夫酒,召咎犯而将之,召艾陵而相之,授田百万。介子推无爵齿而就位,觞三行,介子推奉觞而起曰:"有龙矫矫,将失其所;有蛇从之,周流天下;龙入深渊,得其安所;蛇脂尽干,独不得甘雨。此何谓也?"文公曰:"嘻,是寡人之过也。吾为子爵与,待旦之朝也;吾为子田与,河东阳之间。"介子推曰:"君子之道,谒而得位,道士不居也;争而得财,廉士不受也。"文公曰:"使我得反国者子也,吾将以成子之名。"介子推曰:"推闻君子之道,为人子而不能承其父者,则不敢当其后;为人臣而不见察于其君者,则不敢立于其朝。然推亦无索于天下矣。"遂去而之介山之上。文公使人求之不得,为之避寝三月,号呼期年。《诗》曰:"逝将去汝,适彼乐郊;适彼乐郊,谁之永号。"此之谓也。文公待之,不肯出;求之,不能得。以谓焚其山宜出,及焚其山,遂不出,而焚死。

又,《说苑·杂言》也说:

> 伯夷、叔齐何为饿死于首阳山之下?子以忠者为必用乎?则鲍庄何为而肉枯?荆公子高终身不显,鲍焦抱木而立枯,介子推登山焚死。

可以看到,在《新序·节士篇》的记述中,晋文公回国后封赏大臣,唯独不及介子推,因而介子推怨而歌《龙蛇之歌》后隐退,文公求之不得,接受"焚其山宜出"的建议,结果介子推被焚而死。晋文公在介子推离去后,非常后悔,他在"使人求之不得"之后,"为之避寝三月,号呼期年",表现出了深刻的反省意识,最后在无计可施的情况下才采取了焚山的建议。值得注意的是在这段传说中,《龙蛇之歌》出自介子推之口。较《新序》中介子推传说的记述,《说苑·杂言》只说介子推登山而焚死,没有交代任何与此相关的其他细节。《说苑·复恩》还有关于介子推传说的另一种说法,现摘录如下:

> 介子推曰:"献公之子九人,唯君在耳,天未绝晋,必将有主,主晋祀者非君而何?唯二三子者以为己力,不亦诬乎?"文公即位,赏不及推。推母曰:"盍亦求之?"推曰:"尤而效之,罪又甚焉。且出怨言,不食其食。"其母曰:"亦使知之。"推曰:"言,身之文也;

身将隐，安用文？"其母曰："能如是，与若俱隐。"至死不复见。推从者怜之，乃悬书宫门曰："有龙矫矫，顷失其所，五蛇从之，周遍天下，龙饥无食，一蛇割股，龙反其渊，安其壤土，四蛇入穴，皆有处所，一蛇无穴，号于中野。"文公出见书曰："嗟，此介子推也。吾方忧王室，未图其功。"使人召之则亡，遂求其所在，闻其入绵上山中。于是文公表绵上山中而封之，以为介推田，号曰介山。

在这一传说中，介子推归隐的原因是，晋文公即位后，"赏不及推"，因此，他心生怨恨而退隐。对晋文公未封子推的原因也有交代，是由于其"方忧王室，未图其功"。可以看到，这里的《龙蛇之歌》并非子推所为，而是出自其从者之手。很明显，这一传说与《左传》《吕氏春秋》《史记》等书的记载一脉相承。不同的是，《龙蛇之歌》中首次加进了"割股奉君"事。在《说苑·复恩》中另有"舟之侨去虞而从晋文公"事，但从所记之事看，与《新序·节士》中所记介子推传说基本相同，可以说，其中的舟之侨实际上就是介子推的讹传。除此之外，《说苑·尊贤篇》还说："介子推行年十五而相荆，仲尼闻之，使人往视。"在这一传说中，介子推与孔子成了同时代的人。梁玉绳《人表考》此句下注云："此刘向误记，据《家语》六本是荆公子，抑岂有两介推邪？"石光瑛《新序校释》引这句话，也注曰："向书广存异说，原不必问事之有无。古人著书，自有宗旨，私家纂述与国史不同，后人读书论古，考订真伪斯可也。若以议书之牴牾，似可不必也。"石光瑛的说法是对的，刘向只是广存当时的异说，并未考订此传说的真伪。又，刘向《九叹·惜贤》也说："若夷由之纯美兮，介子推之隐山。"特别值得注意的是刘向《列仙传》一书对介子推传说的记述，与以往的介子推传说截然不同：

介子推者，姓王，名光，晋人也。隐而无名，悦赵成子，与游。旦有黄雀在门上，晋公子重耳异之，与出，居外十余年，劳苦不辞。及还介山，伯子常晨来，呼推曰："可去矣！"推辞母入山中，从伯子常游。后文公遣数千人以玉帛礼之，不出。后三十年见东海边，为王俗卖扇。后数十年，莫知所在。

这里一反前代介子推传说中跟随晋文公出亡、割股、焚死等说法，介子推成了一个有名有姓，名副其实的仙人，晋文公则跟随他在外十多年。这一传说的出现，实际上是汉代统治者崇尚神仙方术之学的反映。可以看到，刘向的记载几乎囊括了流传于汉代的所有介子推传说，同时也反映了介子推传说在汉代的盛行。而在随后不久的东汉初年，就有了把寒食节与介子推联系在一起的明确记载。东汉初年的学者桓谭在其《新论》中记载说："太原郡民，以隆冬不火食五日，虽有疾病缓急，犹不敢犯，为介子推故也。"这是我们能看到的最早的关于介子推与寒食节的记载，尽管它没有提到"寒食节"这三个字，但其中关于事件的时间、地点、缘由的描述，都符合这个节日的基本要素和历史脉络。桓谭之后，民间盛传的介子推焚死传说最终使人们将子推之死与寒食联系在了一起，东汉末期的蔡邕在《琴操》中就说：

> 介子绥割其腓股以饵重耳，重耳复国，子绥独无所得，绥甚怨恨，乃作《龙蛇之歌》以感之，终匿于山。文公令燔山求之，子绥遂抱木而烧死。文公令民五月五日不得发火。

《琴操》之后，《后汉书·周举传》、曹操《明罚令》以及陆翙《邺中记》诸书有关寒食的记载都与介子推联系在了一起，民间奉介子推为神，禁火的时间也逐渐变长。

继西汉刘向《列仙传》之后，仙人介子推的传说就一直在民间流传，民间将寒食节与介子推联系在一起，一方面是为了纪念被焚而死的介子推，另一方面也与人们把介子推尊奉为神仙有关。《后汉书·周举传》即说：

> 太原一郡，旧俗以介子推焚骸，有龙忌之禁。至其亡月，咸言神灵不乐举火，由是士民每至冬中辄一月寒食，莫敢炊爨，老小不堪，岁多死者。举既到州，乃作吊书以置子推之庙，言盛冬去火，残损民命，非贤者之意，以宣示愚民，使还温食。

由"神灵不乐举火"以及"子推庙"等句词即可看出，东汉时期，民间早已把介子推看成了神仙。魏晋南北朝时期由于神仙道教的盛行，这一时期有关介子推的传说更多地与神仙道教结合在一起，介子推成了名副其实的神人、仙人。晋人郭元祖在刘向《列仙传》"介子推"条下的"赞"中说："王光沈默，享年遐久，出翼霸君，处契玄友。推禄让勤，何求何取，遁影介山，浪迹海石。"郭元祖对传说中的仙人介子推进行了一番评价，重点赞扬了他的淡泊名利。又，据《拾遗记》卷三载：

> 僖公十四年，晋文公焚林以求介之推。有白鸦绕烟而噪，或集之推之侧，火不能焚。晋人嘉之，起一高台，名曰思烟台。种仁寿木，木似柏而枝长柔软，其花堪食……或云戒所焚之山数百里，居人不得设网罗，呼曰"仁乌"。

可以看到，晋文公放火焚山，由于"仁乌"的保护，介子推并没有被烧死，显然成了神仙的介子推是不怕火烧的，也从一个侧面反映了广大民众保护忠臣孝子的善良愿望。除此之外，《十六国春秋》卷十三更明确地说：

> 介子推，帝乡之神也。历代所尊，或者以为未宜替也。一人吁嗟，王道尚为之亏，况群神怨憾而不怒于上帝乎？纵不能令天下同尔，介山左右，晋文之所封也，宜任百姓奉之。

这里，介子推有了明确的封号，即帝乡之神。作为神仙的介子推，在魏晋南北朝时期备受尊崇，各地纷纷建立介子推庙，供奉他的神像，这在与寒食有关的许多文献记载中都可以看到，兹不具述。

当然，这一时期有关介子推传说的文献记录，并非全与神仙道教有关，在另外的一些文献记录中，也看出广大民众对介子推的同情和怀念。刘敬叔《异苑》卷十曰：

> 介子推逃禄隐迹，抱树烧死。文公拊木哀嗟，伐而制屐。每怀割股之功，俯视其屐曰："悲乎足下！""足下"之称，将起于此。

"足下"的由来，是否起于此，还有待考证，但由木屐联想到介子推焚死时所抱之树，再由树想到介子推，表现了广大民众对介子推的同情和怀念。《水经注》亦曰：

> 昔子推逃晋文公之赏，而隐于绵上之山也。晋文公求之不得，乃封绵为介子推田。曰："以志吾过，且旌善人。"因名斯山为介山。故袁山松《郡国志》曰："界休县有介山、绵上聚、子推庙。"王肃《丧服要记》曰："昔鲁哀公祖载其父。孔子问曰：'宁设桂树乎？'哀公曰：'不也。桂树者，起于介子推。子推，晋之人也。文公有内难，出国之狄，子推随其行，割肉以续军粮。后文公复国，忽忘子推，子推奉唱而歌，文公始悟，当受爵禄，子推奔介山，抱木而烧死，国人葬之，恐其神魂實（陨）于地，故作桂树焉。……'"

可以看到,设桂树的习俗源于人们对介子推灵魂落地的担心,这实际上也反映了广大民众对介子推崇高品质的敬重以及对他悲惨遭遇的同情。

纵观唐前介子推传说的发展演变,可以看到,先秦两汉时期,《左传》《吕氏春秋》《史记》《新序》等书中记载的介子推传说,代表了历代封建社会上层文人及统治者对介子推其人其事的看法,反映了他们的思想及文化观念;而《九章·惜往日》《庄子》《韩非子》《韩诗外传》《七谏》《说苑》《琴操》以及《水经注》等对介子推传说的记述,则明显不同于《左传》等史书的记载,而带有更多不同历史时期广大民众的意愿,代表了封建社会中下层文人及广大民众对这一历史事件的看法。魏晋南北朝时期,从介子推传说的文献记录看,这一时期人们更多地把介子推看成了神仙。

第二节　介子推传说的文化观念分析

钟敬文说:"传说主要是通过某种历史素材来表现人民群众对历史事件的理解、看法和情感,而不是历史事件本身。"① 从最早见于《左传》的记载到隋代末年,介子推的传说经历了一千多年的发展演变。在如此漫长的历史时期,介子推传说的发展演变反映了特定历史时期不同阶层的人们不同的思想文化观念。

从上层社会而言,介子推生活在春秋时期,其后的春秋及战国时期,各诸侯国之间为争权夺利,战争频仍,许多大臣朝秦暮楚,立场极为不坚定,正是在这种历史条件下,各国的统治者都希望有更多忠于自己的臣子出现,《左传》中介子推忠孝两全的形象无疑让他们看到了一线曙光。所以人们开始关注介子推,有关他的传说故事便不断出现,为进一步表现他对国君的忠诚,割股奉君的传说最终被炮制了出来。西汉初期,刘汉王朝刚刚建立,统治者更需要大批的忠臣来维护新的政权,因此在《韩诗外传》、东方朔《七谏》等继续宣扬割股奉君传说的同时,司马迁在《史

---

① 钟敬文:《民间文学概论》,第184页。

记·晋世家》中更是把介子推写成了一个忠孝两全的完美形象。西汉后期，刘向的《新序》《说苑》等典籍大规模记述了介子推被焚传说的过程和细节，且直接导致了两汉之际五日"不火食"的民间习俗的产生。而"这个习俗产生的背景，应该与两汉之际王莽篡汉之后，致使上层社会的人们对忠于汉朝还是忠于新朝的政治立场的两难选择和考验有关。在有关忠义气节的问题上，介子推无疑是最佳楷模，而这样的楷模更需要强烈的悲剧色彩"①，因此介子推传说得到了更为广泛的传播。总之，由于介子推的忠心耿耿和淡泊名利，使得他成了"箭垛"式的人物，成了统治者树立忠臣孝子的楷模。然而从东汉末年开始，先前民间传说中的忠臣介子推不见了，这一时期典籍中记载更多的是作为仙人的介子推。笔者以为，之所以出现这样的变化，有两个方面的原因：一方面与汉末魏晋时期神仙道教的盛行密切相关。众所周知，东汉末年道教产生以后，道教与中国传统的仙道思想相结合形成了神仙道教。盛行于魏晋时期的神仙道教，为了最大限度地宣扬神仙道教思想，将广大民众熟知的前代许多做出过杰出贡献的历史人物都纳入到了神仙的行列，介子推作为历代忠臣孝子的典范，在西汉末年即被刘向《列仙传》作为中国传统仙道思想中的仙人纳入其中。至葛洪的《神仙传》，更是收纳了包括介子推在内的前代大批忠臣孝子。正是因为这个原因，有关仙人介子推的传说就被道教徒创造并流传于世。另一方面，魏晋时期民间传说淡化介子推的忠臣形象，让他以仙人的形象出现，也是这一时期统治者意志的反映。鲁迅先生对此有精辟的见解，他说："魏晋，是以孝治天下的，不孝，故不能不杀。为什么要以孝治天下呢？因为天位是从禅让，即巧取豪夺而来，若主张以忠治天下，他们的立脚点便不稳，办事便棘手，立论也难了，所以一定要以孝治天下。"② 正因为作为最高统治者的曹魏集团和司马氏集团，他们本身就不是忠臣，因此只能主张以孝治天下。著名的二十四孝故事中的大多数人物都来自这一时期，也是这个原因。当然，作为忠臣孝子典范的介子推就只能以孝子和仙

① 高专诚：《历史和传说中的介子推与寒食节——兼论寒食节的产生与早期发展》，《沧桑》2008年第5期。
② 鲁迅：《魏晋风度及其他》，第194页。

人的形象出现了。

　　唐前不同历史时期文献典籍对介子推传说的记载，也是一部分大臣思想观念的反映。纵观历朝历代，建功立业的大臣，往往是统治者最大的一块心病。《吕氏春秋》的作者吕不韦以及西汉初年的韩信、彭越等就是明证。因此建立了功勋的开国大臣经常处在一种两难境地，如吕不韦是在秦统一六国的过程中建立了丰功伟绩的重臣，他明白统治者希望大臣功成身退的道理，因此在介子推的故事中，一开始就讲介子推的不受封赏，但他又不甘心退去，所以接着又讲介子推自为《龙蛇之歌》以抒发自己的情感。在这一看似矛盾的记述中实际上反映了吕不韦既想顺应统治者的希求功成身退，又不甘心退去的微妙复杂的心情。希望大臣功成身退的思想，在汉初的统治者那里，表现得尤为突出。众所周知，楚汉之争的最终结果，出身低微的刘邦战胜了出身高贵的项羽，最终建立了刘汉王朝，但刘邦知道，一些贵族出身的大臣，对自己做皇帝是很不服气的，加之还有许多建立了巨大功业的文臣武将，也是对自己的巨大威胁。因此在内心深处，刘邦非常希望有功之臣都如张良一样功成身退，于是功成而不受赏退隐的介子推便成了他们大肆宣扬的对象。《吕氏春秋》和《史记》的编著者，一个是曾经决定过秦国命运的举足轻重的人物，一个为汉初的史官，他们对介子推故事的记述在基本上遵循实录精神的基础上，增加了更多传说的成分在内，而这些传说则更多地体现了他们的思想观念。如《吕氏春秋》就首次记述了《龙蛇之歌》，《史记·晋世家》记晋文公和介子推事，也增加了《龙蛇之歌》的内容。吕、马二人之所以将显然是传说的成分写进自己的专著，是因为在他们看来，《龙蛇之歌》真实地反映了介子推与晋文公的关系，把它放入介子推的故事中，可以增加故事的真实性，从而使介子推的忠心与晋文公的忘恩形成更加鲜明的对比。结合吕、马二人的遭遇，《吕氏春秋》和《史记》之所以在介子推传说中都增加《龙蛇之歌》的内容，也隐含着二书作者对秦始皇、汉武帝刻薄寡恩的批判。历史证明，张良是汉初文臣武将中的最为明智者，他懂得与统治者只可共患难而不能同享乐的道理，了解"狡兔死，走狗烹；高鸟尽，良弓藏"的残酷现实，因此他功成退隐，保全了身家性命。而不顺应统治者愿望的韩信等人，想要继续干出一番事业，而最终成了统治者的刀下鬼。司马迁在《史记·晋世家》中就说:"晋文公,古所谓明君也,亡居外十九年,至困约,及即位而行赏,尚忘介子推,况骄主乎?"历史的悲剧着实引人深思。

介子推传说的衍生演变也反映了广大中下层民众的思想观念。与封建史家遵循客观实录的原则形成鲜明对比的是中下层文人及广大的民众,他们在记述介子推传说故事的过程中,完全不在乎是否忠实于史实。《九章·惜往日》《庄子》《韩非子》《韩诗外传》《七谏》《琴操》《拾遗记》《异苑》以及《水经注》所记述的介子推传说则更多地反映了广大民众的思想观念。众所周知,广大民众的思想观念实际上是一种集体无意识的体现,"集体无意识常常融会了一个区域一个民族的共同的心理素质、审美意识、价值观念、是非观念、道德观念、伦理观念和社会政治理想。它看似无形,却深深地潜伏在人们的心灵之中,它又往往超越时代和阶级的界限,'在所有人身上都是相同的,因此它组成了一种超越个性的共同的心理基础,并且普遍地存在于我们每一个人身上'"[1]。在唐前介子推传说的发展演变过程中,割股奉君、焚死、龙蛇之歌、"帝乡之神"介子推、"足下"之称、设桂树习俗等传说的出现应该说就是广大民众这种集体无意识的体现。如果说割股的传说反映的是特定历史时期全社会呼唤忠臣的思想观念的话,那么焚死、龙蛇之歌、"足下"来源以及《水经注》中有关设桂树习俗由来等传说的出现则反映了广大底层民众对封建统治者丑恶行径的痛斥以及对忠臣孝子悲惨遭遇的深切同情;而《拾遗记》卷三"白鸦绕烟而噪,或集之推之侧,火不能焚"的记载以及《十六国春秋》卷十三"介山左右"的百姓崇奉作为"帝乡之神"的介子推等传说的出现,则更多地体现了广大民众保护忠臣介子推的愿望以及对他的深切怀念。民间老百姓奉子推为神,寒食节为他禁火,为他建造寺庙,甚至有些地方还流行着端午节纪念介子推的说法等也都是广大民众这一普遍思想观念的反映。而这一切,都基于广大民众"好人有好报"这一善良的愿望。

综上所述,由介子推传说在唐前文献典籍中的记录与保存可以看到,介子推传说的衍生与演变反映了不同时代社会各个阶层的思想观点和情感

---

① 张勃:《历史人物的传说化和传说人物的历史化——从介子推传说谈起》,《民间文化论坛》2005 年第 1 期。

态度。如果说先秦两汉介子推"割股奉君"的传说反映了他忠君爱国的崇高品质，符合中华民族对忠臣的期待这一普遍思想的话，那么，魏晋南北朝时期有关仙人介子推的传说则更多是广大民众集体无意识的体现。善良的普通百姓以他们特有的朴素方式悼念着自己心目中的民族英雄，千百年来如此，而这也与统治者的刻薄寡恩、冷漠无情形成了鲜明的对比。也许，正是介子推"富贵不能淫，贫贱不能移，威武不能屈"的高尚品质和勇于自我牺牲的精神，才是人民永远怀念介子推的根本原因。

第十一章　唐前老子传说的演变及其文化透视

老子其人，历来说法不一。早在秦汉时代，老子就已经成为一位不同寻常的人物了，从这一时期的文献记录可知，不但孔子曾师事于他，而且他还是一位得道者，一位极为长寿的人。司马迁在《史记·老子韩非列传》中对老子的存在提出了三种解说，即老聃、老莱子、太史儋。对于老子的年龄，司马迁先说"盖老子百有六十余岁"，在这句话之后，司马迁又说"或言二百余岁"。可见西汉时期，除司马迁之外，关于老子的年岁问题还有另外的说法。正是因为老子身份、年龄的神秘与不同寻常以及《老子》一书所体现的诸多长生不死思想，东汉后期道教兴起后，老子就被道教徒尊为道教的始祖，加之魏晋时期以《老》《庄》《易》为核心思想的谈玄说理之风的盛行，有关老子的神异传说便越来越多地流传开来。

第一节　"老子为孔子师"传说探析

孔子问礼于老子事，在先秦典籍中早有记载，《论语》的"述而篇"即言："述而不作，信而好古，窃比于我老彭。"这里的"老彭"，郭沫若有明确的解释，他说"老彭当是老子与彭祖，而马叙伦更以为一人，谓即老聃"①。如果郭沫若的解释是正确的，那么至少说明，先秦时期的儒家是承认孔子问礼于老子这件事的。纵观先秦时期的文献，对孔子问礼于老子事的记载，以《庄子》一书为最多，如：

孔子行年五十有一而不闻道，乃南之沛见老聃。老聃曰：

---

① 郭沫若：《郭沫若全集》（历史编第一卷），人民文学出版社 1982 年版，第 538 页。

"子来乎? 吾闻子, 北方之贤者也。子亦得道乎?" 孔子曰: "未得也。"……孔子见老聃而语仁义, 老聃曰: "……夫仁义憯然乃愤吾心, 乱莫大焉。吾子使天下无失其朴, 吾子亦放风而动, 总德而立矣。"……孔子见老聃归, 三日不谈。……(《庄子·天运篇》)

孔子见老聃, 老聃新沐, 方将被发而干, 慹然似非人。孔子便而待之, 少焉见……(《庄子·田子方篇》)

此外,《知北游》《天道》等篇均有有关孔子见老子言行的记录。笔者以为, 虽然儒家学派承认孔子曾师事老子, 但《庄子》一书对孔子以老子为师的诸多记载, 则更多地反映了以庄子为首的道家学说对以孔子为代表的儒家学说的讽刺和批判。众所周知, 以老、庄为代表的道家学说标榜自然, 崇尚无为, 他们认为世间万物都应该以其自有的规律存在和发展, 人类不应该强加干涉。与道家主张清静无为的思想不同, 以孔子为代表的儒家学说则推行"仁政"思想, 鼓励人们积极入世, 参与对国家的治理。然而, 儒家的"仁政"思想在庄子看来, 简直就是扰乱社会。所以他"属书离辞, 指事类情, 用剽剥儒、墨"①, 这从《天道篇》中老子和孔子的一段对话即可见一斑:

(孔子) 往见老聃, ……老聃曰: "……夫兼爱, 不亦迂乎! 无私焉, 乃私也。夫子若使天下无失其牧乎? 则天地固有常矣, 日月固有明矣, 星辰固有列矣, 禽兽固有群矣, 树木固有立矣。夫子亦放德而行, 循道而趋, 已至矣; 又何偈偈乎揭仁义, 若击鼓而求亡子焉? 意, 夫子乱人之性乎!"

庄子认为, 真正有德行的帝王, 应该"以天地为宗, 以道德为主, 以无为为常"②。但"三皇五帝之治天下, 名曰治之, 而乱莫甚焉。三皇之知, 上悖日月之明, 下睽山川之精, 中堕四时之施。其知憯于蛎虿之尾, 鲜规之兽, 莫得安其性命之情者, 而犹自以为圣人, 不可耻乎, 其无耻也"③? 因

---

① (汉) 司马迁:《史记》, 第 2144 页。
② (清) 郭庆藩撰, 王孝鱼点校:《庄子集释》, 中华书局 1961 年版, 第 465 页。
③ (清) 郭庆藩撰, 王孝鱼点校:《庄子集释》, 第 527 页。

此，在庄子看来，当时各诸侯国之间你争我斗，战争不断，正是儒家主张积极入世思想带来的恶果。他作"《渔夫》《盗跖》《胠箧》，以诋讹孔子之徒，以明老子之术"①。他认为儒家积极入世的思想最大限度地扩张了人们占有的欲望，因而才导致战争的发生，造成流血牺牲。除上述之外，《庄子》一书中还在诸多地方表现出了对孔子及其儒家学说的批判，如在《秋水篇》中庄子就说："伯夷辞之以为名，仲尼语之以为博。此其自多矣，不似尔向之自多于水乎?"他认为，不论是伯夷还是孔子都因为虚假的言辞和行为赢得了名声，他们的所作所为根本就是欺世盗名，所以没有必要自我夸耀。综上所述，笔者认为，从《论语》的有关记述可知，孔子曾问礼于老子，但《庄子》一书有关孔子以老子为师的诸多记载，在很大程度上则是以老庄为代表的道家思想对孔子及其儒家学说的贬抑，反映了儒道二家学说的分歧。《庄子》之外，《韩非子》《吕氏春秋》也都有这方面的记载，如《吕氏春秋·当染》就说："孔子学于老聃、孟苏、夔、靖叔。"

"孔子问礼于老子"事在西汉时期更加盛行于世，编定于西汉的《礼记》"曾子问"篇中就有数条关于孔子以老子为师的记载，现举两例如下：

孔子曰："吾闻诸老聃曰：'天子崩，国君薨，则祝取群庙之主而藏诸祖庙，礼也。……'"

孔子曰："昔者吾从老聃助葬于巷党，及堩，日有食之，老聃曰：'丘！止柩就道右，止哭以听变。'既明反，而后行，曰：'礼也。'反葬，而丘问之曰：'夫柩不可以反者也。日有食之，不知其已之迟数，则岂如行哉！'老聃曰：'诸侯朝天子，见日而行，逮日而舍奠。……'"

又，司马迁在《史记·老子列传》中也说：

孔子适周，将问礼于老子。老子曰："子所言者，其人与骨皆已朽矣，独其言在耳。且君子得其时则驾，不得其时则蓬累而行。"孔子去，谓弟子曰："……至于龙吾不能知，其乘风云而上天。吾今日见老子，其犹龙邪！"

---

① （汉）司马迁：《史记》，第2143—2144页。

此外，《史记》的《孔子世家》《仲尼弟子列传》等篇以及《韩诗外传》中也有有关老子为孔子师的记载。如《史记·仲尼弟子列传》中就说："孔子所严事：于周则老子；……"《韩诗外传》卷五也说："子夏曰：'臣闻黄帝学于大填……武王学于太公，周公学于虢叔，仲尼学乎老聃。'"除文献记载之外，老子为孔子师的故事也大量出现在汉代的画像石画像砖中。如山东省微山县微山岛发现的汉画像石椁中，整个画面分为左、中、右三个画框，其中左画框内画的就是历史故事"孔子见老子"。另外，1962 年发掘的河南省南阳市阳关寺汉墓中出土的汉画像中，其中第一组也是"孔子见老子"图。如果将全国各地的汉画像石进行全面考察，还可以发现，"孔子问礼于老子"事的画像石，大多出现在山东的嘉祥、济宁以及长清的孝堂山等地。山东是孔子的家乡，如此多"孔子问礼于老子"事的汉画像石出现在山东，说明这一事件存在一定的真实性，同时也反映了孔子好学谦虚的治学态度对家乡广大百姓产生的深远影响。那么，是什么原因使得这一事件在汉代如此盛行呢？笔者以为，汉代老子为孔子师一事的盛行，与西汉初年最高统治者崇尚清静无为，以"黄老之学"治世密切相关。西汉王朝建国之初，由于长期的暴政和连年的战争，民生凋敝，百废待兴。据《汉书·食货志》记载："汉兴，接秦之敝，诸侯并起，民失作业而大饥馑，凡米石五千。人相食，死者过半。"面对这样的社会境况，陆贾、曹参等一些有远见卓识的大臣都主张以"黄老之学"治国。司马迁在《史记》中多次肯定了这一治国方略，在《曹参传赞》中，他说："参为汉相国，清静极言合道。然百姓离秦之酷后，参与休息无为，故天下俱称其美矣。"又，他在《吕后本纪》中也说：

> 孝惠皇帝、高后之时，黎民得离战国之苦，君臣俱欲休息乎无为，故惠帝垂拱，高后女主称制，政不出房户，天下晏然。刑罚罕用，罪人是希，民务稼穑，衣食滋殖。

事实证明，几十年的"无为而治"使得西汉王朝在建国后七十余年就出现了国泰民安、欣欣向荣的繁荣景象，据司马迁《史记·平准书》记载："至今上（汉武帝）即位数岁，汉兴七十余年之间，国家无事，非遇水旱之灾，民则人给家足，都鄙廪庾皆满，而府库余货财。京师之钱累巨万，贯朽而不可校。太仓之粟陈陈相因，充溢露积于外，至腐败而不可食。"

正因为如此，武帝之前的几位当政者也都偏向于以"黄老之学"治世，其中以窦太后为最甚，《史记·外戚世家》说："窦太后好黄帝老子言，帝及太子诸窦不得不读黄帝老子，尊其术。"在她当国的二十多年，儒生的境况是"具官待问，未有进者"。对于那些轻视黄老之学的儒生，窦太后从来都不手软，据《史记·儒林外传》记载："窦太后好老子书，召辕固生问老子书。固曰：'此是家人言耳。'太后怒：'安得司空城旦书乎？'乃使固入圈刺豕。"除此之外，支持武帝以儒学治国的儒生赵绾、王臧等也均被下狱，最后自杀而死。由此可见，从刘邦建立西汉王朝至汉武帝即位的七十余年间，统治者好庄老之学，老子和庄子的学说被普遍学习、运用，而以孔子及其后学者思想为主的儒家观念一度被排除在了封建正统思想之外，因此汉初老子为孔子师一事的盛行也与这一时期统治阶级贬抑儒学，偏好老庄学说，以黄老之术治世密切相关。

从前文的论述可以看到，先秦时期的儒生大都承认孔子曾问礼于老子；西汉时期很多文献对孔子问礼于老子事的记载，也进一步说明这一历史事件存在一定的真实性。然而自汉武帝"罢黜百家，独尊儒术"之后，孔子的地位骤然提升，他被尊为"素王""圣人"，全国各地纷纷建立孔庙，祭祀孔子。在这样一种文化思潮的影响下，一些儒生开始怀疑孔子问礼于老子一事的真实性，他们认为，孔子作为一个先知先觉的圣人，应该是无事不通，无事不晓的，怎么会到老子那里问礼呢？同时他们还认为，儒道思想历来分歧很大，所谓"道不同不相为谋"，孔子又怎么会拜老子为师呢？正是因为上述原因，儒生认为，孔子问礼于老子事应该是民间传说而非历史事实，至于东汉时期"孔子问礼于老子"画像石的广泛出现，正好反映了这一传说在民间的广为流传。这一点近现代的学者也多有论述，他们在怀疑"孔子问礼于老子"事真实性的同时，也认为这一传说是道家学派的有意捏造，如许地山就认为"孔老会见底事情恐怕是出于老庄后学所捏造"[①]。顾颉刚说："老子为什么会成为孔子的老师？我认为这不是讹传的谣言，乃是有计划的宣传。"[②] 钱锺书也说："孔子适周，尝有其

---

① 许地山：《道教史》，上海古籍出版社1999年版，第14页。
② 顾颉刚：《秦汉的方士与儒生》，上海古籍出版社1988年版，第34页。

事，而果问礼老子与否，传说渺悠，不得稽也。"① 实际上，如果深究儒道两家的思想，就会发现二者还是有很多相通之处的，如老子思想的核心是"无为"，这在《老子》一书中多有记载，如《老子》第二章就说："圣人处无为之事。"第十章也说："爱民治国，能无为乎？"又，《老子》第五十七章也说："我无为而民自化，我好静而民自正，我无事而民自富，我无欲而民自朴。"同样，《论语》一书中也有对"无为而治"思想的反映，如《论语·卫灵公》就说："子曰：'无为而治者，其舜也与。夫何为哉？恭己正南面而已矣！'"这句话何晏集解为："言任官得其人，故无为而治。"邢昺则曰："帝王之道，贵在无为清静而民化之。"朱熹也注曰："无为而治者，圣人德盛而民化，不待其有所作为也。"又，《论语·泰伯》也说："巍巍乎！舜禹之有天下也，而不与焉。"除此之外，孔子思想的核心是"仁"，《论语》中随处可见孔子对"仁"的解释，而老子也认为统治者应该"以百姓心为心（第四十九章）"，应该"爱民治国（第十章）"，应该"与善仁，言善信（第八章）"。正是因为儒道两家在思想上有诸多相通之处，所以，笔者以为，孔子向老子问礼也是有可能的。只是《庄子》一书对孔子以老子为师的诸多记载，反映了以老庄为代表的道家对自己学说的抬高和对孔子及其儒家学说的贬抑。

第二节　"老子为国师"及"老子化胡"传说的文化内涵

老子成为长生不死神仙这一传说的产生，也有不同的说法，刘国钧认为是由秦汉时代的方士们编造后被司马迁写入《史记》的。王青不同意这一看法，他说："在我看来，老子长寿之说的编造者，不应该是齐国方士李少君之辈，因为老子在齐国的影响并不大。这一传说之初起，完全是因为老子生平的模糊不清引起的，因为把孔子时期的老子与秦献公时期的太史儋相混，老子遂变得极为长寿，然刘国钧说：援老子入神仙似以养寿一

---

① 钱锺书：《管锥编》（第一册），中华书局1979年版，第286页。

观念为枢纽，实为不易之论。"① 笔者以为，老子作为长生不死的神仙，这一传说源于历代人们对老子生平模糊不清的记述，更与《老子》一书所包含的许多长生不死的仙道思想密切相关。关于老子生平的记述，前已论述。《老子》一书，虽然以养生为主要内容，但其中也包含有许多长生的思想，如：

> 莫知其极，可以有国；有国之母，可以长久；是谓深根固柢，长生久视之道。(《老子》第五十九章)

> 谷神不死，是谓玄牝。玄牝之门，是谓天地根。(《老子》第六章)

可以看到，上述两例中的"长生久视之道"以及"谷神不死"等很容易就让人们把老子与修道及长生不死等的仙道思想联系在了一起。正因为如此，《老子》之后，先秦的很多典籍就已经把老子与真人、至人、圣人等联系在了一起，如：

> 以本为精，以物为粗，以有积为不足……关尹、老聃乎，古之博大真人哉！(《庄子·天下篇》)

> 圣人听于无声，视于无形，詹何，田子方，老聃是也。(《吕氏春秋·重言》)

从上述文献的记述可见，先秦时期还没有有关老子成仙的明确记载，只说他是一位得道的高人。到汉代，由于社会上普遍的对长生不死之术的狂热追求，老子已经成了人们心目中一位长生不死的神仙与真人，刘向在《列仙传》中正式将老子列为神仙之一：

> 老子姓李名耳，字伯阳，陈人也。生于殷时，为周柱下史，好养精气，接而不施。转为守藏史，积八十余年。《史记》云："二百余年，时称为隐君子，谥曰聃。"仲尼至周，见老子，知其圣人，乃师之。后周德衰，乃乘青牛车去入大秦。过西关，关令尹喜待而迎之，知真人也。乃强使著书，作道德上下经二卷。

东汉王阜在《老子圣母碑》中则直接把老子等同于道，从而使其具有神的特性，可以看到，这里的老子成了创造宇宙、化成天地的伟大神灵，他

---

① 王青：《先唐神话、宗教与文学论考》，第 152 页。

说:"老子者,道也。乃生于无形之先,起于太初之前,行于太素之元,浮游六虚,出入幽冥,观混合之未别,突清浊之未分。"

与老子作为长生不死的神仙传说相联系,东汉后期,随着道教的兴起、老子道教教祖地位的确立以及佛教的逐渐传入中土,人们开始祭祀老子和浮屠。据《后汉书·桓帝纪》记载,桓帝延熹八年正月,遣左琯之苦县祠老子,十一月,又使管霸之苦县祠老子。次年,遂亲祠于龙宫,与浮屠并祠。又,《后汉书·楚王英传》也说:"英少时好游侠,交通宾客,晚节更喜黄老,学为浮屠斋戒祭祀。(永平)八年,诏令天下死罪皆入缣赎。……国相以闻。诏报曰:'楚王诵黄老之微言,尚浮屠之仁祠,絜斋三月,与神为誓,何嫌何疑?当有悔吝?其还赎,以助伊蒲塞桑门之盛馔。'因以班示诸国中传。"正是由于对老子的祭祀和膜拜,有关老子的传说也逐渐越来越多地流传于民间。

"老子为国师"的传说出现于东汉后期。东汉末年陈相、边韶为汉桓帝祭祀老子所作的《老子铭》说:"以老子离合于混沌之气,与三光为终始,观天作谶,升降斗星,随日九变,与时消息,规矩三光,四灵在旁,存想丹田,太一紫房,道成身化,蝉蜕渡世。自羲农以来,为圣君作师。"其中的"自羲农以来,为圣君作师"句,首次出现了老子为圣君师的说法。这一传说之所以出现在东汉后期,是道教兴起、老子道教教祖的地位被确立后道教徒对老子有意识地神化,笔者以为道教徒"老子为国师"传说的捏造源于以下三个方面:首先,与汉初统治者以"黄老之术"作为治世的核心思想有关。前已论述,汉初统治者为了休养生息、恢复生产,曾在很长的一段历史时期以"黄老之学"治世,而《老子》一书也深得这一时期统治者的青睐。如汉文帝的皇后窦氏在汉文帝去世后,做了十六年的太后,六年的太皇太后,曾主持朝政二十多年,窦太后自己喜欢黄老之学,也将《老子》一书列为她的儿子汉景帝以及她娘家子侄们的必读书目,从而使《老子》一书在这一历史时期得到了全方位的研习和推广。东汉后期道教兴起之后,老子被确立为道教的教祖,道教徒认为,既然《老子》一书曾被作为君人南面之术,得到统治者的潜心研读,那么《老子》一书的作者老子作为帝王之师,也就在情理之中了,所以道教徒便由曾为君人南面之术的《老子》一书,进而将该书的作者老子推上了国师的宝座。其次，与先秦两汉文献老子为孔子师的记述密切相关。东汉末年，随着道教的兴起以及老子作为道教教祖地位的被确立，道教徒开始有意神化老子，他们认为，既然孔子曾师事老子，而孔子又被儒家尊为"素王""圣人"，于是，道教徒便把"曾经做过孔圣人之师的老子，扩大为以往历代圣人的老师"① 了。《太平广记》卷一"老子"条就详细地记述了老子世为圣人师的具体内容，他说："（老子）或云上三皇时为玄中法师，下三皇时为金阙帝君，伏羲时为郁华子，神农时为九灵老子，祝融时为广寿子，黄帝时为广成子，颛顼时为赤精子，帝喾时为禄图子，尧时为务成子，舜时为尹寿子，夏禹时为真行子，殷汤时为锡则子，文王时为文邑先生，一云守藏史。"再次，也是道教徒对佛教"佛祖为国师"说的有意模仿。佛教传入中土以后，佛教徒对佛教教祖身世充满神秘色彩的描写，对老子形象的演变产生了极大的影响。在东汉魏晋时期所译佛经中，屡屡出现佛祖为国师的记载：

> 经云：佛有自然神妙之法，化物以权，广随所入。或为灵仙转轮圣帝，或为卿相国师道士。……圣王师之而成教者，亦不可称算。（《集沙门不应拜俗等事》）

> 佛经云"释迦成佛，有尘劫之数"，出《法华无量寿》。或"为国师道士，儒林之宗"。出《瑞应本起》。（《南史》卷七十五）

在佛经的影响下，道教徒开始进一步神化老子，他们模仿佛经，也把老子说成是帝王之师，大约出于汉魏之际的由道教徒有意而为的《老子变化经》就是这样一部以渲染老子化生、世世代代化作圣人师为主要内容的道经。在这部道经中，道教徒先是借用佛教传说故事，神话了老子的外貌，说老子"颊有参午大理，日角月玄，鼻有双柱，耳有三门，足（蹈）二羊（午），手把天关。"接下来，道教徒描述了老子的种种变化情形，说："老子能明能冥，能亡能存，能大能小，能屈能申（伸），能高能下，能纵能横，能反能覆，无所不施，无所不能，在火不燋，在水不寒，逢恶不疾，解祸不患，厌之筜□，伤之无□，长生不死，须灭身形，偶而不双，□而不倚，附面不离，莫于其无为也。"并说："老子合元，□元混成，随世沉

---

① 卿希泰主编：《中国道教史》（第一卷），四川人民出版社1996年版，第90页。

浮,退则养精,进则帝王师。"据传为三国葛玄所作的《老子道德经序诀》也说:"老子体自然而然……开辟以前,复下为国师,代代不休,人莫能知之。"东晋道士王浮的《老子化胡经》也说:"(老子)左手指天,右手指地而告人曰:'天上天下唯我独尊。我当开扬天上天下道法,普度一切动植众生,周遍十方及幽牢地狱,应度未度,咸昔度之,隐显人间为国师。'……所言十者:太上老君、圆神智无上尊、帝王师、大丈夫、大仙尊、天人父、无为上人、大悲仁者、元始天尊。"

南北朝时期,"老子为国师"的传说更加盛行于世,这一时期的道经中类似的说法更是比比皆是。如北周僧人甄鸾《笑道论》就曾引北朝楼观经典《文始传》反驳道教:

> 又《文始传》云,老子从三皇以来,代代为国师化胡。又云汤时为锡寿子,周初为国叔子。(《广弘明集》卷九)

又,刘宋徐氏的《三天内解经》等书也有对老子为国师的记载,不再一一列举。除此之外,这一时期的其他僧人在与道教徒的论争过程中,也常对道教教祖"老子为国师"的说法进行非难:

> 且老子诸经多云作佛,或作国师。岂可天下国师,与佛必待伯阳乎?(《广弘明集》卷九)

> 无识道士妄传,老子代代为国师者滥也。(《广弘明集》卷五)

南北朝时期"老子为国师"传说的盛行,与天师道领袖寇谦之的有意而为是分不开的,据《魏书·释老志》记载:"谦之守志嵩岳,精专不懈,以神瑞二年十月乙卯,忽遇大神,乘云驾龙,导从百灵,仙人玉女,左右侍卫,集止山顶,称太上老君。谓谦之曰:'往辛亥年,嵩岳镇灵集仙宫主,表天曹,称自天师张陵去世以来,地上旷诚,修善之人,无所师授。嵩岳道士上谷寇谦之,立身直理,行合自然,才任轨范,首处师位,吾故来观汝,授汝天师之位,赐汝《云中音诵新科之诚》二十卷。'""作为天师道的领袖,寇谦之深受太武帝的信用,这也为他本人作为老子国师说的实际执行者提供了条件。寇谦之在北魏长期担任国师之职,对北魏政治和宗教都产生了重大影响。在他的建议下,太武帝甚至改用具有强烈道教色彩的'太平真君'为年号。寇谦之还利用自己的特殊地位,声称自己被老子授命为'天师',专门下世辅佐北魏皇帝治国,'天师'也因此成为事实上的国师"①。

由此可见，"老子为国师"的传说出现在东汉后期，既与汉初统治者以"黄老之学"治世有关，又与先秦两汉文献有关老子为孔子师的记载有关，同时也是道教徒受佛经影响，发挥创造的结果。而南北朝时期这一传说的盛行，则与天师道领袖寇谦之的有意而为密不可分。

东汉后期，除"老子为国师"的传说之外，更出现了"老子化胡"的传说。而"老子化胡"传说的出现，使得原本是道教教祖的老子，也成了佛教的始祖，这一传说的出现则有着更加复杂的社会和宗教原因。《史记·老子列传》说："老子……居周久之，见周之衰，乃遂去。至关，关令尹喜曰：'子将隐矣，强为我著书。'于是老子乃著上下篇，言道德之意五千余言而去，莫知其所终。"刘向《列仙传》承司马迁，也说："老子西游，喜先见其气，知有真人当过，物色而遮之，果得老子。老子亦知其奇，为著书授之，后与老子俱之流沙，化胡。服苣胜实，莫知其所终。"上述关于老子晚年出关西去，不知所终的记载，则成了后来杜撰"老子化胡"传说的依据。而有关这一传说的明确记载，始见于《三国志》的裴松之注，他在《三国志·魏书·东夷传》中注引鱼豢《魏略·西戎传》说："《浮屠》所载与中国《老子经》相出入，盖以为老子西出关，过西域之天竺，教胡。"《后汉书·襄楷传》也说："或言老子入夷狄为浮屠。"据信立祥先生的解释："文中的'浮屠'，不是'佛陀'，而是佛教的意思；'为'，不是'加入'或'当'，而是'创立'的意思。"② 如果信先生的解释成立的话，那么，关于"老子化胡"，创立佛教的传说早在东汉桓帝时期就已经出现，并在社会上传播流行了。

一般认为，"老子化胡"传说是魏晋时期佛道之争的产物，是道教徒为贬低佛教而创造的传说故事。实际上，从这一传说出现在东汉后期就可以知道，老子化胡传说的起因并非佛道之争，最早的制造者也不是道教徒，而是佛教徒自己。这与初入中土的佛教自身的发展密切相关。众所周

---

① 刘玲娣：《老子国师说及其与南北朝的道教改革运动》，《湖北师范学院学报》2008年第1期。

② 信立祥：《汉代画像石综合研究》，第341—342页。

知，中国历来重夷夏之分，特别是在统一强大的两汉时期，除儒家思想之外，产生于中国本土的道教是具有强烈民族自负感的汉人仰慕崇拜的最主要的宗教。在这种历史条件下，初入中土的佛教无疑会遭到社会各个阶层的排斥和抵制。因此，要想使佛教思想深入人心，在中国本土立稳脚跟，唯一的途径就是将佛教学说与中国的传统思想、信仰尽可能地进行融合。"而被当时的道教奉为教祖的老子，不仅是对全社会有很大影响的古代圣贤，而且老子以清静无为为宗旨的道家学说，在某种程度上与佛教万物皆空的宗教哲学观念十分相近，因此，对当时的佛教徒来说，用杜撰的宗教神话将佛教学说与老子的道家学说相调和，当然是最适宜的方法，而《史记·老子列传》关于老子晚年出关西去、不知所终的记载，又给佛教徒提供了便利的杜撰依据，使他们可以根据自己的需要，杜撰出老子出关后，经西域到天竺，并在那里创立佛教的新宗教神话。总之，正是老子成了使佛教中国化的最佳人选。于是，'老子化胡说'就这样诞生了。"[1] 汤用彤在论及"老子化胡说"时也指出，汉时佛道混杂，"夫异族之神不宜为诸华所信奉，则老子化胡之说，在后世虽为佛家所痛恨，而在汉代想实为一般人所以兼奉佛法之关键，观乎现在所保存甚少之汉魏佛教史料，而化胡之说竟一见于朝廷奏疏，再见于史家著作，则其说大有助于最初佛教之流行可以想见也。"[2] 由此可见，在佛教这一外来宗教还没有完全在中国立稳脚跟之前，老子化胡说不但不是攻击佛教的理论依据，相反在魏晋时期还一度被看成是佛道相融合的表现而被佛教徒默认。老子为佛教教祖的传说在这一时期的画像石中也有所反映。江苏连云港孔望山摩崖汉画像群中，老子的像就被配置在画像群的中心并被多组佛教内容的人物画像所环绕，信立祥先生认为，所有这些，"应与东汉时期出现的新的宗教传说——'老子化胡说'有直接的关系"[3]。至于东晋王浮的《老子化胡经》，那是佛教发展壮大以后的事。两晋时期，特别是东晋后期，随着佛教思想的广泛传播和深入人心，已经在中土立稳脚跟的佛教，此时已经不再需要老子

---

① 信立祥：《汉代画像石综合研究》，第342页。
② 汤用彤：《汤用彤学术论文集》，中华书局1983年版，第80—81页。
③ 信立祥：《汉代画像石综合研究》，第341页。

化胡的说法，相反，佛教徒对自己前辈杜撰的"老子化胡说"非常反感，而道教徒则紧紧抓住"老子化胡说"对佛教加以诋毁，由此引发佛道之争，《老子化胡经》就是这一时期的产物。南北朝时期更盛传佛即老子投胎转世的传说，《南史》卷七十五就说："竺维卫国国王夫人名曰净妙，老子因其昼寝，乘日精入净妙口中，后年四月八日夜半时剖右腋而生，坠地即行七步，于是佛道兴焉。"

除上述传说之外，后汉六朝时期，与老子有关的传说还有很多，王嘉《拾遗记》卷三、葛洪的《神仙传》等书都记述了有关神仙老子的传说。特别葛洪《神仙传》中的记载可以说是唐前作为道教教祖的老子各种神异传说的集大成者：

> 老子者，名重耳，字伯阳，楚国苦县曲仁里人也。其母感大流星而有娠，虽受气天然，见于李家，犹以李为姓。或云：老子先天地生；或云：天之精魄，盖神灵之属；或云：母怀之七十二年乃生。生时，剖母左腋而出。生而白首，故谓之老子；或云：其母无夫，老子是母家之姓；或云：老子之母，适至李树下而生老子，生而能言，指李树曰："以此为我姓"；……或云：在越为范蠡，在齐为鸱夷子，在吴为陶朱公，皆见于群书，不出神仙正经，未可据也。（《太平广记》卷一引《神仙传》）

这里的老子简直就是一个与日月同在的精灵，他的出生、相貌以及姓氏的来历等无不充满神异的色彩。对于上述记述，葛洪认为"皆由晚学之徒，好奇尚异，苟欲推崇老子，故有此说。其实论之，老子盖得道之尤精者，非异类也"[1]。在葛洪看来，之所以出现如此多有关老子的神异传说，都和老子作为道教教祖的身份有关。除此之外，魏晋时期其他有关神仙老子的传说故事，都跟这一时期一般的道教神仙传说一样，内容主要集中在讲述神仙老子的神异，没有多少特别之处，故不再一一论述。

综上所述，如果将唐前流传于民间的老子传说作一全方位的考察就可以发现，这一时期的老子传说所表现的内容不外乎两个方面，即治国和养身。当老子之学被作为"君人南面之术"而受到重用的时候，"老子为国

---

① （宋）李昉等编：《太平广记》（卷一），中华书局1961年版，第1页。

师"等传说的盛行就是《老子》一书中有关治国思想的反映；当老子之学与中国古代长生不死的仙道思想以及东汉后期道教的神仙思想结合之后，流传于民间的有关老子的宗教传说就主要显示出《老子》一书中养身的一面。至于"孔子师事老子"传说在先秦两汉时期的盛行，则反映了集治国与养身于一体的老学思想在先秦两汉时期的巨大影响。正是因为两汉魏晋时期人们对老子及其思想的崇尚和关注，才使得老子的传说在唐前得到了广泛的制造和传播。道教发展到唐代，由于唐朝皇帝姓李，所以从李渊起，唐代皇帝均以道教教主老子的后裔自居。公元666年，唐高宗下令尊老子为太上玄元皇帝，唐玄宗则进一步尊老子为大圣祖，并令人画老子像颁于天下，以此壮大道教的势力。正因为如此，道教在唐代曾盛极一时，有关老子的传说故事更是不胜枚举，兹不具述。

第十二章　唐前泰山传说研究

之所以将泰山传说作为地方传说的个案研究，是因为作为五岳之首的泰山，不仅孕育了灿烂的大汶口文化和龙山文化，而且也是文人墨客的荟萃之地，孔子、司马迁、李白、杜甫、姚鼐等文化名人都曾登临泰山，留下了大量的诗文碑刻。历代帝王对泰山更是推崇备至，从传说中的远古七十二位君王到有史可查的秦始皇、汉武帝、唐高宗、唐玄宗、宋真宗、清圣祖、清高宗等，都到泰山举行过封禅祭祀活动，既给泰山留下了众多的文物古迹，也使泰山拥有了至高无上的地位和尊严。作为天人合一的典范，泰山集儒、释、道于一山，相互包容，相互融合，特别是道教的碧霞元君、东岳大帝诸神，都在民间有着美丽的传说和广泛的信仰。笔者将在系统梳理唐前有关泰山传说故事的基础上，进而探究这些美丽传说深层的文化内涵。

第一节　唐前泰山的封禅传说

据有关史料记载，早在先秦时期就有帝王到泰山封禅祭祀。《韩诗外传》云："孔子升泰山，观易姓而王可得而数者七十余人，不得而数者万数也。"又《史记·封禅书》亦曰：

> 秦缪公即位九年，齐桓公既霸，会诸侯于葵丘，而欲封禅。管仲曰："古者封泰山禅梁父者七十二家，而夷吾所记者十有二焉。昔无怀氏封泰山，禅云云；虑羲封泰山，禅云云；神农封泰山，禅云云；炎帝封泰山，禅云云；黄帝封泰山，禅亭亭；颛顼封泰山，禅云云；帝喾封泰山，禅云云；尧封泰山，禅云云；舜封泰山，禅云云；禹封

泰山，禅会稽；汤封泰山，禅云云；周成王封泰山，禅社首：皆受命然后得封禅。"……其后百有余年，而孔子论述六艺，传略言易姓而王，封泰山禅乎梁父者七十余王矣，其俎豆之礼不章，盖难言之。

可以看到，管仲和孔子都谈到了古代易姓而王封禅泰山的七十余家，管仲能记起姓氏的有十二家，其中有神农、炎帝、黄帝等。那么黄帝、炎帝等是否真的封禅过泰山呢？笔者以为，司马迁等记管仲、孔子所言上古帝王封禅泰山之事应该是传说。根据先秦文献《墨子》《庄子》《尚书》《礼记》《管子》等书的记载，早在人类历史的传说时代，即有无怀氏、伏羲氏、神农氏、炎帝、黄帝、颛顼、帝喾、尧、舜、汤、周成王等七十二代古帝王到泰山封禅祭祀。其中有些书中还描述了上古时期古代部落联盟的首领、不同图腾的部落到泰山祭祀的盛大场面。《尚书·尧典》中说：

岁二月，东巡守，至于岱宗，柴，望秩于山川。肆觐东后，协时月正日，同律度量衡，修五礼，五玉三帛二生一死贽，如五器，卒乃复。五月南巡守，至于南岳，如岱礼。八月西巡守，至于西岳，如初。十有一月朔巡守，至于北岳，如西礼，归，格于艺祖，用特。

《礼记·王制》也说：

天子五年一巡守。岁二月，东巡守，至于岱宗，柴而望祀山川，觐诸侯，问百年者就见之。命太师陈诗，以观民风；命市纳贾，以观民之所好恶，志淫好辟；命典礼，考时月，定日同律，礼、乐、制度、衣服正之。山川神祇，有不举者为不敬，不敬者君削以地；宗庙有不顺者为不孝，不孝者君绌以爵；变礼易乐者为不从，不从者君流；革制度衣服者为畔，畔者君讨；有功德于民者，加地进律。五月南巡守，至于南岳，如东巡守之礼。八月，西巡守，至于西岳，如南巡守之礼。十有一月，北巡守，至于北岳，如西巡守之礼。归假于祖祢，用特。

从上述两段话中可以看到，上古帝王是把东岳泰山与其他几岳并列在一起加以祭祀的，并未呈现出后来泰山"五岳独尊"的地位。所有这些只是反映了上古先民对山岳的敬仰崇拜之情，并不是帝王对泰山的单独封祭。隋人王通即说："封禅非古，而启于秦汉。"① 此外，"诸子所言远古帝王封禅石刻，仅可能取诸传说，未必得之目验……"②

那么，为什么会出现这样的传说呢？笔者以为，这一方面反映了上古先民对泰山的敬仰与崇拜。泰山一词，最早见于《诗经·鲁颂·闵宫》："泰山岩岩，鲁邦所詹。奄有龟蒙，遂荒大东。至于海邦，淮夷来同。莫不率从，鲁侯之功。"这也是目前最早见诸典籍的对泰山伟岸感受的记录。东汉应劭《风俗通义·山泽·五岳》则曰："东方泰山，《诗》云：'泰山岩岩，鲁邦所瞻。'尊曰岱宗，岱者，长也，万物之始，阴阳交代，云触石而出，肤寸而合，不崇朝而遍雨天下，其惟泰山乎！故为五岳之长。王者受命易姓，改制应天，功成封禅，以告天地。"《尔雅》也曰："泰山为东岳……实万物之始，故称岱焉，其位居五岳之伯，故称宗焉。"泰山作为中国山岳崇拜的代表，不但见于上述典籍的记载，也可以从《尚书》《礼记》等书中所记作为天子首祭之山看出来。20 世纪 50 年代，泰山脚下也曾发现过先秦时期祭祀泰山的祭祀坑，并出土有战国的铜器，这说明人们对泰山的祭祀与崇拜由来已久。另一方面，也与中国古代传统的鬼神观念有关。清代的俞樾就说："余谓后世言神言鬼皆托之泰山，虽虚诞之说，而未始无理。盖因天事天，因地事地，此封禅所自起也。按《封禅书》，泰山有天主地主之祠，其义即缘封禅而起。王者于此报天，故有天主祠；王者于此报地，故有地主祠。死者魂归泰山，即归于地主耳。"③ 在古人看来，泰山掌管着人间的生死，上古帝王封禅泰山传说的出现也反映了人们对掌管生死的泰山的敬畏。

由此可见，上古帝王的封禅传说可能反映了原始部落对泰山的祭祀，而泰山也极有可能是他们的部落保护神。同时，秦汉盛传古帝王封禅的传说，也与秦汉时期方士们的鼓吹以及秦始皇、汉武帝不断封禅泰山的活动有关，秦皇汉武之所以一再鼓吹上古帝王封禅泰山的传说并亲自到泰山行封禅大典，主要是为了向世人昭示：和上古帝王一样，只有他们才是"受

---

① （明）汪子卿撰，周郢校证：《泰山志校证》，黄山书社 2006 年版，第 145 页。

② （明）汪子卿撰，周郢校证：《泰山志校证》，第 276 页。

③ （清）俞樾：《茶香室丛钞》（卷一六），中华书局 1996 年版，第 475 页。

命于天"的帝王,即所谓的"君权神授"。除此之外,作为秦始皇、汉武帝等追求长生不死之术的封建帝王来说,对掌管人间生死的泰山神的封禅祭祀也反映了他们对死亡的畏惧以及对长生的渴求。中国古代有明确文献记载的第一位封禅泰山的帝王是秦始皇,除此之外,唐前举行过泰山封禅典礼的帝王还有汉武帝和汉光武帝等。这些都是有明确记载的史实,故不再作为本书讨论的范围。

第二节　唐前泰山的仙道传说

秦汉间帝王泰山封禅活动的兴起,使得中国古代源远流长的泰山信仰与天地信仰以及仙道观念相联系,泰山信仰的影响范围也就不断扩大,西汉刘向《五经通义》云:"泰山一名岱宗,言王者受命易姓报功告成必于岱宗也,东方万物始交代之处,宗长也,言为群岳之长。"《白虎通义·封禅》亦引此说,谓"王者易姓而起,必升封泰山何?教告之义也,始受命之时,改制应天,天下太平,功成封禅,以告太平也。所以必于泰山何?万物所交代之处也"。可以看到,这一时期的泰山,已经被尊崇为神灵,俨然天下万物的主宰。关于泰山神——东岳大帝来历的传说在唐前流传着多种说法,概言之,主要有以下几种:

1. 盘古人身说。梁任昉《述异记》卷上云:"昔盘古氏之死也,头为四岳,目为日月……秦汉间俗说:盘古氏头为东岳,腹为中岳,左臂为南岳,右臂为北岳,足为西岳。"这一传说将泰山神与人类的创世主盘古联系在了一起,实际上是反映了泰山信仰的源远流长以及自古以来泰山显赫的名声和地位。

2. 金虹氏说。《绘图三教源流搜神大全》引《神异经》说:"昔盘古氏五世之苗裔,曰赫天氏,赫天氏(子)曰胥勃氏,胥勃氏(子)曰玄英氏,玄英氏子曰金轮王,金轮王弟曰少海氏。少海氏妻曰弥轮仙女也。弥轮仙女夜梦吞二日,绝而有娠,生二子,长曰金蝉氏,次曰金虹氏。金虹氏者,即东岳帝君也。"这一传说认为泰山神——东岳帝君即太阳神金轮王。刘慧在《泰山宗教研究》一书中说:"据《神异经》这一神话系统而言，东岳大帝即是太阳族系的神明。"①

3. 天帝之孙说。张华《博物志》卷一引《援神契》曰："五岳之神圣，四渎之精仁，河者水之伯，上应天汉。太山，天帝孙也，主召人魂。"这一传说将泰山神说成是天帝之孙，显然与当时佛道二教的盛行密切相关。正是因为天帝之孙的身份和地位，泰山神才可以掌管人间的生死。可以说后汉六朝时期许多泰山的宗教传说都源于泰山的这一身份。

由"天帝之孙说"可知，泰山神掌管着人间的生死。张华《博物志》言："泰山一曰天孙……知人生命之长短。"早在先秦时期人们就将泰山祭祀与长生成仙联系在一起。在古人看来，仙与山有密切的联系，《说文》："仚（即仙），人在山上貌，从人从山。"《释名》则说："老而不死曰仙。仙，迁也，迁入山也，故治字人旁山也。"而且在古人眼里，成仙之人往往是要升天的，所以上得越高，离天越近，也就更容易成仙。而泰山作为五岳之尊，理所当然也就成了修仙之人的首选之地。正因为如此，战国秦汉时期，信奉仙道的方士们大都来到泰山修炼求仙；其次，一些帝王为求长生不老、国泰民安，也来到泰山行封禅大典。除管仲孔子所说传说中到泰山行封祭天的七十二位上古帝王之外，秦始皇、汉武帝都曾到泰山行封禅大典。汉武帝为求长生不死，听信方士之言，更是前后七次到泰山封禅。不只是方士和封建帝王，普通老百姓也认为，上泰山见神人，可以长寿万年。罗振玉《辽居杂著》引西汉《太山镜铭》就说："上泰山，见神人，食玉英，见沣泉，驾蛟龙乘浮云，白虎引兮直上天。受长命，寿万年。"正因为如此，在道教产生以前，就流行着许多与泰山有关的仙道传说。管仲、孔子所言上古七十二帝封禅泰山的传说，有求国泰民安的目的和意图，但笔者以为，秦汉时期封禅传说的流行，更为重要的原因还是封建帝王希望自己登上泰山，能够接近天帝，修仙学道，希求长生不老之术。钱锺书言：

> 李少卿曰："益寿而海中蓬莱仙者乃可见，见之以封禅，则不死，黄帝是也"；《考证》："茅坤曰：'至是始以封禅为不死之术'。"……故下文公孙卿曰："封禅七十二王，唯黄帝得上泰山封；申公曰：'汉

---

① 刘慧：《泰山宗教研究》，文物出版社 1994 年版，第 119 页。

主亦当上封,上封则能登天矣'",又丁公曰:"封禅者,合不死之名也。"①

因此,从某种意义上来说,上古帝王封禅泰山的传说,也可以说是与泰山有关的仙道传说。《史记·封禅书》中,就通过一些方士的口,讲述了黄帝封禅泰山成仙的传说:

> 公玉带曰:"黄帝时虽封泰山,然风后、封巨、岐伯令黄帝封东泰山,禅凡山,合符,然后不死焉。"

此外,东汉应劭《风俗通义·正失》引《史记·封禅书》也说:

> 黄帝升封泰山,于是有龙垂胡须下迎黄帝。黄帝上骑,群臣后宫从者七十余人,小臣独不得上,乃悉持龙髯,拔堕黄帝之弓。小臣百姓仰望黄帝,不能复,乃抱其弓而号,故世因曰乌号弓。

有关泰山的仙道传说,在汉魏六朝一些文人的笔下也成了他们抒发个人情怀的凭借。曹植就是这方面的代表。他写了很多首有关泰山仙道传说的诗篇,如《飞龙篇》说:"晨游泰山,云雾窈窕。忽逢二童,颜色鲜好。乘彼白鹿,手翳芝草。我知真人,长跪问道。西登玉堂,金楼复道。授我仙药,神皇所造。教我服食,还精补脑。寿同金石,永世难老。"除《飞龙篇》外,曹植与泰山有关的诗篇还有《驱车篇》《仙人篇》等。实际上,曹植并不相信仙道之说,他曾在《赠白马王彪》诗中说:"虚无求列仙,松子久吾欺。"联系曹植后期郁郁不得志的生活可知,他在诗中多次写到与泰山有关的仙道传说,与他在政治上遭受的迫害、生活上的不如意密切相关。曹植之外,以泰山传说为内容作诗的,还有陆机、谢灵运等。

泰山神不但主管着人间的生死,而且还和许多道教中神通广大的神灵一样,可以兴风作雨,这一传说早在先秦时期就广为流传。《春秋公羊传·僖公三十一年》即云:

> 夏四月,四卜郊,不从,乃免牲,犹三望……三望者何?望祭也。然则曷祭?祭泰山河海。曷为祭泰山河海?山川有能润于百里者,天子秩而祭之。触石而出,肤寸而合,不崇朝而遍雨乎天下者,唯泰山尔。

---

① 钱锺书:《管锥编》(第一册),第 289 页。

又《太平御览》卷八八二"神鬼部二"引《博物志》亦曰：

> 太公望为灌坛令。文王梦见妇人当道哭，问其故，曰："吾泰山之神，嫁为西海妇，灌坛令当吾道，不敢以疾风暴雨过也。"梦觉，召太公。三日果疾风暴雨。

综上所述，中国古代传统的仙道思想使得泰山成了很多封建帝王希求长生的风水宝地，对泰山的封禅祭祀，反映了他们对长生久视之法的追求。道教产生之后，泰山的地位进一步提升，摇身一变成了道教神东岳大帝。而泰山道教神的身份也决定了它不但可以助人得道成仙，还可以兴风作雨。

第三节　泰山"治鬼"传说

泰山神主管生与死的神权历史，可以上溯至先秦时期。据顾炎武《日知录》卷十二云："尝考泰山之故，仙论起于周末，鬼论起于汉末。"春秋战国时期出现阴阳学、五行学之后，泰山就成为阴阳交替、万物发育的地方了。秦汉时期，由于封禅泰山传说的盛行，社会上随之出现了泰山"治鬼"说，泰山神便掌管了天下的生杀大权，古帝王封禅之坛，一变而为阎王殿。唐代学者颜师古注《汉书》中"上亲禅高里"之句就说："此'高'字应为高下之高，二死人之里；高里山在泰山前麓，是鬼魄之地。"关于泰山"主召人魂魄"，也即泰山"治鬼"的传说，很多人认为是佛教传入中国以后的事，实际上并非如此。早在战国时期，《韩非子·十过篇》即说："昔者黄帝合鬼神于西泰山之上……蚩尤居前，风伯进扫，雨师洒道，虎狼在前，鬼神在后，腾蛇伏地，凤皇覆上，大合鬼神，作为清角。"由此可见，泰山"治鬼"的说法出现在西汉时期，正如许地山先生《道教史》所言："自汉以后，此主便成为司人魂魄底神，现在所谓东岳大帝或泰山府君底便是。"但可以肯定地说，汉代大量出现的泰山"治鬼"传说应该是在"黄帝合鬼神于泰山"传说基础上的创造，并非凭空而生。也有学者认为，泰山掌管生死的传说来自古老的泰山封禅传说，贾二强就认为：

> 泰山治鬼的观念，更直接的来源应是封禅中的所谓禅即祭地……

死后入葬地下,则地下应当就是鬼魂的安息之所。禅既然是祭地仪式,很容易就被赋予了与死相关的涵义,禅地之所也就成为了鬼魂的集中之地了。《蒿里》诗云:"蒿里谁家地,聚敛魂魄无贤愚。鬼伯一何相催促,人命不得少踟蹰。"这里所说的蒿里,是泰山南面的一座小山,秦汉时是封禅大典中禅地的所在。又由于登临泰山绝顶封天为封禅大典的主戏,更具影响也更为人所习称,原本与禅地有关的治鬼说,也就自然而然的由蒿里而变为泰山了,这应是泰山治鬼说的由来。①

刘慧在《泰山宗教研究》一书中也说:

> 阴阳交代,无论是王朝的更替还是事物的转变,都有一个新与旧,生与死的问题。只有旧的消亡才会有新的代生,只要有生必然就会有死。封与禅作为两种不同的祭祀形式,也显示了这一点。所禅之地,梁父、蒿里、亭亭、云云等泰山下的小山于是就变成了地狱之府。随之便也有了《汉书·武五子传》注曰:"蒿里死人里";《遁甲开山图》:"亢父知生,梁父主死";陆机《泰山吟》:"梁父亦有馆,蒿里也有亭,幽岑延万鬼,神房集百灵。"②

汉代的镇墓文可以说是"泰山治鬼说"最早可考的文献资料。镇墓文的目的是为死者解适,与当时社会上流行的鬼神传说密切相关。近代学者罗振玉在其《贞松堂集古遗文》卷十五中提到两则有关泰山的镇墓文:一则上有"生人属长安,死人数太(泰)山,死生异处,不得相防(妨)"之语;另一则则说:"生人属西长安,死人属太(泰)山。"有学者认为,从以上两则镇墓文就可以看出"泰山治鬼"的传说在西汉时就已经流传,原因是:泰山与长安,一个是死人里,一个是生人都。长安为西汉都城,如果泰山治鬼的传说出现于东汉,则此处就不会说长安,而说洛阳(东汉都城),因此,镇墓文所反映出来的泰山为鬼蜮主神的传说应该出现在西汉,东汉只是这一传说的继承。

如果说"泰山治鬼"的传说产生于西汉,那么,汉末魏晋时期,随着

---

① 贾二强:《唐宋民间信仰》,福建人民出版社 2002 年版,第 15—16 页。
② 刘慧:《泰山宗教研究》,第 124—125 页。

道教的兴起，佛教的传入，这一传说的流传就更加广泛，并影响到了社会的各个阶层。《后汉书·乌桓传》说"死者神灵归赤山……如中国人死者魂神归岱山也"。《风俗通义·正失》亦云："俗说：岱宗上犹金箧玉策，能知人年寿修短。武帝探策得十八，因倒读曰八十，其后果用著长。"汉末天师道文献《女青鬼律》也说："天六方鬼之主，住在太山东南角道水中，诸死人所归，主死人禄籍，考计生人罪皆向之。"汉乐府《泰山吟》一诗下《乐府解题》亦云："（《泰山吟》）言人死魂魄归于泰山，亦薤露、蒿里之类也。"除此之外，《三国志·方技传》曰："管辂谓其弟曰：'但恐至泰山治鬼，不得治生人，如何？'"刘祯《赠五官中郎将诗》云："常恐游岱宗，不复见故人。"应璩《百一诗》亦云："年命在桑榆，东岳与我期。"

第四节　泰山地狱传说

东汉后期，随着佛教传入中土，受佛教地狱观念的影响，泰山成了冥府的所在，泰山神则成了掌管人间生死的"泰山府君"，《云笈七签》中称："泰山君领群神五千九百人，主治死生，百鬼之主帅也，血祀庙食所宗者也。"西晋陆机在《泰山吟》中也说："泰山一何高，迢迢造天庭。峻极周以远，层云郁冥冥。梁父亦有馆，蒿里亦有亭。幽岑延万鬼，神房集百灵。长吟泰山侧，慷慨激楚声。"这一传说在后汉魏晋时期的志怪小说中最为常见，晋代干宝的《搜神记》、张华的《博物志》等均言泰山掌管生死，书中还有不少托梦做泰山地狱官职而应验的故事。现举几例如下：

> 胡母班，字季友，泰山人也。曾至泰山之侧，忽于树间逢一绛衣驺，呼班云："泰山府君召。"班惊愕，逡巡未答。复有一驺出呼之，遂随行。数十步，驺请班暂瞑。少顷，便见宫室，威仪甚严，班乃入阁拜谒。主为设食，语班曰："欲见君无他，欲附书与女婿耳。"班问："女郎何在？"曰："女为河伯妇。"班曰："辄当奉书，不知缘何得达？"答曰："今适河中流，便扣舟呼青衣，当自有取书者。"班乃辞出。昔驺复令闭目，有顷，忽如故道。

……岁余，儿子死亡略尽。班惶惧，复诣泰山，扣树求见。昔驺遂迎之而见。班乃自说："昔辞旷拙，及还家，儿死亡至尽。今恐祸故未已，辄来启白，幸蒙哀救。"府君拊掌大笑曰："昔语君'死生异路，不可相近'故也。"即敕外招班父。须臾，至庭中，问之："昔求还里社，当为门户作福，而孙息死亡至尽，何也？"答云："久别乡里，自欣得还，又遇酒食充尽，实念诸孙，召之。"于是代之。父涕泣而出，班遂还。后有儿皆无恙。（《搜神记》卷四）

蒋济，字子通，楚国平阿人也。仕魏，为领军将军。其妇梦见亡儿涕泣曰："死生异路。我生时为卿相子孙，今在地下为泰山伍伯，憔悴困苦，不可复言。今太庙西讴士孙阿，见召为泰山令，愿母为白侯，属阿，令转我得乐处。"言讫，母忽然惊寤。

明日以白济。济曰："梦为虚耳，不足怪也。"日暮，复梦曰："我来迎新君，止在庙下。未发之顷，暂得来归。新君明日日中当发，临发多事，不复得归，永辞于此。侯气强，难感悟，故自诉于母。愿重启侯，何惜不一试验之？"……

于是乃见孙阿，具语其事。阿不惧当死，而喜得为泰山令，唯恐济言不信也，曰："若如节下言，阿之愿也。不知贤子欲得何职？"济曰："随地下乐者与之。"阿曰："辄当奉教。"乃厚赏之。言讫，遣还。

济欲速知其验，从领军门至庙下，十步安一人，以传消息。辰时传阿心痛，巳时传阿剧，日中传阿亡。济曰："虽哀吾儿之不幸，且喜亡者有知。"

后月余，儿复来，语母曰："已得转为录事矣。"（《搜神记》卷十六）

临淄蔡支者，为县吏，会奉书谒太守，忽迷路，至岱宗山下，见如城郭，遂入致书。见一官，仪卫甚严，具如太守。乃盛设酒肴毕，付一书，谓曰："掾为我致此书与外孙也。"吏答曰："明府外孙为谁？"答曰："吾太山神也，外孙天帝也。"吏方惊，乃知所至非人间耳。……（《列异传》）

桓哲字明期，居豫章时，梅元龙为太守，先已病矣，哲往省之。

语梅云："吾昨夜忽梦见作卒，迎卿来作泰山府君。"梅闻之愕然，曰："吾亦梦见卿为卒，着丧衣，来迎我。"经数日，复同梦如前，云"二十八日当拜"。至二十七日晡时，桓忽中恶腹满，就梅索麝香丸。梅闻，便令作凶具。二十七日，桓便亡。二十八日而梅卒。（《搜神后记》卷三）

历阳石秀之。俄有一人，著平巾裤褶，语之云："闻君巧侔班匠，刻几尤妙。太山府君相召。"秀之自陈云："刘政能造。"其人乃去。数旬而刘殒，石氏犹存。刘作几有名，遂以致毙。（《异苑》卷五）

由汉末魏晋时期文献资料所载的泰山神或泰山府君多为地下之主可知，泰山"治鬼"的传说产生于西汉，汉末魏晋时期则是"泰山地狱"传说盛行的时期。之所以会出现这样的流变趋势，与佛教初入中土对佛教教义的宣传有着直接的关系。作为外来宗教的佛教初入中土之时，其六道轮回、因果报应及地狱等观念并没有被广泛接受，为了宣传佛教的教义，佛教徒便将中国本土传统的泰山"治鬼"说与佛教的地狱观念结合在了一起。在佛教徒看来，既然在中国人的传统观念中，泰山神掌管人间的生死，那就与佛教地狱的统帅阎罗王有着相同的职能，为了让中土的老百姓接受佛教的教义，佛教徒便将佛经中的地狱翻译成了泰山，而将地狱的掌管者也译成了泰山府君。可以说，"泰山地狱说"是佛教初传中土之时冥府的代名词，也是这一时期佛教徒借助泰山宣传佛教地狱观念的真实反映。三国时期吴国的僧人康僧会翻译的佛经《六度集经》中就将佛教的冥府所在地全部翻译成了"泰山地狱"，如"命终魂灵入于太山地狱，烧煮万毒为施受害也""宁知吾人太山地狱烧煮众痛无极之苦乎"等。除《六度集经》之外，《出曜经》和《五母子经》等佛经也都将佛教地狱的所在地冥府翻译成了泰山。钱锺书就说："经来白马，泰山更成地狱之别名。"①

随着佛教的逐渐兴盛，地狱及轮回转世观念的逐渐形成，十殿阎罗与泰山府君主宰地狱的说法被普遍接受。在道教佛教同时盛行的时代，二家互相吸收对方之长，因此魏晋时期的泰山传说就混杂了许多佛道二家的思想。王元臣《泰山神信仰的源流浅说》一文就说："随着佛教的盛传，道

---

① 钱锺书：《管锥编》（第一册），第289页。

教开始大量融摄佛家之说,组建自家道义体系。佛家的三界、五道、轮回、因果、天堂地狱、劫灾等说,或被原封不动搬进道经,或略加改造而成为道教的东西。这样民间泰山信仰原本没有的一些东西,如对生前善恶的审判,特别是对罪孽处以刑罚,以及执行刑罚的地狱和鬼卒,六道轮回、三世因果、阎罗王、饿鬼等说法也纷纷出现。于是,与中国的判官制度相结合,形成了中国民间信仰中的阴间地狱,东岳大帝也成了主管幽冥十八层地狱及世人生死贵贱的幽冥之王。"① 值得注意的是,随着佛教在南北朝时期的更加深入人心,佛教的因果报应、六道轮回、地狱观念等教义已经完全为中土老百姓所接受,此时的佛教徒不再依附道教来宣扬佛教思想,因此,这一时期佛经中的阴间地狱的所在地也就成了冥府,掌管世人生死的神也就不再是泰山府君,而成了阎罗王,泰山府君以及"泰山地狱"的说法便逐渐淡出了人们的视野,唐五代以后就很少再有"泰山地狱"传说即可见一斑。

综上所述,唐前泰山传说的发展经历了由泰山封禅传说到泰山"治鬼"说再到泰山宗教传说的发展演变过程。秦汉时期泰山封禅传说的盛行,是这一时期"君权神授"思想的反映,也体现了秦汉时期人们对掌管生死的泰山神的崇拜和敬畏。而源于封禅的泰山"治鬼"传说则是人死魂归泰山的中国古代传统观念的体现。考察唐前与泰山有关的宗教传说,可以看出,泰山的宗教传说主要有两大部分,即道教传说和佛教传说。道教讲生,讲修道成仙、长生不老;佛教则讲死,讲因果报应、六道轮回、地狱观念。而泰山神作为一位既管生又主死的神灵,与其有关的道教传说和佛教传说在一定历史时期并没有明确的界限。后汉魏晋时期,随着道教、佛教的兴盛以及二教之间的相互影响,与泰山有关的许多宗教传说也就同时融合了二教的诸多因素。可以说,唐前是泰山传说的鼎盛期,也是泰山宗教传说的鼎盛期。因为唐宋以后,特别是到明清两代,统治者对道教实行抑制政策,道教的发展受到遏制;同时来自道教内部的分化及外部的排挤,使道教走向衰落。在泰山上以最高统治者为主体的封禅祭祀活动虽时有发生,但与唐前各朝帝王频繁的泰山封禅祭祀相比,已相差甚远。代之

---

① 《山东科技大学学报》2005 年第 4 期。

而起的是大规模群众性的泰山朝拜活动，泰山道教由此进入一个新的历史阶段。泰山佛教的衰落，和泰山道教大约是同一时代，"自唐宋以后，泰山佛教趋向衰落。……明代建国，推崇理学，主张以儒治国，对佛教采取控制态度，佛教的发展受到很大限制。清代帝室对佛教虽有兴趣，但从思想统治出发，对内地佛教从严控制，泰山佛教由此日渐衰落"①。正是由于泰山佛教道教的衰落，与泰山相关的上层社会的宗教传说也就日渐减少。代之而起的是与广大民众朝拜泰山有关的民间传说，而这些传说已不属于本书研究的范围。

---

① 刘慧：《泰山宗教研究》，第 196 页。

第十三章　唐前"虹"传说的文化内涵

作为一种自然现象，虹以其亮丽的色彩和独特的形状，引起了古人对它的特别关注，甲骨文中的"虹"字就源于人们对双首之龙的想象，因为虹往往伴随雨天而出现，与龙为水族以及龙能够呼风唤雨的神异功能相关联，所以虹饮水以及古代圣贤感虹而生等传说也都可以看作是龙传说的进一步衍生与演变；在对许多自然现象还无法作出科学解释的年代，虹亮丽的色彩使人们联想到了美貌的女子，加之古代男尊女卑的社会现实，虹的出现又被用来象征女性乱政或男女之事；同时，因为虹的形状又极像古代战争用的兵器"弓"，古人们也将它的出现与战争、兵戈、疾病等一些不祥之事联系在一起。正是因为古人赋予虹如此丰富的文化内涵，因而也就产生了有关虹的各种神奇美丽的传说故事。

第一节　"虹"与龙

据古文字学家考证，下面几个图片就是甲骨文中的"虹"字，前两个图片见于罗振玉的《殷虚书契》（1913 年影印本）；后一个则见于罗振玉的《殷虚书契菁华》（1914 年影印本）：

虹　　　　　虹　　　　　虹
《前编》7·43·2　《前编》7·7·1　《菁华》4·1

　　正是因为"卜辞中虹字象两头蛇龙之形"①，所以后世的古文字学家大都将虹与龙联系在一起。除甲骨卜辞之外，虹的这一形状在秦汉时期的文献典籍中也有论述，《山海经·海外东经》就说："虹虹在其北，各有两首。"许慎《说文解字》也将"虹"字归到了"虫"部，他的解释是"虹，蝃蛛，状似虫。"汉代的武氏祠画像及南阳画像中，也把"虹"刻画成了一条双头的动物。不只如此，在古人看来，虹这种神异的动物还会经常从天上降临人间饮水。甲骨卜辞中已有对虹饮水传说的记载：

　　　有虹出自北，饮于河，在十二月。（《甲骨文合集》13442·正）
　　　戾亦有出虹自北，饮于河。（《甲骨文合集》10405）

　　甲骨卜辞之外，虹饮水的传说，唐前文献多有记载，《埤雅》卷二十就说："世传虹能入溪涧饮水，信然。尝有见夕虹下涧中饮者，虹两头皆垂涧中，使人过涧，隔虹对立，相去数丈之间如隔绡谷。"《释名·释天》也说："蝃蛛，其见每于日在西而见于东，啜饮东方之水气也。"又，《汉书·武五子传》亦曰："是时天雨，虹下属宫中，饮井水，水泉竭。"除饮水外，也有虹饮粥饮酒的记载，很明显是虹饮水传说的衍生与演变。《异苑》卷一就说："晋义熙初，晋陵薛愿有虹饮其釜澳，须臾噏响便竭。愿辇酒灌之，随投随涸，便吐金满釜。"又《太平广记》卷三百九十六引《独异志》亦曰："宋长沙王道邻子义庆，在广陵卧疾，食粥次。忽有白虹入室，就饮其粥，义庆掷器于阶，遂作风雨声，振于庭户，良久不见。"

　　古人以为，既然虹能饮水，形状又酷似"龙"，那么虹也应该是水宫一族，属于"龙"的近亲。这从甲骨文中"龙"的字形可见一斑：

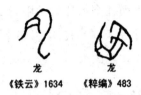

龙　　　　龙
《铁云》1634　　《粹编》483

这两个图片，前者见于刘鹗的《铁云藏龟》（1931年上海蟫隐庐石印本）；后者则见于郭沫若的《殷契粹编》（1937年日本东京文求堂石印本）。与前文甲骨文中的"虹"字字形相比，可以看到二字的字形非常相

---

① 陈梦家：《殷墟卜辞源流》，中华书局1988年版，第243页。

像,不同之处在于:"虹"是长有双头的神异之物,龙则只有一头。龙生活在水中,能飞翔在天空,也能够兴风作雨,将大水吸干,所以古人认为,虹和龙应该同属于一个大的家族,它们的形状有时甚至还可以互相转化。《太平御览》卷十四"天部"引张璠《汉纪》谓汉灵帝时,虹昼见御座殿庭前,蔡邕奏诏时说:"有黑气堕温殿东庭中,如车盖腾起奋迅,五色有头,体长十余丈,形似龙……则天所投虹者也。"又《天中记》卷三引《东瓯后记》也说:"故越王无诸旧宫上有大杉树空,中可坐十余人。越人夏世隆高尚不仕,常之故宫,因雨霁,欲暮,断虹饮于宫池,渐渐缩小化为男子,著黄赤紫之间衣而入树,良久不出。世隆怪异,乃召邻之年少十数人往视之,见男子为大赤蛇盘绕,众惧不敢逼……俄而有一彩龙与赤鹄飞去,及晓,世隆往观之,见树中紫蛇皮及五色蛟皮,欲取以归,有火生树中,树焚荡尽。吴景帝永安三年七月也。"

"龙"在古代被看成是祥瑞之物,圣人的降生,吉兆的来临都往往会有祥龙降临:

> 帝尧陶唐氏,母曰庆都,生于斗维之野,常有黄云覆其上,及长,观于三河,常有龙随之。一旦龙负图而至,其文要曰:亦受天祐,眉八彩,须发长七尺二寸,面锐上丰下,足履翼宿,既而阴风四合。赤龙感之,孕十四月而生尧于丹陵,其状如图,及长,身长十尺,有圣德,封于唐,梦攀天而上,高辛氏衰,天下归之。(《竹书纪年》卷上)

> 高祖,……母曰刘媪。其先刘媪尝息大泽之陂,梦与神遇。是时雷电晦冥,太公往视,则见蛟龙于其上。已而有身,遂产高祖。(《史记·高祖本纪》)

> 周灵王立二十一年,孔子生于鲁襄公之世。夜有二苍龙自天而下,来附徵在之房,因梦而生夫子。(《拾遗记》卷三)

由于虹被看作是双首之龙,所以,帝王感虹而生的传说也很多:

> 李雄,字仲俊,特第三子也。母罗氏,梦双虹自门升天,一虹中断,既而生荡。(《晋书》卷一百二十一)

> 帝挚,少昊氏。母曰女节,见星如虹,下流华渚,既而梦接,意感生少昊。(《宋书》卷二十七)

> 史称：太昊之母，居于华胥之渚。履大人迹意动，虹且绕之，始娠，生帝于成纪。（《诗疑辩证》卷五）

还有一些圣君明王的感生传说，文献记载有感虹而生的，也有感龙而生的：

> 春皇者，庖牺之别号。所都之国，有华胥之洲。神母游其上，有青虹绕神母，久而方灭，即觉有娠，历十二年而生庖牺。长头修目，龟齿龙唇，眉有白毫，发垂委地。（《拾遗记》卷一）

在"青虹绕神母"句下，齐治平注曰："《说郛》本作'青龙'"。而且"长头修目，龟齿龙唇"的春皇庖牺，长相也酷似龙形。除此之外，据《宋书》卷二十七载，感虹而生的舜，也具有"龙颜大口"的长相。所有这些都说明，在古人看来，虹就是两首之龙，甲骨文的"虹"字实际上源于上古先民对双首之龙的想象。

第二节　"虹"与女人

虹亮丽的色彩，又被古人想象成是一位美貌的女子。闻一多早在《高唐神女传说之分析》一文中，对虹与女性的关系就有专门的论述。他认为"虹这东西据汉以来一般的意见，正是有着一种象征的意义的"。闻一多对古代虹的象征意义进行了总结归纳，他指出这些象征意义都与女性有关，其中有一条单以虹象征阴性，也就是专指女性而言。对于"虹为美人"的传说，闻一多也有精辟的论述，他说："不但《高唐赋》所传的虹的化身是一位美人，而且在《诗经》中就已经屡次以虹比淫奔的女子，那很分明的显示着美人虹的传说，当时已经有了。因此你想刘敬叔所谓古语，不是可以一直古到《诗经》的时代吗？"除归纳古代虹的象征意义之外，闻一多还将虹与雨的传说联系在了一起，通过论证认为虹就是一个女子，他说："先姚能致雨，而虹与雨是有因果关系的，于是便以虹为先姚之灵，因而虹便为一个女子。"[①] 又，陈子展先生也说："虹有美彩，把它象征美

---

① 闻一多：《神话与诗》，上海古籍出版社 1985 年版，第 106 页。

人和男女关系之事，也是很古的。"① 可见"美人虹"的名称和故事来自古老的民间传说。

《诗经》《楚辞》之外，文献记载较早将虹与女人联系在一起的，是汉代的刘熙，他在《释名·释天》中说："虹又曰美人。"郑玄在《诗经·鄘风·蝃蝀》"蝃蝀在东，莫之敢指"句下笺云："虹天气之戒，尚无敢指者，况淫奔之女，谁敢指之。"很明显，这里就以虹比淫奔之女。晋代的郭璞给《尔雅》作注时，在"蝃蝀"下亦注曰："俗名为美人虹，江东呼雩。"又，《太平御览》卷十四"天部"引张璠《汉纪》也说："灵帝光和元年，虹昼见御座殿庭前，色青赤。上引蔡邕问之，对曰：'虹蜺，小女子之祥。'"可见，在汉晋时代，虹为美人的说法已在民间广为流传了。

因为中国古代社会"男尊女卑"的封建思想根深蒂固，因此，原本色彩亮丽的"美人虹"的出现经常被看成是女子放荡、淫风盛行的象征。早在春秋战国时期，虹的违时出现或不出现就与女性的不守妇道有关，《逸周书·时训解》曰："虹不见，妇人苞乱。"《易通卦验》也说："虹不时见，女谒乱公。"又，《周书·时训》亦载："清明后十日，虹始见，小雪日，虹藏不见。虹不收藏，妇不专一。"而以虹象征男女之事，在两汉时代则尤为多见，这从当时及后代的文献记载即可见一斑。刘熙《释名》就以虹比男女之事，他说虹"阴阳不和，婚姻错乱，淫风流行，男美于女，女美于男，互相奔随之时，则此气盛"。《诗经·鄘风·蝃蝀》"蝃蝀在东，莫之敢指"句下毛《传》亦云："夫妇礼过则虹气盛。"又，《文子》也说："至治之世虹蜺不见，见则夫妇过礼。"闻一多总结的虹的古代象征意义中，除一条单以虹象征阴性外，其他两条都讲男女之事，即以虹象征阴阳二气交接之象和阴淫于阳。前述陈子展也说，虹不但象征美人，也被用来象征男女之事。袁珂也曾对虹蜺所蕴含的象征意义详加论证，他说："虹蜺之见，古人认为'阴阳交'……《诗经·曹风·候人》：'荟兮蔚兮，南山朝隮，婉兮娈兮，季女斯饥。''朝隮'即朝虹，'斯饥'，饥于爱也；则虹所象征者，亦已明矣。"② 笔者认为，以虹蜺象征男女之事与古代

① 陈子展：《国风选译》，上海古籍出版社1983年版，第127页。
② 袁珂：《中国神话传说辞典》，上海辞书出版社1985年版，第265页。

人们对"云雨"所具有的隐晦意义的解释有关，"古人以'云雨'为万物化生之始，进而指男女性爱。虹分雌雄阴阳，为云雨之气象，故又以其隐语性爱"①。正是因为在古人的观念中，虹的出现隐喻男女性爱，所以才有"蝃蝀在东，莫之敢指"的说法，而这正好反映了中国古人对男女情事的特殊心态。

在汉代及后世的文献中，虹的出现也常被用来隐喻后妃乱政，如：

> 灵帝光和元年六月丁丑，有黑气堕北宫温明殿东庭中，黑如车盖，起奋讯，身五色，有头，体长十余丈，形貌似龙。上问蔡邕，对曰："所谓天投蜺者也。不见足尾，不得称龙。"《易传》曰："蜺之比无德，以色亲也。"《潜潭巴》曰："虹出，后妃阴胁王者。"（《后汉书·五行志》）

> 白虹贯牛山，管仲谏曰："无近妃宫，君恐失权。"齐侯大惧，退去色党，更立贤辅，使后出望，上牛山四面听之，以厌神。宋均注曰："山，君位也。虹蜺，阴气也。阴气贯之，君惑于妻党之象也。望谓祭以谢过也。"（《春秋文曜钩》）

> 后妃擅国，白虹贯日。（《易传》）

> 咸康二年七月，白虹贯日。自后庾氏专政。由后族而贵，盖亦妇人擅国之义，故频年白虹贯日。（《晋书》卷十二）

笔者以为，所有这些都是民间美人虹传说在发展演变的过程中被赋予政治色彩的反映。古人之所以以虹的出现象征女人乱政，是有其时代的原因的。汉代自武帝"罢黜百家，独尊儒术"后，儒家思想一统天下，对女性的限制就更加苛刻，《礼记·丧父·子夏传》即云："妇人有三从之义，无专用之道。故未嫁从父，既嫁从夫，夫死从子。"又，西汉经学家刘向撰写《列女传》，用以宣传妇德，该书共七卷，分为母仪、贤明、仁智、贞顺、节义、辩通、孽嬖七大类，"这些教义都是历代妇女所遵循的准则，特别是母仪、贞顺、节义，其正面养子教子、相夫佐夫，从胎教开始一直到贞顺，谨言慎行，到节义之'必死无避'都为后世妇女奉为圭臬"②。如

---

① 周丙华：《甲骨文"虹"字文化考释》，《中国文化研究》2009 年春之卷。
② 汪玢玲：《中国婚姻史》，上海人民出版社 2001 年版，第 104 页。

果说刘向《列女传》对女性的教义尚可接受的话,东汉女学者班昭的《女诫》七篇,对妇女自身的贬抑和压制到了不可容忍的地步,班昭在《女诫》七篇中,"大倡妇女生来就'卑弱'低下,理应男尊女卑,谨遵妇教,事事谨顺、曲从之类的封建教条"①。班昭的这些论断与统治阶级的意愿完全相符,因此她备受皇家重视,并被推为女圣。在这样一个时代风气的影响约束之下,两汉女性自然是被要求三从四德,足不出户了,而民间传说中象征美人的色彩亮丽的虹一旦出现在天空,必然会引起封建卫道士的惊慌,他们认为,上天下虹就是后宫女人乱政或皇帝荒淫好色而荒政的反映,因而,虹的出现也往往引起统治者的警戒。

在古代的民间传说中,单出的虹一般用来指女性,但如果天空同时出现两道彩虹,那就有雄雌之分了。《尔雅·释天》"虹"下疏曰:"虹双出,色鲜者为雄,雄曰虹,暗者为雌,雌曰蜺。"又,《埤雅》卷二十亦曰:"虹,雄曰虹,雌曰霓。旧说虹常双见,鲜盛者雄,其暗者雌也。"郭沫若在解释"蜺"字时也说:"象雌雄二虹而两端有首。……盖古人以单出者为虹,双出者为蜺。"② 因此,在民间传说中,不仅虹蜺为阴阳相交之气,而且雄性的虹还会和人间的女子幽会并生子,《搜神后记》卷七曰:

> 庐陵巴邱人陈济者,作州吏。其妇秦,独在家。常有一丈夫,长丈余,仪容端正,著绛碧袍,采色炫耀,来从之。后常相期于一山涧间。至于寝处,不觉有人道相感接。如是数年。比邻人观其所至辄有虹见。秦至水侧,丈夫以金瓶引水共饮,后遂有身,生儿如人,多肉。济假还,秦惧见之,乃纳儿著瓮中。此丈夫以金瓶与之,令覆儿,云:"儿小,未可得将去。不须作衣,我自衣之。"即与绛囊以裹之,令可时出与乳。于时风雨暝晦,邻人见虹下其庭,化为丈夫,复少时,将儿去,亦风雨暝晦。人见二虹出其家。数年而来省母。后秦适田,见二虹于涧,畏之。须臾见丈夫,云:"是我,无所畏也。"从此乃绝。

这是有关雄性虹与民间女子恋情的传说故事。在今天的哈尼族民俗中,至

---

① 汪玢玲:《中国婚姻史》,第 104 页。
② 郭沫若:《郭沫若全集考古编卷二》,科学出版社 1983 年版,第 388 页。

今还流传着类似的传说："雨后彩虹横空，妇女在山上喝水，遇之则肚子变大，那就是虹神为祟。"① 不仅如此，人间夫妇也可以化为虹，南朝刘敬叔《异苑》卷一就说："古语有之曰：古者有夫妻荒年菜食而死，俱化成青绛，故俗呼'美人虹'。"所有这些都反映出虹为美女以及虹有雌雄之分等传说在民间的广泛传播。

第三节 "虹"与弓

东汉许慎《说文解字》曰："虹，蟾蝫也，状似虫。从虫，工声。"《释名》则曰："虹，攻也，纯阳攻阴之气。"《礼说》卷八也说："虹之言攻，其攻也，不在日侧，而当日冲。"显然，"虹，攻也"之意是从"虹，工声"而来的。《白虎通》曰："天弓，虹也。又谓之帝弓。"慧琳《一切经音义》亦曰："天弓亦帝弓，即天虹，俗名绛。"又，赵德麟《侯鲭录》卷四也说："天弓，即虹也。又谓之帝弓。"这是就虹的形状而言。除从文字本身释读"虹"与"攻""弓"的关系之外，也有学者认为虹实际上就是上古神话中后羿射日时所用的神弓，丁山对这一说法有着详细的论述，他说："雨滴映日成虹，虹的弧度，转而向日，若以弓射日者然。《天问》所谓'羿焉日'，当由天弓射的喻意演成。《说文》弓部引《天问》作'弯焉弹日'，形容日在虹的弧然之外，仿佛天弓弹出的弹丸，尤为妙肖！而羿字特从弓作弯，足见屈原作《天问》时，已有虹为天弓之说，后羿善射的故事，必然自虹光弹日的喻言逐渐演绎而成。"② 在此基础上，丁山做了进一步的分析，他认为后羿又号有穷氏，而繁体字"窮"就是"苍穹"的俗字："盖穹从穴，象天体之穹窿；从弓，弓亦声。凡《左传》《天问》所谓'有穷'，均当为穹，穹为天弓……然则后羿之号有穷氏，或曰穷石，或曰阻穷，毋宁说是天弓的喻言。要而言之，有穹者虹也，夷羿者霓也；

---

① 袁珂：《中国各民族宗教与神话大词典》，学苑出版社 1990 年版，第 157 页。
② 丁山：《中国古代宗教与神话考》，上海龙门联合书局 1961 年版，第 262 页。

虹霓也者，正是古代人所盛赞的弓神与射神了。"① 不只在中国，世界其他国家也有大量虹为神弓的神话，如法国、以色列等地的神话中，虹是耶和华的弓；在印度的神话中，虹则是雷神和战神因陀罗的弓，而在芬兰的神话中，虹也是雷神切尔米斯的弓。

正是因为人们总是将虹与"攻"以及古代战争用的兵器"弓"联系在一起，因此，在古人看来，虹的出现又往往预示着兵戈、疾病等不祥之事。早在甲骨卜辞中，虹的出现就被看成是灾祸降临的征兆，如：

> 庚寅卜……虹，不惟年。(《甲骨文合集》13443)
>
> ……庚吉……其……有祾虹于西…… (《甲骨文合集》13444)
>
> 允有祾，明有各（格）云自……昃夜有祾，出虹自北……于河，在十一月。(《甲骨文合集》13442)

虹的出现象征灾异之事的说法，后世文献更为多见，《淮南子·天文训》就说："虹霓彗星者，天之忌也。"《后汉书·五行志》亦曰："灵帝光和元年六月丁丑，有黑气堕北宫温明殿东庭中……上问蔡邕，对曰：'所谓天投蜺者也。……'又曰：'五色迭至，照于宫殿，有兵革之事。'"又，《黄帝占军决》也说："攻城有虹欲攻之应。"古人之所以将虹的出现与灾异之事联系起来，并不是偶然的。上古时代，由于科学技术的不发达，人们对一些自然现象还无法做出合理的解释，在他们看来，自然界异常现象的出现都是上天对下民的警示，因此，他们往往用各种天象来占验、隐喻人事的变化。加之春秋战国时期各国之间战乱的频繁爆发、阴阳五行学说的盛行等，出现时间短，视觉冲击力强，形状如弓形兵器的虹蜺，就很容易让人们把它同流血兵乱、大旱瘟疫等灾异之事联系在一起。

从唐前的文献记载可以看到，在预示灾异之事的虹中，白虹是最常见的，也是最有凶兆的。首先，白虹的出现往往预示着兵戈之事，如：

> 《史记》卷八十三曰："昔者荆轲慕燕丹之义，白虹贯日，太子畏之。"该句下如淳注曰："白虹，兵象。日为君。"
>
> 《三国志·吴志》曰："白虹见其船，还拜蒋陵，白虹复绕其车，及将见，驻车宫门，峻已伏兵于帷中。"

---

① 丁山：《中国古代宗教与神话考》，第 263 页。

《晋书》卷十二曰："（愍帝建兴）五年正月庚子，三日并照，虹蜺弥天，日有重晕，左右两珥。占曰：白虹，兵气也。三四五六日俱出并争，天下兵作，丁巳亦如其数。"

《宋书》卷二十四曰："光熙元年十二月甲申，有白气若虹，中天北下至地，夜见，五日乃灭。占曰：大兵起。"

白虹的出现，不但预示着兵戈之事，而且也预示着国家的灭亡或者当朝君王的被废或驾崩。湖南长沙马王堆汉墓出土的《天文气象占》帛书中就有"赤虹冬出，主□□，不利人主。白虹出，邦君死之"的占辞。《宋书·五行志》则曰："太和六年三月辛未，白虹贯日，日晕五重。十一月，桓温废帝。"《十六国春秋》卷三十八也说："是年，日在东，并有白虹十余丈在南。干日灾在秦分，识者以为秦亡之象。"又，《文献通考》卷二百九十四亦曰："十二年二月壬寅，白虹见西方。占曰：有丧。后一年，帝崩。"其次，就个人而言，白虹的出现，也往往预示着灾祸的降临。《宋书》卷五十曰："义庆在广陵，有疾。而白虹贯城，野麋入府，心甚恶之，固陈求还。"《三国志·吴志》也曰："诸葛恪自新城出住东兴，有白虹见其舡，还拜蒋陵，白虹绕其车，后遂被诛。"又，《晋书》卷十二亦曰："凡白虹者，百殃之本。……凡夜雾白虹见，臣有忧；昼雾白虹见，君有忧；虹头尾至地，流血之象。"再次，白虹的出现也常被用来隐喻后妃乱政，这在前文已有论述，不再赘言。总之，白虹的出现，所预示的不祥之兆主要有兵祸蜂起、政变无常、臣下叛乱、民众生怨、后妃乱政、地方造反等。

除白虹之外，青虹、黑虹等的出现，也都预示着不祥的征兆。《资治通鉴》卷五十七曰："秋七月壬子，青虹见玉堂后殿庭中。诏召光禄大夫杨赐等诣金商门，问以灾异及消复之术。赐对曰：'《春秋谶》曰：天投蜺，天下怨，海内乱。'"祖冲之《述异记》亦曰："张骏薨，子重华嗣立，虎遣将军王擢攻拔武御始与，进围枹罕。重华遣宋辑率众拒之。济河，次于金城，将决大战。乃日有黑虹下于营中，少日，辑病卒。"宋代许洞《虎钤经》卷十八"虹蜺"第一百七十九对各种颜色的虹与兵戈之事的关系作了详细地记述：

攻敌人之城，有虹蜺屈曲从外入者，三日内城屠。五色虹蜺饮军井者，大凶，移营避之。虹蜺垂营中者，亦败兆也。五色虹蜺绕城，

城中将乱，急攻之。白虹见于军上者，军败流血。白虹贯中，师不可
出。白虹绕城而不匝者，从不匝处攻之，必拔矣。绕城而匝者，即俟
从渐错处攻之。赤虹从天直垂地者，所垂之地敌兵至。十一月屈虹
出，破军败将。天有白虹如雾者，营中防奸贼及兵将反。黑虹所见之
地，大水到其处，利于高处置营。赤虹半隐云上，有火灾，亦当败。
黄虹在营上，吏士多惊扰。青虹亦如之，不为灾。

可以看到，虹的出现预示灾异之事的说法由来已久。特别是从汉代开始，
在董仲舒天人感应思想以及东汉谶纬思想的影响下，这一说法更加深入人
心。这从《史记》及其后代史书对有关虹霓的记述即可见一斑。不只是古
代中国，世界其他地方的人们也认为虹的出现往往预示着不祥之事的发
生，法国人类学家列维 – 斯特劳斯在对南美洲的虹蜺神话研究后指出：
"南美洲土著思维认为短时间间隔域意义上的色彩具有邪恶性，因此，他
们的神话把虹霓同毒物和时疫联系起来。"① 在中国古代，虹蜺出现所预示
的不祥之兆，除虹的"弓"形形状之外，与人们在思维深处认为虹在色彩
上具有邪恶性的想法也不无关系。正是由于上述原因，自然界原本色彩美
丽的虹，在古人的眼里，成了灾凶的象征，千百年来蒙受着不白之冤。

除对虹与龙、虹与女性以及虹与灾异之事等方面文化内涵的探究之
外，在唐前传说中，虹还常常被看作是一座色彩艳丽的彩虹桥。虹与桥的
联系也来源于甲骨文虹字字形，在对甲骨文虹字字形的研究中，大多数
学者都认为虹字像是双首之龙，但也有学者提出了不同的看法，叶玉森在
释读甲骨文虹字时就说："象桥梁形，疑桥之初文。"② 同时雨后挂在天空
的色彩艳丽的虹，其形状确实犹如一座美丽的彩虹桥。就是由于上述原
因，古人也常常将虹与桥联系起来。在传说中，彩虹桥主要是连接天与
地，神与人的神奇之物，而且这座色彩艳丽的桥也只供给神灵或特殊的人
群使用，普通的平民百姓是无法登上这座神奇之桥的。考察有关文献可以
看到，有关彩虹桥的传说多见于后世，唐前文献鲜有记述，因此不再详论。

---

① ［法］列维 – 斯特劳斯：《神话学：从蜂蜜到烟灰》，周昌忠译，中国人民大学出版社
2007 年版，第 286 页。

② 叶玉森：《殷墟书契前编集释》（卷七），上海大东书局石印出版 1933 年版。

正是由于虹与桥的联系，后世文人也经常以虹喻桥，如唐人张鷟《朝野佥载》卷五在形容赵州桥时就说："望之如初日出云，长虹饮涧。"李白有诗亦云："安得五彩虹，架天作长桥"。

　　纵观唐前虹传说的文化内涵可以看到，虹饮水的传说，一方面是上古先民看到雨后出现在天空的虹的两端伸在水中，无法解释这一自然现象而产生的想象；另一方面也与虹被看作是双首之龙有关。除此之外，虹所具有的美人意象以及虹的弓形形状则被古人看作是不祥的征兆。虹之所以被赋予如此之多的文化内涵，与不同历史时期的政治背景、文化思潮以及民众的价值取向密切有关。总而言之，被上古先民看作是双首之龙的虹，因为是龙的近亲而赋予它与龙相似的神异功能；虹的美人意象则隐喻了千百年来中国封建社会女性的不公正待遇；而虹所蕴含的"攻""弓"等文化内涵，则带有明显的天人感应思想的烙印。

第十四章 "桃花源"：现实中的洞天仙境

　　"桃花源"故事是陶渊明在《搜神后记》卷一中描述的一个没有战争、没有阶级、和平安宁、人人怡然自乐的世外仙境。结合陶渊明所处的时代背景，通过对他本人思想信仰的深入研究，我们发现，"桃花源"故事的最终出现，经历了一个由道书中的"洞天仙界"到反映一定生活本质的演变过程。剥离包裹着"桃花源"故事的厚厚的宗教外衣，可以看到，"桃花源"故事体现的是战乱之中朝不保夕的广大平民百姓对和平安宁生活的向往。本书将从"桃花源"故事与道教的渊源入手，层层剖析，探索隐藏在这一故事背后的深厚的文化内涵。

第一节 "桃花源"传说与道教仙境

　　东汉末年道教创立并逐渐兴盛，得道成仙也就成了很多道教徒追求的终极目标。早在东晋时期，上清派道书中就已经提到十大洞天、三十六小洞天之说，如《真诰·稽神枢》曰："大天之内有地中之洞天三十六所。"又，《道迹经》亦云："五岳及名山皆有洞室。""七十二福地"一词则见于南北朝道书，《敷斋威仪经》就有"二十四治、三十六靖庐、七十二福地、三百六十五名山……"的说法。在道教徒看来，十大洞天、三十六小洞天、七十二福地充满了仙道灵异，《真诰·稽神枢》谓句曲山（茅山）"洞虚内观，内有灵府……清虚之东窗，林屋之隔沓……真洞仙馆也"。又《洞天福地岳渎名山记·序》引《龟山玉经》也说，三十六洞天"别有日月星辰灵仙宫阙，主御罪福，典录死生，有高真所据，仙王所理"。唐代司马承桢在《天宫地府图》中完整地提出了十大洞天、三十六小洞天、七十二福地的说法，并逐一做了详细的解释：

> 十大洞天者，处大地名山之间，是上天遣群仙统治之所。三十六小洞天在诸名山之中，亦上仙所统治之处也。
>
> 七十二福地，在大地名山之间，上帝命真人治之，其间多得道之所。（《云笈七签》卷二十七）

由上述解释可见，十大洞天、三十六小洞天、七十二福地就是神仙道教所谓的"仙界"，在道教徒看来，世间凡人只要进入任一洞天就可以成仙，因此，汉末魏晋时期的志怪小说中就有很多有关凡人进入仙窟异境并最终成仙的传说故事，现举几例如下：

> 邗子者，自言蜀人也。好放犬子，时有犬走入山穴，邗子随入十余宿，行度数百里，上出山头，上有台殿宫府，青松树森然。仙吏侍卫甚严，见故妇主洗鱼，与邗子符一函并药，便使还与成都令桥君，桥君发函，有鱼子也。著池中养之，一年皆为龙形。复送符还山上，犬色更赤，有长翰，常随邗子往来百余年，遂留止山上。时下来护其宗族。蜀人立祠于穴口，常有鼓吹传呼声。西南数千里共奉祠焉。（《列仙传》"邗子"条）
>
> 其山又有灵洞，入中常如有烛于前。中有异香芬馥，泉石明朗。采药石之人入中，如行十里，迥然天清霞耀，花芳柳暗，丹楼琼宇，官观异常。乃见众女，霓裳冰颜，艳质与世人殊别。来邀采药之人，饮以琼浆金液，延入璇室，奏以箫管丝桐。饯令还家，赠之丹醴之诀。虽怀慕恋，且思其子息，却还洞穴，还若灯烛导前，便绝饥渴，而达旧乡。已见邑里人户，各非故乡邻，唯寻得九代孙。问之，云："远祖入洞庭山采药不还，今经三百年也。"其人说于邻里，亦失所之。（《拾遗记》卷十"洞庭山"）

除此之外，《幽明录》中的"黄原"条、"刘晨阮肇"条，《搜神后记》卷一中的"袁相、根硕"条等都是流传于这一时期的"仙窟"传说。可以看到，这类故事中不论是邗子走入的具有"台殿宫府"的仙境，还是洞庭山采药之人所入的"灵洞"，都是通过洞穴进入的。再看陶渊明的"桃花源"故事，武陵渔人也是从一个洞穴进入并发现桃花源的："林尽水源，便得一山，山有小口，仿佛若有光。便舍舟，从口入。初极狭，才通人。复行数十步，豁然开朗，土地旷空，屋舍俨然。"而洞穴，则是道教仙界的入口，这在道书中多有描写：

> 中茅山东有小穴，穴口才如狗窦，劣容人入耳，愈入愈阔。……又道路远，不如小阿穴口直下三四里，便径至阴宫东玄掖门，入此穴口二百步，便朗然如昼日。（《真诰·稽神枢》第一）

> 东北有小口，才劣容人入，入二三百步乃得洞室。初入口甚急，愈入愈宽大也。口外南面有三积石。积石小有汧，索即可得也。亦或以一小石掩穴口，穴口大小，俱如华阳三便门，便门亦用小石塞其口。（《真诰·稽神枢》第四）

在上述传说故事中，邗子眼中的洞穴世界是"上有台殿宫府，青松树森然，仙吏侍卫甚严"，洞庭山采药之人则看到灵洞中"天清霞耀，花芳柳暗，丹楼琼宇，宫观异常"，陶渊明的"桃花源"故事讲述洞穴中的世界也是"土地旷空，屋舍俨然。有良田、美池、桑竹之属。阡陌交通，鸡犬相闻。男女衣著，悉如外人。黄发垂髫，并怡然自乐"，而在道经中也不乏对洞天仙界的描述：

> 自说初入乃小晻，须火而进，然犹自分别；……隐居行当出一千里，不复冥晻，自然光照，如白日大道，高燥扬尘；左右有阴阳沟，三十里辄有一石井，水味甘美，饮之自饱不饥。或见人马之迹，旁入他道；……上所极，仰视如天，而日光愈明，明如日盛中时。又不温不凉，和气冲然，闻芳香之气郁勃，终而不休。及道旁，有房屋亭传，奇玮雕镂，不可名目。既至众道口，周行广狭，隐居回帀，相去可四五十里。……其间植林树成行，绿叶紫荣，玄草白华，皆不知其名也。五色自生，七宝光耀晃晃，飞凤翔其巅，龙鳞戏其下，斯实天地之灵府，真人之盛馆也。（《太上灵宝五符序》）

> 人卒出入者，都不觉是洞天之中，故自谓是外之道路也。日月之光既自不异，草木水泽又与外无别，飞鸟交横，风云荟郁，亦不知所以疑之矣。所谓洞天神宫，灵妙无方，不可得而议，不可得而罔也。世人采药，往往误入诸洞中，皆如此，不便疑异之。（《真诰·稽神枢》第四）

可以看到，不只凡人进入仙境的入口与道书中对洞天仙界入口的描写相同，凡人眼中洞天仙界的景象也与道书中的描述颇为相似。实际上，如果细究还会发现，"桃花源"故事一开始渔人"忽逢桃花林，夹岸数百步，中无杂树，芳华鲜美，落英缤纷"的美丽景象也不是随意的安排，而与中国古代传统的仙道思想及后来道教思想的影响密不可分。

第二节　"桃"意象的道教文化内涵
与"桃花源"名称的由来

在中国古代传统的仙道思想中，桃很早就被认为是延年益寿之物，如：

> 葛由者，羌人也。周成王时，好刻木羊卖之。一旦骑羊而入西蜀，蜀中王侯贵人追之，上绥山，在峨嵋山西南，高无极也。随之者不复还，皆得仙道。故里谚曰："得绥山一桃，虽不得仙，亦足以豪。"山下立祠数十处云。（《列仙传》）

> 东方有树，高五十丈，叶长八尺，名曰桃。其子径三尺二寸，和核羹食之，令人益寿。（《神异经》）

东汉后期，道教产生以后，受中国古代传统仙道思想的影响，桃更被道教徒看作是长生之果。在托名汉代人作的笔记小说《汉武故事》和《汉武帝内传》中，西王母在七月七日会见汉武帝时，就带了几颗仙桃给汉武帝："（西王母）因出桃七枚，母自啖二枚，与帝五枚。"并告诉汉武帝，吃了这种桃子可以长生不死："（母）又致三桃曰：'食此可得极寿。'"魏晋南北朝时期，有关桃为长生之果的寓意已被人们广泛接受，这一时期的志怪小说中也出现了很多与桃有关的神话传说。如：

> 武陵源在吴中山，无他木，尽生桃李，俗呼为桃李源。源上有石洞，洞中有乳水。世传秦末丧乱，吴中人于此避难，食桃李实者皆得仙。（任昉《述异记》）

刘义庆《幽明录》"刘晨阮肇"条中，也记载了刘、阮二人在迷路不得返，几近饿死的情况下，吃了桃子并遇女仙且最终成仙的故事。值得注意的是，在这个故事中，洞天仙界中的女仙们在遇喜事互相道贺时，也往往以桃作为馈赠的佳品："食毕行酒，有一群女来，各持五三桃子，笑而言：
'贺汝婿来。'"除此之外，《拾遗记》卷六也有"王母之桃，王公之瓜，
可得而食，吾万岁矣，安可植乎"的记载。

在中国的传统文化中，娇艳美丽的桃花也使人们常常将它与容貌美丽
的女子联系在一起。早在《诗经》中就有"桃之夭夭，灼灼其华"这样用
桃花来形容女子美丽容貌的诗句。清代学者姚际恒在《诗经通论》中评论
《桃夭》时说："桃花色最艳，故以取喻女子，开千古词赋咏美人之祖。"
《诗经》之外，后世的诗词中还有很多用桃花来表现女性容貌的诗句，如
唐代韦庄的《女冠子》曰："依旧桃花面，频低柳叶眉。"崔护的《题都
城南庄》也说："去年今日此门中，人面桃花相映红。人面不知何处去，
桃花依旧笑春风。"又，宋代柳永《满朝欢》说："人面桃花，未知何处，
但掩朱扉悄悄。"清代黄遵宪《不忍池晚游诗》其七也说："鸦背斜阳闪闪
红，桃花人面薄纱笼。"在道教徒看来，那些成仙得道之人，也是"色如
桃花"：

> 伯山甫者，雍州人也。在华山中，精思服饵，时时归乡里省亲，
> 如此二百余年不老。……见其外生女年老多病，将药与之。女服药时
> 年七十，稍稍还少，色如桃花。……此女后入华山得仙而去。(《神仙
> 传》卷三)

> 太阳女者，姓朱名翼。敷演五行之道，加思增益，致为微妙，行
> 用其道，甚验甚速。年二百八十岁，色如桃花，口如含丹，肌肤充
> 泽，眉鬓如画，有如十七八者也。奉事绝洞子，丹成以赐之，亦得仙
> 升天也。(《神仙传》卷四)

> 淮南王安好道术。设厨宰以候宾客。正月上辛，有八老公诣门求
> 见。门吏白王，王使吏自以意难之。曰："吾王好长生，先生无驻衰
> 之术，未敢以闻。"公知不见，乃更形为八童子，色如桃花。王便见
> 之，盛礼设乐，以享八公。…… (《搜神记》卷一)

显然，上述几例仙道传说中的"色如桃花"，并非单指貌美如桃花，更是
指长寿，气色好。后代老人过寿，常常摆寿桃，并送与桃有关的寿礼，也
是希望老人能够延年益寿。由于桃被称为长生之果，桃树也就成为不死之
树，传说中的道教仙界也经常会种植桃树，如《拾遗记》卷三就说："扶

桑东五万里，有磅磄山。上有桃树百围，其花青黑，万岁一实。"《恒真人升仙记》中的"洞天福地"也有这样的描述："有长年之光景，日月不夜之山川。……桃树花芳，千年一谢。"另外，《西游记》中，道教女仙的最高领袖王母娘娘也有蟠桃园。而被看作是道家秘籍的《山海经》中更有多处有关桃树、桃枝、桃林的记载，如：

> 夸父之山……其北有林焉，名曰桃林。(《中山经》)
>
> 又北百一十里曰边春之山，多葱、葵、韭、桃、李。(《北山经》)
>
> 又南八百里曰岐山，其木多桃、李，其兽多虎。(《东山经》)
>
> 又南水行七百里曰孟子之山，其木多梓、桐，多桃、李，其草多菌蒲，其兽多麋鹿。(《东山经》)
>
> 又东北百五十里曰骄山，其上多玉，其下多青䨼，其木多松、柏，多桃枝、钩端。(《中山经》)

除此之外，《山海经·海外北经》"夸父逐日"神话说："夸父与日逐走，入日。渴欲得饮，饮于河渭；河渭不足，北饮大泽。未至，道渴而死。弃其杖，化为邓林。"毕沅注云："邓林即桃林也，邓、桃音相近。"既然桃、桃树与中国古代传统仙道思想以及道教神仙思想有着如此深厚的文化渊源，那么，"桃花源"名称的由来，应该不是陶渊明的随意安排，而是作者精心设置的结果。据文献记载，陶渊明非常喜欢《山海经》，他不但认真研读《山海经》，还写了组诗《读〈山海经〉诗》十三首。其中《读〈山海经〉诗》第九首也有"余迹在邓林，功竟在身后"的诗句。笔者以为陶渊明之所以将他心目中的理想社会命名为"桃花源"，是受神仙道教思想影响的结果。

第三节　"桃花源"传说与陶渊明的宗教信仰

由前文所述可见，不但"桃花源"故事中渔人进入"桃花源"的途径以及"桃花源"社会的美丽景象，与道书所描写的"洞天仙境"极为相似，而且"桃花源"名称的由来，也深受神仙道教思想的影响。如果深究其中缘由，我们就会发现，"桃花源"故事之所以与道教有着如此深厚的渊源，与陶渊明本人的宗教思想信仰密切相关。

　　早在20世纪40年代，陈寅恪就曾发表论文，对陶渊明的思想信仰作了分析和论证，陈寅恪认为陶渊明是天师道的教徒。在《魏书司马睿传江东民族条释证及推论》① 一文中，陈寅恪在考证溪人的缘起时，根据东晋大将军陶侃的三位后裔绰之、袭之、谦之三人名中均含"之"字这一事实，推断陶氏一族似属天师道信徒。范子烨在陈寅恪所作研究的基础上，发表了《陶渊明的宗教信仰及相关问题》（以下简称范文）② 一文，以中古时期的宗教和其家族两个方面作为论证的着眼点，将《宋书》卷九三《隐逸列传》中"陶渊明'我不能为五斗米折腰，向乡里小儿'"的相关记载以及其同年所作诗《庚戌岁九月中于西田获早稻》所反映的意境作为推理论证的缘起，进一步认为"上述两个令人困惑的现象，皆与陶公天师道（俗称五斗米道）信徒身份以及相关的宗教信仰有关"③。范子烨从四个大的方面剖析了陶渊明的宗教信仰及相关问题，首先，范文在陈寅恪所作研究的基础上做了进一步的补正，根据陈寅恪《崔浩与寇谦之》一文"盖六朝天师道信徒之以'之'字为名者颇多，'之'字在其名中，乃代表其宗教信仰之意，如佛教徒之以'昙'或'法'为名者相类。东汉及六朝人依公羊春秋讥二名之义，惯用单名。故'之'字非特专之真名，可以不避讳，亦可省略。六朝礼法士族最重家讳，如琅琊王羲之、献之父子同以'之'为名，而不似为嫌犯，是其最显著之一例证也"④ 的论述，范子烨又举钟嵘《诗品》下品中"齐朝请许瑶之"一句为例，经过论证后进一步认为："许瑶之和许瑶的关系，就如同寇谦之和寇谦的关系一样，其名字中的'之'代表着道教信仰。"⑤ 基于上述论证，范文进一步认为，正因为陶侃的三位后裔名中均含"之"字，所以陶氏一族实属天师道教徒。其次，为进一步证实陶渊明信仰道教，范文又从陶渊明的服食养生与"临终高态"方面作了探究。范子烨认为，陶渊明喜爱菊花，"不仅出于诗人的审

---

① 陈寅恪：《金明馆丛稿初编》，上海古籍出版社1980年版，第69—106页。
② 《文史》2009年第3辑，中华书局2009年版，第111—157页。
③ 《文史》2009年第3辑，第112页。
④ 陈寅恪：《金明馆丛稿初编》，第108页。
⑤ 《文史》2009年第3辑，第115页。

美情致，还与菊花的养生功能有密切的关系"①。陶诗《饮酒》二十首中的第七首、第五首以及其《九日闲居》诗等都说明，陶渊明有饮用菊花酒的习惯。除此之外，范文还从陶渊明诗经常化用嵇康诗文以及喜读《穆天子传》和《山海经》等道家秘籍等方面论证陶渊明重养生的思想。"嵇康的《养生论》和《答难养生论》，提倡服食养生，其为魏晋时代神仙道教之代表人物，自然为陶公所关注"②。再次，范文还从陶渊明的家族关系论证陶渊明的宗教信仰。论文重点讨论了陶氏家族内部以及浔阳陶氏与新淦湛氏、浔阳翟氏、琅琊王氏的关系，通过对这五个家族的某些重要人物的考察进一步探究陶渊明的思想信仰。通过论证，范子烨认为，不论是浔阳陶氏家族的陶谈、陶敬远，还是丹阳陶氏的陶弘景，新淦的湛氏（陶侃的母亲）、湛方生，浔阳的翟氏（陶渊明之妻）、翟道深、翟道渊以及琅琊王氏的王弘、王羲之、王凝之等，都与陶渊明有着或亲或疏的联系，而这些家族则主要信奉天师道，陶渊明受家族及其周边关系的影响，也信奉天师道。最后，范文也从陶渊明始作镇军参军与浙江天师道的关系方面论证了陶渊明的思想信仰，不再一一引述。总之，从陈寅恪和范子烨的论证可以确定，陶渊明是一位信仰天师道的道教徒。虽然"从主要倾向看，陶公是反对道教的神仙不死、长生久视之说的"③，然而，"陶渊明虽不似主旧自然说者之求长生而学神仙，然其天师道之家传信仰终不能无所影响，其《读山海经》诗云：'泛览周王传，流观山海图。'盖《穆天子传》《山海经》俱属道家秘笈，而为东晋初期人郭璞所注解。景纯本是道家方士，故笃好之如此，渊明于斯亦习气未除，不觉形之吟咏，不可视之偶尔兴怀，如《咏荆轲》《三良》《读史述》《扇上画赞》之类也"④。詹石窗先生也说："从有关陶潜生平记载资料中虽然看不出他本身与道教的直接关系，但他的诗文却隐约留下了老庄、道教的思想烙印。所谓'人生似幻化，终当归空无'，这便是对世俗生活厌倦情绪的表露。既然人生无常，不如委运乘化，乐天知命。这与庄子的思想十分相似。陶潜喜读《山海经》《穆

----

① 《文史》2009 年第 3 辑，第 116 页。
② 《文史》2009 年第 3 辑，第 119 页。
③ 《文史》2009 年第 3 辑，第 120 页。
④ 陈寅恪：《金明馆丛稿初编》，第 204 页。

天子传》,作有《读〈山海经〉诗》,以表述他追求宁静隐逸生活的情操。他的诗作虽无'成仙'一类字眼,但其癖好奇异,则与郭璞一类人物基本相同。"①

在确定陶渊明作为一位信仰天师道的道教徒以后,陈寅恪总结说:"在纪实上,《桃花源记》是坞壁的反映,在寓意上,《桃花源记》是陶潜思想的反映。"② 在陶渊明的《桃花源记》中,"桃花源"人的先祖"为避秦时乱,率妻子邑人来此绝境,不复出焉",陈寅恪认为这与汉末魏晋时期人们为避战乱迁徙险要之地,屯聚坞堡的生活颇为相似。他说:"《桃花源记》虽为寓意之文,但也是西晋末年以来坞垒生活的真实写照。真实的桃花源应在北方的弘农或上洛,而不是南方的武陵。桃花源居人先世所避之秦应为苻秦,而非嬴秦。《桃花源记》纪实部分乃据义熙十三年春夏间刘裕率师入关时,戴延之等所见所闻的材料写成。"③ 在此基础上,陈寅恪作了进一步的论述,他说:"《桃花源记》中所谓'土地平旷'者与皇天原'平博方可里余'相合;所谓'太守即遣人随之往,……不复得路'者,与刘裕派遣戴延之溯洛水而上,至檀山坞而返相似;所谓'山有小口'者,与郗鉴峰山坞的'峄孔'相同;所谓'落英缤纷'者,亦与戴延之被派以四月入山的时令相应。《白氏长庆集》一六《大林寺桃花》云:'人间四月芳菲尽,山寺桃花始盛开。长恨春归无觅处,不知转入此中来。'附序有云:'大林穷远,人迹罕到,山高地深,时节绝晚,于时孟夏四月,如正二月天,梨桃始华,涧泉犹短。'山地高寒,节候较晚,四月正是落英缤纷之时。此戴延之所见,而被陶潜记入《桃花源记》中。然则《桃花源记》中秦为苻秦,亦可推知。"④ 之所以将"桃花源"移至武陵,陈寅恪认为是因为"牵连混合刘骥之入衡山采药故事的缘故"⑤。

笔者以为,"桃花源"传说的产生正如陈寅恪所言有纪实的成分,但更多还是在寓意上。正是因为陶渊明天师道的思想信仰,才使得"桃花

---

① 詹石窗:《道教文学史》,上海文艺出版社 1992 年版,第 164 页。
② 万绳楠整理:《陈寅恪魏晋南北朝史讲演录》,贵州人民出版社 2008 年版,第 127 页。
③ 万绳楠整理:《陈寅恪魏晋南北朝史讲演录》,第 125 页。
④ 万绳楠整理:《陈寅恪魏晋南北朝史讲演录》,第 126—127 页。
⑤ 万绳楠整理:《陈寅恪魏晋南北朝史讲演录》,第 127 页。

源"故事名称的由来、渔人进入"桃花源"的途径以及对"桃花源"社会的描述都与神仙道教中的"洞天仙界"极为相似。"桃花源"不但是陶渊明思想的反映,也是处在战乱之中朝不保夕的下层百姓他们的共同理想和愿望的体现。

第四节 "桃花源"传说产生的思想渊源

对于"桃花源"传说产生的思想渊源,有学者认为是深受老子小国寡民思想影响的结果。"《老子》第八十章提出的'小国寡民'的设想,可以说是'桃花源'成胎的母体。首先,'黄绮之商山','贤者避其世'完全符合老子'小国'与'寡民'的要求;其次,'土地平旷,屋舍俨然,有良田、美池、桑竹之属。阡陌交通,鸡犬相闻','俎豆犹古法,衣裳无新制。童孺纵行歌,斑白欢游诣',这些桃花源理想社会的具体描写,完全可以说是《老子》'甘其食,美其服,安其居,乐其俗,邻国相望,鸡犬之声相闻'的详述和阐发"[1]。然而,正如钟敬文先生所说:"传说在根据一定的历史事实反映社会生活的本质时,是经过了取舍、裁剪、虚构、夸张、渲染、幻想等艺术加工的。……传说主要是通过某种历史素材来表现人民群众对历史事件的理解、看法和情感,而不是历史事件本身。"[2]"桃花源"故事,在深受神仙道教思想影响的同时,也是陶渊明和这一时期更多处在战乱当中无处避祸的下层民众理想和愿望的集中体现。陶渊明"桃花源"故事的最终出现,可以说是经历了一个由道书中的"洞天仙界"到反映一定生活本质的演变过程。如:

> 元嘉初,武溪蛮人射鹿,逐入石穴,才容人,蛮人入穴,见其旁有梯,因上梯,豁然开朗,桑果蔚然,行人翱翔,亦不以怪。此蛮于路斫树为记,其后茫然,无复仿佛。(《异苑》卷一"武溪石穴")

> 长沙醴陵县有小水,有二人乘船取樵,见岸下土穴中水逐流出,

---

① 潘宇广:《"桃花源"的取名与桃花源理想的渊源》,《九江师专学报》1999 年第 3 期。
② 钟敬文:《民间文学概论》,第 183—184 页。

有新砍木片逐流下,深山中有人迹,异之。乃相谓曰:"可试如水中看何由尔。"一人便以笠自障,入穴。穴才容人。行数十步,便开明朗然,不异世间。(《搜神后记》卷一"穴中人世")

　　荥阳人,姓何,忘其名,有名闻士也。荆州辟为别驾,不就,隐遁养志。常至田舍,人收获在场上。忽有一人,长丈余,萧疏单衣,角巾,来诣之,翩翩举其两手,并舞而来,语何云:"君曾见《韶舞》不?此是《韶舞》。"且舞且去。何寻逐,径向一山。山有穴,才容一人。其人命入穴,何亦随之入。初甚急,前辄闲旷,便失人,见有良田数十顷。何遂垦作,以为世业。子孙至今赖之。(《搜神后记》卷一"韶舞")

如果说《异苑》"武溪蛮人射鹿"条及《搜神后记》"穴中人世"条的描写更多反映的是道教中的"洞天仙界"的话,《搜神后记》"韶舞"条中荥阳姓何之人在发现洞穴之中的数十顷良田之后,"遂垦作,以为世业。子孙至今赖之"的描述则更多地表现了普通平民百姓的理想和愿望,显然后者是在道教"洞天仙界"传说的基础上发展而来的。陶渊明的"桃花源"故事可以说是上述此类传说的集大成者,和"韶舞"条一样,"桃花源"故事所述内容也已经完全脱尽了道教"仙窟异境"传说的神异。笔者以为,陶渊明"桃花源"故事的最终形成,是受到了前述传说以及道教经典的影响,但同时也是陶渊明以及这一时期广大平民百姓理想和愿望的体现。正如唐长孺所说:"我们认为桃花源的故事本是南方的一种传说,这种传说晋、宋间流行于荆湘,陶渊明根据所闻加以理想化,写成了《桃花源记》。"①

　　正因为"桃花源"是魏晋时期广大平民百姓思想和愿望的体现,也是陶渊明的精神归宿和理想所在,因此现实中的"桃花源"是不存在的,当人们特意去寻找的时候,去"桃花源"的路径则或"不复得也",或"无复仿佛"。对此,李丰楙称之为"不能回归母题","既出就不可复入"②。余秋雨则称之为"不可逆切割",他说:"这个'不可逆切割'使《桃花

---

① 唐长孺:《魏晋南北朝史论丛续编》,生活·读书·新知三联书店1959年版,第164页。
② 李丰楙:《仙境与游历:神仙世界的想象》,中华书局2010年版,第382页。

源记》表现出一种近似洁癖的冷然。陶渊明告诉一切过于实用主义的中国人，理想的蓝图是不可随脚出入的。在信仰层面上，它永远在；在实用层面上，它不可逆。"① 吴维中也说："作者非常明确地把握着桃花源彼岸世界的本质，使她偶尔地掀起神秘的面纱，短暂地呈露她奇妙的容貌，便又隐没在不可探知的重山复水之中。这正像陶渊明的《桃花源诗》所咏唱的：'奇踪隐五百，一朝敞神界。淳薄既异源，旋复还幽蔽。'他创造了一个使人永远向往，却终不可及的神境。"② 由此可见，"桃花源"社会的这种"不能回归""不可逆"以及"终不可及"等都好像是在向世人宣告："桃花源"是身处战乱之中的平民百姓理想社会的蓝图，它可望而不可即，是现实社会中的洞天仙境。

综上所述，陶渊明笔下"桃花源"故事的出现是多种因素综合作用的结果。除真实地反映汉末魏晋时期人们为避战乱而屯聚坞堡的生活之外，"桃花源"名称的由来、渔人进入"桃花源"的途径以及对"桃花源"社会的描述等，都被烙上了浓厚的道教色彩的印记，而这一切又都与陶渊明天师道教徒的身份密切相关。桃在神仙道教中的特殊寓意、道书中"洞天仙界"的神秘入口以及道教经典《老子》中有关"小国寡民"社会的描述，给深受道教思想影响的陶渊明以直接的启示。而陶渊明本人及其魏晋时期更多处在战乱当中无处避祸的下层民众，他们的理想和愿望则是"桃花源"故事产生的最终原因。

---

① 余秋雨：《中国文脉》，长江文艺出版社 2013 年版，第 212 页。

② 张崇琛、赵建新、庆振轩等：《古代文学与传统文化》，甘肃人民出版社 1998 年版，第 82 页。

主要参考文献

（一）古籍

李学勤主编：《十三经注疏》（标点本），北京大学出版社1999年版。

（宋）朱熹集注：《诗集传》，上海古籍出版社1958年版。

（三国吴）韦昭注：《国语》上海师范大学古籍整理研究所校点，上海古籍出版社1998年版。

（西汉）刘向集录：《战国策》，上海古籍出版社1988年版。

（西汉）司马迁撰：《史记》，中华书局1959年版。

（东汉）班固撰，（唐）颜师古注：《汉书》，中华书局1962年版。

（晋）陈寿撰，（宋）裴松之注：《三国志》，中华书局1959年版。

（南朝宋）范晔撰，（唐）李贤等注：《后汉书》，中华书局1965年版。

（梁）沈约撰：《宋书》，中华书局1974年版。

（梁）萧子显撰：《南齐书》，中华书局1972年版。

（北齐）魏收撰：《魏书》，中华书局1974年版。

（唐）房玄龄等撰：《晋书》，中华书局1974年版。

（唐）姚思廉撰：《梁书》，中华书局1973年版。

（唐）李百药撰：《北齐书》，中华书局1972年版。

（唐）姚思廉撰：《陈书》，中华书局1972年版。

（唐）令狐德棻等撰：《周书》，中华书局1971年版。

（唐）李延寿撰：《南史》，中华书局1975年版。

（唐）李延寿撰：《北史》，中华书局1974年版。

（宋）司马光编著，（元）胡三省音注：《资治通鉴》，中华书局1956年版。

（清）汤球辑，杨朝明校补：《九家旧晋书辑本》，中州古籍出版社1991年版。

（清）汤球、黄奭辑，乔治忠校注：《众家编年体晋史》，天津古籍出版社1989年版。

周天佑辑注：《八家后汉书辑注》，上海古籍出版社1986年版。

（晋）郭璞注：《穆天子传》，商务印书馆1937年版。

（战国）吕不韦撰，陈奇猷校释：《吕氏春秋校释》，上海古籍出版社2002年版。

袁珂校注：《山海经校注》，巴蜀书社1993年版。

（汉）刘向著：《说苑》，中华书局1985年版。

（汉）刘向编著，石光瑛校释，陈新整理：《新序校释》，中华书局2001年版。

（汉）刘安编撰，何宁集释：《淮南子集释》，中华书局1998年版。

（汉）王充撰，黄晖校释：《论衡校释》，中华书局1985年版。

吴则虞集释：《晏子春秋集释》，中华书局1982年版。

（汉）应劭撰，王利器校注：《风俗通义校注》，上海古籍出版社1990年版。

（汉）赵晔著：《吴越春秋》，中华书局1985年版。

（汉）袁康著，吴平辑录，乐祖谋点校：《越绝书》，上海古籍出版社1985年版。

（汉）刘向撰，王叔岷校笺：《列仙传校笺》，中华书局2007年版。

（晋）葛洪撰：《抱朴子内篇》，中华书局1985年版。

（晋）葛洪撰，周天游校注：《西京杂记》，三秦出版社2006年版。

（晋）张华撰，范宁校正：《博物志校正》，中华书局1980年版。

（晋）干宝撰，汪绍楹校注：《搜神记》，中华书局1979年版。

（晋）葛洪撰：《神仙传》，《说郛》本、《汉魏丛书》本、《四库全书》本。

（晋）王嘉撰，（梁）萧绮录，齐治平校注：《拾遗记》，中华书局1981年版。

（南朝宋）刘义庆著，（梁）刘孝标注，余嘉锡笺疏：《世说新语笺疏》，上海古籍出版社 1993 年版。

（北魏）郦道元撰，陈桥驿校正：《水经注》，中华书局 2007 年版。

（南朝梁）释慧皎撰，汤用彤校注：《高僧传》，中华书局 1992 年版。

（唐）释道世撰，周叔迦、苏晋仁校注：《法苑珠林校注》，中华书局 2003 年版。

（唐）欧阳询撰，汪绍楹校：《艺文类聚》，上海古籍出版社 1999 年版。

（宋）李昉编：《太平御览》，中华书局 1960 年版。

（宋）李昉编：《太平广记》，中华书局 1961 年版。

（明）汪子卿撰，周郢校证：《泰山志校证》，黄山书社 2006 年版。

鲁迅校录：《古小说钩沉》，齐鲁书社 1997 年版。

王根林等校点：《汉魏六朝笔记小说大观》，上海古籍出版社 1999 年版。

（宋）洪兴祖撰，白化文、徐德楠、李如鸾、方进点校：《楚辞补注》，中华书局 1983 年版。

（宋）郭茂倩编：《乐府诗集》，中华书局 1979 年版。

（清）严可均辑校：《全上古三代秦汉三国六朝文》，中华书局 1958 年版。

逯钦立辑校：《先秦汉魏晋南北朝诗》，中华书局 1983 年版。

（二）现当代著作

钱锺书著：《管锥编》，中华书局 1979 年版。

钟敬文著：《民间文学概论》，上海文艺出版社 1980 年版。

乌丙安著：《民间文学概论》，春风文艺出版社 1980 年版。

高国藩著：《敦煌民间文学》，（台湾）联经出版事业公司，1994 年版。

逯钦立遗著，吴云整理：《汉魏六朝文学论集》，陕西人民出版社 1984 年版。

顾颉刚著：《孟姜女传说故事研究集》，上海古籍出版社 1984 年版。

王秋桂著：《中国民间传说论集》，联经出版社 1984 年版。

王仲殊著：《汉代考古学概说》，中华书局 1984 年版。

[日] 柳田国男著：《传说论》，连湘译，中国民间文艺出版社 1985 年版。

钟敬文著：《钟敬文民间文学论集》，北京大学出版社 1985 年版。

（增订本）徐旭生著：《中国古史的传说时代》，文物出版社 1985 年版。

李剑国集释：《唐前志怪小说辑释》，上海古籍出版社 1986 年版。

[德] 艾伯华著，王燕生、周祖生译，刘魁立审校：《中国民间故事类型》，中国民间文艺出版社 1986 年版。

张紫晨著：《中国古代传说》，吉林文史出版社 1986 年版。

程蔷著：《中国识宝传说研究》，上海文艺出版社 1986 年版。

罗永麟著：《论中国四大民间传说》，中国民间文艺出版社 1986 年版。

中国民间文艺研究会理论研究部编：《中国民间传说论文集》，中国民间文艺出版社 1986 年版。

万绳楠整理：《陈寅恪魏晋南北朝史讲演录》，黄山书社 1987 年版。

陈梦家著：《殷墟卜辞源流》，中华书局 1988 年版。

袁珂著：《中国神话史》，上海文艺出版社 1988 年版。

屈育德著：《神话·传说·民俗》，中国文联出版公司 1988 年版。

程蔷著：《中国民间传说》，浙江教育出版社 1989 年版。

沙莲香主编：《传播学——以人为主体的图象世界之谜》，中国人民大学出版社 1990 年版。

[美] 丁乃通著：《中国民间故事类型索引》，中国民间文艺出版社 1990 年版。

任松如编：《水经注异闻录》，上海文艺出版社 1991 年版。

季羡林著：《比较文学与民间文学》，北京大学出版社 1991 年版。

张劲松著：《中国鬼信仰》，中国华侨出版公司 1991 年版。

詹石窗撰：《道教文学史》，上海文艺出版社 1992 年版。

刘守华、巫瑞书主编：《民间文学导论》，长江文艺出版社 1993 年版。

[日] 小南一郎著：《中国的神话传说与古小说》，孙昌武译，中华书局 1993 年版。

刘慧著：《泰山宗教研究》，文物出版社 1994 年版。

［美］施拉姆著：《人类传播史》，游梓翔等译，台湾远流出版公司 1994 年版。

田哲益著：《细说端午》，台北市百观出版社 1994 年版。

贺学君著：《中国四大传说》，浙江教育出版社 1995 年版。

陆思贤著：《神话考古》，文物出版社 1995 年版。

林惠祥著：《文化人类学》，商务印书馆 1996 年版。

浦安迪著：《中国叙事学》，北京大学出版社 1996 年版。

罗宗强：《魏晋南北朝文学思想史》，中华书局 1996 年版。

孙旭培著：《华夏传播论》，人民出版社 1997 年版。

杨义著：《中国叙事学》，人民出版社 1997 年版。

汤用彤著：《汉魏晋南北朝佛教史》，北京大学出版社 1997 年版。

周一良著：《魏晋南北朝史论集》，北京大学出版社 1997 年版。

鲁迅著：《中国小说史略》，上海古籍出版社 1998 年版。

赵毅衡著：《比较叙事学导论》，中国人民大学出版社 1998 年版。

王瑶著：《中古文学史论》，北京大学出版社 1998 年版。

傅延修著：《先秦叙事研究》，人民出版社 1999 年版。

刘守华著：《中国民间故事史》，湖北教育出版社 1999 年版。

信立祥著：《汉代画像石综合研究》，文物出版社 2000 年版。

李发林编：《汉画考释和研究》，中国文联出版社 2000 年版。

张庆民著：《魏晋南北朝志怪小说通论》，首都师范大学出版社 2000 年版。

王平著：《中国古代小说叙事研究》，河北人民出版社 2001 年版。

杜贵晨著：《传统文化与古典小说》，河北大学出版社 2001 年版。

苑利主编：《二十世纪中国民俗学经典——传说故事卷》，社会科学文献出版社 2002 年版。

段宝林著：《中国民间文学概要》，北京大学出版社 2002 年版。

刘志伟著：《魏晋文化与文学论考》，甘肃人民出版社 2002 年版。

黄瑞旗著：《孟姜女故事研究》，中国人民大学出版社 2003 年版。

陈平原著：《中国小说叙事模式的转变》，北京大学出版社 2003 年版。

[俄] 李福清著，李明滨编选：《古典小说与传说》，中华书局 2003年版。

陈金文著：《孔子传说的文化审美研究》，齐鲁书社 2004 年版。

叶春生主编：《典藏民俗学丛书》（上、中、下），黑龙江人民出版社2004 年版。

周耀明、万建忠、陈文华著：《汉族风俗史》（第二卷），学林出版社2004 年版。

陈江风主编：《汉文化研究》，河南大学出版社 2004 年版。

葛兆光著：《中国思想史》，复旦大学出版社 2004 年版。

李道和著：《岁时民俗与古小说研究》，天津古籍出版社 2004 年版。

郝润华著：《六朝史籍与史学》，中华书局 2005 年版。

李剑国著：《唐前志怪小说史》（修订版），天津教育出版社 2005年版。

郎净著：《董永故事的展演及其文化结构》，上海古籍出版社 2005年版。

[美] 丁乃通著：《中西叙事文学比较研究》，华中师范大学 2005年版。

高小康著：《中国古代叙事观念与意识形态》，北京大学出版社 2005年版。

刘守华、黄永林著：《民间叙事文学研究》，华中师范大学出版社 2005年版。

刘惠萍著：《伏羲神话传说与信仰研究》，文津出版社 2005 年版。

黄景春著：《民间传说》，中国社会出版社 2006 年版。

闻一多著：《伏羲考》，上海古籍出版社 2006 年版。

[日] 小南一郎著：《中国的神话传说与古小说》，中华书局 2006年版。

曹书杰著：《后稷传说与稷祀文化》，社会科学文献出版社 2006 年版。

武文主编：《中国民间文学古典文献辑论》，民族出版社 2006 年版。

万建中著：《民间文学引论》，北京大学出版社 2006 年版。

王青著：《西域文化影响下的中古小说》，中国社会科学出版社 2006

年版。

唐长孺著，朱雷、唐刚卯选编：《唐长孺文存》，上海古籍出版社 2006
年版。

方立天著：《魏晋南北朝佛教》，中国人民大学出版社 2006 年版。

王青著：《先唐神话、宗教与文学论考》，中华书局 2007 年版。

王本朝、杜积西著：《传播学教程》，重庆大学出版社 2007 年版。

［美］施拉姆著：《传播学概论》，北京大学出版社 2007 年版。

仲富兰著：《民俗传播学》，上海文艺出版社 2007 年版。

祁连休著：《中国古代民间故事类型研究》，河北教育出版社 2007
年版。

钟敬文主编，萧放副主编，郭必恒等著：《中国民俗史》（汉魏卷），
人民出版社 2008 年版。

刘宁著：《〈史记〉叙事学研究》，中国社会科学出版社 2008 年版。

祁连休、程蔷、吕微主编：《中国民间文学史》，河北教育出版社 2008
年版。

刘守华著：《道教与中国民间文学》，中国友谊出版公司 2008 年版。

赵逵夫著：《古典文献论丛》（增订本），中华书局 2014 年版。

（三）期刊论文

段宝林撰：《民间文学的社会价值》，《北京大学学报》1964 年第
2 期。

钟敬文撰：《马王堆汉墓帛画的神话史意义》，《中华文史论丛》1979
年第二辑。

顾颉刚撰：《酒泉昆仑说的由来及其评价》，《中国史研究》1981 年第
2 期。

陈翔实撰：《魏晋南北朝时期诸葛亮故事传说》，《河北大学学报》
1981 年第 2 期。

赵逵夫撰：《〈九歌·山鬼〉的传说本事与文化意蕴》，《北京社会科
学》1993 年第 2 期。

邵振国撰：《传说与历史——试谈文学本质》，《光明日报》1996 年 7

月4日。

叶涛撰：《二十四孝初探》，《山东大学学报》1996年第1期。

林继富撰：《中国民间传说与史官文化》，《民间文学论坛》1997年第3期。

刘锡诚撰：《陆沉传说再探》，《民间文学论坛》1997年第1期。

林继福撰：《论中国方志文化中民间传说的特点及其价值》，《华中师范大学学报》2000年第1期。

王立撰：《古小说"人化异物"模式与本土变形观念的形成》，《西南师范大学学报》2002年第1期。

丁宏武、解光穆撰：《黄石公故事献疑》，《甘肃社会科学》2003年第3期。

杨军撰：《魏晋六朝志怪中人鬼婚恋故事的文化解读》，《西北农林科技大学学报》2004年第3期。

苟波撰：《中国古代"凡男遇仙"故事与道教》，《宗教学研究》2004年第1期。

李伟昉撰：《略论六朝志怪小说的两大叙事特征》，《社会科学研究》2004年第5期。

王元臣撰：《泰山神信仰的源流浅说》，《山东科技大学学报》2005年第4期。

张勃撰：《历史人物的传说化和传说人物的历史化——从介子推传说谈起》，《民间文化论坛》2005年第1期。

姚圣良撰：《黄帝传说的发展演变与黄老学的阶段性特点》，《青海社会科学》2008年第4期。

许科撰：《中国文化视野中的虹蜺》，《求索》2008年第1期。

熊江梅撰：《中国古代叙事结构思想论》，《云梦学刊》2008年第4期。

高专诚撰：《历史和传说中的介子推与寒食节——兼论寒食节的产生与早期发展》，《沧桑》2008年第5期。

黄景春撰：《汉武帝：从历史人物到小说形象》，《上海大学学报》2009年第1期。

周丙华撰:《甲骨文"虹"字文化考释》,《中国文化研究》2009 年春之卷。

王涛撰:《论先秦刺客的思想道德观与儒家传统》,《西南农业大学学报》2009 年第 4 期。

崔永红撰:《西王母的三面孔》,《青海社会科学》2010 年第 6 期。

黄永林撰:《民间传说文化意蕴的二重性》,《文学遗产》创刊号。

后　记

　　本书是在博士学位论文的基础上修改而成的。硕士期间，我毕业论文的选题是《王嘉与〈拾遗记〉研究》，在收集资料的过程中，我发现汉魏六朝时期的志怪小说中很多故事都是民间传说，其次，司马迁的《史记》，陈寿撰、裴松之注的《三国志》等史书也收录和记载了很多传说故事，加之汉代画像石画像砖中大量传说故事的呈现，使我对先唐时期的传说产生了浓厚的兴趣。2017年9月，我考入了西北师范大学文学院，师从赵逵夫先生攻读中国古代文学专业博士学位。当我把自己的选题范围与想法告诉先生后，先生表示赞同，并建议我将论文题目确定为《唐前传说研究》。

　　读博三年，时光匆匆，忙碌而充实。由于本人学识浅薄，在论文写作过程中，时常感到心有余而力不足。虽然查阅了大量的文献资料，但由于先秦时期很多传说与神话、史实混杂，为避免上述难题，我最终将选题范围局限到了汉魏六朝时期。感谢导师赵逵夫先生，从论文的选题、材料的收集到论文章节的确定以及最后的定稿，都得到了先生的悉心指导。在论文出版之际，先生又在百忙之中为拙作写序，并提出修改意见，师恩永驻，无以为报，我唯有加倍努力。

　　感谢霍旭东先生，读博期间，先生虽已退休，但一直关心我的论文写作，为我提供了很多重要的参考资料，对论文中存在的问题也给予了热心的指点，唯愿先生健康长寿。在论文的写作、审阅和答辩过程中，郑杰文、张廷银、张崇琛、伏俊琏、郝润华、韩高年、丁宏武等诸位先生都不辞辛苦，拨冗指教，谨向他们表示诚挚的谢意。

　　2010年7月博士毕业后我留校任教，几年来我虽然对论文进行了反复修改，并最终将题目定为《唐前传说的衍生与演变——基于汉魏六朝文献的文化阐释》，但由于自身研究能力的局限，其中还有很多失误与不足之处，敬请各位方家不吝赐教，你们的宝贵意见将是我终生受益的财富。

王兴芬
2017 年 7 月 6 日

责任编辑：邵永忠

封面设计：胡欣欣

责任校对：吕　飞

图书在版编目（CIP）数据

唐前传说的衍生与演变：基于汉魏六朝文献的文化阐释／王兴芬 著
．—北京：人民出版社，2018.12（2021.4 重印）

ISBN 978－7－01－019505－6

Ⅰ．①唐…　Ⅱ．①王…　Ⅲ．①民间故事—文学研究—中国—唐代
Ⅳ．①I207.73

中国版本图书馆 CIP 数据核字（2018）第 144757 号

唐前传说的衍生与演变
TANGQIAN CHUANSHUO DE YANSHENG YU YANBIAN
——基于汉魏六朝文献的文化阐释

王兴芬　著

人 民 出 版 社 出版发行

（100706　北京市东城区隆福寺街 99 号）

北京一鑫印务有限责任公司印刷　新华书店经销

2018 年 12 月第 1 版　2021 年 4 月第 3 次印刷

开本：710 毫米×1000 毫米 1/16　印张：21.25

字数：340 千字

ISBN 978－7－01－019505－6　定价：68.00 元

邮购地址　100706　北京市东城区隆福寺街 99 号

人民东方图书销售中心　电话（010）65250042　65289539